鲁迅书信 ①

鲁迅 著

图书在版编目(CIP)数据

鲁迅书信:1—4/鲁迅著.—北京:人民文学出版社,2022
ISBN 978-7-02-016389-2

Ⅰ.①鲁… Ⅱ.①鲁… Ⅲ.①鲁迅书简—书信集 Ⅳ.①I210.7

中国版本图书馆 CIP 数据核字(2020)第 100150 号

责任编辑	温　淳
装帧设计	陶　雷
责任印制	任　祎

出版发行　人民文学出版社
社　　址　北京市朝内大街 166 号
邮政编码　100705

印　　刷　三河市宏盛印务有限公司
经　　销　全国新华书店等

字　　数　1344 千字
开　　本　880 毫米×1230 毫米　1/32
印　　张　67.375　插页 8
版　　次　2006 年 12 月北京第 1 版
印　　次　2022 年 1 月第 1 次印刷

书　　号　978-7-02-016389-2
定　　价　138.00 元(全四册)

如有印装质量问题,请与本社图书销售中心调换。电话:010-65233595

说　　明

鲁迅书信曾由许广平陆续收集,并于1937年6月由三闲书屋出版影印本《鲁迅书简》一册,收书信六十九封;后又于1946年10月由鲁迅全集出版社印行铅印本《鲁迅书简》一册,收书信八五五封和断片三则。1958年我社出版的《鲁迅全集》第九、十两卷中,共收书信三三四封;1976年出版的《鲁迅书信集》则收一三八一封(其中包括致日本人士九十六封),附录十八则。1981年版《鲁迅全集》共收入书信一三三三封,另致外国人士一一二封,附录十二件。除已见于鲁迅自编文集及《集外集拾遗》的书信不再编入外,当时所发现的鲁迅书信都已收入。

2005年版以1981年版为基础,删去其中重收的二封和误收的一封,增补新发现的佚信十八封,并收入鲁迅《答增田涉问信件集录》一件。另外,鉴于《两地书》所收书信与原信差异较大,已成两种不同的文本,2005年版将所存六十八封原信重行收入,同其他信件一起按时间顺序编排。

本书以2005年版为底本。

需作说明的各点如下:

(一)所收书信统按写作日期顺序编号。如1904年10月8日,编号即作041008;1934年5月29日,编号即作340529。

同一日如有数信,则按鲁迅日记所载的顺序,于编号之后另加①②……为记。日期无考的以○代替。

（二）1912年前所写书信,日期原均署夏历,现已按所折公历编序。其漏署日期者,已据日记补入,并以〔　〕号为记;日期误记经订正后,亦以〔　〕号为记。部分早期书信原件无标点,已试为补入,并在各有关书信注释中注明。

（三）所收书信均据手迹进行排校,凡无手迹而据抄件者,则在有关书信注释中注明来源。

（四）原件所用古体字,除必要保存者外,都已改为现行通用字。

（五）原件补遗及夹注式的字句,用小一号字排;加括号与否,均据原件。

（六）原件中的笔误,以下列方式订正:误字(包括颠倒),用[　]号,排仿宋体;漏字,用〔　〕号,排仿宋体;衍字,用〖　〗号,不变字体;存疑,用〔?〕号。

目　录

一九〇四年

041008　致蒋抑卮 …………………………………… 1

一九一〇年

100815　致许寿裳 …………………………………… 5
101115　致许寿裳 …………………………………… 7
101221　致许寿裳 …………………………………… 9

一九一一年

110102　致许寿裳 …………………………………… 12
110206　致许寿裳 …………………………………… 14
110307　致许寿裳 …………………………………… 15
110412　致许寿裳 …………………………………… 17
110420　致许寿裳 …………………………………… 18
110731　致许寿裳 …………………………………… 19
1111〇〇　致张琴孙 ………………………………… 21

一九一六年

161209　致许寿裳 …………………………… 23

一九一七年

170125　致蔡元培 …………………………… 25
170308　致蔡元培 …………………………… 26
170513　致蔡元培 …………………………… 26

一九一八年

180104　致许寿裳 …………………………… 28
180310　致许寿裳 …………………………… 31
180529　致许寿裳 …………………………… 32
180619　致许寿裳 …………………………… 34
180705　致钱玄同 …………………………… 34
180820　致许寿裳 …………………………… 36

一九一九年

190116　致许寿裳 …………………………… 40
190130　致钱玄同 …………………………… 42
190216　致钱玄同 …………………………… 42
190419　致周作人 …………………………… 43
190428　致钱玄同 …………………………… 47
190430　致钱玄同 …………………………… 47

190704	致钱玄同	……………………………	48
190807	致钱玄同	……………………………	49
190813	致钱玄同	……………………………	50

一九二〇年

200103	致周心梅	……………………………	52
200504	致宋崇义	……………………………	53
200816	致蔡元培	……………………………	55
200821	致蔡元培	……………………………	56

一九二一年

210103	致胡 适	……………………………	57
210115	致胡 适	……………………………	58
210630	致周作人	……………………………	59
210713	致周作人	……………………………	61
210716	致周作人	……………………………	66
210727	致周作人	……………………………	68
210729	致宫竹心	……………………………	69
210731	致周作人	……………………………	70
210806	致周作人	……………………………	73
210816	致宫竹心	……………………………	77
210817	致周作人	……………………………	77
210825	致周作人	……………………………	79
210826	致宫竹心	……………………………	81

210829	致周作人 ·············	83
210830	致周作人 ·············	85
210903	致周作人 ·············	85
210904①	致周作人 ·············	86
210904②	致周作人 ·············	87
210905①	致宫竹心 ·············	89
210905②	致周作人 ·············	90
210908	致周作人 ·············	91
210911	致周作人 ·············	92
210917	致周作人 ·············	94
211015	致宫竹心 ·············	96

一九二二年

220104	致宫竹心 ·············	98
220216	致宫竹心 ·············	98
220814	致胡　适 ·············	99
220821	致胡　适 ·············	101

一九二三年

230108	致蔡元培 ·············	104
230612	致孙伏园 ·············	105
231024	致孙伏园 ·············	107
231210	致许寿裳 ·············	108
231228	致胡　适 ·············	110

一九二四年

240105	致胡　适	113
240111	致孙伏园	114
240209	致胡　适	115
240226	致李秉中	116
240330	致钱玄同	116
240502	致胡　适	117
240526	致李秉中	118
240527	致胡　适	119
240606	致胡　适	120
240828	致李秉中	121
240924	致李秉中	122
240928	致李秉中	123
241020	致李秉中	124
241126	致钱玄同	124

一九二五年

250112	致钱玄同	126
250217	致李霁野	127
250311	致许广平	128
250315	致梁绳祎	131
250318	致许广平	134
250323	致许广平	136

5

250331	致许广平	138
250408①	致赵其文	141
250408②	致刘策奇	142
250408③	致许广平	143
250411	致赵其文	146
250414	致许广平	147
250422	致许广平	150
250428	致许广平	153
250503	致许广平	156
250517	致李霁野	159
250518	致许广平	159
250530	致许广平	161
250602	致许广平	164
250613	致许广平	165
250622	致章廷谦	168
250628	致许广平	169
250629	致许广平	171
250709	致许广平	172
250712	致钱玄同	174
250715	致许广平	175
250716	致许广平	176
250720	致钱玄同	179
250729	致许广平	181
250823	致台静农	183

250929	致许钦文	184
250930	致许钦文	185
251108	致许钦文	188

一九二六年

260223	致章廷谦	190
260225	致许寿裳	191
260227	致陶元庆	191
260310	致翟永坤	192
260409	致章廷谦	193
260501	致韦素园	194
260511	致陶元庆	195
260527	致翟永坤	196
260617	致李秉中	196
260621	致韦素园、韦丛芜	199
260704	致魏建功	200
260709	致章廷谦	201
260713	致韦素园	202
260714	致章廷谦	203
260719	致魏建功	204
260727①	致章廷谦	204
260727②	致陶元庆	205
260730	致章廷谦	205
260731	致陶冶公	206

260808	致韦素园	207
260810	致陶元庆	207
260815	致许广平	208
260904	致许广平	210
260907	致许寿裳	211
260913	致许广平	212
260914	致许广平	212
260916	致韦素园	216
260920①	致韦素园	217
260920②	致许广平	217
260922	致许广平	220
260926	致许广平	222
260930	致许广平	226
261003	致章廷谦	230
261004①	致韦丛芜、韦素园、李霁野	231
261004②	致许寿裳	232
261004③	致许广平	233
261007	致韦素园	236
261010①	致章廷谦	237
261010②	致许广平	238
261015①	致韦素园	241
261015②	致许广平	242
261016	致许广平	245
261019	致韦素园	247

261020	致许广平	248
261023①	致章廷谦	252
261023②	致许广平	254
261028	致许广平	258
261029①	致陶元庆	261
261029②	致李霁野	264
261029③	致许广平	266
261101	致许广平	267
261104①	致许广平	270
261104②	致韦素园	273
261107	致韦素园	273
261108	致许广平	274
261109①	致许广平	278
261109②	致韦素园	280
261111	致韦素园	281
261113①	致韦素园	282
261113②	致李小峰	283
261115	致许广平	284
261116	致章廷谦	286
261118	致许广平	287
261120①	致许广平	290
261120②	致韦素园	293
261121①	致韦素园	294
261121②	致章廷谦	295

261122	致陶元庆	298
261123	致李霁野	299
261126	致许广平	301
261128①	致许广平	304
261128②	致韦素园	306
261130	致章廷谦	307
261202	致许广平	308
261203	致许广平	311
261205	致韦素园	313
261206	致许广平	316
261208	致韦素园	318
261211	致许广平	319
261212	致许广平	320
261216	致许广平	324
261219	致沈兼士	328
261220	致许广平	330
261223①	致许广平	331
261223②	致许广平	332
261224	致许广平	333
261228	致许寿裳	336
261229①	致韦素园	336
261229②	致许寿裳	339
261229③	致许广平	339

一九二七年

270102	致许广平	342
270105	致许广平	344
270106	致许广平	346
270108	致韦素园	348
270110	致韦素园	349
270111	致许广平	351
270112	致翟永坤	354
270115	致林文庆	355
270117	致许广平	356
270126	致韦素园	357
270129	致许寿裳	358
270131	致许寿裳	359
270207	致李霁野	360
270221	致李霁野	360
270225	致章廷谦	361
270303	致刘 随	363
270315	致韦丛芜	364
270317	致李霁野	365
270404	致江绍原	366
270409[①]	致李霁野	367
270409[②]	致台静农	369
270420	致李霁野	370

11

270426	致孙伏园	372
270515	致章廷谦	373
270530	致章廷谦	375
270612	致章廷谦	377
270623	致章廷谦	380
270630①	致李霁野	382
270630②	致台静农	385
270707	致章廷谦	385
270712	致江绍原	389
270717	致章廷谦	391
270727	致江绍原	394
270728	致章廷谦	395
270731	致章廷谦	399
270802	致江绍原	400
270808	致章廷谦	402
270817①	致章廷谦	405
270817②	致江绍原	407
270919①	致翟永坤	408
270919②	致章廷谦	410
270922	致台静农、李霁野	413
270925①	致台静农	414
270925②	致李霁野	416
271004	致台静农、李霁野	418
271014	致台静农、李霁野	419

271017	致李霁野	420
271020	致李霁野	421
271021①	致江绍原	421
271021②	致廖立峨	422
271031	致江绍原	424
271103	致李霁野	425
271107①	致章廷谦	426
271107②	致江绍原	427
271114	致江绍原	428
271116	致李霁野	429
271118	致翟永坤	430
271120	致江绍原	431
271122	致陶元庆	434
271206①	致李小峰	434
271206②	致蔡元培	435
271209①	致江绍原	436
271209②	致章廷谦	437
271219	致邵文熔	439
271226	致章廷谦	439

一九〇四年

041008　致蒋抑卮[1]

拜启者:前尝由江户[2]奉一书,想经察入[3]。尔来索居仙台[4],又复匝月,形不吊影,弥觉无聊。昨忽由任君克任[5]寄至《黑奴吁天录》[6]一部及所手录之《释人》[7]一篇,乃大欢喜,穷日读之,竟毕。拳拳盛意,感莫可言。树人到仙台后,离中国主人翁颇遥,所恨尚有怪事奇闻由新闻纸以触我目。曼思故国,来日方长,载悲黑奴前车如是,弥益感喟。闻素民[8]已东渡,此外浙人颇多,相隔非遥,竟不得会。惟日本同学来访者颇不寡,此阿利安人[9]亦殊懒与酬对,所聊慰情者,厪我旧友之笔音耳。近数日间,深入彼学生社会间,略一相度,敢决言其思想行为决不居我震旦[10]青年上,惟社交活泼,则彼辈为长。以乐观的思之,黄帝之灵或当不馁欤[11]。

此地颇冷,晌午较温。其风景尚佳,而下宿[12]则大劣。再觅一东樱馆[13],绝不可得。即所谓旅馆,亦殊不宏。今此所居,月只八円[14]。人哗于前,日射于后。日日食我者,则例为鱼耳。现拟即迁土樋町[15],此亦非乐乡,不过距校较近,少免奔波而已。事物不相校雠,辄昧善恶。而今而后,吾将以乌托邦[16]目东樱馆,即贵临馆亦不妨称华严界[17]也。

校中功课大忙,日不得息。以七时始,午后二时始竣。树人晏起,正与为雠。所授有物理,化学,解剖,组织[18],独乙[19]种种学,皆奔逸至迅,莫暇应接。组织、解剖二科,名词皆兼用腊丁[20],独乙,日必暗记,脑力顿疲。幸教师语言尚能领会,自问苟侥幸卒业,或不至为杀人之医。解剖人体已略视之。树人自信性颇酷忍,然目睹之后,胸中亦殊作恶,形状历久犹灼然陈于目前。然观已,即归寓大啮,健饭如恒,差足自喜。同校相处尚善,校内待遇不劣不优。惟往纳学费,则拒不受,彼既不收,我亦不逊。至晚即化为時計[21],入我怀中,计亦良得也。

仙台久雨,今已放晴,遥思吾乡,想亦久作秋气。校中功课,只求记忆,不须思索,修习未久,脑力顿锢。四年而后,恐如木偶人矣。 兄之耳谅已全愈,殊念。秋气萧萧,至祈摄卫,倘有余暑,乞时赐教言,幸甚,幸甚。临楮草草,不尽所言,容后续上。此颂

抑卮长兄大人进步。　　　弟树人 言 八月二十九日[22]

再,如来函,可寄"日本陆前国[23]仙台市土樋百五十四番地宫川方[24]"为要。

前曾译《物理新诠》[25],此书凡八章,皆理论,颇新颖可听。只成其《世界进化论》及《原素周期则》二章,竟中止,不暇握管。而今而后,只能修死学问,不能旁及矣,恨事!恨事!

＊　　＊　　＊

〔1〕 此信原无标点。

蒋抑卮(1876—1940),名鸿林,字一枝,又作抑厄,浙江杭州人。1902年10月赴日留学,1904年回国。曾参加创办浙江兴业银行并经营广昌隆绸缎号。1909年1月再次去东京治耳疾。和鲁迅交往较密,曾资助印行《域外小说集》。

〔2〕 江户　日本东京的旧称。鲁迅于1902年4月至1904年4月在东京弘文学院学习。

〔3〕 察入　日语:明察。

〔4〕 仙台　日本本州岛东北部的城市,宫城县首府。鲁迅于1904年9月至1906年3月在仙台医学专门学校学习。

〔5〕 任克任(1876—1909)　名允,字克任,浙江杭州人。1902年自费留学日本,次年考入东京高等工业学校。1904年因病归国,秋后以官费至日本复学,1908年毕业,次年病逝于日本。

〔6〕《黑奴吁天录》　今译《汤姆叔叔的小屋》,长篇小说,美国女作家斯陀(H. B. Stowe, 1811—1896)著,林纾译。清光绪二十七年(1901)武林(杭州)魏易刻版印行。

〔7〕《释人》　清代孙星衍撰,是考释"人"字及人体各部位古汉语称谓的论文,见于孙著《问字堂集》卷二。

〔8〕 素民　汪希(1873—?),字素民,又作叔明,浙江杭州人,《杭州白话报》创始人之一。1902年自费留学日本,不久回国。1904年秋又以浙江绅士资格选送日本习政法。

〔9〕 阿利安人　通译雅利安人。欧洲十九世纪文献中对印欧语系各民族的一种不科学的总称。后来的种族主义者便妄称雅利安人为"高贵人种"。此处代指当时自视"高贵"的某些日本学生。

〔10〕 震旦 古代印度人对中国的称呼。

〔11〕 "黄帝之灵或当不馁" 黄帝,即轩辕氏,我国传说中的上古帝王,中华民族的始祖。不馁,不饿;这里指祭祀不绝。典出《左传》宣公四年。

〔12〕 下宿 日语:公寓。鲁迅初到仙台时,曾住宫城监狱附近一家兼为犯人包饭的客店,房主为佐藤喜东治。

〔13〕 东樱馆 鲁迅在弘文学院学习时住过的公寓。

〔14〕 円 日本货币单位:圆。

〔15〕 土樋町 仙台街道名。町,日语中指街、巷、里弄。

〔16〕 乌托邦 拉丁文 Utopia 的音译。源于英国汤姆士·莫尔在1516年所作的小说《乌托邦》。书中所描写的称作"乌托邦"的社会组织,寄托着作者空想社会主义的理想。由此"乌托邦"就成了"空想"的同义语。

〔17〕 华严界 中国佛教华严宗宣传的一种至高完美的境界。

〔18〕 组织 指组织学,即显微解剖学。

〔19〕 独乙 日语:德意志。此处指德语。

〔20〕 腊丁 通译拉丁。此处指拉丁语。

〔21〕 時計 日语:钟、表。此处指怀表。

〔22〕 公历为10月8日。

〔23〕 陆前国 日本旧地名,今宫城县一带。国,日本古代行政区划名称。

〔24〕 番地 日语,指门牌号。宫川方,宫川信哉住宅。门牌号应为一五八番地。鲁迅在仙台时的第二处住所,由原租住的片平丁五十二番地佐藤喜东宅移居此处。

〔25〕 《物理新诠》 此书译稿尚未发现。

一九一〇年

100815　致许寿裳[1]

季黻君监:手毕[2]自杭州来,始知北行,令仆益寂。协和[3]未识安在? 闻其消息不? 嗟乎! 今年秋故人分散尽矣,仆无所之,惟杜海生理府校[4],属教夭物之学[5],已允其请,所入甚微,不足自养,靡可骋力,姑厎足于是尔。前校长蒋姓[6],去如脱兔,海生检其文件,则凡关于教务者,竟无片楮,即时间表亦复无有,君试思天下有如此学校不? 仆意此必范霭农[7]所毁,以窘来者耳。斯人状如地总能如是也。北京风物何如? 暇希见告。致文漱[8]信,亦希勿忘。他处有可容足者不? 仆不愿居越中也,留以年杪为度。入秋顿凉,幸自摄卫。

　　　　　　　　　　仆树　上　七月十一日[9]

今至杭为起孟[10]寄月费,因寄此书。留二三日,便回里矣。

　　　　　　　　　　　　　　　树　又及

＊　　＊　　＊

〔1〕　此信原无标点。

许寿裳(1883—1948)　字季黻,又作季茀、季市,浙江绍兴人,教育家。鲁迅在东京弘文学院的同学,曾任《浙江潮》编辑。回国后在浙江两级师范学堂、教育部、北京女子师范大学、广州中山大学与鲁迅同事多年,结有深厚友谊。后任国民政府中央研究院秘书长、北平大学女子文理学院院长等职。抗日战争胜利后任台湾省立编译馆馆长、台湾大学国文系主任。1948年2月18日深夜被刺杀于台北。著有《亡友鲁迅印象记》、《我所认识的鲁迅》等。

〔2〕 手毕 即书信。

〔3〕 协和 张邦华(1873—约1957),字燮和,又作协和,浙江海宁人。鲁迅在江南陆师学堂附设矿务铁路学堂、东京弘文学院的同学。历任浙江两级师范学堂教员、北京教育部科长、佥事、视学等,与鲁迅同事多年。

〔4〕 杜海生(1876—1955) 时任浙江山会初级师范学堂监督兼绍兴府中学堂监督。参看320817②信注〔1〕。府校,指浙江绍兴府中学堂。鲁迅于1910年秋至1911年秋在该校任博物教员,其间又兼任监学。

〔5〕 天物之学 原意为自然科学,这里指博物学,包括动、植、矿物学及生理卫生。

〔6〕 指蒋光镤,字介眉,浙江诸暨人。1910年2月任绍兴府中学堂监督。

〔7〕 范霭农(1883—1912) 名斯年,字爱农,又作霭农,浙江绍兴人。留学日本时和鲁迅相识。回国后在绍兴府中学堂、山会初级师范学堂任职。后落水溺死。鲁迅曾作诗《哀范君三章》(收入《集外集拾遗》)和散文《范爱农》(收入《朝花夕拾》),可参看。

〔8〕 文溆 袁毓麟(1873—1950),字文薮,又作文溆,浙江钱塘(今属杭州)人。留学日本,与鲁迅相识。

〔9〕 公历为8月15日。

〔10〕 起孟 即周作人,参看190419信注〔1〕。当时他在日本立教大学学习,已和羽太信子结婚,鲁迅按月寄与生活费。

一九一〇年十一月

101115　致许寿裳[1]

季黻君监：不审何日曾获手书，屡欲作答而忘居址，逮邵明之[2]归，乃始询得。顾校中又复有事，不遑暇矣。今兹略闲，率写数语。君之近状，闻诸邵蔡[3]两君，早得梗概。凡事已往，可不必言；来日正长，希冀在是。译学馆[4]学生程度何若？厥目之坚[5]，犹南方不？君之讲学，过于渊深，若欲与此辈周旋，后宜力改。中国今日冀以学术干世，难也。仆自子英[6]任校长后，暂为监学，少所建树，而学生亦尚相安。五六日前，乃复因考大哄[7]：盖学生咸谓此次试验，虽有学宪[8]之命，实乃出于杜海生之运动，爰有斯举，心尚可原杜君太用手段，学生不服，亦非无故。今已下令全体解散，去其谋主，若胁从者，则许复归。计尚有百余人，十八日可以开校。此次荡涤，邪秽略尽，厥后倘有能者治理，可望复兴。学生于仆，尚无间言；顾身为屠伯，为受斥者设身处地思之，不能无恻然。颇拟决去府校，而尚无可之之地也。起孟在日本，厥状犹前，来书常存问及君，又译Jokai[9]所为小说，约已及半。仆荒落殆尽，手不触书，惟搜采植物，不殊曩日，又翻类书，荟集古逸书数种，[10]此非求学，以代醇酒妇人者也。欲言者似多，而欲写则又无有，故止于此，容后更谭。倘有暇，甚望与我简毕。

弟树　顿首　十月十四日[11]

* * *

〔1〕 此信原无标点。

〔2〕 邵明之　即邵文熔。参看271219信注〔1〕。

〔3〕 蔡　指蔡元康(1879—1921)，字谷青，又作国青，浙江绍兴人，蔡元培堂弟。留学日本时和鲁迅相识。曾在杭州浙江兴业银行、中国银行任职。

〔4〕 译学馆　清末培养外语人员的机构。1902年以同文馆与京师大学堂合并而成。分英、俄、法、德、日五科，五年毕业。

〔5〕 厥目之坚　厥，石。《荀子·大略》："和之璧，井里之厥也。"鲁迅书信中常有"眼睛石硬"、"硬眼"、"坚目"的说法，意为有眼无珠，不识好歹，目中无人。

〔6〕 子英　即陈濬。参看281230信注〔1〕。当时继杜海生之后任绍兴府中学堂监督。

〔7〕 乃复因考大哄　1910年8月初，杜海生兼任绍兴府中学堂监督，同月下旬，他决定要全体学生重新考试编级，学生遂罢课抗议，并"索费出堂"(《绍兴公报》第六一七号)，杜被迫去职。9月，由陈子英继任，11月中旬，学宪命令考试仍须进行，学生乃又罢考，表示反对。

〔8〕 学宪　指绍兴府的教育主管。旧时朝廷派驻各行省的主管地方官为宪。

〔9〕 Jókai　约卡伊·莫尔(J. Mór, 1825—1904)，匈牙利作家。曾参加1848年匈牙利资产阶级民主革命。1910年周作人用文言翻译他的中篇小说《黄蔷薇》，1927年上海商务印书馆出版。

〔10〕 荟集古逸书　当时鲁迅已着手《会稽郡故书杂集》、《古小说钩沉》、《岭表录异》等书的纂辑工作。

〔11〕 公历为11月15日。

101221　致 许寿裳[1]

季黻君监：三四十日以前曾奉尺牍，意其已氏左右。木瓜之役，[2]倏忽匝岁，别亦良久，甚以为怀。故乡已雨雪，近稍就晶，而风雨如磐，未肯霁也。府校迩来大致粗定，藐躬穷奇[3]，所至颠沛，一蹶于杭，两遇于越，[4]夫岂天而既厌周[5]德，将不令我索立于华夏邪？然据中以言，则此次风涛，别有由绪，学生之哄，不无可原。我辈之挤加纳于清风，责三矢于牛人，[6]亦复如此。今年时光已如水逝，可不更言及。明年子英极欲力加治理，促之中兴。内既坚实，则外界之九千九百九十九种恶口，当亦如秋风一吹，青蝇绝响；即犹未已，而心不愧怍，亦可告无罪于ペスタロッチ[7]先生矣。惟奠大山川，必巨斧凿，老夫臣树人学殖荒落，不克独胜此负荷，故特驰书，乞临此校，开拓越学，俾其曼衍，至于无疆，则学子之幸，奚可言议。武林师校杨星耜[8]为教长，曩曾一面，呼暑称冤，如堕阿鼻[9]；顾此府校，乃不如彼师校之难，百余学生，亦尚从令，独有外界，时能射人[10]，然可不顾，苟余情之洵芳[11]，固无惧于憔悴也。希君惠然肯来，则残腊未尽，犹能良觌，当为一述吾越学界中鱼龙曼衍[12]之戏。倘能先赐德音，犹所说豫大庆。闻北方多风沙，诸惟珍重，言不尽思，再属珍重而已。

仆树人 上 十一月二十日[13]

＊　　＊　　＊

〔1〕　此信原无标点。

〔2〕　木瓜之役　1909年夏鲁迅自日本回国,经许寿裳推荐任杭州浙江两级师范学堂生理、化学教员。同年冬,该校原任监督沈钧儒去职,清政府改派夏震武继任。夏为封建顽固派,以道学自命,为人木强,人称夏木瓜。他到校后对学校工作百般指摘,并要全体教师以下属见上司的礼仪参见,许寿裳、鲁迅、张宗祥等二十多人乃罢教、辞职,并搬出校外,以示抗议。夏又令学生至礼堂谒见,学生亦愤而罢课,学潮延续两周。夏被迫离职,教师胜利返校,开会庆祝并合影留念,这次事件被称为"木瓜之役"。

〔3〕　穷奇　我国古代所谓"四凶"(浑沌、穷奇、梼杌、饕餮)之一。《左传》文公十八年:"少皞氏有不才子……天下之民谓之穷奇。"

〔4〕　一遘于杭　指"木瓜之役"。两遘于越,参看101115信及其注〔7〕。

〔5〕　周　原指周朝,这里也指周姓。

〔6〕　"挤加纳于清风"等二句,指1903年3、4月间弘文学院的学潮。加纳,即加纳治五郎,时任日本高等师范学校校长,弘文学院创办人。清风,即清风亭,东京地名,当时中国留日学生常借该处集会。三矢,即三矢重松,时任弘文学院教育干事。牛入,即牛込,弘文学院所在地名。

〔7〕　ペスタロッチ　裴斯泰洛齐(J. H. Pestalozzi,1746—1827),瑞士教育家。他主张通过教育改善人民生活,曾创办孤儿院从事贫苦儿童教育,又办学院进行简化教学的实验。

〔8〕　武林师校　即浙江两级师范学堂,建于1908年。武林,杭州的别称。杨星耜(1883—1973),名乃康,字星耜,又作莘耜、莘士,浙

江吴兴人。曾留学日本,当时任浙江两级师范学堂代理监学,后曾任北洋政府教育部视学等职。

〔9〕 阿鼻 梵语无间断的意思。这里指阿鼻地狱,又称无间(痛苦无间断)地狱。当时杨莘耜除代理浙江两级师范学堂监学(教务长)外,还在杭州府中学和安定中学兼职,一人任职三所学校,不堪其苦。

〔10〕 射人 《汉书·五行志第七》:"蜮生南越,……在水旁,能射人,射人有处,甚者至死。"

〔11〕 苟余情之洵芳 语出屈原《离骚》:"不吾知其亦已兮,苟余情其信芳。"

〔12〕 鱼龙曼衍 古代一种变幻离奇的游戏,《汉书·西域传赞》:"做……漫衍鱼龙、角抵之戏,以观视之。"颜师古注:"漫衍者,即张衡《西京赋》所云'巨兽百寻,是为漫延'者也。鱼龙者,为舍利之兽,先戏于庭极,毕,乃入殿前激水,化成比目鱼,跳跃嗽水,作雾障日,化成黄龙八丈,出水敖戏于庭,炫曜日光。"

〔13〕 公历为12月21日。

一九一一年

110102　致　许　寿　裳[1]

季巿君监：得十一月望简毕，甚以说释。闻北方土地多溷淖[2]，而越中亦迷阳[3]遍地，不可以行。明年以后，子英欲设二监学，分治内外。发电以后，更令仆作函招致。顾速君来越，意所不欲。然以自为监学，不得显语，则聊作数言而不坚切。此函意已先达左右。仆归里以来，经二大涛[4]，幸不颠陨，顾防守攻战，心力颇瘁。今事已了，正可整治，而子英渐已孤行其意。至于明年，恐或莫可收拾。于是仆亦决言不治明年之事。惟此监学一职，未得继者，甚以为难。与子英共事，助之往往可气，舍之又复可怜，左右思惟，不知所可。君倘来此，当亦如斯。惟仆于子英谊亦朋友，故前不驰书相阻，今既谢绝，可明告矣。越中理事，难于杭州。技俩奇觚[5]，鬼蜮退舍。近读史数册，见会稽往往出奇士，今何不然？甚可悼叹！上自士大夫，下至台隶，居心卑险，不可施救，神赫斯怒[6]，湮以洪水可也。无趾之书[7]，已译有法人某之《比较文章史》[8]，又有 Mechinicoff 之《人性论》[9]，余均未详。君书咸存起孟处，价亦月拂不懈，力尚能及，可不必寄与也。吾乡书肆，几于绝无古书，中国文章，其将殒落。闻北京琉璃厂颇有典籍，想当如是，曾一览否？李长吉[10]诗集除王琦注本外，当有别本，北京可能蒐得。如有而直不昂，希为致一二种。倘见协和，望代存问，旧友云散，恨何可言？君此后与俅男〔11〕语或通讯时,宜少慭,彼喜昭告于人,以鸣得意。斯人与髣头〔12〕同在以斧斯之之迥〔13〕者也。此地已寒,北京当更甚。校课竣后,尚希以简毕来。仆治校事约须廿四五方了,假时当有暇作闲话也。

仆树 顿首 十二月初二日〔14〕

* * *

〔1〕 此信原无标点。

〔2〕 浑淖 潮湿泥泞。《淮南子·原道训》:"夫道者,……甚淖而浑,甚纤而微。"

〔3〕 迷阳 有刺的草。《庄子·人间世》:"迷阳迷阳,无伤吾行。"

〔4〕 经二大涛 参看101115信注〔7〕。

〔5〕 奇觚 语出汉代史游《急就章》:"急就奇觚与众异。"

〔6〕 神赫斯怒 语出《诗经·大雅·皇矣》:"王赫斯怒"。

〔7〕 无趾之书 指当时"大日本文明协会"出版的某些译著,会员内部分配的非卖品。

〔8〕《比较文章史》 即法国洛里埃(F. Loliée)所著《比较文学史》。日译者为户川秋骨,1910年2月大日本文明协会出版。

〔9〕 Mechinicoff之《人性论》 即梅契尼可夫所著《人性论》,日译者为中濑古六郎。梅契尼可夫(И. И. Мечников,1845—1916),俄国生物学家,细菌学家。

〔10〕 李长吉(790—816) 名贺,字长吉,河南昌谷(今宜阳)人,唐代诗人。著有《昌谷集》。其诗集注本,有宋代吴正子的《笺注评点李

长吉歌诗》和清代王琦的《李长吉歌诗汇解》等。

〔11〕 俅男　一作俅南,指蔡元康。参看101115信注〔3〕。

〔12〕 奡头　奡、夏两字上部相同,疑指夏震武(1854—1930),字伯定,浙江富阳人,理学家。清同治十三年(1874)进士。1909年任浙江教育会会长,浙江两级师范学堂监督。辛亥革命后在故里灵峰精舍讲学。奡,传说是夏代的人物。《论语·宪问》:"奡盪舟。"据晋代何晏集解:"奡多力,能陆地行舟"。

〔13〕 以斧斯之之迾　《诗经·陈风·墓门》:"墓门有棘,斧以斯之"。斯,斧劈。迾,同列。

〔14〕 公历为1911年1月2日。

110206　致许寿裳[1]

季黻君左右:过年又已十日,今年是亥岁。观云[2]当内娶,且月获五十金已上矣。去年得朱君迪先[3]书,来集《小学答问》[4]刊资,今附上。仆拟如前约,君将如何,希示。若与直接问讯,则可致书于嘉兴南门内徐家埭,或嘉兴中学堂。今年仍无所之,子英令续任,因诺暂理,然不受约书,图可随时遁逋。文数谅终无复书,别处更无方术。君今年奚适?久不得消息,甚念甚念,假时希以书来。敬祝
曼福。

树人　上言　正月八日[5]

＊　＊　＊

〔1〕 此信原无标点。

〔2〕 观云　蒋智由(1866—1929),字性遂,号观云,浙江诸暨人。清末因从事革命活动而避居日本,后与梁启超组织政闻社,主张君主立宪。

〔3〕 朱遏先(1879—1944)　名希祖,字逷先,又作遏先、迪先,浙江海盐人,历史学家。日本早稻田大学师范史地科毕业。回国后曾任浙江两级师范学堂教员,北京大学、北京女子师范大学等校史学教授。1908年在东京时曾和鲁迅同就章太炎习文字学。

〔4〕 《小学答问》　章太炎著,一卷。是据《说文解字》解释本字和借字的流变的书。1910年由朱逷先等章门弟子集资刻印,浙江官书局刊行。

〔5〕 公历为2月6日。

110307　致许寿裳[1]

季黻君监:得手书如见故人,甚以为喜。复知去年所奉书不达左右,则颇恨邮局,彼辈坚目人,不知置仆书于何地矣。师范收入意当菲薄,然教习却不可不为,对付今人只得如此对付古人或亦只得如此。燮和之事已定否?倘与相见,希为言,仆颇念之。卖田之举去年已实行,资亦早罄,迩方析分公田,仆之所得拟即献诸善人,事一成当即为代付刊资也。绍兴府校教员,今年颇聘得数人,刘楫先[2]亦在是,杭州师校学生则有祝颖,沈养之,薛丛青,叶联芳[3],是数人于学术颇可以立,然大氐憧憧往来吴越间,不识何作。今遂无一存者,仅余俞乾三,宋琳[4]二子,以今年来未播迁耳。起孟来书,谓尚欲略习法文,仆拟即速之返,缘法文不能变米肉也,使二年前而作此语,当自击,然今兹思想转变实已如是,颇自闵叹也。俅南善扬人短与在东京时大不同矣,君若与书札往来,宜留意。此事似已奉闻,或尚未,均已忘却,故更以告。越中棘地不可居,倘得北行,意当较善乎? 敬承
曼福。

周树人 上 二月初七日[5]

* * *

〔1〕 此信原无标点。

〔2〕 刘楫先　名川,字楫先,浙江上虞人,曾任浙江两级师范学堂教师。当时任绍兴府中学堂数学教师。

〔3〕 祝颖　字静远,浙江海盐人。沈养之,字浩然,浙江绍兴人。薛丛青,字演表,浙江嵊县人。叶联芳,字识荆,浙江平阳人。他们都毕业于浙江两级师范学堂,当时也都在绍兴府中学堂任教员。

〔4〕 俞乾三(1885—?) 字景贤,浙江萧山人。浙江两级师范学堂毕业,当时任绍兴府中学堂教员。宋琳,参看360201①信注〔1〕。当时任绍兴府中学堂教务兼庶务。

〔5〕 公历为3月7日。

一九一一年四月

110412　致许寿裳[1]

季巿君监:得三月二日手毕,发读忻尉。月入八十,居北京自不易易,倘别有兼事,斯有济耳。协和自暌隔后,仅来一书,言离甚病,并令赓译质学[2],义不可却,已寄两帖,而信息遂杳,今乃知已移入陆军小学,大可欢喜。此不特面朱可退,即其旋行之疾,亦必已矣。越校甚不易治,人人心中存一界或,诸暨为甚,山会则颇坦然,此殆气禀有别。希冀既亡,居此何事。三四月中,决去此校,拟杜门数日,为协和译书,至完乃走日本,速启孟偕返,此事了后,当在夏杪,比秋恐又家食,今年下半年,尚希随时为仆留意也。《小学答问》刊资已寄去,计十五圆,与仆相等,闻板已刻成,然方寄日本自校,故未印墨。此款今可不必见还,近方售尽土地,尚有数文在手。倘一思将来,足以寒心,顾仆颇能自遏其思,俾勿深入,读《恨赋》[3]未终而鼾声作,法豪[4]将为我师矣。迩又拟立一社[5],集资刊越先正著述,次第流布,已得同志数人,亦是蚊子负山[6]之业,然此蚊不自量力之勇,亦尚可嘉。若得成立,当更以闻。北京琉璃厂肆有异书不？时欲入夏,幸力自摄。

仆树 上 三月十四日[7]

并希时通消息,信可寄舍间或绍城塔子桥僧立小学堂周乔峰[8]。

※　　※　　※

〔1〕 此信原无标点。

〔2〕 质学　即化学。

〔3〕 《恨赋》　南朝梁江淹作,见于《文选》卷十六。

〔4〕 法豪　指欧阳法孝(江西等地读孝为豪),江西人,1906年留学日本时曾和鲁迅同住东京伏见馆。

〔5〕 指越社。1911年春夏间在南社影响下成立,社员数百人,是一个宣传革命的文学团体。鲁迅曾为该社编辑《越社丛刊》第一集,并参与创办《越铎日报》。

〔6〕 蚊子负山　语出《庄子·秋水》:"是犹使蚊负山、商蚷驰河也,必不胜任矣。"

〔7〕 公历为4月12日。

〔8〕 周乔峰(1888—1984)　名建人,字乔峰,鲁迅的三弟,生物学家。当时任绍兴僧立小学堂教师。

110420　致许寿裳[1]

季黻君监:不数日前曾奉一函,意已先尘左右。昨得手札,属治心学[2],敬悉一是。今年更得兼任,至为欢忻。以微事相委,本亦当效绵力,顾境遇所迫,尚有不能已于言者。仆今年在校,卒卒鲜暇,事皆贲末猥杂,足浊脑海,然以饭故,不能立时绝去,思之所及,辄起叹喟;与去年在师校时,课事而外更无余事者,有如天渊。而协和忽以书来,命赓前译,且须五月中告成,已诺之矣。然执笔必在夜十时以后,所余尚二百余叶,未知如何始克告竣,惟糊涂译去,更不思惟以乱心曲矣。若无此事,心学固可执笔,今兹则颇无奈何,可不秋季再行应命?然亦希别择简洁之本,自加删存,指定孰则应留,孰则应去。若以是巨册令仆妄加存薙,则素不治心学,殊无所措其手足,有如业骑之人,操楫而涉汇洋,纵出全力,亦当不达彼岸也。如何?希昭察之。复试[3]又在即,故友当又渐渐相聚,闻杭州师校欲请君主讲,有无消息?诺不?此承

曼福。

仆树 顿首 三月二十二日[4]

* * *

〔1〕 此信原无标点。

〔2〕 心学 即心理学。当时许寿裳任北京优级师范学堂教育学、心理学教员。

〔3〕 复试 清末学部规定,各省中学堂应届毕业学生需集中省会举行会考,"由提学使复试定等咨部奏奖"。

〔4〕 公历为4月20日。

110731 致许寿裳[1]

季茀君监:两月前乘间东行[2],居半月而返,不访一友,亦不一游览,厪一看丸善[3]所陈书,咸非故有,所欲得者极多,遂索性不购一书。闭居越中,与新颢气久不相接,未二载遽成村人,不足自悲悼耶。比返后又半月,始得手示,自日本辗转而

至。属购之书已不可致,惟杂志少许及无趾之书,则已持归,可一小箧,余数册未出,已函使直寄北京。又昨得遏先书并《小学答问》一大缚,君应得十五部,因即以一册邮上,其它暂存仆所,如何处置,尚俟来命遏先云刻资共百五十金,印三百部计五十金,奉先生[4]一百部,其二百则分与出资者,计一金适得一部云。越中学事,惟从横家[5]乃大得法,不才如仆,例当沙汰。中学事难财绌,子英方力辞,仆亦决拟不就,而家食既难,它处又无可设法,京华人才多于鲫鱼,自不可入,仆颇欲在它处得一地位,虽远无害,有机会时,尚希代为图之。协和自四月以来即无消息,其近状如何,亦乞示及。写利[6]初愈,不能多作书,余待后述。倘有暇,尚祈以尺书见投。此颂

曼福。

树人 上 闰六月初六日[7]

起孟及ノブ子[8]已返越,即此问候,稍后数日当以书相谭。

又及

*　　*　　*

〔1〕 此信原无标点。

〔2〕 鲁迅这次去日本系为促周作人夫妇回国。

〔3〕 九善 日本东京的一家书店,除发行新书刊外,并代办欧美书刊。

〔4〕 指章太炎(1869—1936),名炳麟,号太炎,浙江余杭人,清末革命家、学者。著有《章氏丛书》、《章氏丛书续编》等。1908 年在东京

曾为鲁迅等讲授文字学。

〔5〕 从横家　战国时,苏秦游说六国合纵抗秦,张仪游说六国连横奉秦。后遂称苏秦、张仪一类说客为纵横家。这里用以指绍兴教育界玩弄权术的人。从,通纵。

〔6〕 写利　即泻痢。

〔7〕 公历为7月31日。

〔8〕 ノブ子　信子,指羽太信子(1888—1962),周作人妻。

1111 ○○　致　张　琴　孙[1]

琴孙先生左右:

迳启者,比者华土光复,共和之治可致,地方自治,为之首涂。诸君子责在辅化,董理维持,实焉攸赖,其任甚重。仆等不敏,未足与语治。惟臆测所及,或有足备省察者,敢不一陈之乎?

侧惟共和之事,重在自治,而治之良否,则以公民程度为差。故国民教育,实其本柢。上论学术,未可求全于凡众。今之所急,惟在能造成人民,为国柱石,即小学及通俗之教育是也。今绍城学校略具,问学之士,不患无所适从。独小学寥落无几,此甚所惑也。曩闻有建立区学之议,当由自治局主持其事,顾亦迟迟未闻后命。诸君子经营乡国,在务其远者大者,或未暇及此。顾教育一端,甚关国民前途。故区区之事,亦未可缓。

城区小学,合官私所立,虽有十数。而会稽二区独阙。二区之地,广袤数里,儿童待学者,为数不少。昔日小学,仅有僧立第一及第二两校,容纳之数,不过百人,久不足于用。今复以经费支拙,后先停闭。从此区中仅存家塾,更无小学,非特学年儿童,无地入学,即旧日生徒亦将星散,任其荒嬉;有愿续学者,惟有复入私塾,或不辞远道,寄学他处而已。以国民义务之小学,昔者制既不完,今又并不完者而无之,至于使人欲自就学而无方,是非有司及区人之责耶?

仆等世居二区,僧立校又昔由建人将事,故深不乐见区中学事,陵夷至此。所幸议会方开,硕士慎簬,因此不辞冒昧,陈其悃愊。倘见省览,希即首先提议,组织区学,简任高明,速日开学。造福地方,至非浅鲜,此仆等所深有望于诸君子者也。

专此披陈,聊备采择,诸惟朗鉴不宣。

周树人 建人 顿首

* * *

〔1〕 原稿由周作人起草,鲁迅逐句修改、圈断,并批有"致报馆文宜圈断"七字。曾刊载于1912年1月19日绍兴《越铎日报》。

张琴孙(1878—1955),名钟源,字琴孙,浙江绍兴人。辛亥革命后任绍兴县议会议长,经手修建成章学校校舍和整修东双桥。

一九一六年

161209　致许寿裳[1]

季市君足下:别后于四日到上海,七日晨抵越中[2],途中尚平安。虽于所见事状,时不惬意,然兴会最佳者,乃在将到未到时也。故乡景物颇无异于四年前,臧否不知所云。日来耳目纷扰,无所可述。在沪时闻蔡先生[3]在越中,报章亦云尔;今日往询其家,则言已往杭州矣。在此曾一演说,听者颇不能解,或者云:但知其欲填塞河港耳。朱渭侠[4]忽于约十日前逝去,大约是伤寒后衰弱,不得复元,遂尔奄忽,然大半亦庸医速之矣。杭车中遇未生[5],言章师在外亦颇困顿。浙图书馆原议以六千金雇匠人刻《章氏丛书》[6],字皆仿宋,物美而价廉。比来两遭议会质问,谓此书何以当刻,事遂不能进行。国人识见如此,相向三叹。闻本年越中秋收颇佳,但归时问榜人[7],则云实恶,大约疑仆是南归收租人,故以相谩,亦不复究竟之矣。此颂
曼福。

　　　　　　　　　　　仆树人 顿首 十二月九日
铭伯[8]先生前乞致意问候,不别具。

*　　*　　*

〔1〕 此信原无标点。

〔2〕 鲁迅于1916年12月3日返绍兴探亲,七日抵达,次年1月7日返抵北京。

〔3〕 蔡先生 指蔡元培。参看170125信注〔1〕。1916年11月他从欧洲回国后,曾于26日下午向绍兴各界发表演说,希望能改善交通,注意卫生,举办各种事业等。

〔4〕 朱渭侠(?—1916) 名宗吕,字渭侠,浙江海宁人。曾留学日本,当时任绍兴浙江第五中学校长。

〔5〕 未生 龚宝铨(1886—1922),字未生,浙江嘉兴人。章太炎的长婿。在东京曾和鲁迅等同就章太炎学习文字学。辛亥革命后任浙江图书馆馆长。

〔6〕《章氏丛书》 收章太炎著作十五种。1919年浙江图书馆刻版刊行。

〔7〕 榜人 船夫。

〔8〕 铭伯 许寿昌(1866—1921),字铭伯,浙江绍兴人。许寿裳的长兄。民国成立后任财政部主事,曾和鲁迅同住北京绍兴县馆。

一九一七年

170125　致蔡元培[1]

鹤庼先生左右:蒙　书,祗悉。商君[2]所学系英文,其国文昔在中学校时颇能作论文,成绩往往居前列,惟入大学后,未必更留意于此。今若令作平常疏记论述文字,当亦能堪,但以授人,则虑尚有间耳。专此布达,敬请

道安。

晚周树人 谨上 一月廿五日

* * *

〔1〕 此信原无标点。

蔡元培(1868—1940),字鹤卿,一作鹤庼,号子民,浙江绍兴人,近代教育家。前清进士,早年与章太炎等组织光复会,后又参加同盟会。曾任北洋政府教育总长、北京大学校长、国民党政府中央研究院院长等职。1932年底和宋庆龄、杨杏佛等组织中国民权保障同盟并任该盟副主席。

〔2〕 商君　指商契衡(1890—？),字颐艻,浙江嵊县人。鲁迅在绍兴府中学堂任教时的学生,北京大学毕业。当时任北京大学图书馆馆员。

170308　致蔡元培[1]

鹤庼先生左右：前被　书，属告起孟,并携言语学美学书籍,便即转致。顷有书来,言此二学均非所能,略无心得,实不足以教人[2],若勉强敷说,反有辱殷殷之意。虑到后面陈,多稽时日,故急函谢,切望转达,以便别行物色诸语。今如说奉闻,希

鉴察。专此,敬请

道安。

晚周树人　谨上　三月八日

*　　*　　*

〔1〕　此信原无标点。

〔2〕　鲁迅推荐周作人到北京大学任教,蔡元培最初拟聘周作人讲授语言学和美学。

170513　致蔡元培[1]

鹤庼先生左右：谨启者：起孟于前星期发热,后渐增。今日延医诊视,知是痦子[2]。此一星期内不能外出受风,希

赐休暇为幸。专此,敬请

道安。

晚周树人　谨状　五月十三日

※　　※　　※

〔1〕　此信原无标点。

〔2〕　瘄子　疹子。周作人自5月7日夜出疹子,至6月初始愈。

一九一八年

180104　致许寿裳[1]

季市君足下：一别忽已过年,当枯坐牙门[2]中时,怀想弥苦。顷蒙书,藉审梗概,又据所闻,则江西厅[3]较之不上不落之他厅,尚差胜,聊以慰耳。来论谓当灌输诚爱二字,甚当;第其法则难,思之至今,乃无可报。吾辈诊同胞病颇得七八,而治之有二难焉:未知下药,一也;牙关紧闭,二也。牙关不开尚能以醋涂其腮,更取铁钳摧而启之,而药方则无以下笔。故仆敢告不敏,希别问何廉臣[4]先生耳。若问鄙意,则以为不如先自作官,至整顿一层,不如待天气清明以后,或官已做稳,行有余力时耳。再此间闻老虾公[5]以不厌其欲,颇暗中作怪,虽真否未可知,不可不防。陈君地窈谓当早为设法,缘寿山[6]请托极希,亦当聊塞其请也。《新青年》[7]以不能广行,书肆拟中止;独秀[8]辈与之交涉,已允续刊,定于本月十五出版云。罗遗老[9]出书不少,如明器、印铢[10]之类,俱有图录,惜价贵而无说,亦一憾事。孙氏《名原》[11]亦印出,中多木丁[12]未刻,观之令人怅然,而一薄本需银一元,其后人惰于校刻而勤于利,可叹。仆迄今未买,他日或在沪致之,缘可七折,而今又不急急也。起孟讲义[13]已别封上。

　　　　　　　　　　　　　　　树　言　一月四日

部中对 君尚无谣言。兽道[14]已在秘书处行走,自遇兽道,可谓还治其身矣。吉黑二厅[15],闻迄今尚未得一文,颇困顿。女官公[16]则厌厌无生意,略无动作。今日赴部,有此公之腹底演说,只闻新年二字,余乃倾听亦不可辨,然仆亦不复深究也。诸友中大抵如恒。惟季上[17]于十月初病伤寒,迄今未能出动;其女亦病,已痊;其夫人亦病,于年杪逝去,可谓不幸也矣。协和博负钱七八十,今日见之,目眶下陷,自言非因失眠,实缘小病,每微病而目眶便陷,彼家人人如此,似属遗传云云,仆亦不复深究之矣。此颂

曼福。

　　　　树 顿首　作[18]附笔候

＊　　＊　　＊

〔1〕 此信原无标点。

〔2〕 牙门　同"衙门"。这里指当时北洋政府教育部。

〔3〕 江西厅　指江西教育厅。许寿裳于1917年9月至1921年1月任该厅厅长。

〔4〕 何廉臣(1860—1929)　浙江绍兴人。中医,曾任绍兴医学会会长。

〔5〕 老虾公　疑指夏曾佑(1865—1924),字遂卿,一作穗卿,浙江杭县(今余杭)人。光绪进士,曾参加清末维新运动。后任北洋政府教育部社会教育司司长、京师图书馆馆长。

〔6〕 寿山　即齐宗颐(1881—1965),字寿山,河北高阳人。曾留学德国。后任北洋政府教育部佥事、视学。

〔7〕 《新青年》 综合性月刊,"五四"时期倡导新文化运动,传播马克思主义的重要刊物。1915年9月在上海创刊,由陈独秀主编,第一卷名《青年杂志》,第二卷起改名《新青年》。从1918年1月起,李大钊等参加该刊编辑工作。1922年7月休刊。共出九卷,每卷六期。

〔8〕 独秀 即陈独秀(1879—1942),字仲甫,安徽怀宁人。北京大学教授,《新青年》杂志创办人,"五四"时期提倡新文化运动的主要人物。1921年中国共产党成立后任党的总书记。第一次国内革命战争后期,推行右倾机会主义路线,使革命遭到失败。之后他成了取消主义者,接受托洛茨基派的观点,成立反党小组织,于1929年11月被开除出党。

〔9〕 罗遗老 指罗振玉(1866—1940),字叔蕴,号雪堂,浙江上虞人。清末曾任学部参事官等职。辛亥革命后以遗老自居。"九一八"后任伪"满洲国"监察院院长、临时政务督办及满日文化协会常任理事。

〔10〕 明器 即冥器(陪葬物品)。印钤,即印玺。罗振玉曾辑有《古明器图录》(四卷)以及印谱《凝清室古官印存》、《隋唐以来官印集存》等。

〔11〕 孙氏 指孙诒让(1848—1908),字仲容,浙江瑞安人,清末经学家、文字学家。《名原》,二卷,是有关文字起源及其演变的书。

〔12〕 木丁 即木钉。木板书刻板后,如发现错字,即挖空,打入木钉重刻。如未补刻,印出后即留下黑斑。

〔13〕 起孟讲义 指周作人当时在北京大学任教时所编的《欧洲文学史》讲义。

〔14〕 兽道 疑指凌念京,字渭卿,四川宜宾人。1917年12月7日北洋政府教育部命令将他"调部任用派在秘书处办事"。

〔15〕 吉黑二厅 指吉林、黑龙江两省的教育厅。

〔16〕 女官公　指傅增湘(1872—1949),字沅叔,四川江安人,藏书家。清末进士,曾任翰林院编修、京师女子师范学堂总理。辛亥革命后曾任议员,1917年12月至1919年5月,任北洋政府教育总长。相传太平天国时有女状元傅善祥任东王(杨秀清)府女官首领,因姓名与傅增湘读音相近,故这里以"女官公"代指傅增湘。

〔17〕 季上　即许丹(1891—1950),字季上,浙江杭州人。曾任北洋政府教育部主事、视学、编审员,北京大学讲师等职。

〔18〕 作　指周作人。

180310　致许寿裳[1]

季市君足下:数日前蒙　书,谨悉。《文牍汇编》[2]第三,今无其书,亦无付印朕兆。所物色之人,条件大难,何可便得,善于公牍已不凡,而况思路明晰者哉？故无以报命。若欲得思路胡涂者,则此间触目都是,随时可以奉献也。子英通信处是大路俊诚陞记箔庄转交,陈君尚无事。所需书目,起孟写出三种如别纸,惟其价目,今或因战事已稍增。又第三种较深,今之学生,虑未能读,可以从缓。《新青年》第二期已出,别封寄上。今年群益社见贻甚多,不取值,故亦不必以值见返耳。日前在《时报》见所演说[3],甚所赞成,但今之同胞,恐未必能解。仆审现在所出书,无不大害青年,其十恶不赦之思想,令人肉颤。沪上一班昏虫又大捣鬼,至于为徐班侯之灵魂照相,其状乃如鼻烟壶。[4]人事不修,群趋鬼道,所谓国将亡听命于神者哉！近来部中俸泉虽不如期,尚不至甚迟,但纸券暴落,人心又不宁一,困顿良不可言。家叔[5]旷达,自由行动数十年而逝,仆殊羡其福气。至于善后,则殆无从措手。既须谋食,更不暇清理纠葛,倘复纷纭,会当牺牲老屋,率眷属拱手让之耳。专此并颂

曼福。

仆周树人 顿首 三月十日

* * *

〔1〕 此信原无标点。

〔2〕《文牍汇编》 指当时北洋政府教育部编印的《教育部文牍汇编》。

〔3〕《时报》 指上海《时报》,1904年4月创刊,1939年9月停刊。这里说的许的"演说",发表于该报1918年2月23、24日,题为《江西教育厅长在茶话会第二次演词》。

〔4〕 沪上昏虫捣鬼 1917年10月,俞复、陆费逵等人在上海设盛德坛扶乩,组织"灵学会",次年1月又创办《灵学杂志》,宣传迷信,反对科学。同年3月1日,上海《时报》刊登了徐班侯被"招魂返里",经乩示"可摄灵照"的报导,3日,又刊出了徐的所谓"魂灵之摄影"。徐班侯(1845—1917),名定超,浙江永嘉人。清末翰林,辛亥革命后曾任温州军政分府都督,后在教育部任职。因轮船遭劫丧生。

〔5〕 家叔 指周凤升(1882—1918),又名伯升。1904年江南水师学堂毕业,一直在海军供职,任上尉衔兵轮技正。

180529 致许寿裳[1]

季市君足下:顷蒙书,祇悉,便赴文书科查检案卷,有上海高等

实业学堂系南洋商务学堂改称,江南实业学堂,而南洋高等实业学堂则无有。又查上海江南两学堂名册,亦不见魏公之名。此宗案卷从前清移交,有无阙失,不可知。总之此公则不见于现存经传中,非观其文凭难辨真妄。然既善于纠缠,则纵令真为南洋高等实业学堂最优卒业,肄业年限为一百年,亦无足取耳。部中近事多而且怪,怪而且奇,然又毫无足述,述亦难尽,即述尽之乃又无谓之至,如人为虮子所叮,虽亦是一件事,亦极不舒服,却又无可叙述明之,所谓"现在世界真当仰东石杀[2]者"之格言,已发挥精蕴无余,我辈已不能更赘矣。《新青年》第五期大约不久可出,内有拙作少许[3]。该杂志销路闻大不佳,而今之青年皆比我辈更为顽固,真是无法。此复,敬颂

曼福。

仆树人 顿首 八[五]月廿九日

* * *

〔1〕 此信原无标点。

〔2〕 仰东石杀 书信中也作"娘东石杀",绍兴骂人的话,意同"他妈的"。

〔3〕 拙作少许 指小说《狂人日记》和新诗《梦》、《爱之神》、《桃花》。

180619　致　许寿裳[1]

季市君足下:日前从　铭伯先生处得知　夫人[2]逝去,大出意外。朋友闻之亦悉惊叹。夫节哀释念,固莫如定命之谭,而仆则仍以为不过偶然之会,吊慰悉属肤辞,故不欲以陈言相闻。度在明达,当早识聚离生死之故,不俟解于人言也。惟经理孺子,首是要事,不知将何以善其后耶?《新青年》第五期及启孟讲义前日已寄上。溽暑尚自珍摄。

仆树　顿首　六月十九日

*　　*　　*

〔1〕　此信原无标点。

〔2〕　夫人　指沈慈晖(1882—1918),浙江绍兴人。1909年10月与许寿裳结婚,是许寿裳元配夫人沈淑晖的异母姐妹。

180705　致　钱玄同[1]

玄同兄:来信收到了。你前回说过七月里要做讲义、所以《新青年》让别人编、明年自己连编两期、何以现在又要编了?起孟说过想译一篇小说[2]、篇幅是狠短的、可是现在还未寄来。大约一到家里[3]、内政外交、种种庶务、总须几天才完、渺无消息、也不足奇、想来廿日以内、总可以译好的。至于敝人的一篇[4]、却恐怕有点靠不住、因为敝人嘴里要做的东西、向来狠多、然而从来未尝动手、照例类推、未免不做的点、在六十分以上了。

中国国粹、虽然等于放屁、而一群坏种、要刊丛编[5]、却也毫不足怪。该坏种等、不过还想吃人、而竟奉卖过人肉的侦心探龙做祭酒、[6]大有自觉之意。即此一层、已足令敝人刮目相看、而猗欤羞哉、尚在其次也。敝人当袁朝时、曾戴了冕帽出无名氏语录、献爵于　至圣先师的老太爷之前[7]、阅历已多、无论如何复古、如何国粹、都已不怕。但该坏种等之创刊屁志、系专对《新青年》而发、则略以为异、初不料《新青年》之于他们、竟如此其难过也。然既将刊之、则听其刊之、且看其刊之、看其如何国法、如何粹法、如何发昏、如何放屁、如何做梦、如何探龙、亦一大快事也。国粹丛编万岁！老小昏虫万岁！！

蚊虫咬我，就此不写了。

　　　　　　　　　　　　　　　鲁迅　七月五日

*　　　*　　　*

〔1〕　此信原件以顿号作逗号用。

钱玄同(1887—1939)，名夏，字中季，后改名玄同，浙江吴兴人，语言文字学家。留学日本时曾和鲁迅同就章太炎学习文字学。后历任北京大学、北京师范大学等校教授。"五四"时期参加新文化运动，为《新青年》编委之一。

〔2〕　这里所说的"一篇小说"，疑指瑞典斯特林堡(A. Strindberg, 1849—1912)所作短篇小说《改革》，周作人的译文后载于《新青年》第五卷第二号(1918年8月)。

〔3〕　周作人于1918年6月20日至9月10日由北京返绍兴探亲。

〔4〕 当指《我之节烈观》,后收入《坟》。

〔5〕 一群坏种要刊丛编　疑指当时刘师培等计划复刊《国粹学报》和《国粹汇编》。此事后未实现,1919年3月他们另创办《国故》月刊,鼓吹"昌明中国固有之学术",与新文化运动相对抗。

〔6〕 "奉卖过人肉的侦心探龙做祭酒",意思是指推出刘师培做头目。刘师培(1884—1919),又名光汉,字申叔,江苏仪征人,近代学者。清末曾参加同盟会的活动。1909年为清朝两江总督端方收买,出卖革命党人,辛亥革命后又投靠袁世凯,与杨度、孙毓筠等组织筹安会,为袁世凯称帝效劳。他早年研究六朝文学,因南朝梁文艺理论家刘勰著有《文心雕龙》一书,故鲁迅用"侦心探龙"(暗取"侦探"二字)代指刘师培。祭酒,原为古代祭祀仪式的主持者,汉代以后为学官名。

〔7〕 袁朝　指袁世凯统治时期(1912—1916)。袁世凯窃居总统职位后即阴谋复辟帝制,为此大搞尊孔祭孔活动。当时鲁迅在教育部任职,曾随同当过祀孔"执事"。

180820　致 许 寿 裳[1]

季市君足下:早蒙书,卒卒不即复。记前函曾询部中《最新法令汇编》[2],当时问之雷川[3],乃云无有。前答未及,今特先陈。　夫人逝去,孺子良为可念,今既得令亲到赣,复有教师,当可稍轻顾虑。人有恒言:"妇人弱也,而为母则强。"[4]仆为一转曰:"孺子弱也,而失母则强。"此意久不语人,知 君能解此意,故敢言之矣。《狂人日记》实为拙作,又有白话诗署"唐俟"者,亦仆所为。前曾言中国根柢全在道教,此说近颇广行。以此读史,有多种问题可以迎刃而解。后以偶阅《通鉴》[5]，乃悟中国人尚是食人民族，因成此篇。此种发见，关系亦甚大，而知者尚寥寥也。京师图书分馆[6]等章程，朱孝荃[7]想早寄上。然此并庸妄人钱稻孙，王丕谟[8]所为，何足依据。而通俗图书馆[9]者尤可笑，几于不通。仆以为有权在手，便当任意作之，何必参考愚说耶？教育博物馆[10]等素未究，必无以奉告。惟于通俗图书馆，则鄙意以为小说大应选择；而科学书等，实以广学会[11]所出者为佳，大可购置，而世多以其教会所开而忽之矣。覃孝方[12]之辞职，闻因为一校长所打，其所以打之者，则意在排斥外省人而代以本省人。然目的仅达其半，故覃去而 X[13] 至，可谓去虎进狗矣。部中风气日趋日下，略有人状者已寥寥不多见。若夫新闻，则有エバ[14]之健将牛献周[15]佥事在此娶妻，未几前妻闻风而至，乃诱后妻至奉天，售之妓馆，已而被诉，今方在图圄，但尚未判决也。作事如此，可谓极人间之奇观，达兽道之极致，而居然出于教育部，宁非幸欤！历观国内无一佳象，而仆则思想颇变迁，毫不悲观。盖国之观念，其愚亦与省界相类。若以人类为着眼点，则中国若改良，固足为人类进步之验（以如此国而尚能改良故）；若其灭亡，亦是人类向上之验，缘如此国人竟不能生存，正是人类进步之故也。大约将来人道主义终当胜利，中国虽不改进，欲为奴隶，而他人更不欲用奴隶；则虽渴想请安，亦是不得主顾，止能侘傺而死。如是数代，则请安磕头之瘾渐淡，终必难免于进步矣。此仆之所为乐也。此布，即颂

曼福。

　　　　　　　　　　　　　　仆树人 顿首 八月廿日

＊　　＊　　＊

〔1〕 此信原无标点。

〔2〕 《最新法令汇编》 指北洋政府教育部编印的《教育法规汇编》。

〔3〕 雷川 吴震春(1868—1944)，字雷川，浙江钱塘（今属杭州）人。清末进士，当时任北洋政府教育部总务司佥事兼文书科长。

〔4〕 梁启超《新民说》第七节"论进取冒险"中说："西儒姚哥氏有言：'妇人弱也，而为母则强。'"按"姚哥"即法国作家雨果，这句话出自他的长篇小说《九三年》。

〔5〕 《通鉴》 即《资治通鉴》，编年体通史，宋代司马光等撰，二九四卷，又考异、目录各三十卷。

〔6〕 京师图书分馆 设于北京宣武门外前青厂，1913年6月开馆。

〔7〕 朱孝荃(？—1924) 名颐锐，湖南衡阳人。当时任北洋政府教育部社会教育司主事兼京师通俗图书馆主任。

〔8〕 钱稻孙(1887—1966) 字介眉，浙江吴兴人。曾留学日、意，历任北洋政府教育部主事、视学、佥事及京师图书分馆主任等职。抗日战争时期出任日伪控制的北京大学校长等伪职。王丕谟，字仲猷，河北通县（今属北京市）人。曾任北洋政府教育部社会教育司主事及京师通俗图书馆主任、中央公园图书阅览所主任等职。

〔9〕 通俗图书馆 即京师通俗图书馆，设于北京宣武门内，1913年10月开馆。

〔10〕 教育博物馆 许寿裳任江西教育厅厅长期间在江西筹设，1918年9月开馆。

〔11〕 广学会　教会出版机构,清光绪十三年(1887)由英美基督教(新教)传教士在上海创立。编译出版有关历史、地理、理化、伦理、宗教等方面书籍,多为当时学堂所采用。

〔12〕 覃孝方(1878—?)　名寿堃,字孝方,湖北蒲圻人。清末进士,曾任北洋政府教育部秘书、参事等职。1917年9月任河南教育厅厅长,1918年4月调任陕西教育厅厅长,后未赴任。

〔13〕 X　指吴鼎昌(1884—1950),字达铨,浙江吴兴人。1918年4月继覃寿堃后任河南教育厅厅长。

〔14〕 エバ　日语:夏娃。《旧约·创世记》中上帝创造的第一个女人。此处疑代指夏曾佑。

〔15〕 牛献周　字正甫,山东沂水人。1917年6月任北洋政府教育部普通教育司佥事兼第二科科长,后调第四科。1918年8月被免职。后被判处八年徒刑。

一九一九年

190116　致许寿裳[1]

季巿君足下：日前蒙书，谨悉。仆于其先又寄上《新青年》五卷之第三四两本，今度已达。来书问童子所诵习，仆实未能答。缘中国古书，叶叶害人，而新出诸书亦多妄人所为，毫无是处。为今之计，只能读其记天然物之文，而略其故事，因记述天物，弊止于陋，而说故事，则大抵谬妄，陋易医，谬则难治也。汉文终当废去，盖人存则文必废，文存则人当亡，在此时代，已无幸存之道。但我辈以及孺子生当此时，须以若干精力牺牲于此，实为可惜。仆意　君教诗英[2]，但以养成适应时代之思想为第一谊，文体似不必十分决择，且此刻颂习，未必于将来大有效力，只须思想能自由，则将来无论大潮如何，必能与为沉瀣矣。少年可读之书，中国绝少，起孟素来注意，亦颇有译述之意，但无暇无才无钱，恐成绩终亦甚鲜。主张用白话者，近来似亦日多，但敌亦群起，四面八方攻击者众，而应援者则甚少，所以当做之事甚多，而万不举一，颇不禁人才寥落之叹。大学之《模范文选》[3]，本系油印，近闻已付排印，俟成后奉寄，不必得模胡之旧印矣。大学学生二千，大抵暮气甚深，蔡先生来，略与改革，似亦无大效，惟近来出杂志一种曰《新潮》[4]，颇强人意，只是二十人左右之小集合所作，间亦杂教员著作，第一卷已出，日内当即邮寄奉上其内以傅斯年作为上,罗家伦[5]亦不弱,皆学生。仆年来仍事嬉游,一无善状,但思想似稍变迁。明年,在绍之屋为族人所迫,必须卖去,便拟挈眷居于北京,不复有越人安越之想。而近来与绍兴之感情亦日恶,殊不自至[知]其何故也。闻燮和言李牧斋贻书于女官首领[6],说君坏话者已数次,但不知燮和于何处得来,或エバ等作此谣言亦未可定此是此公长技,对于ライブチヒ[7]亦往往如此。要之,我辈之与遗老,本不能志同道合,其啧有烦言,正是应有之事,记之聊供一哂耳。顷在部作此笺答,而 惠书在寓中,故所答或有未尽,请 恕为幸。专此,敬颂

曼福。

仆树 顿首 一月十六日

《新潮》第一册顷已寄出,并闻。同日

*　　*　　*

〔1〕 此信原无标点。

〔2〕 诗英 即许世瑛(1910—1972),许寿裳的长子。

〔3〕 《模范文选》 当时北京大学预科使用的国文课本。

〔4〕 《新潮》 综合性月刊,新潮社编辑,1919年1月创刊于北京,1922年出至第三卷第二号停刊。

〔5〕 傅斯年(1896—1950) 字孟真,山东聊城人。当时北京大学学生,《新潮》编辑,后留学英、德。《新潮》第一卷第一号刊有他的《人生问题发端》等文。罗家伦(1897—1969),字志希,浙江绍兴人。当时北京大学学生,《新潮》编辑,后留学欧美。《新潮》第一卷第一号刊有他的《今日之世界新潮》等文。

〔6〕 女官首领 指傅增湘,参看180104信注〔16〕。

〔7〕 ラィブチヒ 日语:莱比锡,德国城市名。此处代指蔡元培。蔡于1908年秋至1911年秋、1912年秋至1913年夏,两度在莱比锡大学研究学习。

190130 致钱玄同

明信片收到了。点句和署名两件事,都可照来信办理。昨天看见《新潮》第二册内《推霞》[1]上面的小序,不禁不敬之心,油然而生,勃然而长;倘若跳舞再不高明,便要沛然莫之能御了。相应明信片达,请烦查照,至纫公谊。此致

玄同兄

树 一月卅日

* * * *

〔1〕 《推霞》 独幕剧,德国苏德曼(1857—1928)作,宋春舫用文言翻译,载《新潮》第一卷第二号(1919年2月)。文前附有译者小序。

190216 致钱玄同[1]

玄同兄:

今天仲密[2]说,悠悠我思有一篇短文,是回骂上海什么报的,[3]大约想登在《每周评论》[4]上,因为该评论出的快,而

《新青年》出的慢。

我想该文可以再抄一篇,也登入《新青年》六卷二号《随感录》,庶几出而又出,传播更广,用副我辈大骂特骂之盛意,不知吾兄大人阁下以为何如?

弟庚言 载拜 二月十六日

* * *

〔1〕 此信原无标点。

〔2〕 仲密 即周作人。

〔3〕 悠悠我思 指陈大齐(1887—1983),字百年,浙江海盐人。曾留学日、德,当时任北京大学教授。他曾与龚未生为陶成章的《中国民族权力消长史》一书作校对,该书1904年在东京出版时,署名"会稽先生著述,独念和尚、悠悠我思编辑校对。"短文,指署名世纪的《破坏与建设》一文,载《每周评论》第十号(1919年2月23日)。内容是驳斥同年2月6日上海《时事新报》所载《破坏与建设,是一不是二》一文的观点。

〔4〕《每周评论》 综合性周刊,李大钊、陈独秀等人发起,1918年12月22日在北京创刊。1919年8月30日被北洋政府封闭,共出三十七期。

190419 致 周 作 人[1]

二弟览:十五所寄函已到。家事殊无善法,房子亦未有,且俟汝到京再议。《沙漠里之三梦》[2]本拟写与李守常[3],然偶校原书,似问答中有两条未译,不知何故。此亦止能俟到京后写与尹默[4]矣。

丸善之代金引换[5]小包已到,计二包,均于今日取出。《欧洲文学之ベリオドス》[6]计十一本,所阙者为第十二本(The Later 19センチユーリ—[7])。不知尚未出板,抑丸善偶无之,可就近问讯,或补买旧书。又书上写明每本5s net[8],而丸善每本乃取四圆十五钱,亦相差太远,似可以质问之也。今将其帐附上,又结算书一件亦附上,记汝曾言当亲向彼店清算也。

见上海告白[9],《新青年》二号已出,但我尚未取得,已函托爬翁[10]矣。大学无甚事,新旧冲突事[11],已见于路透电,大有化为"世界的"之意。闻电文系节述世与禽男[12]函文,断语则云:可见大学有与时俱进之意,与从前之专任ァルトス吐デント[13]办事者不同云云。似颇"阿世"也。

博文馆[14]所出《西洋文芸丛书》,有ズーデルマン[15]所著之《罪》一本,我想看看,汝回时如从汽船,则行李当不嫌略重,望买一本来。

此外无甚事,我当不必再寄信于东京。汝何时从东京出发,望定后函知也。

　　　　　　　　　兄树　上　四月十九日夜

安特来夫之《七死刑囚物語》[16]日译本如尚可得,望买一本来,勿忘为要。　二十日又及

汝前函言到上海后当与我一信,而此信至今未到也。

　　　　　　　　　　　　　　二十一日晨

一九一九年四月

＊　　＊　　＊

〔１〕　此信原无标点。

周作人（1885—1967），号起孟，又作启明、岂明，笔名仲密，鲁迅二弟。曾留学日本，历任北京大学、北京女子师范大学、燕京大学等校教授。"五四"时期曾参加新文化运动。1923年后，与鲁迅断绝往来，抗日战争时期出任伪华北政务委员会教育总署督办。

〔２〕　《沙漠里之三梦》　即《沙漠间的三个梦》。短篇小说，南非小说家旭莱纳（O. Schreiner，1855—1920）作，周作人译，载《新青年》第六卷第六号（1919年11月）。

〔３〕　李守常（1889—1927）　名大钊，河北乐亭人，马克思列宁主义在中国最初的传播者，中国共产党创始人之一。曾任北京大学教授兼图书馆主任、《新青年》编辑等。1921年中国共产党成立后，一直负责北方区党的工作。1927年4月6日在北京被奉系军阀张作霖逮捕，28日遇害。

〔４〕　尹默　沈实（1883—1971），号君默，后改尹默，浙江吴兴人。曾留学日本，后任北京大学、燕京大学、中法大学等校教授。当时为《新青年》编辑之一。按《新青年》第六卷由李大钊、沈尹默等六人轮流主编。

〔５〕　代金引换　日语：代收货价。

〔６〕　《欧洲文学之ベリオドス》　《欧洲文学的各时期》，英国桑次葆莱（G. Saintsbury）编辑，爱丁堡白拉克和特公司出版，共十二册。

〔７〕　The Later 19センチユーリー　即《十九世纪的后期》。

〔８〕　5s net　英语：实价五先令。S，英国货币单位 Shilling（先令）的略写。net，实价。

〔９〕　上海告白　指1919年4月15日上海《时报》所载《新青年》

45

第六卷第二号的出版广告。

〔10〕 爬翁　指钱玄同。许寿裳在《亡友鲁迅印象记》第七章《从章先生学》中记述鲁迅等在东京听讲时的情形说，"谈天时以玄同说话为最多，而且在席上爬来爬去。所以鲁迅给玄同的绰号曰'爬来爬去'。"

〔11〕 新旧冲突事　1919年3月18日，北京《公言报》刊载题为《请看北京学界思潮变迁之近状》的长篇报导，污蔑革新派，吹捧守旧派，同时发表了林琴南的《致蔡鹤卿书》；接着，蔡元培写了《答林琴南书》进行辩驳。当时路透社曾报导此事。

〔12〕 世　指蔡元培。周作人在《药味集·记蔡孑民先生事》中说："五四运动前后，文化教育界的空气很是不稳，校外有《公言报》一派，日日攻击，校内也有响应。黄季刚漫骂章氏旧同门'曲学阿世'。后来友人戏称蔡先生为'世'，往校长室为'阿世'云云。"禽男，琴南的谐音，即林纾（1852—1924），号畏庐，福建闽侯（今福州）人。清光绪举人，曾任教于京师大学堂。他据别人口述，用文言文翻译欧美等国文学作品一百余种，在当时影响很大，后集为《林译小说》出版。他晚年反对新文化运动，成为守旧派的代表人物。

〔13〕 アルトスチデント　德语 Alt student 的日语音译，意为"老学生"或"老学究"。

〔14〕 博文馆　东京的一家印刷局。

〔15〕 ズーデルマン　苏德曼（H. Sudermann，1857—1928），德国剧作家，小说家。著有剧本《荣誉》、《故乡》和小说《忧愁夫人》等。《罪》，疑指《萨多姆城（罪恶之都）的结局》。

〔16〕 安特来夫　通译安德烈夫（Л. Н. Андреев，1871—1919），俄国作家。著有小说《红笑》、《七个被绞死的人》（日译《七死刑囚物语》）

和剧本《人的一生》等。十月革命后流亡国外。

190428　致　钱玄同

玄同兄:

送上小说一篇[1],请　您鉴定改正了那些外国圈点之类,交与编辑人;因为我于外国圈点之类,没有心得,恐怕要错。

还有人名旁的线,也要请看一看。譬如里面提起一个花白胡子的人,后来便称他花白胡子,恐怕就该加直线了,我却没有加。

鲁迅　四月八[二十八]日

十九期《每周评论》附录中有鲁逊做的文章[2]一篇,此人并非舍弟,合并声明。

*　　*　　*

〔1〕 指短篇小说《药》,后收入《呐喊》。

〔2〕 鲁逊做的文章　指《学界新思想之潮流》,载《每周评论》第十九期(1919年4月27日),原注转载自北京《唯一日报》。

190430　致　钱玄同

心异[1]兄:

"鄙见"狠对,据我的"卓识",极以为然。

仲密来信说,于夷歪[2]五月初三四便走,写信来不及。

速斋[3]班辈最大,并无老兄,所以遯庐当然不是"令兄"。

近来收到"杂志轮读会"〔4〕的一卷书,大约是仲密的。我想:这书恐怕不能等他回来再送,所以要打听送给何人,以便照办;曾经信问尹默,尚无回信,大约我信到否不可知。兄知道该怎么送吗?请告诉我。

迅　夏正初一而夷歪三十足
　　见夷狄之不及我天朝矣

* * *

〔1〕　心异　指钱玄同。1919年2月17、18日,上海《新申报》连载林纾的小说《荆生》,其中一个人物取名金心异,影射钱玄同。

〔2〕　夷歪　指阳历,戏语,对"夏正"(夏历)而言。

〔3〕　速斋　鲁迅自称。"速"当由"迅"引申而来。

〔4〕　"杂志轮读会"　未详。

190704　致钱玄同

心翁先生:子秘[1]是前天出发的。和他通信,应该写"东京府下、巢鸭町上驹込三七九羽太方○○○收"。他大约洋历八月初可到北京,"仇偶"和"半仇子女"[2]也一齐同来,不到"少兴府"[3]了。"卜居"还没有定,只好先租;这租房差使,系敝人承办,然而尚未动手,懒之故也。

《鱻苍载》[4]还没有见过,实在有背"先睹为快"之意。

贵敝宗某君的事,恐怕很难;许君早已不管图书馆事,现任系一官气十足的人,和他说不来。

听说世有可来消息,[5]真的吗?

俟 上 七月四日

* * *

〔1〕 子秘 即周作人。

〔2〕 "仇偶"和"半仇子女" 指周作人妻羽太信子和他们的子女。因当时正值各地民众为抗议巴黎和会而掀起反日运动,故鲁迅以此戏称。

〔3〕 "少兴府" 即绍兴府。

〔4〕 《鱻苍载》 1918年12月15日钱玄同致周作人信:"尊贵的朋友所必需的鲜苍稔(此是用训诂代本字,学探龙先生的办法)里边的《易经起课先生号》,可不可以稍迟几天送而且献。"按《易经起课先生号》即指《新青年》第四卷第六号"易卜生号"。这里鲁迅所说的《鱻苍载》,和钱玄同提到的《鲜苍稔》,俱为《新青年》的代称。鱻,"新鲜"的"鲜"的异体字。苍,青色。载,犹"年"。

〔5〕 世有可来消息 1919年5月9日,北京大学校长蔡元培为抗议北洋政府镇压五四运动辞职离校。后在校内外的催促下始通电放弃辞职,并于9月12日回京主持校务。

190807 致 钱 玄 同

心异兄:——

仲密寄来《访新村记》[1]一篇,可以登入第六期内。但文内几处,还须斟酌,所以应等他到京后再说。他大约十日左右总可到,一定来得及也。特此先行通知。

又此篇决不能倒填年月,登载时须想一点方法才好。

鲁迅 八月七日

* * *

〔1〕《访新村记》 即《访日本新村记》,系周作人记述1919年7月在日本参观活动的文章,后来发表于《新潮》杂志第二卷第一号(1919年10月)。这里说的"第六期",指应在同年6月出版的《新青年》第六卷第六号,此时该刊实已脱期,如按原定6月出版的刊期,则与文章写作的时间发生矛盾,因此信中说"决不能倒填年月","须想一点方法"。

190813　致 钱 玄 同[1]

玄同兄:两封来信都收到了。子秘已偕□妻□子到京、[2]现在住在山会邑馆[3]间壁曹宅里面、门牌是第五号。

关于《新村》的事、两面都登也无聊、我想《新青年》上不登也罢、因为只是一点记事、不是什么大文章、不必各处登载的。

黄棘[4]不是孙伏公、单知道他住在鲁镇、不知道别的、伏即福源、来信说的都对、写信给他、直寄"或⺋□"[5]就是、他便住在那里、バーラートル是一种鱼肝油、并非专医神经的药、但身体健了、神经自然也健、所以也可吃得的、这药有两种、一种红包瓶外包纸颜色、对于肺病格外有效、一种蓝包是普通强壮剂、为神经起见、吃蓝包的就够了。

迅 八月十三日

※　　※　　※

〔1〕　此信原件以顿号作逗号用。

〔2〕　子秘已偕□妻□子到京　据鲁迅1919年8月10日日记："午后二弟、二弟妇、丰、谧、蒙及重久君自东京来,寓间壁王宅内。"

〔3〕　山会邑馆　绍兴县馆的旧称,在北京宣武门外南半截胡同。鲁迅于1912年5月6日至1919年11月21日在此居住。

〔4〕　黄棘　鲁迅笔名。1919年8月12日在《国民公报》发表《寸铁》四则时曾署此名。

〔5〕　"或⺀⼙□"　即《国民公报》。孙伏园当时任该报副刊编辑。或,国的古字。许慎《说文解字》第十二篇："或,邦也。"清代段玉裁注："古文祇有或字,既乃复制国字。"⺀,金文"民"字的变体。⼙,金文"公"字。□,阙文符号,意为此字请收信人推断。《国民公报》,原为君主立宪派的日报,1910年8月创刊于北京。1919年10月被北洋政府查封。

一九二〇年

200103　致周心梅[1]

心梅老叔大人尊右：

　　谨启者，在越首途不遑走辞，而既劳大驾，又承厚惠，感歉俱集。自杭至宁，一路幸托福荫，旅况俱适。当日渡江，廿九日午抵北京。自家母以下，并皆安善堪舒。

　　绮注在绍时，曾告南山头佃户二太娘来城立认票，讵知游约不至。只得请吾叔收租时再催促之。寄存之物，兹开单附上。单系临发时所记录，仓卒间恐有错误，请老叔暇中费心一查对可也。

　　专此布达，敬请

崇安。

侄 树人（建人） 拜启　一月三日

*　　*　　*

〔1〕　此信由周作人执笔，鲁迅校改。原无标点。

　　周心梅（1864—1939），名秉钧，字彝宪，号心梅，浙江绍兴人。与鲁迅的父亲周伯宜为同曾祖父的从兄弟。当时是绍兴城区上大路元泰纸店店员。鲁迅举家北迁之后，未尽事宜均委托周心梅代为处理。

一九二〇年五月

200504　致宋崇义[1]

知方同学兄足下：

日前蒙惠书，祇悉种种。

仆于去年冬季，以挈眷北来，曾一返越中，往来匆匆，在杭在越之诸友人，皆不及走晤；迄今犹以为憾！

比年以来，国内不靖，影响及于学界，纷扰已经一年。世之守旧者，以为此事实为乱源；而维新者则又赞扬甚至。全国学生，或被称为祸萌，或被誉为志士；然由仆观之，则于中国实无何种影响，仅是一时之现象而已；谓之志士固过誉，谓之乱萌，亦甚冤也。

南方学校现象，较此间似尤奇诡，分教员为四等，[2]可谓在教育史上开一新纪元，北京尚无此举，惟高等工业抬出校长，[3]略堪媲美而已。然此亦只因无校长提倡，故学生亦不发起；若有如姜校长[4]之办法，则现象当亦相同。世之论客，好言南北之别，其实同是中国人，脾气无甚大异也。

近来所谓新思潮者，在外国已是普遍之理，一入中国，便大吓人；提倡者思想不彻底，言行不一致，故每每发生流弊，而新思潮之本身，固不任其咎也。

要之，中国一切旧物，无论如何，定必崩溃；倘能采用新说，助其变迁，则改革较有秩序，其祸必不如天然崩溃之烈。而社会守旧，新党又行不顾言，一盘散沙，无法粘连，将来除无可收拾外，殆无他道也。

今之论者,又惧俄国思潮传染中国,足以肇乱,此亦似是而非之谈,乱则有之,传染思潮则未必。中国人无感染性,他国思潮,甚难移殖;将来之乱,亦仍是中国式之乱,非俄国式之乱也。而中国式之乱,能否较善于他式,则非浅见之所能测矣。

要而言之,旧状无以维持,殆无可疑;而其转变也,既非官吏所希望之现状,亦非新学家所鼓吹之新式:但有一塌胡涂而已。

中国学共和不像,谈者多以为共和于中国不宜;其实以前之专制,何尝相宜?专制之时,亦无忠臣,亦非强国也。

仆以为一无根柢学问,爱国之类,俱是空谈;现在要图,实只在熬苦求学,惜此又非今之学者所乐闻也。此布,敬颂
曼福!

仆树 顿首 五月四日

* * *

〔1〕 此信据桂林《文化杂志》第一卷第三期(1941年10月15日)所载编入。

宋崇义(1883—1942),字知方,浙江上虞人。鲁迅在浙江两级师范学堂任教时的学生。后曾在浙江台州中学、杭州宗文中学、杭州艺术专科学校等处任教。

〔2〕 分教员为四等 五四运动之后不久,浙江第一师范学校学生施存统发表《非孝》一文(载《浙江新潮》第三期)。1919年12月浙江省议会议员六十五人联名上书北洋政府,指控该校校长经亨颐"提倡非

孝废孔,共妻共产",要求严办。次年2月,浙江省教育厅下令将经亨颐调离,由姜琦接替校长之职,引起教员、学生罢教罢课。姜到校后提出整顿措施,其中对教员"分别等第,以定去留",将教员分为"必留者"、"可留者"、"暂留者"、"必去者"四等。

〔3〕 高等工业抬出校长 1920年2月,北京工业专门学校学生夏秀峰因参加街头演讲被捕。该校学生要求校长洪镕出面营救遭拒绝,遂于3月19日集会,迫令洪镕离校,酿成学潮。北洋政府教育部全力支持洪镕,开除为首学生,洪强令反对他的学生写悔过书。

〔4〕 姜校长 指姜琦(1886—1951),字伯韩,浙江永嘉人。日本东京高等师范学校毕业,当时继经亨颐之后,任浙江第一师范学校校长。

200816　致　蔡元培[1]

孑民先生左右：

今晨趋谒,值已赴法政学校,为怅。舍弟建人,从去年来京在大学听讲,本系研究生物学,现在哲学系。[2]日愿留学国外,而为经济牵连无可设法。比闻里昂华法大学[3]成立在迩,想来当用若干办事之人,因此不揣冒昧,拟请先生量予设法,俾得借此略求学问,副其素怀,实为至幸。

专此布达,敬请
道安。

　　　　　　　　　　　　周树人　谨上　八月十六日

＊　　　＊　　　＊

〔1〕 此信原无标点。

〔2〕 周建人于1919年12月随母亲一行举家迁北京,经鲁迅介绍入北京大学哲学系,旁听科学总论等课程。

〔3〕 里昂华法大学 即里昂中法大学,蔡元培、李石曾、吴稚晖等人1920年创设,1947年因经费不足而关闭。当时准备在北京、上海、广州等地招生。

200821　致蔡元培[1]

孑民先生左右：

适蒙书祗悉。舍弟建人,未入学校[2]。初治小学,后习英文,现在可看颇深之专门书籍。其所研究者为生物学,曾在绍兴为师范学校及女子师范学校博物学教员三年[3]。此次志愿专在赴中法大学留学,以备继续研究。第以经费为难,故私愿即在该校任一教科以外之事务,足以自给也。

专此布达,敬请

道安。

　　　　　　　　　　　　周树人　谨状　八月廿一日

* 　 * 　 * 　 *

〔1〕 此信原无标点。

〔2〕 周建人曾于1897年至1905年3月在会稽县学堂就读。

〔3〕 周建人于1906年曾出任绍兴僧立小学校长,后又在绍兴小学养成所、明道女校任教,并在成章女校兼课。

一九二一年

210103　致　胡　适[1]

适之先生：

寄给独秀的信，[2]启孟以为照第二个办法最好，他现在生病，医生不许他写字，所以由我代为声明。

我的意思是以为三个都可以的，但如北京同人一定要办，便可以用上两法而第二个办法更为顺当。至于发表新宣言说明不谈政治，我却以为不必，这固然小半在"不愿示人以弱"，其实则凡《新青年》同人所作的作品，无论如何宣言，官场总是头痛，不会优容的。此后只要学术思想艺文的气息浓厚起来——我所知道的几个读者，极希望《新青年》如此，——就好了。

　　　　　　　　　　　　　　　　　　树　一月三日

*　　*　　*

〔1〕　胡适（1891—1962）　字适之，安徽绩溪人。早年留学美国。1917年任北京大学教授。"五四"时期是新文化运动的代表人物之一。当时曾参加《新青年》的编辑工作。

〔2〕　寄给独秀的信　指胡适于1920年12月间致陈独秀的信。1921年1月12日胡适又将此信交鲁迅等人传阅征求意见。信中胡适

为改变《新青年》的性质提出"三个办法"时说:"1.听《新青年》流为一种有特别色彩之杂志,而另创一个哲学文学的杂志,篇幅不求多,而材料必求精。……2.若要《新青年》'改变内容',非恢复我们'不谈政治'的戒约,不能做到。但此时上海同人似不便做此一着,兄似更不便,因为不愿示人以弱,但北京同人正不妨如此宣言。故我主张趁兄离沪的机会,将《新青年》编辑的事,自九卷一号移到北京来,由北京同人于九卷一号内发表一个新宣言,略根据七卷一号的宣言,而注重学术思想艺文的改造,声明不谈政治。孟和说,《新青年》既被邮局停寄,何不暂时停办,此是第三办法。"

210115　致胡　适

适之先生:

今天收到你的来信。《尝试集》[1]也看过了。

我的意见是这样:

《江上》可删。

《我的儿子》全篇可删。

《周岁》可删;这也只是寿诗之类。

《蔚蓝的天上》可删。

《例外》可以不要。

《礼!》可删;与其存《礼!》,不如留《失[希]望》。

我的意见就只是如此。

启明生病,医生说是肋膜炎,不许他动。他对我说,"《去国集》[2]是旧式的诗,也可以不要了。"但我细看,以为内中确有许多好的,所以附着也好。

我不知道启明是否要有代笔的信给你,或者只是如此。但我先写我的。

我觉得近作中的《十一月二十四夜》[3]实在好。

树 一月十五日夜

* * * *

〔1〕《尝试集》 诗集,胡适著。1920年3月上海亚东图书馆初版。1920年底自删一遍后,又请任鸿隽、陈衡哲、鲁迅、周作人、俞平伯再删。1922年10月发行"增订四版"(附《去国集》)。鲁迅建议删去的《江上》、《礼》二首未删,胡适在《尝试集·四版自序》中说明了原因。

〔2〕《去国集》 内收胡适1913年至1917年间在美国所作旧体诗词二十二首,另用文言翻译的拜伦《哀希腊歌》一首(十六节)。

〔3〕《十一月二十四日夜》 新诗,原载1921年1月1日《新青年》第八卷第五号,后收入《尝试集·第三编》。

210630 致周作人

二弟览:昨得来信了。所要的书,当于便中带上。

母亲已愈。芳子殿[1]今日上午已出院;土步君已断乳,竟亦不吵闹,此公亦一英雄也。ハグ〔が〕公昨请山本[2]诊过,据云不像伤风(只是平常之咳),然念の爲メ[3],明日再看一回便可,大约星期日当可复来山中[4]矣。

近见《时报》告白[5],有邹安之《周金文存》卷五六皆出版,又《广仓砖录》中下卷亦出版,然则《艺术丛编》[6]盖当赋《关雎》之次章矣,以上二书,当于便中得之。

汝身体何如,为念,示及。我已译完《右衛門の最期》[7],但跋未作,蚊子乱咬,不易静落也。夏目物〔語〕决译《一夜》,《夢十夜》太长,其《永日物語》中或可选取,我以为《クレイグ先生》[8]一篇尚可也。

电话已装好矣。其号为西局二八二六也。

兄树 六月卅日

*　　*　　*

〔1〕 芳子殿　芳子,即羽太芳子(1897—1964),羽太信子之妹,周建人妻,后离婚。殿,日语敬称。下文的土步,周建人次子(后脱离关系),名丰二,时年二岁。

〔2〕 ハガ　疑指周作人长子,名丰一,时年九岁。山本,即山本忠孝(1876—1952),当时在北京西单旧刑部街开设山本医院。

〔3〕 念の爲メ　日语:为慎重起见。

〔4〕 山中　指北京西山碧云寺。1921年6月2日至9月21日,周作人因患肋膜炎在此处养病。

〔5〕 《时报》告白　指1921年6月6日上海《时报》所载《周金文存》、《广仓砖录》的出版广告。邹唅,应为邹安,字景叔,浙江海宁人,近代金石学家。当时任上海广仓学会编辑。《周金文存》,邹安编纂,正编六卷,补遗六卷。《广仓砖录》,上海广仓学会辑印的古代砖瓦文字图录,三卷。

〔6〕 《艺术丛编》　金石图录汇编,上海广仓学会出版,间月一册,1916年5月至1920年6月共出二十四册。《周金文存》、《广仓砖录》曾在该编连载,但未刊完,1921年6月单行出版《周金文存》卷五、

卷六和《广仓砖录》上、中、下卷合集。《诗经·关雎》次章有"求之不得"一语,故这里以"赋《关雎》之次章"喻《艺术丛编》之停刊不出。

〔7〕 《右衛門の最期》 即《三浦右卫门的最后》,短篇小说,日本菊池宽(1888—1948)作。鲁迅译文载《新青年》第九卷第三号(1921年7月1日)。

〔8〕 夏目 即夏目漱石(1867—1916),日本小说家,著有《我是猫》等十多部长篇小说。《永日物语》,应作《永日小品》,是他的小说集。物语,日语指小说、故事之类。《クレイグ先生》,即《克莱喀先生》,鲁迅译,当时未发表,后收入《现代日本小说集》。

210713 致 周 作 人

二弟览:Karásek[1]的《斯拉夫文学史》,将窦罗泼泥子街[2]收入诗人中,竟于小说全不提起,现在直译寄上,可修改酌用之,末尾说到"物语",大约便包括小说在内者乎?这所谓"物语",原是Erzählüng,不能译作小说,其意思只是"说话""说说谈谈",我想译作"叙述",或"叙事",似较好也。精神(Geist)似可译作"人物"。

《时事新报》有某君(忘其名)一文[3],大骂自然主义而欣幸中国已有象征主义作品之发生。然而他之所谓象征作品者,曰冰心女士的《超人》,《月光》[4],叶圣陶的《低能儿》[5],许地山的《命命鸟》[6]之类,这真教人不知所云,痛杀我辈者也。我本也想抗议,既而思之则"何必",所以大约作罢耳。

大学编译处由我以信并印花送去,而彼但批云"不代转"云云,并不开封,看我如何的说,殊为不屈[7]。我想直接寄究不妥。不妨暂时阁起,待后再说,因为以前之印花税亦未取,何必为"商贾"忙碌乎。然而"商贾"追索,大约仍向该处,该处倘再有信来,则我当大骂之耳。

我想汪公[8]之诗,汝可略一动笔,由我寄还,以了一件事。

由世界语译之波兰小说四篇[9],是否我收全而看过,便寄雁冰乎?信并什曼斯キ小说[10]已收到,与德文本略一校,则三种互有增损,而德译与世界语译相同之处较多,则某姑娘之不甚可靠确矣。德译者 S. Lopuszánski,名字如此难拼,为作者之同乡无疑,其对于原语必不至于误解也。惜该书无序,所以关于作者之事,只在《斯拉夫文学史》中有五六行,稍缓译寄。

来信有做体操之说,而我当时未闻,故以电话问之,得长井答云:先生[11]未言做伸龘伸开之体操,只须每日早昼晚散步三次(我想昼太热,两次也好了),而散步之程度,逐渐加深,而以不ッカレル[12]为度。又每日早晨,须行深呼吸,不限次数,以不ッカレル为度,此很要紧。至于对面有疑似肺病之人,则于此间无妨,但若神经ノセイ[13],觉得可厌,则不近其窗下可也(此节我并不问,系彼自言)云云。汝之所谓体操,未知是否即长井之所谓深呼吸耶,写出备考。

树 上 十三夜

Dr. Josef Karásek:《Slavische Literaturgeschichte》, II Teil, § 16.[14]《最新的波兰的诗》(Asnyk, Konopnicka.)[15] Mária Konopnicka(1846)在许多的点上(多クノ点ニ於イテ),是哲

学的,对于クラシク[16]典雅世界有着特爱的一个确实的男性的精神(Geist),略与Asnyk相同。后一事伊识之于伊大利和希腊,而于古式(Antik形式)中赋以生命,伊又如Asnyk,是一个缜密的体式和响亮的言辞的好手(Meisterin),此外则倘伊高呼"祖国"以及到了雄辩的语调的时候,其奋发也近于波希米亚的女诗人Krásnohorská[17]。Konopnicka是"女人的苦楚和哀愁"的诗人,计其功绩,是在"用了民族的神祠(Nationale Pantheon)——饶富其民众"。伊以叙述移住民生活的,尚未完成的叙事诗(Epopöe)《在巴西之Balzar氏》[18],引起颇大的惊异来。伊又于运用历史的大人物如Moses,Hus,Galileo[19]等时,证明其宽博活泼的境地。形成伊"诗的认识"的高点者,为"断片"中的"Credo"[20]。在伊的国人的区别上,则Konopnicka于斯拉夫世界最有兴趣,而尤在Ceche,Kroate,Slovene[21],并且喜欢译那些的诗歌(特于Vrchlicky——伊虽然也选译过Hamerling,Heyse和Ackermann[22]的集);至于物语,则伊在Görz[23]的旅行记载中,是特抱了对于南斯拉夫的特爱而作的。但Konopnicka也识得诺尔曼的海岸[24],诗人之外又为动人的物语家,也做文学的论说和Essay[25],虽然多为主观的,却思索记述得都奇特。伊的文学的祝典,不独在波兰,却在波希米亚也行庆祝,那里是Konopnicka的诗歌,已由翻译而分明入籍的了。

* * *

〔1〕 Karásek 约瑟夫·凯拉绥克(1871—1951),捷克作家。著

有诗集《死的对话》、《流放者之岛》和《斯拉夫文学史》等。

〔2〕 窦罗波泥子街　通译科诺普尼茨卡（M. Konopnicka,1842—1910），波兰女作家。著有长诗《巴尔采尔先生在巴西》，短篇小说《我的姑妈》等。

〔3〕 指洪瑞钊所作《中国新兴的象征主义文学》，刊于1921年7月9日上海《时事新报·学灯》。

〔4〕 冰心(1900—1999)　谢婉莹，笔名冰心，福建长乐人，女作家，文学研究会成员。《超人》，短篇小说，载《小说月报》第十二卷第四号(1921年4月)。《月光》，短篇小说，载1921年4月19日至20日《晨报》副刊。

〔5〕 叶圣陶(1894—1988)　名绍钧，江苏吴县人，作家。文学研究会发起人之一。《低能儿》，短篇小说，载《小说月报》第十二卷第二号(1921年2月)。

〔6〕 许地山(1893—1941)　名赞堃，笔名落华生，台湾省人，作家，文学研究会发起人之一。《命命鸟》，短篇小说，载《小说月报》第十二卷第一号(1921年1月)。

〔7〕 不届　日语，此处是不周到、不讲理的意思。

〔8〕 汪公　指汪静之(1902—1996)，安徽绩溪人，诗人。1921年夏，他在浙江第一师范学校学习时，曾将诗稿《蕙的风》寄周作人求教。

〔9〕 波兰小说四篇　指周作人从波兰巴音的世界语《波兰文选》中译出的四篇小说：戈木列支奇的《燕子与蝴蝶》和普鲁斯的《影》，均刊于《小说月报》第十二卷第八号(1921年8月)。显克微支的《二草原》和科诺普尼茨卡的《我的姑母》，分别刊于《小说月报》第十二卷第九号(1921年9月)、第十号(1921年10月)。

〔10〕 什曼斯キ小说　指波兰作家什曼斯基（Adam Szymański）的《犹太人》。由周建人从英国班纳克（E. C. M. Benecko，即下文说的"某姑娘"）所译《波兰小说集》中转译，经周作人据世界语《波兰文选》校对，又由鲁迅据洛普商斯奇（即下文的 S. Lopuszánski）德译本校订，刊于《小说月报》第十二卷第九号（1921 年 9 月）。

〔11〕 长井　应为永井，当时山本医院的护士。先生，指山本忠孝。

〔12〕 ツカレル　日语：疲劳。

〔13〕 神经ノセイ　日语：心理作用。

〔14〕 德语：约瑟夫·凯拉绥克博士《斯拉夫文学史》第二卷第十六节。

〔15〕 Asnyk　亚斯尼克（Adam Asnyk，1838—1897），波兰诗人。Konopnicka，即科诺普尼茨卡。

〔16〕 クラシク　日语：古典。

〔17〕 Krásnohorská　克拉斯诺霍尔斯卡，捷克女诗人。波希米亚，捷克斯洛伐克西部地区的旧称。

〔18〕 《在巴西之 Balzar 氏》　即《巴尔采尔先生在巴西》。

〔19〕 Moses　摩西（Mōsheh），《圣经》故事中古代犹太人的领袖，犹太教的创始人。Hus，胡斯（1369—1415），捷克爱国主义者和宗教改革家。Galileo，伽利略（1564—1642），意大利物理学家、天文学家。

〔20〕 Gredo　信条。

〔21〕 Ceche　捷克。Kroate，克罗地。Slovene，斯洛文尼。

〔22〕 Vrchlicky　符尔列支奇（1853—1912），捷克作家。Hamerling，哈美林（1830—1889），奥地利作家。Heyse，海塞（1830—1914），德国作家。Ackermann，阿克曼（1813—1890），法国女诗人。

〔23〕 Görz 该尔兹,意大利城市。

〔24〕 诺尔曼的海岸 即法国西北部的诺曼底海岸。

〔25〕 Essay 英语:随笔,小品。

210716 致 周 作 人

二弟览:《犹太人》略抄好了,今带上,只不过带上,你大约无拜读之必要,可以原车带回的。作者的事实,只有《斯拉夫文学史》中的几行(且无诞生年代),别纸抄上;其小说集[1]中无序。

这篇跋语[2],我想只能由你出名去做了。因为如此三四校,老三似乎尚无此大作为。请你校世界语译,是狠近理的。请我校德译[3],未免太巧。如你出名,则可云用信托我,我造了一段假回信[4],录在别纸,或录入或摘用就好了。

德译虽亦有删略,然比英世本[5]似精神得多,至于英世不同的句子,德亦往往不与英世同,而较为易解,大约该一句原文本不易懂,而某女士与巴博士因各以意为之也。

树 上 七月十六日夜

抄跋之格子和白纸附上。

Dr. Josef Karásek《斯拉夫文学史》II. §17. 最新的波兰的散文。

Adam Szymanski 也经历过送往西伯利亚的流人的运命,是一个身在异地而向祖国竭尽渴仰的,抒情的精灵(人物)。

从他那描写流人和严酷的极北的自然相抗争的物语(叙事,小说)中,每飘出深沉的哀痛。他并非多作的文人,但是每一个他的著作事业的果实,在波兰却用了多大的同情而领受的。

所寄译稿,已用 S. Lopuszánski 之德译本对比一过,似各本皆略有删节,今互相补凑,或较近于足本矣。……德译本在 Deva Roman-Sammlung[6]中,亦以消闲为目的,而非注重研究之书,惟因译者亦波兰人,知原文较深,故胜于英译及世界语译本处颇不少,今皆据以改正;此外单字之不同者尚多,既以英译为主则不复——改易也*。

　　* 即就开首数叶而言:如英译之在半冰冻的土地里此作在冰硬的土地里;陈放着 B 的死尸此作躺着 B 的渣(躯壳);被雪洗濯的 B 的面貌此作除去积雪之后的 B 的面貌;霜雪依然极严冽此作霜雪更其严冽了;如可怜的小狗此作如可怜的小动物……

* * *

〔1〕 小说集　指德译本《什曼斯奇小说集》。

〔2〕 跋语　指周作人为《犹太人》译文所作的附记。

〔3〕 世界语译　指《犹太人》的世界语译本。德译,指《犹太人》的德译本。

〔4〕 假回信　见本信附文第二部分。周作人在其《跋语》中曾经摘录。

〔5〕 英世本　指《犹太人》的英译本及世界语译本。
〔6〕 Deva Roman-Sammlung　《德意志出版社小说丛书》。

210727　致周作人

二弟览：

《一茶》[1]已寄出。波兰小说酬金已送支票来,计三十元;老三之两篇(ソログーブ[2]及犹太人)为五十元,此次共用作医费。有宫竹心[3]者寄信来,今附上。此人似尚非伪,我以为《域外小说集》及《欧文史》[4]似可送与一册(《域》甚多,《欧》则书屋中有二本,不知此外尚有不要者否),此外借亦不便,或断之,如何希酌,如由我复,则将原信寄回。

丛文阁[5]已印行ェロシェンコ之小说集《夜アク前ノ歌》[6]，拟与《貘ノ舌》[7]共注文,不知以丸善为宜,抑不如天津之东京堂(？)乎？又如决定某处,则应先寄钱抑便代金引换耶？

　　　　　　　　　　　　树　七月廿七日灯下

*　　*　　*　　*

〔1〕《一茶》　指周作人所作《日本诗人一茶的诗》。载《小说月报》第十二卷第十一号(1921年11月)。

〔2〕 ソログーブ　梭罗古勒(Ф·Сологуб,1863—1927),俄国作家。此处代指周建人译梭罗古勒作《白母亲》及英国约翰·科尔诺斯作《斐陀尔·梭罗古勒》,均载1921年9月《小说月报》第十二卷增刊

《俄国文学研究》。

〔3〕 宫竹心 参看210729信注〔1〕。

〔4〕 《域外小说集》 鲁迅和周作人合译的外国短篇小说集。1909年在东京分两册出版,1921年增订合为一册,由上海群益书社再版,用周作人名义印行。《欧文史》,即《欧洲文学史》,周作人著,1918年10月上海商务印书馆出版,为《北京大学丛书》之一。

〔5〕 丛文阁 日本东京的一家书局。

〔6〕 エロシェンコ 爱罗先珂(В. Я. Ерощенко,1889—1952),俄国诗人和童话作家。童年时因病双目失明。1921年从日本来我国,曾在北京大学、北京世界语专门学校讲授世界语。他用世界语和日语写作。鲁迅曾译过他的一些童话和童话剧。《夜アク前ノ歌》,《天明前的歌》。爱罗先珂所作童话集。

〔7〕 《貘ノ舌》 《貘之舌》,日本内田鲁庵著。内田鲁庵(1869—1929),日本评论家,作家。本名内田貢。

210729 致宫竹心[1]

竹心先生:

周作人因为生了多日的病,现在住在西山碧云寺,来信昨天才带给他看,现在便由我替他奉答几句。

《欧洲文学史》和《域外小说集》都有多余之本,现在各各奉赠一册,请不必寄还。

此外我们全没有。只是杜威[2]博士的讲演,却有从《教育公报》拆出的散叶,内容大约较《五大讲演》[3]更多,现〔检〕出寄上,请看后寄还,但不拘多少时日。

借书处本是好事,但一时恐怕不易成立。宣武门内通俗图书馆,新出版书大抵尚备,星期日不停阅(星期一停),然不能外借,倘　先生星期日也休息,便很便利了。

　　　　　　　　　　周树人 七月廿九日

※　　※　　※　　※

〔1〕　宫竹心(1899—1966)　笔名白羽,山东东阿人。曾任北京《国民晚报》、《世界日报》、天津《北洋画报》记者、编辑。当时在北京邮政局任职,后成为武侠小说作家。

〔2〕　杜威(J. Dewey,1859—1952)　美国哲学家,实用主义哲学代表人物。1919至1921年间曾来中国讲学。

〔3〕　《教育公报》　当时北京教育部编审处编辑,内收教育法令、规程、公文、报告等。1914年6月创刊,1926年4月停刊。《五大讲演》,即《杜威五大讲演》,内收杜威在北京五次专题讲演的记录:一、《社会哲学与政治哲学》;二、《教育哲学》;三、《思想之派别》;四、《现代的三个哲学家》;五、《论理学》。1920年8月北京《晨报》社出版。

210731　致　周作人

二弟览:

今日得信并译稿一篇。孙公[1]因家有电报来云母病,昨天回去了;据云多则半月便来北京。他虽云稿可以照常寄,但我想不如俟他来后再寄罢。

好在《晨报》之款并不急,前回雉鸡烧烤费[2],也已经花去,现在我辈文章既可卖钱,则赋还之机会多多也矣。

潘公的《风雨之下》[3]实在不好,而尤在阿塞之开通,已为改去不少,俟孙公来京后交与,请以"情面"登之。《小说月报》[4]拟稍迟寄与,因季黻要借看也。

关于哀禾[5]者,《或外小说集》附录如次:

哀禾本名勃罗佛尔德(Brofeldt),一八六一年生于列塞尔密(Lisalmi,芬兰的内地),今尚存,为芬兰近代文人之冠。一八一九[九一?]年游法国,归而作《孤独》一卷,为写实派大著,又《木片集》一卷,皆小品。

关于这文的议论[6],容日内译上,因为须翻字典,而现在我项尚硬也。

土步已好,大约日内可以退院了。

《小说月报》也无甚好东西。百里的译文[7],短如羊尾,何其徒占一名也。

此间日日大雨,想山中亦然。其实北京夏天,本应如此,但前两年却少雨耳。

树 上 七月卅一日

寄上《文艺复兴史》,《东方》各一本;又红毛书三本[8]。

Ernst Brausewetter《北方名家小说》(Nordische Meisternovellen)中论哀禾的前几段:

芬兰近代诗的最重要最特别的趋向之一,是影响于芬兰人民的欧洲文明生活的潮流的反映,这事少有一个诗人,深深的攫住而且富于诗致的展布开来,能如站在他祖国的精神的运动中间,为《第一芬兰日报》的领袖之一的哀禾(J. Brofeldt 的假名,一个芬兰牧师的儿子)的。

　　就在公布的第一册,他发表三篇故事,总题为《国民生活》的之中,他试在《父亲怎样买洋灯》和《铁路》这两篇故事里,将闯入的文明生活的势力,用诗的意象来体现了。最初的石油灯和最初的铁路,及于少年和老人的效力有种种的不同。人看出开创的进步来,但从夸口的仆人的状态上,也看出一切文化在最初移植时偕与俱来的无可救药的势力。而终在老仆 Peka 这人物上,对于古老和过去,都罩上了 Romantik 的温厚的微光。正如 Geijerstam 所美妙的指出说,"哀禾对于人生的被轻蔑的个性,有着柔和的眼光。这功效,是他能觉着交感,不特对于方来的新,而且也对于方去的故。"但这些故事的奇异的艺术的效力,却也属于能将这些状态纳在思想和感觉态度里的哀禾的才能。

＊　　＊　　＊

　　〔1〕　孙公　指孙伏园。当时任《晨报》副刊编辑。参看 230612 信注〔1〕。

　　〔2〕　雉鸡烧烤费　指周作人所译日本佐藤春夫小说《雉鸡的烧烤》所得的稿费。该文载 1921 年 7 月 9、10 日《晨报》副刊。

　　〔3〕　潘公　指潘垂统(1896—1993),浙江慈溪人,文学研究会成员。周作人在绍兴第五中学任教时的学生。所作小说《风雨之下》,后改题《牺牲》,载 1921 年 9 月 14 日至 19 日北京《晨报》副刊。

　　〔4〕　《小说月报》　文学月刊,1910 年 8 月在上海创刊,商务印

书馆出版。先后由恽铁樵、王蕴章主编,曾为鸳鸯蝴蝶派的主要刊物之一。1921年1月第十二卷第一号起,改由沈雁冰主编,成为文学研究会的主要刊物。

〔5〕 哀禾 通译阿霍(J. Aho,1861—1921),芬兰作家。《域外小说集》收有他作的《前驱》。

〔6〕 指勃劳绥特尔在其所著《北方名家小说》中关于阿霍的论述,见本信附文。

〔7〕 百里 蒋百里(1882—1938),名方震,浙江海宁人,文学研究会发起人之一。早年留学日、德。曾任保定军官学校校长。译文,指他所译英国般生的小说《鸳巢》,约千字,载《小说月报》第十二卷第七号(1921年7月)。

〔8〕 《文艺复兴史》 即蒋百里编纂的《欧洲文艺复兴史》。《东方》,指《东方杂志》。红毛书,指外文书。

210806 致 周 作 人

二弟览:得四日函俱悉,雁冰令我做新犹太事[1],实无异请庆老爷[2]讲化学,可谓不屈之至;捷克材料[3]我尚有一点,但查看太费事,所以也不见得做也。

译稿[4]中有数误字我决不定,所以将原稿并疑问表附上,望改定原车带回,至于可想到者,则我已径自校正矣。

猢公[5]冒雨出走,可称雪凉,而雄鸡乱啼亦属可恶,我以为可于夜间令鹤招[6]赶打之,如此数次,当亦能敬畏而不来也。

对于バンダン滑倒公[7]不知拟用何文,我以为《无画之画帖》

便佳,此后再添童话若干,便可出单行本矣。

五日信并稿[8]已到,我拟即于日内改定寄去,该号既于十月方出,何以如此之急急耶。

脚短[9]想比貒公较静,我以为《日華公論》[10]文,不必大出力,而从缓亦可,因与脚短公说话甚难,易于出力不讨好也。

你跋中引培因[11]语,然则序文拟不单译耶。

哀禾著作

一页前四行	或略早……	或字费解应改
二 〃 五	我应许你	应许二字不妥应酌改
〃 后一	火且上来	且字当误
十四前七	我全忙了	忘之误乎?
〃 后六	很轻密	蔑?

《伊伯拉亨》

| 八页前九行 | 沙烬 | 灰? |

《巴尔干小说》目录中,Caragiale(罗马尼亚)的《复活祭之烛》[12],我是有的,但作者名字,我的《世界文学史》中全没有。Lazarević的《盗》,我也有,但题目是《媒トシテノ盗》[13]。Sandor-Gjalski[14]的两篇,就是我所有的他的小说集的前两篇,这人是克洛谛亚第一流文人,《斯拉夫文学史》中有十来行说他的事。而 Vetendorf, Friedensthal, Netto[15]三位,则无可考,大约是新脚色也。

他们翻译,似专注意于最新之书,所以略早出板的如レルモントフ,シユンキウヱチ[16]之类,便无人留意,也是维新维得太过之故。我这回拟译的两篇,一是 Vazov 的《Welko 的出征》,已经译了大半;一是 Minna Canth 的《疯姑娘》;Heikki 的《母亲死了的时候》[17]因为有删节,所以不译也。

勃加利亚语 Welko = 狼,译婿[18]注云"等于 Jerwot 和塞尔维亚的 Wuk,在俄 = Wolk,在波兰 = Wilk"。这 W 字不知应否俱改 V 字;又 Jerwot[19]是什么国,你知道否?

兄树 上 八月六日

* * *

〔1〕 做新犹太事 指沈雁冰约请鲁迅撰文介绍新犹太文学的事。后沈自撰《新犹太的文学概观》一文,载《小说月报》第十二卷第十号"被损害民族的文学号"(1921年10月)。

〔2〕 庆老爷 当指周庆蕃(1845—1917),字椒生,鲁迅本家叔祖。清末举人,曾任江南水师学堂汉文教习。

〔3〕 捷克材料 指捷克凯拉绥克所著《斯拉夫文学史》中有关捷克文学的部分。后由鲁迅译出,题为《近代捷克文学概观》,载《小说月报》第十二卷第十号。

〔4〕 指周作人译阿霍《父亲拿洋灯回来的时候》,后载《小说月报》第十二卷第十号。

〔5〕 韫公 未详。

〔6〕 鹤招 王鹤照(1889—1969),浙江绍兴人,当时周宅的佣人。

〔7〕 バンダン滑倒公 指章锡琛,参看351114信注〔1〕。当时

任《妇女杂志》主编。バンダン,读若"邦当",形容滑倒的声音。《无画之画帖》,丹麦安徒生所作童话,又译《月底话》。

〔8〕 指周作人译希腊蔼夫达利阿谛斯作短篇小说《伊伯拉亨》,载《小说月报》第十二卷第十号。

〔9〕 脚短 未详。

〔10〕 《日華公論》 日本人在华创办的日文杂志,约1913年(大正二年)创刊,先后在北京、天津出版。主要刊载关于中国的政治、经济、文化评论,也登载文学作品。

〔11〕 培因(R. Nisbet Bain) 英国翻译家。曾译介过《哀禾小说集》,周作人在《父亲拿洋灯回来的时候》译后附记中,曾引用培因对阿霍的评论。

〔12〕 Caragiale 卡拉迦列(I. L. Caragiale, 1852—1912),罗马尼亚作家。著有喜剧《一封遗失的信》、短篇小说《复活祭之烛》等。

〔13〕 Lazarević 拉柴莱维支(1851—1891),塞尔维亚小说家。《媒トシテノ盗》,即《盗为媒》。沈泽民译本题作《强盗》,载《小说月报》第十二卷第十号。

〔14〕 Sandor-Gjalski 山陀尔·雅尔斯基(1854—1935),克罗地亚作家。作品有《巴索里奇老爷》、《在古老的屋顶下》等。

〔15〕 Vetendorf 未详。Friedensthal,弗里登塔尔(1896—?),德国作家。著有诗歌和长短篇小说多种。后来希特勒禁止他的作品,流亡英国。曾被推为西德笔会名誉主席。Netto,涅特(1864—1934),巴西作家,写作诗歌、戏剧和散文。

〔16〕 レルモントフ 莱蒙托夫(М. Ю. Лермонтов, 1814—1841),俄国诗人。シェンキウエチ,显克微支(H. Sienkiewicz, 1846—1916),波兰作家。

〔17〕 Vazov 伐佐夫（И. Вазов，1850—1921），保加利亚作家。《Welko 的出征》，即《战争中的威尔珂》，短篇小说。Minna Canth，明娜·康特(1844—1897)，芬兰女作家。《疯姑娘》，短篇小说。这两篇都由鲁迅译载于《小说月报》第十二卷第十号。Heikki，未详。

〔18〕 意为女译者，指《战争中的威尔珂》的德译者扎典斯加。

〔19〕 Jerwot 日尔沃。

210816　致宫竹心

竹心先生：

来信早收到了；因为琐事多，到今天才写回信，非常之抱歉。杜威的讲演现在并不需用，尽可以放着，不必急急的。

我也很愿意领教，但要说定一个时间，却不容易。如在本月中，我想最好是上午十时至十二时之间，到教育部见访，但除却星期日。下午四至六时，亦或在家，然而也不一定，倘此时惠临，最好先以电话一问，便免得徒劳了。我的电话号数是"西局二八二六"，电话簿子上还未载。

先生兄妹俱作小说，很敬仰，倘能见示，是极愿意看的。

周树人 八月十六日

210817　致周作人

二弟览：老三回来，收到信并《在希腊岛》[1]，我想这登《晨报》，固然可惜，但《东方》也头里惑罗卜[2]，不如仍以《小说月报》的被压民族号为宜,因其中有新希腊小说[3]也。或者与你的《波兰文观》[4]同时寄去可耳。

你译エフタクリチス[5]小说已多,若将文言的两篇改译,殆已可出全本耶?

子佩代买来《新青年》九の一[6]一本(便中当带上),据云九の二亦已出,而只有一本为分馆买之,拟尚托出往寻。每书坊中殆必不止一本,而不肯多拿出者,盖防侦探,虑其一起拿去也。

九ノ一后(编辑室杂记)有云:本社社员某人因患肋膜炎不能执笔我们很希望他早日痊愈本志次期就能登出他的著作。我想:你也不能不给他作或译了,否则《说报》之类中太多,而于此没有,也不甚好。

我想:老三于显克微支不甚有趣味,不如不译,而由你选译之,现在可登《新青年》,将来可出单行本。老三不如再弄他所崇拜之 Sologub[7]也。

星期我或上山,亦未可知,现在未定,大约十之九要上山也。

我译 Vazov, M. Canth 各一篇[8]已成,现与齐寿山校对,大约本星期中可腾[誊]清耳。

兄树 十七日夜

* * * *

〔1〕 《在希腊岛》 即《在希腊诸岛》,英国劳斯为他所译《希腊诸岛小说集》作的序文,周作人译载于《小说月报》第十二卷第十号。

〔2〕 头里盎罗卜 《越谚》:"'头哩溚萝卜''勿得知'。"

〔3〕 新希腊小说 指《伊伯拉亨》。

一九二一年八月

〔4〕 《波兰文观》　即《近代波兰文学概观》,周作人译自诃勒温斯奇(Jan de Holowinski)的《波兰文学史略》,载《小说月报》第十二卷第十号。

〔5〕 エフタリオチス　蔼夫达利阿蒂斯(A. Ephtalilotis),希腊小说家。周作人曾译过他的《老泰诺斯》、《秘密之爱》、《同命》(收入《域外小说集》)、《扬奴拉媪复仇的故事》、《扬尼思老爹和他的孩子的故事》(收入《点滴》和《空大鼓》)。

〔6〕 九の一　也作九ノ一,即九之一,指第九卷第一号。

〔7〕 Sologub　梭罗古勃。

〔8〕 Vazov, M. Canth 各一篇　指伐佐夫的《战争中的威尔珂》和明娜·康特的《疯姑娘》。

210825　致　周　作　人

二弟览:廿三日信已到。城内现在也冷,大约与山中差不多。我译カラセク[1]《斯拉夫文学史》译得要命了,出力多而成绩恶,可谓黄胖搯年糕[2],但既动手,也不便放下,只好译下去,名词一纸,望注回。你为《新青年》译イバネヅ[3]也好,其实我以为ゴーゴル,显克ヴェチ[4]等也都好,雁冰[5]他们太鹜新了。前天沈尹默绍介张黄[6],即做《浮世绘》的,此人非常之好,神经分明,听说他要上山来,不知来过否?

《或曰ノ一休》[7]略翻诸书未见,或其新作乎? 我们选译日本小说,即以此为据,不知好否?

闻孙公一星期内可来,系许羡苏[8]说,不知何据也。

《小说月报》八号尚未来,也不知上海出否,沪报自铁路断后,遂不至(最后者十四日)。中国似大要实用新村主义[9]而老死不相往来矣。

我们此后译作,每月似只能《新》,《小》,《晨》各一篇,以免果有不均之诮。《新》九の二已出,今附上,无甚可观,惟独秀随感[10]究竟爽快耳。

《支那学》[11]不来,大约不送矣,尹默说,青木派亦似有点谬。余后谈。

兄树 八月廿五日夜

* * * *

〔1〕 カラセク 即凯拉绥克。鲁迅曾从他所著《斯拉夫文学史》中节译了《近代捷克文学概观》。

〔2〕 黄胖椿年糕 绍兴一带的歇后语,吃力不讨好的意思。黄胖,黄疸病人。

〔3〕 イバネヅ 伊巴涅思(V. B. Ibáñez,1867--1928),西班牙作家,西班牙共和党的领导人。著有长篇小说《农舍》、《启示录的四骑士》等。当时周作人译了他的《颠狗病》,载《新青年》第九卷第五号(1921年9月)。

〔4〕 ゴーゴル 果戈理(H. B. Гоголь,1809—1852),俄国作家。生于乌克兰。著有长篇小说《死魂灵》、剧本《钦差大臣》等。显克ヴェチ,显克微支。

〔5〕 雁冰 即沈雁冰。参看351223③信注〔1〕。当时主编《小说月报》,对该刊进行革新。

〔6〕 张黄 即张定璜(1895—?),字凤举,江西南昌人。曾留学

日本,后任北京大学、北京女子师范大学等校教授。

〔7〕 《或日ノ一休》 《一日里的一休和尚》,剧本,日本武者小路实笃著,周作人译载于《小说月报》第十三卷第四号(1922年4月)。

〔8〕 许羡苏(1901—1968) 字淑卿,浙江绍兴人。许钦文四妹,当时北京女子高等师范学校学生。

〔9〕 新村主义 十九世纪初源于法国的一种社会运动,主张辟地乡间,以合作互助为基础组织村落,作为理想社会的模范。二十世纪初,日本作家武者小路实笃曾倡导试行。

〔10〕 独秀随感 指《新青年》第九卷第二号(1921年6月)所载陈独秀的随感录三篇:《下品的无政府党》、《青年底误会》和《反抗舆论的勇气》。

〔11〕 《支那学》 月刊,日本研究中国文学问题的刊物。1920年9月由青木正儿(即下文的青木)等人发起创刊,1947年停刊,支那学社编辑,东京弘文堂书房刊行。

210826　致宫竹心

竹心先生:

昨天蒙访,适值我出去看朋友去了,以致不能面谈,非常抱歉。此后如见访,先行以信告知为要。

先生进学校去,自然甚好,但先行辞去职业[1],我以为是失策的。看中国现在情形,几乎要陷于无教育状态,此后如何,实在是在不可知之数。但事情已经过去,也不必再说,只能看情形进行了。

小说[2]已经拜读了,恕我直说,这只是一种 sketch[3],还未达到结构较大的小说。但登在日报上的资格,是十足可以有的;

而且立意与表现法也并不坏,做下去一定还可以发展。其实各人只一篇,也很难于批评,可否多借我几篇,草稿也可以,不必誊正的。我也极愿意介绍到《小说月报》去,如只是简短的短篇,便绍介到日报上去。

先生想以文学立足,不知何故,其实以文笔作生活,是世上最苦的职业。前信所举的各处上当,这种苦难我们也都受过。上海或北京的收稿,不甚讲内容,他们没有批评眼,只讲名声。其甚者且骗取别人的文章作自己的生活费,如《礼拜六》[4]便是,这些主持者都是一班上海之所谓"滑头",不必寄稿给他们。两位所做的小说,如用在报上,不知用什么名字?再先生报考师范,未知用何名字,请示知。

肋膜炎是肺与肋肉之间的一层膜发了热,中国没有名字,他们大约与肺病之类并在一起,统称痨病。这病很费事,但致命的不多。《小说月报》被朋友拿散了,《妇女杂志》[5]还有(但未必全),可以奉借。

不知先生能否译英文或德文,请见告。

周树人 八月廿六日

* * * *

〔1〕 指宫竹心欲辞去在北京邮政局的任职。

〔2〕 指宫竹心的《厘捐局》和他妹妹宫莳荷的《差两个铜元》,后分别载于1921年9月23日《晨报》副刊和《妇女杂志》第九卷第十二号(1921年12月)。

〔3〕 Sketch 英语:速写。

〔4〕《礼拜六》 鸳鸯蝴蝶派的主要刊物,先后由王钝根、孙剑秋、周瘦鹃编辑。1914年6月6日创刊,1923年2月停刊,共出二百期,上海中华图书馆发行。

〔5〕《妇女杂志》 综合性月刊,1915年1月在上海创刊,王莼农主编,1921年1月起进行改革,由章锡琛主编。

210829　致　周作人

二弟览：

老三来,接到稿并信,仲甫信件当于明日寄去矣。我大为捷克所害[1],"黄胖揣年糕""头里惑罗卜"悔之无及,但既已动手,只得译之。

雁冰译南罗达[2]作之按语,译著作家Céch作珊区,可谓粗心。

《日本小说集》[3]目如此已甚好,但似尚可推出数人数篇,如加能;又佐藤春夫[4]似尚应添一篇别的也。

张黄今天来,大菲薄谷崎润一,大约意见与我辈差不多,又大恶数泡メイ[5]。而亦不满夏目[6],以其太低倜云。

又云郭沫若在上海编《创造》(？)。我近来大看不起沫若田汉[7]之流。又云东京留学生中,亦有喝加菲(因アブサン[8]之类太贵)而自称デカーダン[9]者,可笑也。

西班牙话已托潘公查过,今附上。

兄树 八月廿九日

＊　　＊　　＊

〔1〕　指翻译《近代捷克文学概观》一事。

〔2〕　南罗达（J. Neruda, 1834—1891）　通译聂鲁达,捷克作家。著有短篇小说集《小城故事》等。沈雁冰曾将他的《愚笨的裘纳》译载于《小说月报》第十二卷第八号。Čech 通译捷赫（S. Čech, 1846—1908），捷克诗人,著有长诗《奴隶之歌》等。

〔3〕　《日本小说集》　即《现代日本小说集》,内收鲁迅、周作人所译日本作家十五人小说三十篇。1923年6月由上海商务印书馆出版。

〔4〕　加能　加能作次郎（1886—1941）,日本作家。著有《诱惑》、《处女时代》等。《现代日本小说集》后来未收他的作品。佐藤春夫（1892—1964）,日本作家,曾翻译鲁迅作品。《现代日本小说集》收入他的《我的父亲与父亲的鹤的故事》、《雄鸡的烧烤》等四篇。

〔5〕　谷崎润一　即谷崎润一郎（1886—1965）,日本作家,作品中追求强烈刺激。泡メイ,疑指岩野泡鸣（1873—1920）,日本作家,作品有自然主义倾向。

〔6〕　夏目　即夏目漱石。

〔7〕　郭沫若（1892—1978）　四川乐山人,文学家,历史学家,社会活动家,创造社主要发起人之一。曾留学日本,当时主持筹办《创造》季刊。创刊号于1922年3月在上海出版。田汉（1898—1968）,字寿昌,湖南长沙人,戏剧家,曾创办话剧团体南国社,后为中国左翼戏剧家联盟领导人之一。

〔8〕　アブサン　苦艾酒,一种法国酒。

〔9〕　デカーダン　颓废派。

一九二一年九月

210830　致周作人

二弟览：

昨寄一信，想已达。

大打特打之盲诗人之著作[1]已到，今呈阅。虽略露骨，但似尚佳，我尚未及细看也。如此著作，我亦不觉其危险之至，何至于兴师动众而驱逐之乎。我或将来译之，亦未可定。

捷克文有数个原字（大约近似俄文）如此译法，不知好否？汝或能有助言也。

Narodni Listy 都市新闻

Poetićké besedy 诗座

Vaclav z Michalovic 书名，但不知 z 作何解。

兄树　上　八月卅日

*　　*　　*

〔1〕 盲诗人之著作　指爱罗先珂的童话集《天明前的歌》。爱罗先珂于1921年第二次去日本，5月底被日本政府驱逐出境时曾遭到野蛮的殴打。后来鲁迅陆续从《天明前的歌》中译出《狭的笼》、《鱼的悲哀》、《池边》、《雕的心》、《春夜的梦》、《古怪的猫》等六篇。

210903　致周作人

二弟览：

今因齐寿山先生到西山之便，先寄上《净土十要》[1]一部，笔三支,《妇女杂志》八号尚未到。

老三昨已行。姊姊[2]昨已托山本检查,据云无病,其所以瘦者,因正在"长起来"之故,今日已又往校矣。孙公有信来,因津浦火车之故,已"搁起"在浦镇十日矣云云。明日当有人上山,余再谈。

兄树 上 八〔九〕月三日午后

* * *

〔1〕 《净土十要》 佛教书籍,明代智旭编,清代成时删注,共十卷。

〔2〕 指周作人的女儿周静子。当时在北京孔德学校读书。

210904① 致 周 作 人

二弟览:

昨日齐寿老上西山,托寄《净土十要》一部,笔三支并信,自然应该已经收到了。

エロ样[1]之童话我未细看,但我想多译几篇,或者竟出单行本,因为陈义较浅,其于硬眼或较有益乎。

此间科学会[2]开会,南京代表云,"不宜说科学万能!"此语甚奇。不知科学本非万能乎?抑万能与否未定乎?抑确系万能而却不宜说乎?这是中国科学家。

五日起大学系补课而非开学,仍由我写请假信乎,望将收信处见告如"措词"见告亦可。

寄潘垂统之《小说月报》已可付邮乎？望告地址。

附上孙公信，可见彼之"搁起"情形也。

兄树 上 八〔九〕月四日

*　　*　　*　　*

〔1〕 エロ様　日语：爱罗先生，指爱罗先珂。

〔2〕 科学会　指中国科学社于1921年8月20日至31日在北京清华园举行的全国科学大会。

210904② 致周作人

二弟览：

某君之《西班牙主潮》〔1〕送上。《小说月报》前六本尚在季市处，倘某君书中无伊巴涅ヅ〔2〕生年，则只能向图书馆查之，因季市足疾久未到部也。

中秋寺赏俟问齐公后答。

女高师尚无补课信来，但此间之信，我未能全寓目，以意度之，当尚未有耳，因男高师〔3〕亦尚无之也。

山本云：因自動車走至御宅左近而破，所以今日未去，三四日内当御伺フ〔4〕云云。其自動車故障一节虽未识确否，而日内御伺，则当无疑也。

土步君昨日身热，今日已全退，盖小伤风也。

胡适之有信来（此信未封，可笑！），今送上。据说则尚有一信，孙公藏而居于浦镇也。彼欲印我辈小说，我想我之所作于

87

《世界丛书》[5]不宜,而我们之译品,则尚太无片段,且多已豫约,所以只能将来别译与之耳。

《时事新报》乞文,我以为可以不应酬也。

捷克罗卜,已于今日勉强惑完[6],无甚意味,所以也不寄阅,雁冰又曾约我讲小露西亚[7],我实在已无此勇气矣。

商务印书馆之《妇女杂志》及《小说月报》,现在只存《说》第八(已[以]前者俱无)大约生意甚旺也。

余后详。

　　　　　　　　　　　　兄树　上　九月四日夜

＊　　　＊　　　＊

〔1〕《西班牙主潮》 即《西班牙文学的主流》,美国福特(J. D. M. Ford)著。

〔2〕 伊巴ネヅ　伊巴涅思。

〔3〕 女高师　即北京女子高等师范学校。当时周作人在该校讲授欧洲文学史。男高师,即北京高等师范学校。当时鲁迅在该校讲授中国小说史。

〔4〕 自動車　汽车。御宅,尊府。御伺フ,拜访。这都是日语。

〔5〕《世界丛书》 专收世界各国名著的译文丛书,1920年起,上海商务印书馆陆续出版刊行。后来鲁迅、周作人、周建人合译的《现代小说译丛》和鲁迅、周作人合译的《现代日本小说集》都曾列入该丛书。

〔6〕 这里指译《近代捷克文学概观》毕。

〔7〕 讲小露西亚　露西亚,日语:俄罗斯。这里指沈雁冰请鲁迅

介绍小俄罗斯(乌克兰)文学。后来鲁迅从德国凯尔沛来斯《文学通史》中译成《小俄罗斯文学略说》一文,载《小说月报》第十二卷第十号。

210905① 致宫竹心

竹心先生：

前日匆匆寄上一函想已到。

《晨报》杂感[1]本可随便寄去,但即登载恐也未必送报,他对于我们是如此办的。寄《妇女杂志》的文章[2]由我转去也可以,但我恐不能改窜,因为若一改窜,便失了原作者的自性,很不相宜,但倘觉得有不妥字句,删改几字,自然是可以的。

鲁迅就是姓鲁名迅,不算甚奇。唐俟大约也是假名,和鲁迅相仿。然而《新青年》中别的单名还有,却大抵实有其人。《狂人日记》也是鲁迅作,此外还有《药》《孔乙己》等都在《新青年》中,这种杂志大抵看后随手散失,所以无从奉借,很抱歉。别的单行本也没有出版过。

《妇女杂志》和《小说月报》也寻不到以前的,因为我家中人数甚多,所以容易拖散。昨天问商务印书馆,除上月份之外,也没有一册,我日内去问上海本店[3]去,倘有便教他寄来。《妇女杂志》知已买到,现在寄上《说报》八月份一本,但可惜里面恰恰没有叶,落[4]两人的作品。

周树人 九月五日

＊　　　＊　　　＊　　　＊

〔1〕 《晨报》杂感　指宫竹心作《厘捐局》。

〔2〕 寄《妇女杂志》的文章　指宫蒔荷的《差两个铜元》。

〔3〕 上海本店　指上海商务印书馆总店。

〔4〕 叶,落　指叶绍钧和许地山(落花生)。

210905② 　致　周作人

二弟览:

伊巴涅支说[1]的末一叶已收到了。

大学已有开课信来,我明日当写信去。女师尚无,此回开课,只说补课,尚未提及新学年功课,我想倘他来信,只要照例请假便可(由我写去),不必与说此后之事也。如何复我。

中秋节寺赏据齐寿山说如下:

| | 大门 | 四吊 | 二门 | 六吊 |

南门即后门?　六吊 如不常走则四吊已够　方丈院听差　三或四元以上

兄树　上　九月五日夜

＊　　　＊　　　＊　　　＊

〔1〕 指《颠狗病》,参看 210825 信注〔3〕。

210908　致周作人

二弟览：

イバネヅ的生年，《小说月报》中亦无，[1]且并"五十余岁"之说而无之。此公大寿，盖尚未为史家所知，跋[2]中已改为"现年五十余岁"矣。

查字附上，其中一个无着，岂拉丁乎？至于 Tuleries 则系我脱落一 i 字，其为"瓦窑"无疑也。

光典[3]信附上，因为信面上还有"如在西山赶紧转寄"等等急煞活煞的话。现代少年胜手而且我侪，真令人闭口也。署签"断乎不可"！

我看你译小说，还可以随便流畅一点（我实在有点好讲声调的弊病），前回的《炭画》[4]生硬，其实不必接他，从新起头亦可也。

孙公已到矣。

我十一本想上山，而是日早上须在

圣庙敬谨执事，所以大约不能上山矣。

余后谈。

兄树　上　九月八日夜

＊　　＊　　＊

〔1〕　这里指《小说月报》第十二卷第三号（1921年3月）沈雁冰作《西班牙写实文学的代表者伊本纳兹》一文。

〔2〕　指周作人的《颠狗病》译后记。

〔3〕 光典　邰光典。当时他因准备筹办《妇女之桥》函请周作人寄稿和题刊头（故鲁迅下有"署签'断乎不可'"语）。下文的胜手，日语，随便；我侭，日语，任性，只顾自己，不管别人的意思。

〔4〕 《炭画》　中篇小说，波兰显克微支作。周作人于1909年用文言翻译。1914年4月由上海文明书局出版。

210911　致周作人

二弟览：

你的诗[1]和伊巴涅支小说，已寄去。报上又说仲甫走出[2]了，但记者诸公之说，不足深信，好在函系挂号，即使行卫[3]不明，亦仍能打回来也。

现在译好一篇エロ君之《沼ノホトリ》拟予孙公，此后则译《狭ノ籠》[4]可予仲甫也。你译的"清兵衞卜胡盧"[5]当给孙公否，见告。

淮滨寄庐[6]信寄上，此公何以无其"长辈"之信而自出鹿爪シイ[7]之言殊奇。旁听不知容易否，我辈自无工夫，或托孙公一办，倘难，则由我回复之可也。

表现派剧，我以为本近儿戏，而某公一接脚[8]，自然更难了然。其中有一篇系开幕之后有一只狗跑过，即闭幕，殆为接脚公写照也。

批评中国创作，《读卖》中似无之，[9]我从五至七月皆翻过（内中自然有缺）皆不见，重君[10]亦不记得，或别种报上之文乎？

一九二一年九月

　　コホリコ・コ之蓄道德云云,即指庐山叙旧而发,闻晨报社又收到该大学全体署名一信,言敝同人中虽有别名"ピンシン"者,而未曾收到该项诗歌,然则被赠者当系别一ピンシン[11]云云,大约不为之登出矣。夫被赠无罪,而如此断断,殊可笑,与女人因被调戏而上吊正无异,诚哉如柏拉图所言,"不完全则宁无"[12]也。

　　　　　　　　　　兄树 上 十一日下午

＊　　＊　　＊

　〔1〕 指周作人的《病中的诗》和《山居杂诗》,后载《新青年》第九卷第五号(1921年9月)。

　〔2〕 仲甫走出　陈独秀于1920年12月应陈炯明之邀,赴广东任教育委员会委员长。其间受到汪精卫派通电攻击排挤。陈于1921年8月17日致电陈炯明要求辞职。9月10日《广东群报》刊载《教育委员会欢送陈独秀》的报道,披露"教育委员会委员长拟定期去粤"的消息,各派系报纸也发表有关消息和评论。

　〔3〕 行衛　日语:去向。

　〔4〕 《沼ノホトリ》　即《池边》,《狭ノ籠》,即《狭的笼》。都是爱罗先珂的童话,鲁迅的译文前者载1921年9月24日至26日《晨报》副刊,后者载《新青年》第九卷第四号(1921年8月)。

　〔5〕 《清兵衛ト胡盧》　即《清兵卫与壶卢》,短篇小说,日本志贺直哉作,周作人的译文载1921年9月21至22日《晨报》副刊。

　〔6〕 淮滨寄庐　未详。

　〔7〕 鹿爪シイ　日语:装模作样。

　〔8〕 指宋春舫(1892—1938),浙江吴兴人,戏曲评论家。接脚,

93

讽指接手。下文的"一只狗跑过即闭幕",指宋译《未来派戏曲四种》中的第四个剧本,载《东方杂志》第十八卷第十三号,其全部内容为:

　　　　只有一条狗　　意大利 F. Cangiullo 原著

　　　　登场人物???……

　　　　一条街;黑夜。冷极了,一个人也没有。

　　　　一条狗慢慢跑过了这条街。(幕下)

〔9〕 疑指日本清水安三作的《中国当代新人物》。据清水回忆:"大正十年……我在《读卖新闻》上……连载了题为《中国当代新人物》一文。其中一章标题是《周三人》,评论了周树人、周作人、周建人三人"(见日本《文艺春秋》1967 年 5 月号所载《值得爱戴的老人》)。

〔10〕 重君　即日本人羽太重久(1893—1980),周作人的妻弟。

〔11〕 コホリコ·コ及ピンシン　均指冰心,前者为日语意译,后者为音译。1921 年 9 月 4 日北京《晨报》第七版载有刘廷芳在庐山写的《寄冰心》,其中有"来述我们往日如梦的欢情"之类的轻佻语句,引起冰心的愤慨。冰心当日即写了《蓄道德,能文章》的短文(载同月 6 日《晨报》第七版)予以抨击。随后,冰心所在的燕京大学一些学生以全体同学名义致函《晨报》,说"敝同人中虽有别名'ピンシン'者,而未曾收到该项诗歌,然则被赠者当系别一ピンシン",要求该报予以澄清。

〔12〕 "不完全则宁无"　易卜生诗剧《勃兰特》中主人公的话。按勃兰特当时曾有人译作柏拉图。

210917　致 周 作 人

二弟览:三弟今日有信,今寄上。

查武者小路[1]的《或日ノ一休》系戏剧,于我辈之小说集不

一九二一年九月

合,尚须别寻之。此次改定之《日本小说》目录,既然如此删汰,则我以为漱石只须一篇《一夜》,鸥外[2]亦可减去其一,但《沉默之塔》太轻ィ[3],当别译;而若嫌页数太少,则增加别人著作(如武者,有岛[4]之类)可也。该书自然以今年出版为合,但不知来得及否耳。

我自从挤出捷克文学后,现在大被补课所轧,因趣味已无而须做讲义,是大苦也。此次已去补一次,高师不甚缺少,而大学只有听讲者五枚,可笑也。女师之熊[5]仍不走,我以为倘有信来,大可不必再答,即续假亦可不请,听其自然,盖感情已背,无可弥缝,而熊系魔子,亦难喻以理或动之以情也。

我为《新青年》译《狭ノ籠》已成,中有ラヤジ[6]拟加注,查德文字典云"Rádscha, or Rájh = 土着[著]的东印度侯爵",未知即此否,以如何注法为合,望告知。至于老三之一篇,[7]则须两星期方能抄成,拟一同寄去,因豫算稿子,你已有两次,可以直用至第五期也。

中秋无月。今日《晨报》亦停。潘太太之作尚佳,可以删去序文,寄与《说报》,潘公之《风雨之下》,经改题而去其浪漫チク[8]之后,亦尚不恶也。但宫小姐之作,则据老三云:因有"日货"字样,故章公颇为踌躇。此公常因女人而バンダン[9],则神经过敏亦固其所,拟令还我,转与孙公耳。

《说报》于我辈之稿费,尚不寄来,殊奇。我之《小露西亞文学观》系九日寄出,已告结束矣,或者以中秋之故而迟迟者乎。家中俱安,勿念。余后谈。

兄树 上 九月十七日

* * *

〔1〕 武者小路实笃(1885—1976) 日本作家。著有小说《见过世面的人》、《爱和死》等。鲁迅曾译过他的四幕剧《一个青年的梦》。

〔2〕 鸥外 即森鸥外(1862—1922),日本作家。著有小说《舞姬》等。《沉默之塔》曾由鲁迅译载于1921年4月21日至24日《晨报》副刊,后收入《现代日本小说集》。

〔3〕 軽イ 日语:轻微。

〔4〕 有岛 即有岛武郎(1878—1923),日本作家。著有小说《一个女人》等。鲁迅曾译过他的短篇小说《与幼小者》、《阿末的死》等,后收入《现代日本小说集》。

〔5〕 女师之熊 指熊崇煦(1875—?),字知白,湖南南县人。曾留学日本。后任教育部编审员、佥事,湖北教育厅长等职。当时任北京女子高等师范学校校长。

〔6〕 ラヤジ 鲁迅后来译作"拉阇",并加注云:"Rajah,东印度土著的侯王,旧翻曷罗阇者即此。"

〔7〕 疑指《结群性与奴隶性》。英国戈尔敦著,周建人译载于《新青年》第九卷第五号(1921年9月)。

〔8〕 潘公之《风雨之下》 参看210731信及其注〔3〕。浪漫チク,浪漫谛克。

〔9〕 章公バンダン 指章锡琛。参看210806信注〔7〕。

211015 致宫竹心

竹心先生:

来信收到了。本星期日的下午,我大约在寓,可以请来谈。

《救急法》[1]可以姑且送到商务馆去试一试,也请一并带来。

馆[余]面谈。

周树人 十月十五日

* * *

〔1〕《救急法》 宫竹心友人所译的一本医学书。

一九二二年

220104　致官竹心

竹心先生：

　　今天收到来信。

　　丸善的〔详〕细地址是：日本东京市、日本桥区、通三丁目、丸善株式会社[1]。

　　大学的柴君，我们都不认识他。

　　前回的两篇小说，[2]早经交与《晨报》，在上月登出了。此项酬金，已将　先生住址开给该馆，将来由他们直接送上。

　　　　　　　　　　　　　周树人　启　一月四日

＊　　＊　　＊

〔1〕　株式会社　日语：股份有限公司。

〔2〕　指契诃夫作《戏园归后》和《绅士的朋友》，署宫万选译，分别载于1921年12月13日和14、15日《晨报》副刊。

220216　致官竹心

竹心先生：

　　去年接到来信，《晨报》社即去催，据云即送，于年内赶到，约早已照办了。

至于地方一层,实在毫无法想了。因为我并无交游,止认得几个学校,而问来问去,现在的学校只有减人,毫不能说到荐人的事,所以已没有什么头路。

先生来信说互助,这实在很有道理。但所谓互助者,也须有能助的力量,倘没有,也就无法了。而现在的时势,是并不是一个在教育界的人说一句话做一点事能有效验的。

以上明白答复,自己也很抱歉。至于其余,恕不说了:因为我并没有判定别人的行为的权利,而自己也不愿意如此。

周树人 上 二月十六日

220814 致胡 适

适之先生:

关于《西游记》作者事迹的材料,[1]现在录奉五纸,可以不必寄还。《山阳志遗》[2]末段论断甚误,大约吴山夫未见长春真人《西游记》[3]也。

昨日偶在直隶官书局买《曲苑》[4]一部上海古书流通处石印,内有焦循《剧说》[5]引《茶余客话》说《西游记》作者事[6],亦与《山阳志遗》所记略同。从前曾见商务馆排印之《茶余客话》,不记有此一条,当是节本,其足本在《小方壶斋丛书》[7]中,然而舍间无之。

《剧说》又云,"元人吴昌龄[8]《西游》词与俗所传《西游记》小说小异",似乎元人本焦循曾见之。既云"小异",则大致当同,可推知射阳山人[9]演义,多据旧说。又《曲苑》内之王国维《曲录》[10]亦颇有与《西游记》相关之名目数种,其一云《二郎神锁齐天大圣》,恐是明初之作,在吴之前。

倘能买得《射阳存稿》[11],想当更有贵重之材料,但必甚难耳。明重刻李邕《娑罗树碑》[12],原本系射阳山人所藏,其诗又有买得油渍云林画竹[13]题,似此君亦颇好擦骨董者也。

同文局印之有关于《品花》考证之宝书[14],便中希见借一观。

树 上 八月十四日

* * *

〔1〕 《西游记》 长篇小说,明代吴承恩著,一百回。作者事迹的材料,指《淮安府志》、《山阳县志》、焦循《剧说》卷五引阮葵生《茶余客话》、吴玉搢《山阳志遗》等书中有关吴承恩的材料。胡适在《西游记考证》中均曾加以引用。

〔2〕 《山阳志遗》 清代吴玉搢著。该书卷四中误认为吴承恩的《西游记》系根据长春真人《西游记》改写。吴山夫,即吴玉搢(1698—1773),山阳(今江苏淮安)人。

〔3〕 长春真人《西游记》 元初道士李志常著,二卷。记述其师长春真人邱处机应征西行晋谒元太祖并参与军务的经历。

〔4〕 《曲苑》 丛书。陈乃乾辑,收明、清关于戏曲的书籍十四种。

〔5〕 焦循(1763—1820) 字理堂,江苏甘泉(今扬州)人。清代哲学家、戏曲理论家。《剧说》,戏曲论著,六卷。摘录唐、宋以来书籍中有关戏曲的论述,并作评论。所引《茶余客话》见该书卷五。

〔6〕 《茶余客话》 笔记小说,清代阮葵生著。原为三十卷,作者生前未能刊印,清光绪十四年(1888)王锡祺印为二十二卷。所说《西游

记》作者事,见该书卷二十一。商务印书馆版为节本,仅十二卷。

〔7〕《小方壶斋丛书》 即《小方壶斋丛钞》,清代王锡祺辑刊,四集,收书三十六种。按此丛书未辑入《茶余客话》。

〔8〕 吴昌龄 大同(今属山西)人,元代戏曲家。著有杂剧《东坡梦》、《唐三藏西天取经》(现仅存曲词二折)等。按《西游记》杂剧作者是元末杨讷,过去多误作吴昌龄。

〔9〕 射阳山人 《西游记》作者吴承恩的别号。

〔10〕 王国维(1877—1927) 字静安,号观堂,浙江海宁人,近代学者。所著《曲录》系戏曲书目,共六卷,其中有关《西游记》的书目,大致有:《收心猿意马》、《时真人四圣锁白猿》、《二郎神锁齐天大圣》、《猛烈哪吒三变化》、《众神仙庆赏蟠桃会》等。

〔11〕《射阳存稿》 即《射阳先生存稿》,吴承恩所著诗文集,共六卷。后来有北京故宫博物院印本(1930年7月)。

〔12〕 李邕(678—747) 字太和,江都(今属江苏)人,唐代书法家,曾任北海太守。《娑罗树碑》,见所著《李北海集》。

〔13〕 买得油渍云林画竹 原题《买得云林画竹上有油渍诗以瀚之》,见《射阳先生存稿》卷一。云林,即倪瓒(1301—1374),别号云林居士,无锡人,元代画家。

〔14〕《品花》考证之宝书 指清代杨懋建(掌生)所著《京尘杂录》,光绪丙戌(1886)仲夏上海同文书局石印。该书卷四《梦华琐簿》中记常州陈少逸撰《品花宝鉴》事颇详。《品花》,指《品花宝鉴》,长篇小说,清代陈森著,六十回。

220821 致 胡 适

适之先生:

前回承借我许多书,后来又得来信。书都大略看过了,现

101

在送还,谢谢。

　　大稿[1]已经读讫,警辟之至,大快人心!我很希望早日印成,因为这种历史的的提示,胜于许多空理论。但白话的生长,总当以《新青年》主张以后为大关键,因为态度很平正,若夫以前文豪之偶用白话入诗文者,看起来总觉得和运用"僻典"有同等之精神也。

　　现在大稿亦奉还,李伯元[2]八字已钞在上方。

　　《七侠五义》的原本为《三侠五义》,[3]在北京容易得,最初似乎是木聚珍板[4],一共四套廿四本。问起北京人来,只知道《三侠五义》,而南方人却只见有曲园老人的改本,此老实在可谓多此一举。

　　《纳书楹曲谱》[5]中所摘《西游》,已经难以想见原本。《俗西游》中的《思春》,不知是甚事。《唐三藏》中的《回回》,似乎唐三藏到西夏,一回回先捣乱而后皈依,演义中无此事。只有补遗中的《西游》似乎和演义最相近,心猿意马,花果山,紧箍咒,无不有之。《揭钵》虽演义所无,但火焰山红孩儿当即由此化出。杨掌生笔记[6]中曾说演《西游》,扮女儿国王,殆当时尚演此剧,或者即今也可以觅得全曲本子的。

　　　　　　　　　　　　　树人 上 八月二十一日

　　再《西游》中两提"无支祁"[7]一作巫枝祇,盖元时盛行此故事,作《西游》者或亦受此事影响。其根本见《太平广记》卷四六七《李汤》[8]条。

＊　　＊　　＊

〔1〕　指胡适所作论文《五十年来中国之文学》。

〔2〕　李伯元(1867—1907)　名宝嘉,号南亭亭长,江苏武进人,小说家。著有《官场现形记》、《文明小史》等。八字,当指《官场现形记》一书的别名"大清帝国活动写真"八个字。

〔3〕　《三侠五义》　清代侠义小说,共一二〇回,署"石玉昆述,入迷道人编定",1879年印行。后经俞樾(号曲园)修订,改名《七侠五义》,1889年刊行。

〔4〕　木聚珍板　木刻活字版。清乾隆时称活字版为聚珍版。

〔5〕　《纳书楹曲谱》　元明以来流传曲谱的辑录,清代叶堂编,共二十二卷。该书《外集》录《俗西游记》中《思春》一出。《续集》录《唐三藏》中《回回》一出,又录《西游记》中《撇子》、《认子》、《胖姑》、《伏虎》、《女还》、《借扇》六出。《补遗》录《西游记》中《饯行》、《定心》、《揭钵》、《女国》四出。由于该书存曲而无科白,故鲁迅读后"不知是甚事"。

〔6〕　杨掌生笔记　指《京尘杂录》,其卷三《丁年玉笋志》中,说道光年间陆翠香演"《西游记》女儿国王,娇痴之态,尤为擅场"。杨掌生,名懋建,字掌生,清道光年间人。作有笔记《长安看花记》、《辛酉癸甲录》、《丁年玉笋志》、《梦华琐簿》四种。光绪十二年丙戌(1886)仲夏上海同文书局石印本,订为两册,总题为《京尘杂录》。

〔7〕　《西游》中两提"无支祁"　《纳书楹曲谱·补遗》卷一选《西游记·定心》中说孙行者"是骊山老母亲兄弟,无支祁是他姊妹。"又《女国》中说:"巫枝祁把张僧拿在龟山上。"

〔8〕　《李汤》　又名《古岳渎经》,传奇,唐代李公佐作。内记"禹理水,……获淮涡水神名无支祁……形若猿猴,缩鼻高额,青躯白首;金目雪牙,颈伸百尺,力逾九象,搏击腾踔疾奔,轻利倏忽,闻视不可久。"

一九二三年

230108　致　蔡元培[1]

子民先生左右：谨启者，汉石刻中之人首蛇身象，就树人所收拓本觅之，除武梁祠画象[2]外，亦殊不多，盖此画似多刻于顶层，故在残石中颇难觏也。今附上三枚：

一　南武阳功曹乡啬夫文学掾[3]平邑□郎东阙画象南阙有记云章和元年[4]十一月十六日。　在山东费县平邑集。　此象颇清楚，然亦有一人抱之，左右有朱鸟玄武[5]。

（未摹）

二　嘉祥[6]残画象旧为城内轩辕氏所藏，今未详所在。象已漫漶，亦有一人持之。

三　未知出处画象从山东来。　此象甚特别，似二人在树下，以尾相缭，惜一人已泐。

　　　　　　　　　周树人　启上　一月八日

＊　　＊　　＊

〔1〕　此信原无标点。

〔2〕　武梁祠画象　东汉武氏家族墓葬的双阙和四个石祠堂的画象，在今山东嘉祥武宅山，其中以武梁祠为最早。是研究汉代社会历史和美术史的重要资料。

〔3〕　南武阳　故城在今山东费县。功曹，汉代郡守、县令下有功

曹史,掌人事并与闻政务。啬夫,秦汉时乡官,掌管诉讼和赋税。文学掾,汉代州郡及王国设文学掾,为后世教官所由来。

〔4〕 章和元年　即公元87年,章和,东汉章帝刘炟年号。

〔5〕 朱鸟玄武　我国古代神话中南北方之神,分别为鸟和龟(或龟蛇合体)的形象。

〔6〕 嘉祥　地名,今山东嘉祥县。

230612　致 孙伏园[1]

伏园兄:

今天《副镌》[2]上关于爱情定则的讨论[3]只有不相干的两封信,莫非竟要依了钟孟公先生的"忠告",逐渐停止了么?

我以为那封信虽然也不失为言之成理的提议,但在变态的中国,很可以不依,可以变态的办理的。

先前登过的二十来篇文章,诚然是古怪的居多,和爱情定则的讨论无甚关系,但在别一方面,却可作参考,也有意外的价值。这不但可以给改革家看看,略为惊醒他们黄金色的好梦,而"足为中国人没有讨论的资格的左证",也就是这些文章的价值之所在了。

我交际太少,能够使我和社会相通的,多靠着这类白纸上的黑字,所以于我实在是不为无益的东西。例如"教员就应该格外严办","主张爱情可以变迁,要小心你的老婆也会变心不爱你,"[4]之类,着想都非常有趣,令人看之茫茫然惘惘然;倘无报章讨论,是一时不容易听到,不容易想到的,如果

"至期截止",杜塞了这些名言的发展地,岂不可惜?

钟先生也还是脱不了旧思想,他以为丑,他就想遮盖住,殊不知外面遮上了,里面依然还在腐烂,倒不如不论好歹,一齐揭开来,大家看看好。往时布袋和尚[5]带着一个大口袋,装些另碎东西,一遇见人,便都倒在地上道,"看看,看看。"这举动虽然难免有些发疯的嫌疑,然而在现在却是大可师法的办法。

至于信中所谓揭出怪论来便使"青年出丑",也不过是多虑,照目下的情形看,甲们以为可丑者,在乙们也许以为可宝,全不一定,正无须乎替别人如此操心,况且就在上面的一封信里,也已经有了反证了。

以上是我的意见:就是希望不截止。若夫究竟如何,那自然是由你自定,我这些话,单是愿意作为一点参考罢了。

迅 六月十二日

* * *

〔1〕 孙伏园(1894—1966) 原名福源,浙江绍兴人。鲁迅任山会初级师范学校校长时的学生。北京大学毕业。新潮社成员。曾任北京《晨报》副刊、《京报》副刊、《语丝》周刊编辑。后来曾在厦门大学、广州中山大学任职。著有《鲁迅先生二三事》等。

〔2〕 《副镌》 即《晨报》副刊。1921年秋至1924年冬由孙伏园主编。

〔3〕 爱情定则的讨论 1923年4月29日《晨报》副刊刊载张竞生所作《爱情的定则与陈淑君女士事的研究》一文,在读者间引起了争

论,为此该刊辟"爱情定则讨论"专栏。6月12日该刊发表了陈锡畴和钟孟公的两封信。前者主张"中立态度",要记者保持"第三者的地位";后者则攻击这次讨论,认为"除了足为中国人没有讨论的资格的左证之外,毫无别的价值",并"忠告"记者应定出期限,"至期截止",以免"青年出丑"。

〔4〕 这两句话都是当时参加讨论者的论调。前者见于该刊5月18日梁国常文;后者见于6月3日张畏民文。

〔5〕 布袋和尚　五代时的高僧,自称契此,又号长汀子。宋代庄季裕《鸡肋篇》卷中载:"昔四川有异僧,身矮而蟠腹,负一布袋,中置百物;于稠人中时倾写于地曰:'看看!'人皆目为布袋和尚,然莫能测。"

231024　致　孙伏园

伏园兄:

昨天接两信,前后相差不过四点钟,而后信称前信曰"昨函",然则前寄之一函,已为送之者压下一日矣,但好在并无关系,不过说说而已。

昨下午令部中信差将《小说史》[1]上卷末尾送上,想已到。现续做之文,大有越做越长之势,上卷恐须再加入一篇,其原稿为八十六七叶,始可与下卷平均,现拟加之篇姑且不送上,略看排好后之情形再定耳。

昨函谓一撮毛君及其夫人[2]拟见访,甚感甚感。但记得我已曾将定例声明,即一者不再与新认识的人往还,二者不再与陌生人认识。我与一撮毛君认识大约已在四五年前,其时还在真正"章小人 nin"时代[3],当然不能算新,则倘蒙枉顾,自然决不能稍说魇话。然于其夫人则确系陌生,见之即与定例第二项违反,所以深望代为辞谢,至托至托。此事并无他种坏主意,无非熟人一多,世务亦随之而加,于其在病院也有关心之义务,而偶或相遇也又必当有恭敬鞠躬之行为,此种虽系小事,但亦为"天下从此多事"之一分子,故不如销声匿迹之为愈耳。

树人 上 十月廿四日

再者,廿三函并书皮标本顷亦已到。我想不必客气,即用皇帝所用之黄色可也,今附上,余者暂存,俟面缴。

面上印字之样子,拟亦自定一款式,容迟日奉上,意者尚不急急也。

树 又上 廿三〔四〕

* * *

〔1〕 《小说史》 即《中国小说史略》。

〔2〕 一揆毛君及其夫人 指章廷谦及其夫人孙斐君。

〔3〕 "章小人 nin"时代 指章廷谦初进北京大学学习的时期。nin,江浙方言拼音,指小孩。

231210 致 许 寿 裳

季市兄:

前见《校刊》[1],知兄已递辞呈,又患失眠,此信本该不作,然实无奈,故写此以待,因闻诗荃[2]兄言兄当以明日到京也。

　　此次教部裁员,[3]他司不知,若在社会司,则办事员之凡日日真来办事者皆去矣,留者之徒,弟仅于发薪时或偶见其面,而平时则杳然,如此,则天下事可知也。复次之胡闹,当在附属机关,弟因此颇为子佩[4]忧,现在年数劳绩皆不论,更有何可说。前闻女师校有管注册者已去,而位尚虚,殊欲切为子佩谋之,但不知兄在辞中,尚可为不？倘可,并且无他窒碍,则专以此为托也。

　　附上讲稿[5]一卷,明已完,此后仅清代七篇矣。然上卷已付排印,下卷则起草将完,拟以明年二月间出。此初稿颇有误,本可不复呈,但先已俱呈,故不中止耳。已印者日内可装成,其时寄上。

　　　　　　　　　　弟树人　上　十二月十日夜

＊　　　＊　　　＊

　　〔1〕　《校刊》　指北京女子高等师范学校校刊。

　　〔2〕　诗荃　即许世璇(1895—1969？),名世瑢,许铭伯之子,许寿裳之侄。当时在北京女子高等师范学校任职。

　　〔3〕　教部裁员　1923年10月5日北洋军阀曹锟贿选任总统。次月19日北京国立八校因政府不能发给教育经费全体停课,教育部因欠薪太多,部员亦议决罢"公"。21日黄郛任教育总长,实行裁员。当时鲁迅任该部社会司佥事兼第一科科长。

　　〔4〕　子佩　即宋琳,当时在教育部所辖的京师图书馆任职。参看360201①信注〔1〕。

　　〔5〕　讲稿　指《中国小说史略》讲义。

231228 致 胡 适

适之先生：

今日到大学去，收到手教。

《小说史略》竟承通读一遍（颇有误字，拟于下卷附表订正），惭愧之至。论断太少，诚如所言；玄同说亦如此。我自省太易流于感情之论，所以力避此事，其实正是一个缺点；但于明清小说，则论断似较上卷稍多，此稿已成，极想于阳历二月末印成之。百二十回本《水浒传》[1]曾于同寮齐君[2]家借翻一过，据云于保定书坊得之，似清翻明本，有图，而于评语似多所刊落，印亦尚佳，恐不易再得。齐君买得时，云价只四元。此书之田虎王庆诸事，实不好，窃意百回本[3]当稍胜耳。百十五回本《水浒传》上半，实亦有再印之价值，亚东局只印下半，殊可惜。至于陈忱后书[4]，其实倒是可印可不印。我于《小说史》印成后，又于《明诗综》见忱名，注云"忱，字遐心，乌程人"。止此而已，诗亦止一首，其事迹莫考可知。《四库书目》小说类存目有《读史随笔》六卷，提要云："陈忱撰，忱字遐心，秀水人……"即查《嘉兴府志·秀水·文苑传》，果有陈忱，然字用宣，顺治时副榜，又尝学诗于朱竹垞，则与雁宕山樵非一人可知，《四库提要》殊误。

我以为可重印者尚有数书，一是《三侠五义》，须用原本，而以俞曲园[5]所改首回作附。一是董说《西游补》[6]，但不能雅俗共赏。一是《海上花列传》[7]，惜内用苏白，北人不解，但其书则如实描写，凡述妓家情形者，无一能及他。

闻先生已看定西山某处为养息之地，不知现在何处？我现搬在"西四砖塔胡同六十一号"，明年春天还要搬。

作《红楼梦索隐》之王沈二人[8]，先生知其名（非字）否？

迅 上 十二月二十八日夜

* * *

〔1〕 百二十回本《水浒传》 原名《李卓吾先生批评忠义水浒全书》，题"施耐庵集撰，罗贯中纂修"，卷首有明李贽（卓吾）、杨定见序，明万历四十二年（1614）袁天涯刻印。

〔2〕 齐君 即齐寿山。

〔3〕 百回本 即百回本《水浒传》，原名《忠义水浒传》，最早有明嘉靖间郭勋刻本，现残存八回。题"施耐庵集撰，罗贯中纂修"。又有明万历三十七年（1609）天都外臣序刻本。此处系指明万历间新安刻本。

〔4〕 陈忱后书 指明末清初陈忱所作《水浒后传》，四十回。陈忱（约1613—?），字遐心，别号雁荡山樵，浙江乌程人。明亡后卖卜为生。另著有《雁宕诗集》。

〔5〕 俞曲园（1821—1907） 名樾，字荫圃，号曲园，浙江德清人，清代学者。道光进士，曾任河南学政，后罢归讲学。他以《三侠五义》开篇写"狸猫换太子"为不经，另撰第一回，"援据史传，订正俗说"；并改书名为《七侠五义》，于1889年作序刊行。

〔6〕 《西游补》 小说，明末董说著，十六回。现存崇祯十四年（1641）嶷如居士序本。董说（1620—1686），字雨若，号俟庵，浙江乌程人，诸生。明亡后出家为僧，改号南潜。

〔7〕《海上花列传》 长篇小说,清代韩邦庆著,六十四回,光绪十八年(1892)二月起,先在《海上奇书》杂志连载部分章回,光绪二十年出石印本。

〔8〕《红楼梦索隐》 王梦阮、沈瓶庵合撰,附刊于中华书局1916年出版的一百二十回本《红楼梦》。王梦阮,不详;沈瓶庵,时为中华书局编辑。

一九二四年

240105　致胡　适

适之先生：

　　前两天得到　手教并《水浒两种序》[1]。序文极好,有益于读者不鲜。我之不赞成《水浒后传》,大约在于托古事而改变之,以浇自己块垒这一点,[2]至于文章,固然也实有佳处,先生序上,已给与较大的估价了。

　　《西游补》送上,是《说库》[3]中的,不知道此外有无较好的刻本。

　　自从《海上繁华梦》[4]出而《海上花》遂名声顿落,其实《繁华梦》之度量技术,去《海上花》远甚。此书大有重印之价值,不知亚东书局有意于此否？我前所见,是每星期出二回之原本,上有吴友如[5]派之绘画,惜现在不可复得矣。

　　　　　　　　　　　　　迅　上　一月五日

*　　*　　*

　　[1]《水浒两种序》　指胡适作《〈水浒续集两种〉序》。《水浒续集》,是摘取一百十五回本的"征四寇"部分和《水浒后传》合并而成。1924年2月上海亚东图书馆出版。

　　[2]《水浒后传》作者陈忱在序中说"穷愁潦倒,满眼牢骚,胸中块磊,无酒可浇,故借此惨局而著成之也。"

113

〔3〕《说库》 小说丛书,王汶濡编辑。1915年上海文明书局石印。内收汉、晋、梁、唐、宋、明、清小说共一七九卷。《西游补》收入《说库》第三十九、四十册。

〔4〕《海上繁华梦》 长篇小说,孙玉声(家振)著,一百回。1903年上海笑林报馆印行。《海上花》,即《海上花列传》。1926年上海亚东图书馆出版标点本。

〔5〕吴友如(？—1893) 名猷(又作嘉猷),字友如,江苏元和(今吴县)人,清末画家。1884年起,在上海主绘《点石斋画报》。

240111　致孙伏园

伏园兄：

惠书已到,附上答王君[1]笺,乞转寄,以了此一件事。

钦文[2]兄小说已看过两遍,以写学生社会者为最好,村乡生活者次之;写工人之两篇,则近于失败。如加淘汰,可存二十六七篇,更严则可存二十三四篇。现在先存廿七篇,兄可先以交起孟,问其可收入《文艺丛书》[3]否？而于阴历年底取回交我,我可于是后再加订正之。

总之此集决可出版,无论收入与否。但须小加整理而已。

《小白兔》一篇尚好,但所记状态及言论,过于了然(此等议论,我亦听到过),成集时易被注意,似须改得稍晦才是。又《传染病》一篇中记打针(注射)乃在屁股上,据我所知,当在大腿上,改为屁股,地位太有参差,岂现在针法已有改变乎？

便中望一询为荷。

$\qquad$ 迅 上 一月十一日夜

* * *

〔1〕 王君　指王统照(1898—1957),字剑三,山东诸城人,作家,文学研究会发起人之一。著有长篇小说《山雨》等。

〔2〕 钦文　即许钦文。参看第250929信注〔1〕。鲁迅曾编选他的小说二十余篇,题名《故乡》,1926年4月北新书局出版,为《乌合丛书》之一。

〔3〕 《文艺丛书》　指《新潮社文艺丛书》,周作人编辑。

240209　致胡　适

适之先生:

前回买到百廿回本《水浒传》的齐君告诉我,他的本家又有一部这样的《水浒传》,板比他的清楚(他的一部已颇清楚),但稍破旧,须重装,而其人知道价值,要卖五十元,问我要否。我现在不想要。不知您可要么?

听说李玄伯[1]先生买到若干本百回的《水浒传》,但不全。先生认识他么?我不认识他,不能借看。看现在的情形,百廿回本一年中便知道三部,而百回本少听到,似乎更难得。

$\qquad$ 树人 二月九日

* * * *

〔1〕 李玄伯(1895—1974) 名宗侗,河北高阳人,当时任北京大学法文系教授。

240226 致李秉中[1]

秉中兄:

我的时间如下,但星期一五六不在内。

午后一至二时　在寓

　　三至六时　在教育部(亦可见客)

　　六时后　　在寓

星期日大抵在寓中。

树人 上 二月二十六日

* * * *

〔1〕 李秉中(1905—1940) 字庸倩,四川彭县人。当时北京大学学生,1924年10月入黄埔军官学校。1926年春去苏联莫斯科中山大学,继去日本学习军事。后任南京中央军校政训处教官。

240330 致钱玄同

玄同兄:

不佞之所以与师大注册部捣乱[1]者,因其一信措辞颇怪,可以疑为由某公之嗾使,而有此不敬之行为。故即取东大国学院御定之"成仁主义",提出"不教而诛"之手续,其意在惩罚某公,而非与注册部有斤斤较量之意者也。

然昨有学生来[2],言此种呆信,确出注册部呆鸟所作,其中并无受某公嗾使或藉以迎合之意云云也。然则我昨之所推度者,乃不中的焉矣。故又即取东大国学院又御定之"乐天主义",而有打消辞意之行为者也。诸承关照,感荷者焉。杨公[3]则今晨于寓见之者哉。

弟树　三月卅日夜

* * *

〔1〕 与师大注册部捣乱　指函辞北京师范大学国文系讲师一事。据鲁迅1924年3月25日日记:"得师大信,极谬。"又,27日:"晨寄师大信,辞讲师。"

〔2〕 学生来　据鲁迅1924年3月29日日记:"顾世明、汪震、卢自然、傅岩四君来,皆师大生。"

〔3〕 杨公　指杨树达(1885—1956),字遇夫,湖南长沙人,语言文字学家。当时任北京师范大学教授。著有《词诠》等。

240502　致胡　适

适之先生:

多天不见了。我现在有两件事情要烦扰你:

一、《西游补》已用过否? 如已看过,请掷还,只要放在国文教员什么室就是。

二、向商务馆去卖之小说稿[1],有无消息？如无,可否请作信一催。

以上,劳驾之至！

树人 上 五月二日

* * * *

〔1〕 小说稿 指李秉中托鲁迅设法出售的章回小说《边雪鸿泥记》稿本。共六十回。作者刘锡纯(1873—1953),字绍先,号枫庵,四川彭山人。刘将书稿交李秉中,托他伺机代售给书局。李转托鲁迅促成此事。

240526　致　李秉中

庸倩兄：

今天得来信,俱悉。

《边雪鸿泥记》事件,我早经写信问过,无复,当初疑其忙于招待"太翁"[1],所以无暇；近又托孙伏园面问,未遇,乃写信问,仍无复,则不知其何故也。或者已上秘魔厓[2]修道,抑仍在北京著书,皆不可知。来信令我作书再催并介绍,今写则写矣,附上,但即令见面,恐其不得要领,仍与未见无异,"既见君子,云胡不喜",非此之谓也。况我又不善简牍,不能作宛转动听之言哉。

至于款项,倘其借之他人,则函牍往反,而且往反再三,而终于不得要领,必与卖稿无异,昔所经验,大概如斯。不如就自己言,较为可靠,我现在手头所有,可以奉借二十元,余须待端午再看,颇疑其时当有官俸少许可发,则再借三十元无难,但此等俸钱,照例必于端午前一日之半夜才能决定有无,故此时不能断言。

但如 贵债主能延至阳历六月底,则即令俸泉不发,亦尚有他法可想。

前所言之二十元如不甚急,当于星期五持至北大面交。

树人 五月二十六日之夜

* * *

〔1〕 "太翁" 指泰戈尔(R. Tagore,1861—1941),印度诗人。1924年4月曾来我国访问。

〔2〕 秘魔厓 在北京西山。明代刘侗、于奕正著《帝京景物略》卷六《西山·上》："石子凿凿,故桑干河道也,曰卢师山,有寺曰卢师寺。……过寺半里者,秘魔厓,是卢师晏坐处。相传隋仁寿中,师从江南棹一船来,祝曰:船止则止,船至厓下止,师遂崖居。"

240527 致 胡 适

适之先生:

自从在协和礼堂恭聆 大论[1]之后,遂未再见,颇疑已上秘魔厓,但或者尚在北京忙碌罢,我也想不定。

《边雪鸿泥记》一去未有消息,明知 先生事忙,但尚希为一催促,意在速售,得钱用之而已。

友人李庸倩君为彼书出主,亦久慕　先生伟烈,并渴欲一瞻丰采。所以不揣冒昧,为之介绍,倘能破著作工夫,略赐教言,诚不胜其欣幸惶恐屏营之至!

树人 上 五月二十七日

* * * *

〔1〕在协和礼堂恭聆大论 1924年5月8日晚,新月社在协和医学院礼堂举行集会,为正在访华的泰戈尔庆祝六十四岁生日,会上由胡适等人致词,并演出泰戈尔剧本《齐德拉》。

240606 致 胡 适

适之先生:

前四天收到来信和来还的书;还有两本送给我的书[1],谢谢。

昨天经过钟鼓寺,就到尊寓奉访,可惜会不着,实在不侥幸。

那一部小说的出主在上礼拜极想见一见先生,嘱我写一封绍介信,我也就冒昧地写给他了。但他似乎到现在没有去罢。

至于那一部小说,本来当属于古董之部,我因为见商务馆还出《秦汉演义》[2],出《小说世界》[3],与古董还可以说有缘,所以想仰扎洪福,塞给他,去印了卖给嗜古的读者,而替该书的出主捞几文钱用。若要大张旗鼓,颂为二十世纪的新作品,则小子不敏,实不敢也。

总之,该书如可当古董卖,则价不妨廉,真姓名亦大可由该馆随意改去;而其中多少媒语,我以为亦可删,这宗明人积习,此刻已无须毕备。而其宗旨,则在以无所不可之方法买[卖]得钱来。——但除了我做序。

况且我没有做过序,做起来一定很坏,有《水浒》《红楼》等新序[4]在前,也将使我永远不敢献丑。

但如用无所不可法而仍无卖处,则请还我,但屡次搅扰,实在抱歉之至也!

鲁迅 六月六日

* * *

〔1〕 鲁迅1924年6月2日日记:"夜得胡适之信。并赠《五十年来之世界哲学》及《〔五十年来之〕中国文学》各一本,还《说库》二本。"

〔2〕 《秦汉演义》 长篇小说,黄士恒著,三册。1917年出版。

〔3〕 《小说世界》 周刊,鸳鸯蝴蝶派为对抗革新后的《小说月报》创办的刊物。1923年1月5日在上海创刊,叶劲风主编,后由胡寄尘编辑。1929年12月停刊。

〔4〕 《水浒》、《红楼》等新序 1920年起上海亚东图书馆陆续标点出版的《水浒》、《红楼梦》、《三国演义》等书,由胡适、陈独秀、钱玄同等人作序。

240828　致李秉中

庸倩兄:

来信已到。款须略停数日。教育部有明日领取支票之谣,倘真,则下月初可有,否则当别设法,使无碍于往曹州度孔家生活耳。

树人 八月廿八日夜

240924 致李秉中

庸倩兄:

回家后看见来信。给幼渔[1]先生的信,已经写出了,我现在也难料结果如何,但好在这并非生死问题的事,何妨随随便便,暂且听其自然。

关于我这一方面的推测,并不算对。我诚然总算帮过几回忙,但若是一个有力者,这些便都是些微的小事,或者简直不算是小事,现在之所以看去很像帮忙者,其原因即在我之无力,所以还是无效的回数多。即使有效,也〔不〕算什么,都可以毫不放在心里。

我恐怕是以不好见客出名的。但也不尽然,我所怕见的是谈不来的生客,熟识的不在内,因为我可以不必装出陪客的态度。我这里的客并不多,我喜欢寂寞,又憎恶寂寞,所以有青年肯来访问我,很使我喜欢。但我说一句真话罢,这大约你未曾觉得的,就是这人如果以我为是,我便发生一种悲哀,怕他要陷入我一类的命运;倘若一见之后,觉得我非其族类,不复再来,我便知道他较我更有希望,十分放心了。

其实我何尝坦白? 我已经能够细嚼黄连而不皱眉了。我很憎恶我自己,因为有若干人,或则愿我有钱,有名,有势,或

一九二四年九月

则愿我陨灭,死亡,而我偏偏无钱无名无势,又不灭不亡,对于各方面,都无以报答盛意,年纪已经如此,恐将遂以如此终。我也常常想到自杀,也常想杀人,然而都不实行,我大约不是一个勇士。现在仍然只好对于愿我得意的便拉几个钱来给他看,对于愿我灭亡的避开些,以免他再费机谋。我不大愿意使人失望,所以对于爱人和仇人,都愿意有以骗之,亦即所以慰之,然而仍然各处都弄不好。

我自己总觉得我的灵魂里有毒气和鬼气,我极憎恶他,想除去他,而不能。我虽然竭力遮蔽着,总还恐怕传染给别人,我之所以对于和我往来较多的人有时不免觉到悲哀者以此。

然而这些话并非要拒绝你来访问我,不过忽然想到这里,写到这里,随便说说而已。你如果觉得并不如此,或者虽如此而甘心传染,或不怕传染,或自信不至于被传染,那可以只管来,而且敲门也不必如此小心。

树人 廿四日夜

* * *

〔1〕 幼渔 马裕藻(1878—1945),字幼渔,浙江鄞县人。曾留学日本,后任浙江教育司视学和北京大学中文系主任、北京女子师范大学教授等。

240928 致李秉中

庸倩兄:

看了我的信而一夜不睡,即是又中我之毒,谓不被传染者,强辩而已。

我下午五点半以后总在家,随时可来,即未回,可略候。

鲁迅 九月廿八夜

241020　致李秉中

庸倩兄:

来信收到。我近来至于不能转动,明日还想去一设法,但希望仍必极少,因为凡和我熟识可以通融之人,其景况总与我差不多也。但我总要凑成二十之数,于礼拜四为止办妥,届时希一莅我寓为幸。

鲁迅 十月二十日夜

其实钱之结果,礼拜三即可知。我想,如不得已,则旧债之若干份,可由我担保,其法如何,望礼拜三晚来一谈。

241126　致钱玄同

玄同兄:

尝闻《醒世姻缘》[1]其书也者,一名《恶姻缘》者也,孰为原名,则不得而知之矣。间尝览之,其为书也,至多至烦,难乎其终卷矣,然就其大意而言之,则无非以报应因果之谈,写社会家庭之事,描写则颇仔细矣,讥讽则亦或锋利矣,较之《平山冷燕》[2]之流,盖诚乎其杰出者也,然而不佞未尝终卷也,然而殆由不佞粗心之故也哉,而非此书之罪也夫!

若就其板本而论之,则窃尝见其二种矣。一者维何,木板是也;其价维何,二三块矣。二者维何,排印是耳,其价维何,七八毛乎。此皆名《醒世姻缘》者也。若夫明板,则吾闻其语矣,而未见其书也,假其有之,或遂即尚称《恶姻缘》者也乎哉?

且夫"杨树达"事件[3]之真相,于今盖已知之矣,有一学生之文章[4],当发表于《语丝》[5]第三之期焉耳。而真杨树达先生乃首先引咎而道歉焉,亦殊属出我意表之外,而不胜其一同"惶而且恐之至得很"而且又加以"顿首顿首"者也而已夫。

祝你健康者也。

"……即鲁迅"十一月二十六日

※　　※　　※

〔1〕《醒世姻缘》　长篇小说,署"西周生辑著",一百回。最早有同治庚午(1870)年刻本。杨复吉《梦阑琐笔》说作者是蒲松龄。

〔2〕《平山冷燕》　小说,署"荻岸山人编次",二十回。

〔3〕"杨树达"事件　指杨鄂生因精神错乱,自称"杨树达"闯入鲁迅住宅,引起鲁迅误解一事。参看《集外集》中的《记"杨树达"君的袭来》和《关于杨君袭来事件的辩正》。

〔4〕指李遇安的《读了"记'杨树达'君的袭来"》。

〔5〕《语丝》　文艺性周刊。该刊第三期(1924年12月1日)刊登李遇安的《读了"记'杨树达'君的袭来"》时,文前和文后有鲁迅所写的自歉的文字。

一九二五年

250112　致钱玄同

庙讳[1]先生：

"先生"之者，因庙讳而连类尊之也。由此观之，定名而乌可不冠冕堂皇也乎？而《出了象牙之塔》[2]"原名为何"者，《象牙ノ塔ララ出テ》也。而"价钱若干"者，"定价金贰円八拾钱"也；而所谓"金"者，日本之夷金也。而"哪里有得买"者，"京桥区尾张町二丁目十五番地福永书店"也。然而中国则无之矣；然而"东单牌楼北路西、东亚公司"则可代购之矣；然而付定钱一半矣；然而半月可到矣；然而更久亦难定矣。呜呼噫嘻，我不得而知之也。东亚公司者，夷店也；我亦尝托其代买也；彼盖当知"哪里有得买"也，然而并以"福永书店"告之，则更为稳当也。然而信纸已完也。于是乎鲁迅乃只得顿首者也。

〔一月十二日〕

＊　　＊　　＊

〔1〕庙讳　封建时代称皇帝父祖名讳为"庙讳"。钱玄同和清代康熙"玄烨"同一"玄"字，故这里用作对钱玄同的戏称。

〔2〕《出了象牙之塔》　文艺论文集，日本厨川白村（1880—1923）著，鲁迅译并作《后记》，1925年未名社出版，《未名丛刊》之一。

一九二五年二月

250217　致李霁野[1]

霁野兄：

来信并文稿，《黑假面人》[2]译本，又信一封，都收到了。

《语丝》是他们新潮社[3]里的几个人编辑的。我曾经介绍过两三回文稿，都至今没有消息，所以我不想寄给他们了。《京报副刊》[4]和《民众文艺》[5]都可以登，未知可否，如可，以那一种为合，待回信办理。

《黑假面人》稍迟数日，看过一遍，当寄去，但商务馆一个一个的算字，所以诗歌戏剧，几乎只得比白纸稍贵而已。文中如有费解之处，再当函问，改正。

《往星中》[6]做得较早，我以为倒好的。《黑假面人》是较与实社会接触得切近些，意思也容易明了，所以中国的读者，大约应该赞成这一部罢。《人的一生》[7]是安特来夫的代表作，译本错处既如是之多，似乎还可以另翻一本。

鲁迅　二月十七日

*　　*　　*

〔1〕 李霁野（1904—1997）　又作季野、寄野，安徽霍丘人，翻译家。未名社成员。留学英国。曾在河北天津女子师范学院等校任教。译有《往星中》、《黑假面人》等，著有《回忆鲁迅先生》、《鲁迅先生与未名社》等。

〔2〕 《黑假面人》　剧本，俄国安德烈夫作，李霁野译。1928年

北京未名社出版。

〔3〕 新潮社 北京大学部分师生组成的文学团体,主要成员有傅斯年、罗家伦、杨振声等。1918年底成立。提倡"批评的精神"、"科学的主义"和"革新的文字"。曾出版《新潮》月刊和《新潮丛书》,后因主要成员思想分化,无形解体。

〔4〕《京报副刊》《京报》,邵飘萍创办的报纸,1918年10月5日创刊于北京,1926年4月24日被奉系军阀张作霖查封。它的副刊创刊于1924年12月5日,孙伏园主编。

〔5〕《民众文艺》《京报》附出的周刊,1924年12月9日创刊,鲁迅曾为该刊撰稿,并校阅创刊号至第十六号中的一些稿件。

〔6〕《往星中》 剧本,俄国安德烈夫作,李霁野译,1926年北京未名社出版,为《未名丛刊》之一。

〔7〕《人的一生》 剧本,俄国安德烈夫作,耿济之译,1923年商务印书馆出版,为《文学研究会丛书》之一。

250311 致许广平[1]

广平兄:

今天收到来信,有些问题恐怕我答不出,姑且写下去看。

学风如何,我以为和政治状态及社会情形相关的,倘在山林中,该可以比城市好一点,只要办事人员好。但若政治昏暗,好的人也不能做办事人员,学生在学校中,只是少听到一些可厌的新闻,待到出校和社会接触,仍然要苦痛,仍然要堕落,无非略有迟早之分。所以我的意思,倒不如在都市中,要堕落的从速堕落罢,要苦痛的速速苦痛罢,否则从较为宁静的

一九二五年三月

地方突到闹处,也须意外地吃惊受苦,其苦痛之总量,与本在都市者略同。

学校的情形,向来如此,但一二十年前,看去仿佛较好者,因为足够办学资格的人们不很多,因而竞争也不猛烈的缘故。现在可多了,竞争也猛烈了,于是坏脾气也就彻底显出。教育界的清高,本是粉饰之谈,其实和别的什么界都一样,人的气质不大容易改变,进几年大学是无甚效力的,况且又有这样的环境,正如人身的血液一坏,体中的一部分决不能独保健康一样,教育界也不会在这样的民国里特别清高的。

所以,学校之不甚高明,其实由来已久,加以金钱的魔力,本是非常之大,而中国又是向来善于运用金钱诱惑法术的地方,于是自然就成了这现象。听说现在是中学校也有这样的了,间有例外者,大概即因年龄太小,还未感到经济困难或花费的必要之故罢。至于传入女校,当是近来的事,大概其起因,当在女性已经自觉到经济独立的必要,所以获得这独立的方法,不外两途,一是力争,一是巧取,前一法很费力,于是就堕入后一手段去,就是略一清醒,又复昏睡了。可是这不独女界,男人也都如此,所不同者巧取之外,还有豪夺而已。

我其实那里会"立地成佛",许多烟卷,不过是麻醉药,烟雾中也没有见过极乐世界。假使我真有指导青年的本领——无论指导得错不错——我决不藏匿起来,但可惜我连自己也没有指南针,到现在还是乱闯,倘若闯入深坑,自己有自己负责,领着别人又怎么好呢,我之怕上讲台讲空话者就为此。记得有一种小说里攻击牧师,说有一个乡下女人,向牧师历诉困苦的半生,请他救助,牧师听毕答道,"忍着罢,上帝使你在生前受苦,死后定当赐福的。"其实古今的圣贤以及哲人学者所说,何尝能比这高明些,他们之所谓"将来",不就是牧师之所谓"死后"么？我所知道的话就是这样,我不相信,但自己也并无更好解释。章锡琛的答话是一定要胡涂的,听说他自己在书铺子里做伙计,就时常叫苦连天。

　　我想,苦痛是总与人生联带的,但也有离开的时候,就是当睡熟之际。醒的时候要免去若干苦痛,中国的老法子是"骄傲"与"玩世不恭",我自己觉得我就有这毛病,不大好。苦茶加"糖",其苦之量如故,只是聊胜于无"糖",但这糖就不容易找到,我不知道在那里,只好交白卷了。

　　以上许多话,仍等于章锡琛,我再说我自己如何在世上混过去的方法,以供参考罢——

　　一、走"人生"的长途,最易遇到的有两大难关。其一是"岐路",倘若墨翟先生,相传是恸哭而返的。但我不哭也不返,先在岐路头坐下,歇一会,或者睡一觉,于是选一条似乎可走的路再走,倘遇见老实人,也许夺他食物充饥,但是不问路,因为我知道他并不知道的。如果遇见老虎,我就爬上树去,等它饿得走去了再下来,倘它竟不走,我就自己饿死在树上,而且先用带子缚住,连死尸也决不给它吃。但倘若没有树呢？那么,没有法子,只好请它吃了,但也不妨也咬它一口。其二便是"穷途"了,听说阮籍先生也大哭而回,我却也像岐路上的办法一样,还是跨进去,在刺丛里姑且走走,但我也并未遇到全是荆棘毫无可走的地方过,不知道是否世上本无所谓穷途,还是我幸而没有遇着。

二、对于社会的战斗,我是并不挺身而出的,我不劝别人牺牲什么之类者就为此。欧战的时候,最重"壕堑战",战士伏在壕中,有时吸烟,也唱歌,打纸牌,喝酒,也在壕内开美术展览会,但有时忽向敌人开他几枪。中国多暗箭,挺身而出的勇士容易丧命,这种战法是必要的罢。但恐怕也有时会迫到非短兵相接不可的,这时候,没有法子,就短兵相接。

总结起来,我自己对于苦闷的办法,是专与苦痛捣乱,将无赖手段当作胜利,硬唱凯歌,算是乐趣,这或者就是糖罢。但临末也还是归结到"没有法子",这真是没有法子!

以上,我自己的办法说完了,就是不过如此,而且近于游戏,不像步步走在人生的正轨上(人生或者有正轨罢,但我不知道),我相信写了出来,未必于你有用,但我也只能写出这些罢了。

鲁迅 三月十一日

＊　　＊　　＊

〔1〕 此信经作者整理编辑收入《两地书》,序号二。

许广平(1898—1968) 广东番禺人,笔名景宋,当时是北京师范大学学生,后为鲁迅夫人。

250315　致梁绳祎[1]

生为兄:

前承两兄过谈,甚快,后以琐事丛集,竟未一奉书。前日乃蒙惠简，俱悉。关于中国神话，现在诚不可无一部书，沈雁冰君之文[2]，但一看耳，未细阅，其中似亦有可参考者，所评西洋人诸书，殊可信。中国书多而难读，外人论古史或文艺，遂至今不见有好书也，惟沈君于古书盖未细检，故于康回触不周山故事，至于交臂失之。

京师图书馆所藏关于神话之书，未经目睹，但见该馆报告，知其名为《释神》[3]，著者之名亦忘却。倘是平常书，尚可设法借出，但此书是稿本，则照例编入"善本"中（内容善否，在所不问），视为宝贝，除就阅而外无他途矣，只能他日赴馆索观，或就抄，如亦是撮录古书之作，则止录其所引之书之卷数已足，无须照写原文，似亦不费多大时日也。但或尚有更捷之法，亦未可知，容再一调查，奉告。

中国之鬼神谈，似至秦汉方士而一变，故鄙意以为当先搜集至六朝（或唐）为止群书，且又析为三期，第一期自上古至周末之书，其根柢在巫，多含古神话，第二期秦汉之书，其根柢亦在巫，但稍变为"鬼道"，又杂有方士之说，第三期六朝之书，则神仙之说多矣。今集神话，自不应杂入神仙谈，但在两可之间者，亦止得存之。

内容分类，似可参照希腊及埃及神话之分类法作之，而加以变通。不知可析为（一）天神，（二）地祇（并幽冥界），（三）人鬼，（四）物魅否？疑不能如此分明，未尝深考，不能定也。此外则天地开辟，万物由来（自其发生之大原以至现状之细故，如乌雅何故色黑，猴臀何以色红），苟有可稽，皆当搜集。

每一神祇,又当考其(一)系统,(二)名字,(三)状貌性格,(四)功业作为,但恐亦不能完备也。

沈君评一外人之作[4],谓不当杂入现今杂说,而仆则以为此实一个问题,不能遽加论定。中国人至今未脱原始思想,的确尚有新神话发生,譬如"日"之神话,《山海经》[5]中有之,但吾乡(绍兴)皆谓太阳之生日[6]为三月十九日,此非小说,非童话,实亦神话,因众皆信之也,而起源则必甚迟。故自唐以迄现在之神话,恐亦尚可结集,但此非数人之力所能作,只能待之异日,现在姑且画六朝或唐(唐人所见古籍较今为多,故尚可采得旧说)为限可耳。

鲁迅 三月十五日

* * *

〔1〕 梁绳祎(1904—1997) 又作生为,字容若,河北行唐(今属灵寿)人。当时北京师范大学学生。他为所编注音的儿童周刊搜集古代神话改写儿童故事,曾和同学傅作楫(筑夫)同访鲁迅,故信中称"两兄"。

〔2〕 沈雁冰之文 指《中国神话研究》,载《小说月报》第十六卷第一号(1925年1月)。该文结末批评了英国腾尼斯1876年出版的《中国民俗学》和英国威纳1922年出版的《中国神话与传说》,文中还说到"不过天何以忽然有破隙","中国的古书上都没有说起"。按《淮南子》中的《天文训》、《原道训》,《列子·汤问》、《博物志》、《史记》司马贞补《三皇本纪》等书中都记有共工(即康回)怒触不周山的神话。

〔3〕 《释神》 清代姚东升辑录,手抄本,一册。分为十类:一、天地,二、山川,三、时祀,四、方祀,五、土祀,六、吉神,七、释家,八、道家,

九、仙教,十、杂神。

〔4〕 这里所说"沈君评一外人之作",指沈雁冰《中国神话研究》批评威纳的《中国神话与传说》一书。沈文批评该书把《封神演义》列为中国神话来源之一的论点说:"我想威纳先生大概不知道他视为中国神话重要典籍的《封神演义》等书,竟是元明人做的;否则,他将说中国大部——或竟全部的神话是在西历六百年顷,始由文学家从口头的采辑为书本的了。"

〔5〕《山海经》 十八卷,约公元前四世纪至公元二世纪间的作品。内容主要是我国民间传说中的地理知识,其中保存了不少上古时代留传下来的神话故事。

〔6〕 太阳之生日 绍兴俗传夏历三月十九为朱天大帝生日,后讹为太阳菩萨生日。一说这一天是清兵入京,崇祯皇帝缢死于煤山,民间假朱天大帝的名义祀念亡明。

250318　致许广平[1]

广平兄:

这回要先讲"兄"字的讲义了。这是我自己制定,沿用下来的例子,就是:旧日或近来所识的朋友,旧同学而至今还在来往的,直接听讲的学生,写信的时候我都称"兄"。其余较为生疏,较需客气的,就称先生,老爷,太太,少爷,小姐,大人……之类。总之我这"兄"字的意思,不过比直呼其名略胜一筹,并不如许叔重先生所说,真含有"老哥"的意义。但这些理由,只有我自己知道,则你一见而大惊力争,盖无足怪也。然而现已说明,则亦毫不为奇焉矣。

现在的所谓教育，世界上无论那一国，其实都不过是制造许多适应环境的机器的方法罢了，要适如其分，发展各各的个性，这时候还未到来，也料不定将来究竟可有这样的时候。我疑心将来的黄金世界里，也会有将叛徒处死刑，而大家尚以为是黄金世界的事，其大病根就在人们各各不同，不能像印版书似的每本一律。要彻底地毁坏这种大势的，就容易变成"个人的无政府主义者"，《工人绥惠略夫》里所描写的绥惠略夫就是。这一类人物的运命，在现在，——也许虽在将来，是要救群众，而反被群众所迫害，终至于成了单身，忿激之余，一转而仇视一切，无论对谁都开枪，自己也归于毁灭。

社会上千奇百怪，无所不有；在学校里，只有捧线装书和希望得到文凭者，虽然根柢上不离"利害"二字，但是还要算好的。中国大约太老了，社会里事无大小，都恶劣不堪，像一只黑色的染缸，无论加进什么新东西去，都变成漆黑，可是除了再想法子来改革之外，也再没有别的路。我看一切理想家，不是怀念"过去"，就是希望"将来"，对于"现在"这一个题目，都交了白卷，因为谁也开不出药方。其中最好的药方，即所谓"希望将来"的就是。

"将来"这回事，虽然不能知道情形怎样，但有是一定会有的，就是一定会到来的，所虑者到了那时，就成了那时的"现在"。然而人们也不必这样悲观，只要"那时的现在"比"现在的现在"好一点，就很好了，这就是进步。

这些空想，也无法证明一定是空想，所以也可以算是人生的一种慰安，正如信徒的上帝。我的作品，太黑暗了，因为我只觉得"黑暗与虚无"乃是"实有",却偏要向这些作绝望的抗战,所以很多着偏激的声音。其实这或者是年龄和经历的关系,也许未必一定的确的,因为我终于不能证实:惟黑暗与虚无乃是实有。所以我想,在青年,须是有不平而不悲观,常抗战而亦自卫,荆棘非践不可,固然不得不践,但若无须必践,即不必随便去践,这就是我所以主张"壕堑战"的原因,其实也无非想多留下几个战士,以得更多的战绩。

子路先生确是勇士,但他因为"吾闻君子死冠不免",于是"结缨而死",则我总觉得有点迂。掉了一顶帽子,有何妨呢,却看得这么郑重,实在是上了仲尼先生的当了。仲尼先生自己"厄于陈蔡",却并不饿死,真是滑得可观。子路先生倘若不信他的胡说,披头散发的战起来,也许不至于死的罢,但这种散发的战法,也就是属于我所谓"壕堑战"的。

时候不早了,就此结束了。

鲁迅 三月十八日

* * *

〔1〕 此信经作者整理编辑收入《两地书》,序号四。

250323 致许广平[1]

广平兄:

仿佛记得收到来信有好几天了,但是今天才能写回信。

"一步步的现在过去",自然可以比较的不为环境所苦,但"现在的我"中,既然"含有原来的我",而这"我"又有不满于时代环境之心,则苦痛也依然相续。不过能够随遇而安——即有船坐船云云——则比起幻想太多的人们来,可以稍为安稳,能够敷衍下去而已。总之,人若一经走出麻木境界,即增加苦痛,而且无法可想,所谓"希望将来",就是自慰——或者简直是自欺——之法,即所谓"随顺现在"者也一样。必须麻木到不想"将来"也不知"现在",这才和中国的时代环境相合,但一有知识,就不能再回到这地步去了。也只好如我前信所说,"有不平而不悲观",也即来信之所谓"养精蓄锐以待及锋而试"罢。

来信所说"时代环境的落伍者"的定义,是不对的。时代环境全都迁流,并且进步,而个人始终如故,毫无进步,这才谓之"落伍者"。倘是对于时代环境,怀着不满,望它更好,待较好时,又望它更更好,即不当有"落伍者"之称。因为世界上改革者的动机,大低[抵]就是这对于时代环境的不满的缘故。

这回教次的下台,我以为似乎是他自己的失策,否则,不至于此的。至于妨碍《民国日报》,乃是北京官场的老手段,实在可笑。停止一种报章,(他们的)天下便即太平么?这种漆黑的染缸不打破,中国即无希望,但正在准备毁坏者,目下也仿佛有人,只可惜数目太少。然而既然已有,即可望多起来,一多,就好玩了,——但是这自然还在将来;现在呢,就是准备。

我如果有所知道,当然不至于客气的,但这种满纸"将来"和"准备"的"教训",其实不过是空言,恐怕于"小鬼"无甚好处,至于时间,那倒不要紧的,因为我即不写信,也并不做着什么了不得的事。

鲁迅 三月廿三日

* * * *

〔1〕 此信经作者整理编辑收入《两地书》,序号六。

250331 致许广平[1]

广平兄:

现在才有写回信的工夫,所以我就写回信。那一回演剧时候,我之所以先去者,实与剧的好坏无关,我在群集里面,向来坐不久的。那天观众似乎不少,筹款目的,该可以达到一点了罢。好在中国现在也没有什么批评家,鉴赏家,给看那样的戏剧,已经尽够了,严格的说起来,则那天的看客,什么也不懂而胡闹的很多,都应该用大批的蚊烟,将它们熏出的。

近来的事件,内容大抵复杂,实不但学校为然。据我看来,女学生还要算好的,大约因为和外面的社会不大接触之故罢,所以还不过谈谈衣饰宴会之类。至于别的地方,怪状更是层出不穷,东南大学事件就是其一,倘细细剖析,真要为中国前途万分悲哀。虽至小事,亦复如是,即如《现代评论》的"一个女读者"的文章,我看那行文造语,总疑心是男人做的,所以你的推想,也许不确。世上的鬼蜮是多极了。

一九二五年三月

　　说起民元的事来,那时确是光明得多,当时我也在南京教育部,觉得中国将来很有希望。自然,那时恶劣分子固然也有的,然而他总失败。一到二年二次革命失败之后,即渐渐坏下去,坏而又坏,遂成了现在的情形。其实这不是新添的坏,乃是涂饰的新漆剥落已尽,于是旧相又显了出来,使奴才主持家政,那里会有好样子。最初的革命是排满,容易做到的,其次的改革是要国民改革自己的坏根性,于是就不肯了。所以此后最要紧的是改革国民性,否则,无论是专制,是共和,是什么什么,招牌虽换,货色照旧,全不行的。

　　但说到这类的改革,便是真叫作无从措手。不但此也,现在虽想将"政象"稍稍改善,尚且非常之难。在中国活动的现有两种"主义者",外表都很新的,但我研究他们的精神,还是旧货,所以我现在无所属,但希望他们自己觉悟,自动的改良而已。例如世界主义者,而同志自己先打架;无政府〔主〕义者的报馆,而用护兵守门,真不知是怎么一回事。土匪也不行,河南的单知道烧抢,东三省的渐趋于保护雅片,总之是抱"发财主义"的居多,梁山泊劫富济贫的事,已成为书本子上的故事了。军队里也不好,排挤之风甚盛,勇敢无私的一定孤立,为敌所乘,同人不救,终至阵亡,而巧滑骑墙,专图地盘者反很得意。我有几个学生在军中,倘不同化,怕终不能占得势力,但若同化,则占得势力又于将来何益。一个就在攻惠州,虽闻已胜,而终于没有信来,使我常常苦痛。

　　我又无拳无勇,真没有法,在手头的只有笔墨,能写这封信一类的不得要领的东西而已。但我总还想对于根深蒂固的所谓旧文明,施行袭击,令其动摇,冀于将来有万一之希望。而且留心看看,居然也有几个不问成败而要战斗的人,虽然意见和我并不尽同,但这是前几年所没有遇到的。我所谓"正在准备破坏者目下也仿佛有人"的人,不过这么一回事。要成联合战线,还在将来。

希望我做点什么事的人,颇有几个了,但我自己知道,是不行的。凡做领导的人,一须勇猛,而我看事情太仔细,一仔细,即多疑虑,不易勇往直前;二须不惜用牺牲,而我最不愿使别人做牺牲(这其实还是革命以前的种种事情的刺激的结果),也就不能有大局面。所以,其结果,终于不外乎用空论来发牢骚,印一通书籍杂志。你如果也要发牢骚,请来帮我们,倘曰"马前卒",则吾岂敢,因为我实无马,坐在人力车上,已经是阔气的时候了。

投稿到报馆里,是碰运气的,一者编辑先生总有些胡涂,二者投稿一多,确也使人头昏眼花。我近来常看稿子,不但没有空闲,而且人也疲乏了,此后想不再给人看,但除了几个熟识的人们。你投稿虽不写什么"女士",我写信也改称为"兄",但看那文章,总带些女性。我虽然没有细研究过,但大略看来,似乎"女士"的〔的〕说话的句子排列法,就与"男士"不同,所以写在纸上,一见可辨。

北京的印刷品现在虽然比先前多,但好的却少。《猛进》很勇,而论一时的政象的文字太多。《现代评论》的作者固然多是名人,看去却显得灰色。《语丝》虽总想有反抗精神,而时时有疲劳的颜色,大约因为看得中国的内情太清楚,所以不

一九二五年四月

免有些失望之故罢。由此可知见事太明,做事即失其勇,庄子所谓"察见渊鱼者不祥",盖不独谓将为众所忌,且于自己的前进亦有碍也。我现在还要找寻生力军,加多破坏论者。

鲁迅 三月卅一日

* * *

〔1〕 此信经作者整理编辑收入《两地书》,序号八。

250408① 致赵其文[1]

××兄:

那一种普通的"先生"的称呼,既然你觉得不合适,我就改作这样的写。多谢你将信寄还我,那是一个住在东斋的和你同姓的人[2]问的,我匆忙中误为一人了。

你那一篇小说,[3]大约本星期底或下星期初可以登出来。

你说"青年的热情大部分还在",这使我高兴。但我们已经通信了好几回了,我敢赠送你一句真实的话,你的善于感激,是于自己有害的,使自己不能高飞远走。我的百无所成,就是受了这癖气的害,《语丝》上《过客》中说:"这于你没有什么好处",那"这"字就是指"感激"。我希望你向前进取,不要记着这些小事情。

鲁迅 四月八日夜

※　　※　　※

〔1〕 此信据1939年10月19日成都《华西日报·华西副刊》所载收信人《感激是于自己有害的》一文抄录编入,称呼在发表时被收信人略去。250411信情况亦同此。

赵其文(1903—1980),四川江北人。曾是北京大学附属音乐传习所及北京美术专科学校学生,旁听过鲁迅的课程,曾就《野草》中的一些问题向鲁迅请教。当时任创造社北平分社出版部经理。

〔2〕 指赵自成,广西灵川人,曾在北京大学俄文系肄业。

〔3〕 指《零》。后载北京《京报副刊》第一一五、一一六号(1925年4月11日、12日)。

250408② 致 刘 策 奇[1]

策奇先生:

您在《砭群》[2]上所见的《击筑遗音》,就是《万古愁曲》,叶德辉有刻本,题"崑山归庄玄恭"著,在《双梅景闇丛书》中,但删节太多,即如指斥孔老二的一段[3],即完全没有。又《识小录》[4](在商务印书馆的《涵芬楼秘籍》第一集内)卷四末尾,亦有这歌,云"不知何人作",而文颇完具,但与叶刻本字句多异,且有彼详而此略的。《砭群》上的几段,与两本的字句又有不同,大约又出于别一抄本的了。知道先生留心此道,聊举所见以备参考。

鲁迅 四月八日

※　　※　　※

〔1〕 此信据《歌谣周刊》第八十七期（1925年4月19日）所载编入。

刘策奇（1895—1927），广西象县人。在家乡任教时从事民俗研究，为北京大学研究所国学门歌谣研究会通讯会员。鲁迅因读到他在《歌谣周刊》第八十五期（1925年4月5日）发表的《明贤遗歌》而给他此信。

〔2〕 《砭群》 丛刊，悲盦编辑，1909年在广州出版。《击筑余音》残稿（仅存六、七、八、九等部分）载于该刊第二期。《击筑遗音》，又名《万古愁曲》，共二十曲，有几种版本，内容互有出入，叶德辉《双梅景闇丛书》刻本署"崑山归庄玄恭作"。又有石印巾箱白纸本，署"明熊开元檗庵著"。叶德辉（1864—1927），字焕彬，号郋园，湖南长沙人，藏书家。1903年至1917年他在长沙刊印的《双梅景闇丛书》，收《万古愁曲》等书十五种。

〔3〕 《万古愁曲》中指斥孔子的一段文字是："笑笑笑，笑那喜弄笔的老尼山，把二百四十年死骷髅弄得七颠八倒。"（据《归玄恭遗书》）按"老尼山"指孔子，名丘字仲尼；"二百四十年"指春秋时期的历史。

〔4〕 《识小录》 明徐树丕撰，共四卷，1916年商务印书馆编入《涵芬楼秘籍》。《涵芬楼秘籍》，丛书，孙毓修等辑，共十集，1916年起由上海商务印书馆陆续印行。丛书序云："自丙辰年（1916）开始，以旧抄旧刻零星小种世所绝无者为《秘籍》。"

250408[3]　致许广平[1]

广平兄：

我先前收到五个人署名的印刷品，知道学校里又有些事情,但并未收到薛先生的宣言,只能从学生方面的信中,猜测一点。我的习性不大好,每不肯相信表面上的事情,所以我疑心薛先生辞职的意思,恐怕还在先,现在不过借题发挥,自以为去得格外好看。其实"声势汹汹"的罪状,未免太不切实,即使如此,也没有辞职的必要的。如果自己要辞职而必须牵连几个学生,我觉得这办法有些恶劣。但我究竟不明白内中的情形,要之,那普通所想得到的,总无非是"用阴谋"与"装死",学生都不易应付的。现在已没有中庸之法,如果他的所谓罪状不过"声势汹汹",殊不足以制人死命,有那一回反驳的信,已经可以了。此后只能平心静气,再看后来,随时用质直的方法对付。

这回演剧,每人分到二十余元,我以为结果并不算坏,前年世界语学校演剧筹款,却赔了几十元。但这几个钱,自然不够旅行,要旅行只好到天津。其实现在何必旅行,江浙的教育,表面虽说发达,内情何尝佳,只要看母校,即可以推知其他一切。不如买点心,日吃一元,反有实益。

大同的世界,怕一时未必到来,即使到来,像中国现在似的民族也一定在大同的门外,所以我想无论如何,总要改革才好。但改革最快的还是火与剑,孙中山奔波一世,而中国还是如此者,最大原因还在他没有党军,因此不能不迁就有武力的别人。近几年似乎他们也觉悟了,开起军官学校来,惜已太晚。中国国民性的堕落,我觉得不是因为顾家,他们也未尝为"家"设想。最大的病根,是眼光不远,加以"卑怯"与"贪婪",但这是历久养成的,一时不容易去掉。我对于攻打这些病根的工作，倘有可为，现在还不想放手，但即使有效，也恐很迟，我自己看不见了。由我想来，——这只是如此感到，说不出理由，——目下的压制和黑暗还要增加，但因此也许可以发生较激烈的反抗与不平的新分子，为将来的新的变动的萌蘖。

"关起门来长吁短叹"，自然是太气闷了，现在我想先对于思想习惯加以明白的攻击，先前我只攻击旧党，现在我还要攻击青年。但政府似乎已在张起压制言论的网来，那么，又须准备"钻网"的法子，——这是各国鼓吹改革的人照例要遇到的。我现在还在寻有反抗和攻击的笔的人们，再多几个，就来"试他一试"，但那效果，仍然还在不可知之数，恐怕也不过聊以自慰而已。所以一面又觉得无聊，又疑心自己有些暮气，"小鬼"年青，当然是有锐气的，可有更好，更有聊的法子么？

我所谓"女性"的文章，倒不专在"唉，呀，哟，……"之多。就是在抒情文，则多用好看字样，多讲风景，多怀家庭，见秋花而心伤，对明月而泪下之类。一到辩论之文，尤易看出特别。即举出对手之语，从头至尾，一一驳去，虽然犀利，而不沉重，且罕有正对"论敌"的要害，仅以一击给与致命的重伤者。总之是只有小毒而无剧毒，好作长文而不善于短文。

做金心异的公子是最不危险的，因为他已经承认"应该多听后辈的教训"[2]，而且也决不敢以"诗礼"教其子，所以也无须"远"。他的公子已经比他长得多，衣服穿旧之后，即剪短给他穿，他似乎已经变了"子"的"后辈"，不成问题了。

《猛进》昨已送上五期，想已收到。此后如不被禁止，我当寄上,因为我这里有好几份。

鲁迅 四月八日

万璞女士的举动似乎不很好,听说她办报章时,到加拉罕那里去募捐,说如果不给,她就要对于俄国说坏话云云。

* * * *

〔1〕 此信经作者整理编辑收入《两地书》,序号一〇。

〔2〕 钱玄同在《写在半农给启明的信的后面》(1925年3月30日《语丝》第二十期)一文中说:"实在说来,前辈(尤其是中国现在的前辈)应该多听听后辈的教训才是。因为论到知识,后辈总比前辈进化些;大概前辈的话总是错的多。"

250411　致赵其文

××兄:

我现在说明我前信里的几句话的意思,所谓"自己",就是指各人的"自己",不是指我。无非说凡有富于感激的人,即容易受别人的牵连,不能超然独往。

感激,那不待言,无论从那一方面说起来,大概总算是美德罢。但我总觉得这是束缚人的。譬如,我有时很想冒险,破坏,几乎忍不住,而我有一个母亲,还有些爱我,愿我平安,我因为感激他的爱,只能不照自己所愿意做的做,而在北京寻一点糊口的小生计,度灰色的生涯。因为感激别人,就不能不慰安别人,也往往牺牲了自己,——至少是一部分。

又如，我们通了几回信，你就记得我了，但将来我们假如分属于相反的两个战团里开火接战的时候呢？你如果早已忘却，这战事就自由得多，倘你还记着，则当非开炮不可之际，也许因为我在火线里面，忽而有点踌躇，于是就会失败。

《过客》的意思不过如来信所说那样，即是虽然明知前路是坟而偏要走，就是反抗绝望，因为我以为绝望而反抗者难，比因希望而战斗者更勇猛，更悲壮。但这种反抗，每容易蹉跌在"爱"——感激也在内——里，所以那过客得了小女孩的一片破布的布施也几乎不能前进了。

鲁迅 四月十一日

250414　致　许广平[1]

广平兄：

有许多话，那天本可以口头答复，但我这里从早到夜，总有几个各样的客在座，所以只能论天气之好坏，风之大小。因为虽是平常的话，但偶然听了一段，即容易莫名其妙，还不如仍旧写回信。

学校的事，也许暂时要不死不活罢。昨天听人说，章太太不来，另荐了两个人，一个也不来，一个是不去请。还有某太太却很想做，而当局似乎不敢请教。听说评议会的挽留倒不算什么，而问题却在不能得人。当局定要在"太太类"中选择，固然也过于拘执，但别的一时可也没有，此实不死不活之大原因也，后事如何，且听下回分解可耳。

来信所述的方法,我实在无法说是错的,但还是不赞成,一是由于全局的估计,二是由于自己的偏见。第一,这不是少数人所能做,而这类人现在很不多,即或有之,更不该轻易用去;还有,即有一两类此的事件,实不足以震动国民,他们还很麻木,至于坏种,则警备甚严,也未必就肯洗心革面,假使接连而起,自然就好得多,但怕没有这许多人;还有,此事容易引起坏影响,例如民二,袁世凯也用这方法了,党人所用的多青年,而他的乃是用钱雇来的奴子,试一衡量,还是这一面吃亏。但这时党人之间,也曾用过雇工,以自相残杀,于是此道乃更坠落。现在即使复活,我以为虽然可以快一时之意,而与大局是无关的。第二,我的脾气是如此的,自己没有做,就不大赞成。我有时也能辣手评文,也常煽动青年冒险,但有相识的人,我就不能评他的文章,怕见他的冒险,明知道这是自相矛盾的,也就是做不出什么事情来的死症,然而终于无法改良,奈何不得,我不愿意,由他去罢。

"无处不是苦闷,苦闷,(此下还有六个和……)"我觉得"小鬼"的"苦闷"的原因是在"性急"。在进取的国民中,性急是好的,但生在麻木如中国的地方,却容易吃亏,纵使如何牺牲,也无非毁灭自己,于国度没有影响。我记得先前在学校演说时候也曾说过,要治这麻木状态的国度,只有一法,就是"韧",也就是"锲而不舍"。逐渐的做一点,总不肯休,不至于比"轻于一掷"无效的。但其间自然免不了"苦闷,苦闷,(此下还有六个并……)"可是只好便与这"苦闷……"反抗。这虽然近于劝人耐心做奴隶,其实很不同,甘心乐意的奴隶是无望的,但如怀着不平,总可以逐渐做些有效的事。

一九二五年四月

我有时以为"宣传"是无效的,但细想起来,也不尽然。革命之前,第一个牺牲者我记得是史坚如,现在人们都不大知道了,在广东一定是记得的人较多罢,此后接连的有好几人,而爆发却在胡〔湖〕北,还是宣传的功劳。当时和袁世凯妥协,种下病根,其实却还是党人实力没有充实之故。所以鉴于前车,则此后的第一要图,还在充足实力,此外各种言动,只能稍作辅佐而已。

文章的看法,也是因人不同的,我因为自己爱作短文,爱用反语,每遇辩论,辄不管三七二十一,就迎头一击,所以每见和我的办法不同者便以为缺点。其实畅达也自有畅达的好处,正不必故意减缩(但繁冗则自应删削),例如玄同之文,即颇王羊[2],而少含蓄,使读者览之了然,无所疑惑,故于表白意见,反为相宜,效力亦复很大。我的东西却常招误解,有时竟出于意料之外,可见意在简练,稍一不慎,即易流于晦涩,而其弊有至于不可究诘者焉。(不可究诘四字颇有语病,但一时想不出适当之字,姑仍之。意但云"其弊颇大"耳。)

前天仿佛听说《猛进》终于没有定妥,后来因为别的话岔开,没有问下去了。如未定,便中可见告,当寄上。我虽说忙,其实也不过"口头禅",每日常有闲坐及讲空话的时候,写一个信面,尚非大难事也。

鲁迅 四月十四日

*　　*　　*

〔1〕 此信经作者整理编辑收入《两地书》,序号一二。

〔2〕 王羊 这里借用为"汪洋",形容文章气势旺盛肆恣。"王"

古义可通"旺",即旺盛;"羊"亦通"徉",意为徜徉、遨游。

250422　致许广平[1]

广平兄:

十六和廿日的信,都收到了,实在对不起,到现在才一并回答。几天以来,真所谓忙得不堪,除些琐事以外,就是那可笑的"□□周刊"。这一件事,本来还不过一种计画,不料有一个学生对邵飘萍一说,他就登出广告来,并且写得那么夸大可笑。第二天我就代拟了一个别的广告,硬令登载,又不许改动,他却又加了几句无聊的案语,做事遇着隔膜者,真是连小事情也碰头。至于我这一面,则除百来行稿子以外,什么也没有,但既然受了广告的鞭子的强迫,也不能不跑了,于是催人去做,自己也做,直到此刻,这才勉强凑成,而今天就是交稿的日子。统看全稿,实在不见得高明,你不要那么热望,过于热望,要更失望的。但我还希望将来能够比较的好一点。如有稿子,也望寄来,所论的问题也不拘大小。你不知定有《京报》否,如无,我可以使人将《莽原》——即所谓□□周刊——寄上。

但星期五,你一定在学校先看见《京报》罢。那"莽原"二字,是一个八岁的孩子写的,名字也并无意义,与《语丝》相同,可是又仿佛近于"旷野"。投稿的人名都是真的;只有末尾的四个都由我代表,然而将来在文章上恐怕也仍然看得出来,改变文体,实在是不容易的事。这些人里面,做小说的和能翻译的居多,而做评论的没有几个,这实在一个大缺点。

一九二五年四月

　　再说到前信所说的方法,就方法本身而论,自然是没有什么错处的,但效果在现今的中国却收不到。因为施行刺激,总须有若干人有感动性才有应验,就是所谓须是木材,始能以一颗小火燃烧,倘是沙石,就无法可想,投下火柴去,反而无聊。所以我总觉得还该耐心挑拨煽动,使一部分有些生气才好。去年我在西安夏期讲演,我以为可悲的,而听众木然,我以为可笑的,而听众也木然,都无动,和我的动作全不生关系。当群众的心中并无可以燃烧的东西时,投火之无聊至于如此。别的事也一样的。

　　薛先生已经复职,自然极好,但来来去去,似乎太劳苦一点了。至于今之教育当局,则我不知其人。但看他挽孙中山对联中之自夸,与完全"道不同"之段祺瑞之密切,为人亦可想而知。所闻的历来举止,似是大言无实,欺善怕恶之流而已。要之在这昏浊的政局中,居然出为高官,清流大约决无这种手段,由我看来,王九龄要比他好得多罢。校长之事,部中毫无所闻,此人之来,以整顿教育自命,或当别有一反从前一切之新法(他是不满于今之学风的),但是否又是大言,则不得而知,现在鬼鬼祟祟之人太多,实在无从说起。

　　我以前做些小说短评之类,难免描写或批评别人,现在不知道怎么,似乎报应已至,自己忽而变了别人的文章的题目了。张王两篇,也已看过,未免说得我太好些。我自己觉得并无如此"冷静",如此能干,即如"小鬼"们之光降,在未得十六来信以前,我还没有悟出已被"探捡"而去,倘如张君所言,从第一至第三,全是"冷静",则该早经知道了。但你们的研究,似亦不甚精细,现在试出一题,加以考试:我所坐的有玻璃窗的房子的屋顶,似什么样子的?后园已经去过,应该可以看见这个,仰即答复可也!

星期一的比赛"韧性",我又失败了,但究竟抵抗了一点钟,成绩还可以在六十分以上。可惜众寡不敌,终被逼上午门,此后则遁入公园,避去近于"带队"之苦。我常想带兵抢劫,无可讳言,若一变而为带女学生游历,未免变得离题太远,先前之逃来逃去者,非怕"难为""出轨"等等,其实不过是想逃脱领队而已。

琴心问题,现在总算明白了。先前,有人说是欧阳兰,有人说是陆晶清,而孙伏园坚谓俱不然,乃是一个新出的作者。盖投稿非其自写,所以是另一种笔迹,伏园以善认笔迹自负,岂料反而上当。二则所用的红信封绿信纸将伏园善识笔迹之眼睛吓昏,遂愈加疑不到欧阳兰身上去了。加以所作诗文,也太近于女性。今看他署着真名之文,也是一样色彩,本该容易猜破,但他人谁会想到他为了争一点无聊的名声,竟肯如此钩心斗角,无所不至呢。他的"横扫千人"的大作,今天在《京报副刊》似乎露一点端倪了,所扫的一个是批评廖仲潜小说的芳子,但我现在疑心芳子也就是廖仲潜,实无其人,和琴心一样的。第二个是向培良(也是我的学生),则识力比他坚实得多,琴心的扫帚,未免太软弱一点。但培良已往河南去办报,不会有答复的了,这实在可惜,使我们少看见许多痛快的议论。闻京报社里攻击欧阳的文章还有十多篇,有一篇署名"S弟"的颇好,大约几天以后要登出来。

《民国公报》的实情如何,我不知道,待探听了再回答罢。普通所谓考试编辑多是一种手段,大抵因为荐条太多,无法应付,便来装作这一种门面,故作禀公选用之状,以免荐送者见怪,其实却是早已暗暗定好,别的应试者不过陪他变一场戏法罢了。但《民国公报》是否也如是,却尚难决(我看十分之九也这样),总之,先去打听一回罢。我的意见,以为做编辑是不会有什么进步的,我近来因常与周刊之类相关,弄得看书和休息的工夫也没有了,因为选用的稿子,常须动笔改削,倘若任其自然,又怕闹出错处来。还是"人之患"较为从容,即使有时逼上午门,也不过费两三个时间而已。

鲁迅 四月二十二日夜

*　　*　　*

〔1〕 此信经作者整理编辑收入《两地书》,序号一五。

250428　致许广平[1]

广平兄:

来信收到了。今天又收到一封文稿,拜读过了,后三段是好的,首一段累堕一点,所以看纸面如何,也许将这一段删去。但第二期上已经来不及登,因为不知"小鬼"何意,竟不题作者名字。所以请你捏造一个,并且通知我,并且必须于下星期三上午以前通知,并且回信中不准说"请先生随便写上一个可也"之类的油滑话。

现在的小周刊，目录必在角上者，是为订成本子之后，读者容易翻检起见，倘要检查什么，就不必全本翻开，才能够看见每天的细目。但也确有隔断读者注意的弊病，我想了另一格式，如下：

| 录目 | 莽原 | 处通等讯 |

则目录既在边上，容易检查，又无隔断本文之弊，可惜《莽原》第一期已经印出，不能便即变换了，但到二十期以后，我想"试他一试"。至于印在末尾，书籍尚可，定期刊不合宜，擅起此种"心理作用"，应该记大过二次。

《莽原》第一期的作者和性质，都如来信所言，但长虹不是我，乃是我今年新认识的。意见也有一部分和我相合，而是安那其主义者。他很能做文章，但大约因为受了尼采的作品的影响之故罢，常有太晦涩难解处；第二期登出的署著 C. H. 的，也是他的作品。至于《棉袍里的世界》所说的"掠夺"问题，则敢请少爷不必多心，我辈赴贵校教书，每月明明写定"致送修金十三元五角正"。既有"十三元五角"而且"正"，则又何"掠夺"之有也欤哉！

割舌之罚，早在我的意中，然而倒不以为意。近来整天的和人谈话，颇觉得有点苦了，割去舌头，则一者免得教书，二者免得陪客，三者免得做官，四者免得讲应酬话，五者免得演说；从此可以专心做报章文字，岂不舒服。所以你们应该趁我还未割去舌头之前听完《苦闷之象征》，前回的不肯听讲而逼上午门，也就应该记大过若干次。而我的六十分，则必有无疑。因为这并非"界限分得太清"之故，我无论对于什么学生，都不用"冲锋突围而出"之法也。况且，窃闻小姐之类，大抵容易"潸然泪下",倘我挥拳打出,诸君在后面哭而送之,则这一篇文章的分数,岂非当在〇分以下? 现在不然,可知定为六十分者,还是自己客气的。

但是这次试验,我却可以自认失败,因为我过于大意,以为广平少爷未必如此"细心",题目出得太容易了。现在也只好任凭占卦抽签,不再辩论,装作舌头已经割去之状。惟报仇题目,却也不再交卷,因为时间太严。那信是星期一上午收到的,午后即须上课,更无作答的工夫,一经上课,则无论答得如何正确,也必被冤为"临时豫备夹带然后交卷",倒不如摒出,交了白卷便宜。

今天《京报》上,不知何以琴心问题忽而寂然了,听说馆中还有琴心文四篇,及反对他的十几篇,或者都就此中止,也未可知。今天但有两种怪广告,——欧阳兰及"宇铨先生"——后一种更莫名其妙。《北大日刊》上又有一个欧阳兰启事,说是要到欧洲去了。

中国现今文坛(?)的状态,实在不佳,但究竟做诗及小说者尚有人。最缺少的是"文明批评"和"社会批评",我之以《莽原》起哄,大半也就为得想引出些新的这样的批评者来,虽在割去敝舌之后,也还有人说话,继续撕去旧社会的假面。可惜现在所收的稿子,也还是小说多。

鲁迅 四月二十八日

＊　　＊　　＊

〔1〕 此信经作者整理编辑收入《两地书》,序号一七。

250503　致许广平[1]

广平兄：

四月三十日的信收到了。闲话休提，先来攻击朱老夫子的《假名论》罢。

夫朱老夫子者，是我的老同学，我对于他的在窗下孜孜研究，久而不倦，是十分佩服的，然此亦惟于古学一端而已，若夫评论世事，乃颇觉其迂远之至者也。他对于假名之非难，不过最偏的一部分，如以此诬陷毁谤个人之类，才可谓之"不负责任的推诿的表示"。倘在人权尚无确实保障的时候，两面的众寡强弱，又极悬殊，则又作别论才是。例如子房为韩报仇，以君子看来，是应该写信给秦始皇，要求两人赤膊决斗，才觉合理的，然而博浪一击，大索十日而终不可得，后世亦不以为非者，知公私不同，而强弱之势亦异，一匹夫不得不然之故也。况且，现在的有权者，是什么东西呢？他知道什么责任呢？《民国日报》案故意拖延月余，才来裁判，又决罚至如此之重，而叫喊几声的人独要硬负片面的责任，如孩子脱衣以入虎穴，岂非大愚么？朱老夫子生活于平安中，所做的是《萧梁旧史考》，负责与否，没有大关系，也并〔没〕有什么意外的危险，所以他的侃侃而谈，仅可以供他日共和实现之后的参考，若今日者，则我以为只要目的是正的——这所谓正不正，又只专凭自己判断——即可用无论什么手段，而况区区假名真名之小事也哉，此我所以指窗下为活人之坟墓，而劝人们不必多看中国之书者也！

　　本来还要更长更明白的骂几句，但因为有所顾忌，又哀其胡子之长，就此收束罢。那么，话题一转，而论"小鬼"之假名问题。那两个"鱼与熊掌"，虽为足下所喜，我以为用于论文，却不相宜，因为以真名招一个无聊的麻烦，固然犯不上，但若假名太近滑稽，则足以减少论文的重量，所以也不很好。你这许多名字中，既然"非心"总算还未用过，我就以"编辑"兼"先生"之威权，给你写上这一个罢。假如于心不甘，赶紧发信抗议，还来得及，但如星期二夜为止并无痛哭流涕之抗议，即以默认论，虽驷马也难于追回了。而且此后的文章，也应细心署名，不得以"因为忙中"推诿！

　　试验题目出得太容易了，自然也算得我的失策，然而也未始没有补救之法的。其法即称之为"少爷"，刺之以"细心"，则效力之大，也抵得记大过二次，现在果然慷慨激昂的来"力争"了，而且写至九行之多，可见费力不少。我的报复计画，总算已经达到了一部分，"少爷"之称，姑且准其取消罢。

　　我看"宇铨先生"的新广告，他是本知道波微并不是崔女士的，先前的许多信，想来不过是装傻。但这人的本相，却不易查考，因为北大学生的信，都插在门口，所以即非学生，也可以去取，单看通信地址，其实不能定为何校学生。惟看他的来信上的邮局消印，却可以大略推知住在何处。我看见几封上署"女师大"的"琴心"的信面，都是东城邮局的消印，可见琴心其实是住在东城。

　　历来的《妇周》，几乎还是一种文艺杂志，议论很少，有几篇也不很好。前一回某君在一篇论文里解释"妾"字的意义,实在是笑话。请他们诸公来"试他一试",也不坏罢。然而咱们的《莽原》也很窘,寄来的多是小说与诗,评论很少,倘不小心,也容易变成文艺杂志的。我虽然被称为"编辑先生",非常骄气,但每星期被逼作文,却很感痛苦,因为这简直像先前学校中的星期考试。你如有议论,敢乞源源寄来,不胜荣幸感激涕零之至!

缝纫先生听说又不来了,要寻善于缝纫的,北京很多,本不必发电号召,奔波而至,她这回总算聪明。继其后者,据现状以观,总还是太太类罢。其实这倒不成为什么问题,不必定用毛瑟,因为"女人长女校",还是社会的公意,想章士钊和社会奋斗,是不会的,否则,也不成其为章士钊了。老爷类也没有什么相宜的人,名人不来,来也未必一定能办好。我想校长之类,最好请无大名而真肯做事的人做。然而,目下无之。

我也可以"不打自招":东边架上一盒盒的,确是书籍。但我已将废去考试法不同,倘有必须报复之处,即尊称之曰"少爷",就尽够了。

鲁迅 五月三日

*　　*　　　*

〔1〕 此信经作者整理编辑收入《两地书》,序号一九。

250517　致李霁野

霁野兄：

前几天收到一篇《生活！》[1]我觉得做得很好；但我略改了几个字，都是无关紧要的。

可是，结末一句说：这喊声里似乎有着双关的意义。我以为这"双关"二字，将全篇的意义说得太清楚了，所有蕴蓄，有被其打破之虑。我想将它改作"含着别样"或"含着几样"，后一个比较的好，但也总不觉得恰好。这一点关系较大些，所以要问问你的意思，以为怎样？

鲁迅 五月十七日
西城宫门口、西三条、二十一号

*　　*　　*

〔1〕《生活！》 短篇小说，李霁野作，载《语丝》周刊第二十八期（1925年5月25日）。作者接受鲁迅的意见，在发表时将结末一句改为"似乎含着几样的意义"。

250518　致许广平[1]

广平兄：

两信均收到，一信中并有稿子，自然照例"感激涕零"而阅之。小鬼"最怕听半截话"，而我偏有爱说半截话的毛病，真是无可奈何。本来想做一篇详明的《朱老夫子论》呈政，而

心绪太乱,又没有工夫。简截地说一句罢,就是:他历来所走的都是最稳的路,不做一点小小的冒险事,所以他的话倒是不负责任的,待到别人被祸,他不作声了。

　　群众不过如此,由来久矣,将来也不过如此。公理也和事之成败无关。但是,女师之教员也太可怜了,只见暗中活动之鬼,而竟没有站出来说话的人。我近来对于黎先生之赴西山,也有些怀疑了,但也许真真恰巧,疑之者倒是我自己的神经过敏。

　　我现在愈加相信说话和弄笔的都是不中用的人,无论你说话如何有理,文章如何动人,都是空的。他们即使怎样无理,事实上却著著得胜。然而,世界岂真不过如此而已么?我还要反抗,试他一试。

　　提起牺牲,就使我记起前两三年被北大开除的冯省三。他是闹讲义风潮之一人,后来讲义费撤去了,却没有一个同学再提起他。我那时曾在《晨报副刊》上做过一则杂感,意思是牺牲为群众祈福,祀了神道之后,群众就分了他的肉,散胙。

　　听说学校当局有打电报给家属之类的举动,我以为这些手段太毒辣了。教员之类该有一番宣言,说明事件的真相,几个人也可以的。如果没有一个人肯负这一点责任(署名),那么,即使校长竟去,学籍也恢复了,也不如走罢,全校没有人了,还有什么可学?

鲁迅　五月十八日

一九二五年五月

＊　　＊　　＊

〔1〕 此信经作者整理编辑收入《两地书》,序号二二。

250530　致许广平[1]

广平兄:

午回来,看见留字。现在的现象是各方面黑暗,所以有这情形,不但治本无从说起,便是治标也无法,只好跟着时局推移而已。至于《京报》事,据我所闻却不止秦小姐一人,还有许多人运动,结果是两面的新闻都不载,但久而久之,也许会反而帮牠们(男女一群,所以只好用"牠"),办报的人们,就是这样的东西。(其实报章的宣传于实际上也没有多大关系。)

今天看见《现代评论》,所谓西滢也者,对于我们的宣言出来说话了,装作局外人的样子,真会玩把戏。我也做了一点寄给《京副》,给他碰一个小钉子。但不知于伏园饭碗之安危如何。牠们是无所不为的,满口仁义,行为比什么都不如。我明知道笔是无用的,可是现在只有这个,只有这个而且还要为鬼魅所妨害。然而只要有地方发表,我还是不放下,或者《莽原》要独立,也未可知。独立就独立,完结就完结,都无不可。总而言之,笔舌常存,是总要使用的,东滢西滢,都不相干也。

西滢文托之"流言",以为此次风潮是"某系某籍教员所鼓动",那明是说"国文系浙籍教员"了。别人我不知道,至于我之骂杨荫榆,却在此次风潮之后,而"杨家将"偏来诬赖,可谓卑劣万分。但浙籍也好,夷籍也好,既经骂起,就要骂下去,杨荫榆尚无割舌之权,总还要被骂几回的。

　　文已改好,但邮寄不便,当于便中交出,好在现尚不用。所云团体,我还未打听,但我想,大概总就是前日所说的一个。其实也无须打听,这种团体,一定有范围,尚服从公决的。所以只要自己决定,如要思想自由,特立独行,便不相宜。如能牺牲若干自己的意见,就可以。只有"安那其"是没有规则的,但在中国却有首领,实在希奇。

　　现在老实说一句罢,"世界岂真不过如此而已么?……"这些话,确是"为对小鬼而说的"。我所说的话,常与所想的不同,至于何以如此,则我已在《呐喊》的序上说过:不愿将自己的思想,传染给别人。何以不愿,则因为我的思想太黑暗,而自己终不能确知是否正确之故。至于"还要反抗",倒是真的,但我知道这"所以反抗之故",与小鬼截然不同。你的反抗,是为希望光明到来罢?(我想,一定是如此的。)但我的反抗,却不过是偏与黑暗捣乱。大约我的意见,小鬼很有几点不大了然,这是年龄,经历,环境等等不同之故,不足为奇。例如我是诅咒"人间苦"而不嫌恶"死"的,因为"苦"可以设法减轻而"死"是必然的事,虽曰"尽头",也不足悲哀。而你却不高兴听这类话,——但是,为什么吞藤黄[2]的?这就比不做"痛哭流涕的文字"还"该打"!又如来信说,"凡有死的同我有关,同时我就诅咒所有与我无关的。……"而我正相反,同我有关的活着,我就不放心,死了,我就安心,这意思也在《过客》中说过:都与小鬼的不同。其实,我的意见原也不容易了然,因为其中本有着许多矛盾,教我自己说,或者是"人道主义"与"个人的无治主义"的两种思想的消长起伏罢。所以我忽而爱人,忽而憎人;做事的时候,有时确为别人,有时却为自己玩玩,有时则竟因为希望将生命从速消磨,所以故意拚命的做。此外或者还有什么道理,自己也不甚了然。但我对人说话时,却总拣择光明些的说出,然而偶不留意,就露出阎王并不反对,而小鬼反不乐闻的话来。总而言之,我为自己和为别人的设想,是两样的。所以者何,就因为我的思想太黑暗,但是究竟是否真确,不得而知,所以只能在自身试验,不能邀请别人。其实小鬼希望父兄长存,而自己会吞藤黄,也是如此。

《莽原》实在有些穿棉花鞋了,但没有撒泼文章,真是无法。自己呢,又做惯了晦涩的文章,一时改不过来,初做时立志要显豁,而后来往往仍以晦涩结尾,实在可气之至!现在除附《京报》分送外,另售千五百,看的人也算不少。待"闹潮"略有结束,你这一匹"害群之马"多来发一点议论罢。

鲁迅 五月三十日

*　　　*　　　*

〔1〕 此信经作者整理编辑收入《两地书》,序号二四。

〔2〕 吞藤黄　许广平在1925年5月27日致鲁迅信中曾说:"虽则在初师时,凭一时的血气和一个同学怄气,很傻的吞了些藤黄,终于成笑话的被救。"藤黄,指藤黄树皮渗出的黄色树脂,用于绘画,有毒。

250602　致许广平[1]

广平兄：

拆信案件，或者牠们有些受了冤，因为卅一日的那一封，也许是我自己拆过的。那时已经很晚，又写了许多信，所以自己不大记得清楚，但记得将其中之一封拆开（从下方），在第一张上加了一点细注。如你所收的第一张上有小注，那就确是我自己拆过的了。

至于别的信，我却不能代牠们辩护。其实私拆函件，本是中国惯技，（我也早料到的，历来就已豫防，）但是这类技俩，也不过心劳日拙而已。听说明的方孝孺就被永乐灭十族，其一是"师"，但也许是齐东野语，我没有考查过这事的真伪。可是从西滢的文字上看来，此辈一得志，怕要"灭系"，"灭籍"了。

明明将学生开除，而布告文中文其词曰"出校"，我当时颇叹中国文字之巧。今见上海印捕击杀学生，而路透电则云，"若干人不省人事"，可谓异曲同工，但此系中国报译文，不知原文如何。

其实我并不很喝酒，饮酒之害，我是深知道的。现在也还是不喝的时候多，只要没有人劝喝。多住些时，亦无不可的。

汪先生的宣言发表了，而引"某女士"言以为重，可笑。他们大抵爱用"某"字，不知何也。又观其意似乎说"某籍某系"想将学校解散，也是一种奇谈，黑幕中人面目渐露，亦殊可观，可惜他又要"南归"了。

迅 六月二日

＊　　＊　　＊

〔1〕 此信经作者整理编辑收入《两地书》,序号二六。

250613　致许广平[1]

广平兄:

六月六日的信并文稿早收到了,但我久没有复。今天又收到十二日信。其实我并不做什么事,而总是忙,拿不起笔来,偶然在什么周刊上写几句,也不过是敷衍,近几天尤其甚。这原因大概是因为"无聊",人到无聊,便比什么都可怕,因为这是从自己发生的,不大有药可救。喝酒是好的,但也很不好。等暑假时闲空一点,我很想休息几天,什么也不做,什么也不看,但不知道可能够。

第一,小鬼不要变成狂人,也不要发脾气了。人一发狂,自己或者没有什么,——俄国的梭罗古勃以为倒是幸福,——但从别人看来,却似乎一切都已完结。所以我倘能力所及,决不肯使自己发狂,实未发狂而有人硬说我有神经病,那自然无法可想。性急就容易发脾气,最好要酌减"急"的角度,否则,要防自己吃亏,因为现在的中国,总是阴柔人物得胜。

上海的风潮,也出于意料之外。可是今年的学生的动作,据我看来是比前几回进步了。不过这些表示,真所谓"就是这么一回事"。试想:北京全体(?)学生而不能去一章士钉,女师大大多数学生而不能去一杨荫榆,何况英国和日本。但在学生一方面,也只能这么做,唯一的希望,就是等候意外飞来的"公理"。现在"公理"也确有点飞来了,而且,说英国不对的,还有英国人。所以无论如何,我总觉得鬼子比中国人文明,货只管排,而那品性却很有可学的地方。这种敢于指摘自己国度的错误的,中国人就很少。

所谓"经济绝交"者,在无法可想中,确是一个最好的方法,但有附带条件,要耐久,认真。这么办起来,有人说中国的实业就会借此促进,那是自欺欺人之谈。(前几年排斥日货时,大家也那么说,然而结果不过做成功了一种"万年糊"。草帽和火柴发达的原因,尚不在此。那时候,是连这种万年糊也不会做的,排货事起,有三四个学生组织了一个小团体来制造,我还是小股东,但是每瓶八枚铜子的糊,成本要十枚,而且总敌不过日本品。后来,折本,闹架,关门。现在所做的好得多,进步得多了,但和我辈无关也。)因此获利的却是美法商人。我们不过将送给英日的钱,改送美法,归根结蒂,二五等于一十。但英日却究竟受损,为报复计,亦足快心而已。

可是据我看起来,要防一个不好的结果,就是白用了许多牺牲,而反为巧人取得自利的机会,这种事在中国也常有的。但在学生方面,也愁不得这些,只好凭良心做去,可是要缓而韧,不要急而猛。中国青年中,有些很有太"急"的毛病,——小鬼即其一,——因此,就难于耐久(因为开首太猛,易于将力气用完),也容易碰钉子,吃亏而发脾气:此不佞所再三申说者也,亦自己所实验者也。

前信反对"喝酒",何以这回自己"微醉?"了?大作中好

一九二五年六月

看的字面太多一点,拟删去些,然后"赐列第□期《莽原》"。

伏园的态度我日益怀疑,因为似乎已与西滢大有联络。其登载几篇反杨之稿,盖出于不得已。今天在《京副》上,至于指《猛进》,《现代》,《语丝》为"兄弟周刊",简直有卖《语丝》以与《现代》拉拢之观。或者《京副》之专载沪事,不登他文,也还有别种隐情,(但这也许是我的妄猜)《晨副》即不如此。

我明知道几个人做事,真出于"为天下"是很少的。但人于现状,总该有点不平,反抗,改良的意思。只这一点共同目的,便可以合作。即使含些"利用"的私心,也不妨,利用别人,又给别人做点事,说得好看一点,就是"互助"。但是,我总是"罪孽深重,祸延"自己,每每终于发见纯粹的利用,连"互"字也安不上,被用之后,只剩下耗了气力的自己而已。我的时常无聊,就是为此,但我还能将一切忘却,休息一时之后,从新再来,即使明知道后来的运命未必会胜于过去。

本来有四张信纸已可写完,而牢骚发出第五张上去了。时候已经不早,非结束不可。止此而已罢。

六月十三夜 迅

然而,这一点空白,也还要用空话来填满。欧阳兰据说不到欧洲去了。我近来收到一封信,署名"捏蚊",云要加入《莽原》,大约就是"雪纹"(也即欧阳兰)。这回《民众文艺》上所登的署名"聂文"的,我想也是她(?)。有麟粗心,没有看出。它们又在闹琴心式的玩艺了。

这一点空白,即以这样填满。

〔1〕 此信经作者整理编辑收入《两地书》,序号二九。

250622　致　章廷谦[1]

矛尘兄：

很早的时候,乔峰有信来要我将上海的情形顺便告诉三太太,因为她有信去问。但我有什么"便"呢。今天非写回信不可了,这一件委托,也总得消差,思之再三,只好奉托你暗暗通知一声,其语如下——[2]

本来这样的消息也无须"暗暗",然而非"暗暗"不可者,所谓呜呼哀哉是也。

鲁迅 六月廿二日

〔1〕 章廷谦(1901—1981)　字矛尘,笔名川岛,浙江上虞人。北京大学哲学系毕业,当时在北京大学任教。

〔2〕 据收信人回忆,这里系剪贴周建人的一个字条,内容是谈他在上海商务印书馆时的生活情况。

一九二五年六月

250628　致许广平[1]

训词：

你们这些小姐们，只能逃回自己的寨里之后，这才想出方法来夸口；其实则胆小如芝麻（而且还是很小的芝麻），本领只在一齐逃走。为掩饰逃走起见，则云"想拿东西打人"，辄以"想"字妄加罗织，大发挥其杨家勃谿式手段。呜呼，"老师"之"前途"，而今而后，岂不"棘矣"也哉！

不吐而且游白塔寺，我虽然并未目睹，也不敢决其必无。但这日二时以后，我又喝烧酒六杯，蒲桃酒五碗，游白塔寺四趟，可惜你们都已逃散，没有看见了。若夫"居然睡倒，重又坐起"，则足见不屈之精神，尤足为万世师表。总之：我的言行，毫无错处，殊不亚于杨荫榆姊姊也。

又总之：端午这一天，我并没有醉，也未尝"想"打人；至于"哭泣"，乃是小姐们的专门学问，更与我不相干。特此训谕知之！

此后大抵近于讲义了。且夫天下之人，其实真发酒疯者，有几何哉，十之九是装出来的。但使人敢于装，或者也是酒的力量罢。然而世人之装醉发疯，大半又由于倚赖性，因为一切过失，可以归罪于醉，自己不负责任，所以虽醒而装起来。但我之计划，则仅在以拳击"某籍"小姐[2]两名之拳骨而止，因为该两小姐们近来倚仗"太师母"之势力，日见跋扈，竟有欺侮"老师"之行为，倘不令其喊痛，殊不足以保架子而维教育也。然而"殃及池鱼"〔3〕,竟使头罩绿纱及自称"不怕"之人们,亦一同逃出,如脱大难者然,岂不为我所笑？虽"再游白塔寺",亦何能掩其"心上有杞天之虑"〔4〕的狼狈情状哉。

今年中秋这一天,不知白塔寺可有庙会,如有,我仍当请客,但无则作罢,因为恐怕来客逃出之后,无处可游,扫却雅兴,令我抱歉之至。

"……者"是什么？

"老师"六月二十八日

那一首诗,意气也未尝不盛,但此种猛裂[烈]的攻击,只宜用散文如"杂感"之类,而造语还须曲折,否,即容易引起反感。诗歌较有永久性,所以不甚合于做这样题目。

沪案以后,周刊上常有极锋利肃杀的诗,其实是没有意思的,情随事迁,即味如嚼蜡。我以为感情正烈的时候,不宜做诗,否则锋铓太露,能将"诗美"杀掉。这首诗有此病。

我自己是不会做诗的,只是意见如此。编辑者对于投稿,照例不加批评,现遵来信所嘱,妄说几句,但如投稿者并未要知道我的意见,仍希不必告知。

迅 六月二十八日

* * *

〔1〕 此信后一段续写的文字经作者整理编辑收入《两地书》,序号三二。

〔2〕 "某籍"小姐 指俞芬、俞芳,浙江绍兴人。她们是当时北京砖塔胡同六十一号房主的女儿。"某籍"是陈西滢讥指鲁迅等浙江籍人

士的用语。

〔3〕"殃及池鱼" 语出北齐杜弼《檄梁文》:"但恐……城门失火,殃及池鱼。"

〔4〕"心上有杞天之虑" 这是杨荫榆在《对于暴烈学生之感言》中掉弄成语"杞人忧天"而成的句子。原语出自《列子·天瑞》:"杞国有人忧天地崩坠,身亡所寄废寝食者。"

250629　致许广平[1]

广平兄:

昨夜,或者今天早上,记得寄上一封信,大概总该先到了。刚才接到二十八日函,必须写几句回答,便是小鬼何以屡次诚恐惶恐的赔罪不已,大约也许听了"某籍"小姐的什么谣言了罢,辟谣之举,是不可以已的。

第一,酒精中毒是能有的,但我并不中毒。即使中毒,也是自己的行为,与别人无干。且夫不佞年届半百,位居讲师,难道还会连喝酒多少的主见也没有,至于被小娃儿所激么?这是决不会的。

第二,我并不受有何种"戒条",我的母亲也并不禁止我喝酒。我到现在为止,真的醉只有一回半,决不会如此平和。

然而"某籍"小姐为粉饰自己的逃走起见,一定将不知从那里拾来的故事(也许就从"太师母"那里得来的)加以演义,以致小鬼也不免赔罪不已了罢。但是,虽是"太师母",观察也不会对,虽是"太太师母",观察也不会对。我自己知道,那天毫没有醉,并且并不胡涂,击"房东"之拳,案小鬼之头,全都记得,而且诸君逃出时可怜之状,也并不忘记,——虽然没有目睹游白塔寺。

所以,此后不准再来道歉,否则,我"学笈单洋,教鞭17载",要发宣言以传布小姐们胆怯之罪状了。看你们还敢逞能么?

来稿有过火处,或者须改一点。"假日本人……"等话,大约是反对往执政府请愿,所以说的罢。总之,这回以打学生手心之马良为总指挥,就可笑。

《莽原》第10期,与《京报》(旧历六日)同时罢工了,发稿是星期三,当时并未想到须停刊,所以并将目录在别的周刊上登载了。现在正在交涉,要他们补印,还没有头绪;倘不能补,则旧稿便在本星期五出版。

《莽原》的投稿,就是小说太多,议论太少。现在则并小说也少,大约大家专心爱国,到民间去,所以不做文章了。

迅 六,二九,晚。

* * *

〔1〕 此信经作者整理编辑收入《两地书》,序号为三三。

250709 致许广平[1]

广平仁兄大人阁下敬启者,前蒙投赠之

大作,就要登出来,而我或将被作者暗暗咒骂。因为我连题目也已改换,而所以改换之故,则因为原题太觉怕人故

也。收束处太没有力量,所以添了两句,想来亦未必与尊意背驰,但总而言之:殊为专擅。尚希

曲予

海涵,免施

贵骂,勿露"勃豀"之技,暂羁"害马"之才,仍复源源投稿,以光敝报,不胜侥幸之至!

至于大作所以常被登载者,实在因为《莽原》有些"闹饥荒"之故也。

我所要多登的是议论,而寄来的偏多小说,诗。先前是虚伪的"花呀""爱呀"的诗,现在是虚伪的"死呀""血呀"的诗。呜呼,头痛极了!所以倘有近于议论的文章,即易于登出,夫岂"骗小孩"云乎哉!

又,新做文章的人,在我所编的报上,也比较的易于登出,此则颇有"骗小孩"之嫌疑者也。但若做得稍久,该有更进步之成绩,而偏又偷懒,有敷衍之意,则我要加以猛烈之打击。小心些罢!

肃此布达敬请

"好说话的"安!

"老师"谨训 七·九·

报言章士钉将辞,屈映光继之,此即浙江有名之"兄弟向来素不吃饭"人物也,与士钉盖伯仲之间,或且不及,所以我总以为不革内政,即无一好现象,无论怎样行示威。

〔1〕 此信经作者整理编辑收入《两地书》,序号三四。

250712　致钱玄同

玄同兄:

久闻大名,如雷贯耳……

"恭维"就此为止。所以如此"恭维"者,倒也并非因为想谩骂,乃是想有所图也。"所图"维何?且夫窃闻你是和《孔德学校周刊》[1]大有关系的,于这《周刊》有多余么?而我则缺少第五六七期者也,你如有余,请送我耳,除此以外,则不要矣,倘并此而无之,则并此而不要者也。

这一期《国语周刊》[2]上的沈从文,就是休芸芸,他现在用了各种名字,玩各种玩意儿。欧阳兰也常如此。

　　　　　　　　　　　迅 顿首 七月十二日

＊　　＊　　＊　　＊

〔1〕《孔德学校周刊》　1925年4月1日创刊。第五、六、七期分别于同年5月11日、17日及6月1日出版。

〔2〕《国语周刊》　《京报》的附刊之一,1925年6月14日在北京创刊,钱玄同等编辑。该刊第五期(1925年7月12日)载有沈从文的诗《乡间的夏(镇筸土语)》。沈从文(1902—1988),湖南凤凰人,作家。曾用小兵、懋琳、炯元、休芸芸等笔名。当时是《晨报副刊》、《现代评论》的投稿者。著有小说《神巫之爱》、《边城》等。

250715 致许广平[1]

京报的话　　　　　　　　　　　　　鲁迅

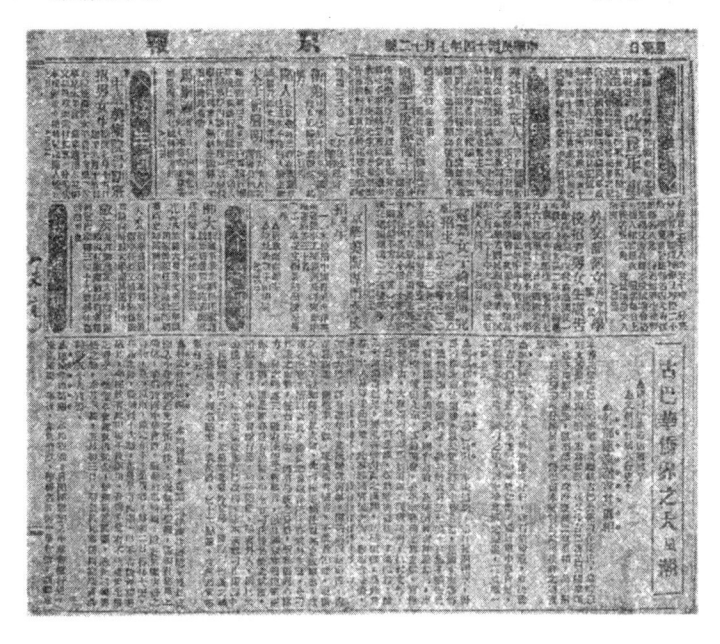

"愚兄"呀！我还没有将我的模范文教给你，你居然先已发明了么？你不能暂停"害群"的事业，自己做一点么？你竟如此偷懒么？你一定要我用"教鞭"么？？！！

七，一五

*　　*　　*　　*

〔1〕 1925年7月13日许广平致鲁迅信中,附寄署名景宋的《罗素的话》一文。文中除首尾部分是作者的话外,都是大段摘抄罗素的

话。为此鲁迅信手剪下 7 月 12 日《京报》一方贴于信笺,并在其前加《京报的话》的题目,署名鲁迅,剪报末附以如上的几句话。

250716　致　许　广　平

"愚兄":

你的"勃豀"程度高起来了,"教育之前途棘矣"[1]了,总得惩罚一次才好。

第一章　"嫩棣棣"[2]之特征。

1. 头发不会短至二寸以下,或梳得很光,或炮得蓬蓬松松。
2. 有雪花膏在于面上。
3. 穿莫名其妙之材料(只有她们和店铺和裁缝知道那些麻烦名目)之衣;或则有绣花衫一件藏在箱子里,但于端节偶一用之。
4. 嚷;哭……(未完)

第二章　论"七·一六,"[3]之不误。

"七·一六,"就是今天,照"未来派"写法,丝毫不错。"愚兄"如执迷于俗中通行之月份牌,可以将那封信算作今天收到就是。

第三章　石驸马大街确在"宣外"[4]。

且夫该街,普通皆以为在宣内,我平常也从众写下来。但那天因为看见天亮,好看到见所未见,大惊小怪之后,不觉写了宣外。然而,并不错的,我这次乃以摆着许多陶器的一块小方地为中心,就是"宣内"。邮差都从这中心出发,所以向桥去的是往宣外,向石驸马街去的也是往宣外,已经送到,就是不错的确证。你怎么这样粗心,连自己住在那里都不知道?该打者,此之谓也欤!

第四章　"其妙"在此。[5]

《京报的话》承蒙费神一通,加以细读,实在劳驾之至。一张信纸分贴前后者,前写题目,后写议论,仿"愚兄"之办法也,惜未将本文重抄,实属偷懒,尚乞鉴原。至于其中有"刁作谦之伟绩"[6],则连我自己也没有看见。因为"文艺"是"整个"的[7],所以我并未细看,但将似乎五花八门的处所剪下一小"整个",封入信中,使勃豀者看了许多工夫,终于"莫名其抄",就算大仇已报。现在居然"姑看作'正经'",我的气也有些消了。

第五章　"师古"无用[8]。

我这回的"教鞭",系特别定做,是一木棒,端有一绳,略仿马鞭格式,为专打"害群之马"之用。即使蹲在桌后,绳子也会弯过去,虽师法"哥哥",亦属完全无效,岂不懿欤!

第六章　"模范文"之分数。

拟给九十分。其中给你五分:抄工三分,末尾的几句议论二分。其余的八十五分,都给罗素[9]。

第七章 "不知是我好疑呢?还是许多有可以令人发疑的原因呢?"(这题目长极了!)

答曰:"许多有可以令人发疑的原因"呀!且夫世间以他人之文,冒为己作而告人者,比比然也。我常遇之,非一次矣。改"平"为"萍",尚半冒也。虽曰可笑,奈之何哉?以及"补白",由它去罢。

第九章 结论。[10]

肃此布复,顺颂
嚷祉。

第十章 署名。

鲁迅。

第十一章 时候。

中华民国十四年七月十六日下午
七点二十五分八秒半。

* * *

〔1〕"教育之前途棘矣" 这是套用杨荫榆《对于暴烈学生之感言》中的用语。

〔2〕"嫩棣棣" 许广平 1925 年 7 月 15 日致鲁迅信中对鲁迅的

戏称,下面的议论由此而发。

〔3〕 "七・一六"　许广平在上信中说:"你的信太令我发笑了,今天是星期三——七・一五——而你的信封上就大书特书的'七・一六'……这一天的差误,想是扯错了月份牌罢"。

〔4〕 "宣外"　许信中说鲁迅把宣内"写作宣外,尤其该打"。

〔5〕 "其妙"在此　许信中说,"'京报的话',太叫我'莫名其抄'了"。

〔6〕 "刁作谦之伟绩"　鲁迅剪寄的《京报》下方,刊有《古巴华侨界之大风潮》新闻一则,报导了当时驻古巴公使刁作谦"霸占领馆,踢烂房门,抢夺文件"等等,许广平读后莫名究竟,在给鲁迅的信中说:"大概注重在刁作谦之伟绩,以渠作象征人物乎"?

〔7〕 "文艺"是"整个"的　雪纹在《"细心"误用了!》中有"诗是以内容为主,是整块的"、"文学是整块的东西"之类的话。

〔8〕 "师古"无用　许信中说:"记得我在家读书时……我的一个哥哥就和先生相对地围住书桌子乱转,先生要伸长手将鞭打下来时,他就蹲下,终于挨不着打,如果嫩棣'犯上作乱'的用起'教鞭',愚兄只得'师古'了,此告不怕。"

〔9〕 罗素(B. Russell,1872—1970)　英国哲学家。1920年10月曾来我国讲学。

〔10〕 原件无第八章,或为作者误书。

250720　致　钱　玄　同

心异兄:

来信并该旬刊三期,均经敝座陆续"查照收取",特此照会,以见敝座谢谢之意焉。

且夫"孥孥阿文"[1],确尚无偷文如欧阳公之恶德,而文章亦较为能做做者也。然而敝座之所以恶之者,因其用一女人之名,以细如蚊虫之字,写信给我,[2]被我察出为阿文手笔,则又有一人扮作该女人之弟来访,以证明实有其从[3]。然则亦大有数人"狼狈而为其奸"之概矣。总之此辈之于著作,大抵意在胡乱闹闹,无诚实之意,故我在《莽原》已张起电气网,与欧阳公归入一类也耳矣。

其实也,S妹似乎不会做文章者也。其曰S妹之文章者,盖即欧阳公之代笔焉耳。他于《莽原》,也曾以化名"捏蚊"者来捣乱,厥后此名亦见于《妇周刊》[4]焉。《民众》[5]误收之聂文,亦此人也。捏蚊聂文,即雪纹耳,岂不可恶也哉!

《甲寅》周刊已出,广告上大用"吴老头子"及"世"之名以冀多卖,可怜也哉。[6]闻"孤松"[7]公之文大可笑。然则文言大将,盖非白话邪宗之敌矣。此辈已经不值驳诘,白话之前途,只在多出作品,使内容日见充实而已,不知吾兄以为然耶否耶?否耶然耶欤乎?

　　　　　　　　　　　迅 顿首 七月廿日

＊　　＊　　＊

〔1〕 "孥孥阿文" 指沈从文。他在《国语周刊》第五期(1925年7月12日)发表的《乡间的夏》一诗中有"耶哹耶哹——孥孥唉"的句子。

〔2〕 鲁迅1925年4月30日日记:"得丁玲信。"鲁迅疑为沈从文

化名来信。

〔3〕 奻 鲁迅戏造的字,强调其为女性。

〔4〕《妇周刊》 即《妇女周刊》。《京报》附刊之一,北京女子师范大学蔷薇社编辑。1924年12月10日创刊,至次年11月25日共发行五十期,1925年12月20日出版纪念特刊后停刊。该刊第二十五号刊载了署名捏蚊的《读陈剑非君〈妇女职业问题的由来及其重要〉的感言》一文。

〔5〕《民众》 即《民众文艺》。该刊第二十五号(1925年6月23日)载有聂文的《今后所望于民众者》一文。

〔6〕《甲寅》周刊 章士钊曾于1914年5月在日本东京创办《甲寅》月刊,两年后停刊。1925年7月在北京复刊,改为周刊。"吴老头子",指吴稚晖;"世",指蔡元培。7月18日《京报》刊出的《甲寅周刊》出版广告的目录中,列有蔡元培的《教育问题》、吴稚晖的《怪事》等文。

〔7〕"孤松" 当为"孤桐",指章士钊(1881—1973),字行严,笔名孤桐,湖南善化(今长沙)人。早年参加反清活动,"五四"时期反对新文化运动。1924年至1926年间任北洋政府教育总长。按"孤松"是李大钊在1918年至1922年间曾用的笔名。

250729　致许广平[1]

广平兄：

在好看的天亮,还未到来之前,再看了一遍大作,我以为还不如不发表。这类题目,其实,在现在,只能我做的,因为大概要受攻击。然而我不要紧,一则,我自有还击的方法,二则现在做"文学家"似乎有些做厌了,仿佛要变成机械,所以倒很愿意从所谓"文坛"上摔下来。至于如诸君之雪花膏派,则究属"嫩"之一流,犯不上以一篇文章而得攻击或误解,终至于"泣下沾襟"。

那上半篇,如在小说,或回想的文章中,毫不为奇,但在论文中,而给现在的中国读者看,还太直白;至于下半篇,实在有点迂。我本来说:这种骂法,是"卑劣"的,而你却硬诬赖我"引以为荣",真是可恶透了。

其实,对于满抱着传统思想的人们,也还大可以这样骂。看目下有些批评文章,外表虽然没有什么,而骨子里却还是"他妈的"思想,对于这样批评的批评,倒不如直捷爽快地骂出来,就是"即以其人之道,还治其人之身",于人我均属合适。我常想:治中国应该有两种方法,对新的用新法,对旧的用旧法。例如"遗老"有罪,即该用清朝的法律:打屁股。因为这是他所佩服的。民国革命时,对于任何人都宽容——那时称为"文明"——但待到第二次革命失败,许多旧党对于革命党却不"文明"了:杀。假使那时(元年)的新党不"文明",许多东西早已灭亡,那里会再来发挥他们的老手段。现在以"他妈的"骂背着祖宗的木主自傲的人,夫岂太过也欤哉!

还有一篇,今天已经发出去,但将两段并作一个题目了:《五分钟与半年》。这多么漂亮呀。

天只管下雨,绣花衫不知如何,放晴的时候,赶紧晒一晒罢。千切千切!

迅 七月二十九或三十日,随便。

* * *

〔1〕 此信经作者整理编辑收入《两地书》，序号三五。

250823　致台静农[1]

静农兄：

两回得信，因事忙未复，歉甚。《懊悔》[2]早交给语丝社，现已印出了。

这次章士钊的举动[3]，我倒并不为奇，其实我也太不像官，本该早被免职的了。但这是就我自己一方面而言。至于就法律方面讲，自然非控诉不可，昨天已经在平政院投了诉状了。

兄不知何时回北京？

迅　上　八月二十三日

* * *

〔1〕 台静农（1901—1990）　字伯简，安徽霍丘人，作家，未名社成员。当时在北京大学研究所国学门任职，后曾在辅仁大学、青岛大学等校任教。著有小说集《地之子》、《建塔者》等，编有《关于鲁迅及其著作》。

〔2〕 《懊悔》　台静农作的短篇小说，载《语丝》周刊第四十一期（1925年8月24日）。

〔3〕 章士钊的举动　1925年北京女子师范大学风潮爆发后，由于鲁迅反对章士钊压迫学生和解散女师大，8月12日章士钊呈请段祺瑞执政府罢免鲁迅的教育部佥事职务。鲁迅即于22日在平政院控诉章士钊，结果胜诉，于1926年1月17日复职。

250929　致许钦文[1]

钦文兄：

七日信早到，因忙未复，后来生病了，大约是疲劳与睡眠不足之故，现在吃药，大概就可以好罢。

商务馆制板，既然自以为未必比北京做得好，那么，成绩就可疑了，三色板又不相宜。所以我以为不如仍交财部印刷局制去，已嘱乔峰将原底子[2]寄来。

《苏俄的文艺论战》[3]已出版，别封寄上三本。一本赠兄，两本赠璇卿[4]兄，请转交。

十九日所寄封面画及信均收到，请转致璇卿兄，给我谢谢他。我的肖像是不急的，自然还是书面要紧。现在我已与小峰[5]分家，《乌合丛书》[6]归他印（但仍加严重的监督），《未名丛刊》[7]则分出自立门户；虽云自立，而仍交李霁野等经理。《乌合》中之《故乡》已交去；《未名》中之《出了象牙之塔》已付印，大约一月半可成。还有《往星中》亦将付印。这两种，璇卿兄如不嫌其烦，均请给我们作封面，但须知道内容大略，今天来不及了，一两日后当开出寄上。

时局谈不胜谈，只能以不谈了之。内子[8]进病院约有五六天出[现]已出来，本是去检查的，因为胃病；现在颇有胃癌嫌疑，而是慢性的，实在无法（因为此病现在无药可医），只能随时对付而已。

迅　上　九月二十九日

璇卿兄处给我问候问候。

* * *

〔1〕 许钦文(1897—1984) 浙江绍兴人,作家。曾在北京大学旁听鲁迅等人讲课,著有小说集《故乡》等。

〔2〕 指陶元庆作《苦闷的象征》封面原稿。

〔3〕《苏俄的文艺论战》 任国桢编译,内收1923年至1924年间苏联文艺论争的论文三篇,并附录《蒲力汗诺夫与艺术问题》一篇。鲁迅为作《前记》,1925年北新书局出版,《未名丛刊》之一。

〔4〕 璇卿 即陶元庆,参看260227信注〔1〕。

〔5〕 小峰 即李小峰,参看261113信注〔1〕。

〔6〕《乌合丛书》 鲁迅编辑,专收创作,1926年初起,由北新书局出版。

〔7〕《未名丛刊》 鲁迅编辑,专收翻译的外国文学作品。1924年12月起,先后由北新书局和未名社出版。

〔8〕 内子 即朱安(1878—1947),浙江绍兴人,1906年鲁迅奉母命与之结婚。

250930 致 许 钦 文

钦文兄:

昨天寄上一信并三本书,大约已到了。那时匆匆,不及细写。还有一点事,现在补写一点。

《未名丛刊》已别立门户,有两种已付印,一是《出了象牙之塔》,一是《往星中》。这两种都要封面,想托璇卿兄画之。

我想第一种即用璇卿兄原拟画给我们之普通用面已可,至于第二种,则似以另有一张为宜,而译者尤所希望也。如病已很复原,请一转托,至于其书之内容大略,别纸开上。

《苦闷之象征》[1]就要再版,这回封面,想用原色了。那画稿,如可寄,乞寄来,想仍交财部印刷局印。即使走点样,总比一色者较特别。

记得前回说商务馆印《越王台》[2],要多印一千张,未知是否要积起来,俟将来出一画集。倘如此,则《大红袍》[3]及《苦闷的象征》封面亦可多印一千张,以备后日汇订之用。纸之大小想当如《东方杂志》乎?

我其实无病,自这几天经医生检查了一天星斗,从血液以至小便等等。终于决定是喝酒太多,吸烟太多,睡觉太少之故。所以现已不喝酒而少吸烟,多睡觉,病也好起来了。

《故乡》稿已交去,选而又选,存卅一篇,大约有三百页。

迅 九月卅日

《往星中》 四幕戏剧

作者 安特来夫。全然是一个绝望厌世的作家。他那思想的根柢是:一,人生是可怕的(对于人生的悲观);二,理性是虚妄的(对于思想的悲观);三,黑暗是有大威力的(对于道德的悲观)。

内容 一个天文学家,在离开人世的山上的天文台上,努力于与星界的神秘的交通;而其子却为了穷民之故去革命,因此入了狱。于是天文台上的人们的意见便分为两派：活在冷而平和的"自然"中呢，还是到热，然而满有着苦痛和悲惨的人间世去？但是，其子入狱之后，受了虐待，遂发狂，终于成为白痴了，其子之未婚妻，却道情愿"回到人生去"，在"活死尸"之旁度过一世：她是愿意活在"诗的"，"罗漫的"，"情感"的境界里的。

而天文学家则并非只要活在"有限的人世"的人；他要生活在无限的宇宙里。对于儿子的被虐，以为"就如花儿匠剪去了最美的花一般。花是被剪去了，但花香则常在地面上。"但其子的未婚妻却不能懂这远大的话，终于下山去了。

"（祝你）幸福呵！我的辽远的未知之友呀！"天文学者抬起两手，向了星的世界说。

"（祝你）幸福呵！我所爱的苦痛的兄弟呀！"她伸下两手，向着地上的世界说。

───────

我以为人们大抵住于这两个相反的世界中，各以自己为是，但从我听来，觉得天文学家的声音虽然远大，却有些空虚的。这大约因为作者以"理想为虚妄"之故罢。然而人间之黑暗，则自然更不待言。

以上不过聊备参考。　璇卿兄如作书面，不妨毫不切题，自行挥洒也。

　　　　　　　　　　　　迅　上　九月卅日

＊　＊　＊　＊

〔1〕《苦闷的象征》 文艺论文集,日本厨川白村(1880—1923)著,鲁迅译,1924年12月出版,为《未名丛刊》之一,北京新潮社代售,后由北新书局再版。

〔2〕《越王台》 陶元庆的绘画。

〔3〕《大红袍》 陶元庆的绘画,曾用作许钦文的短篇小说集《故乡》的封面。

251108　致许钦文

钦文兄:

屡得来信。《苦闷之象征》封面,商务馆估价单已寄来,云"彩印五色"盖即三色版也每三千张价六十元。明日见小峰时,当与酌定。至于添印,纸之大小并无不自由,不过纸大,则四围多些空白而已。(我去信时,对于印刷的办法,是要求将无画处之网目刻去,则画是五色,而无画处仍是空白,可以四围没有边线。对于这一层,他们没有答复。)

《故乡》稿,一月之前,小峰屡催我赶紧编出,付印,我即于两三日后与之,则至今校稿不来。问之,则云正与印刷局立约。我疑他虑我们在别处出版,所以便将稿收去,压积在他手头,云即印者,并非诚意。

《未名丛刊》面已到,未知是否即给《出了象牙之塔》者否?请一问璇卿兄。又还有二件事,亦请一问——

1. 书名之字,是否以用与画同一之颜色为宜,抑用黑字?
2.《乌合丛书》封面,未指定写字之地位,请指出。

我病已渐愈,[1]或者可以说全愈了罢,现已教书了。但仍吃药。医生禁喝酒,那倒没有什么;禁劳作,但还只得做一点;禁吸烟,则苦极矣,我觉得如此,倒还不如生病。

北京冷起来了。

迅 上 十一月八日

* * *

[1] 指作者自本年9月初肺病复发,至翌年1月渐愈,绵延四月余。

一九二六年

260223　致 章 廷 谦

矛尘兄：

廿元，四角，《唐人说荟》[1]两函，俱收到。谢谢！

记得日前面谈，我说《游仙窟》[2]细注，盖日本人所为，无足道。昨见杨守敬《日本访书志》[3]，则以为亦唐人作，因其中所引用书，有非唐后所有者。但唐时日本人所作，亦未可知。然则倘要保存古董之全部，则不删亦无不可者也耳。奉闻备考。

　　　　　　　　　　　　　　　迅 二月廿三日

* 　　* 　　*

〔1〕《唐人说荟》 小说笔记丛书，共二十卷。旧有桃源居士辑本，凡一四四种；清代乾隆时山阴陈世熙（莲塘居士）又从《说郛》等书中采入二十种，合为一六四种。内多小说，但删节和谬误很多，坊刻本又改名为《唐代丛书》。

〔2〕《游仙窟》 传奇小说，唐代张鷟作，当时即流入日本，国内失传。1926年章廷谦在鲁迅协助下，根据日本保存的通行本《游仙窟抄》、醍醐寺本《游仙窟》以及流行于朝鲜的另一日本刻本重新校订标点，1929年2月由上海北新书局出版，鲁迅曾为作序。

〔3〕 杨守敬（1839—1915） 字惺吾，湖北宜都人，清末学者。《日本访书志》是查访在日本流传的我国散佚古书的著作，共十六卷，是

杨任清朝驻日公使馆馆员时作。该书卷八著录《游仙窟》一卷,关于所附注释,他说:"其注不知谁作,其于地理诸注,皆以唐十道证之,则亦唐人也。注中引陆法言之说,是犹及见《切韵》原书;又引范泰《鸾鸟诗序》、孙康《镜赋》、杨子云《秦王赋》(原注:此当有误),皆向所未闻者。又引何逊《拟班婕妤诗》,亦冯氏《诗纪》所不载。"

260225　致许寿裳

季市兄:

昨得洙邻[1]兄函,言:"案[2]已于昨日开会通过完全胜利大约办稿呈报得批登公报约尚须两星期也"云云。特以奉闻,并希以电话告知幼渔兄为托。

　　　　　　　　　　　　树人　二月二十五日

＊　　＊　　＊

〔1〕 洙邻　寿鹏飞(1873—1961),字洙邻,浙江绍兴人。鲁迅塾师寿镜吾次子。当时在平政院任记录科主任兼文牍科办事书记。

〔2〕 指鲁迅在平政院控告章士钊非法免佥事职一事。

260227　致陶元庆[1]

璇卿兄:

已收到寄来信的[和]画,感谢之至。

但这一幅我想留作另外的书面之用,[2]因为《莽原》书小价廉,用两色板的面子是力所不及的。我想这一幅,用于讲中国事情的书上最合宜。

我很希望　兄有空,再画几幅,虽然太有些得陇望蜀。

鲁迅　二月二十七日

＊　　＊　　＊

〔1〕 陶元庆(1893—1929)　字璇卿,浙江绍兴人,美术家。曾先后在浙江台州第六中学、上海立达学园、杭州艺术专科学校任教。鲁迅前期著译《苦闷的象征》、《彷徨》、《朝花夕拾》、《坟》等书均由他作封面画。

〔2〕 指后来用作《唐宋传奇集》的封面画。

260310　致 翟 永 坤[1]

永坤先生:

二月份有稿费两元,应送至何处,请示知,以便送上。

鲁迅　三月十日

西四、宫门口、西三条、二十一号

＊　　＊　　＊

〔1〕 翟永坤(1900—1959)　字资生,河南信阳人。1925年在北京法政大学读书,1926年转入北京大学。因投稿《国民新报》副刊认识鲁迅。

260409　致章廷谦

矛尘兄：

承示甚感。

五十人案[1]，今天《京报》上有名单，排列甚巧，不像谣言，且云陈任中甚主张之。日前许季黻曾面问陈任中[2]，而该陈任中一口否认，甚至于说并无其事，此真"娘东石杀"之至者也。

但此外却一无所闻，我看这事情大约已经过去了。非奉军入京，或另借事端，似乎不能再发动。至于现在之事端，则最大者盖惟飞机抛掷炸弹[3]，联军总攻击，国直议和三件，而此三件，大概皆不能归咎于五十人煽动之故也欤。

迅　上　四月九日

我想调查五十人的籍贯和饭碗，有所议论，请你将所知者注入掷下，劳驾，劳驾！

其实只有四十八人，未知是遗漏，还是仿九六足串大钱[4]例，以炸算针也。

*　　*　　*

〔1〕 五十人案　指三一八惨案后，段祺瑞政府秘密制定的通缉鲁迅在内的五十人名单（参看《而已集·大衍发微》）。4月9日，《京报》刊载《三一八惨案之内幕种种》，揭露制定黑名单的经过情形，并列出了四十八人的姓名。

〔2〕陈任中（1875—？） 字仲骞，江西赣县人。当时任教育部参事，代理次长。据《三一八惨案之内幕种种》揭露：惨案发生后，章士钊等"特托陈任中调查反对者之姓名，开单密告"。为此陈于4月10日、16日先后在《京报》发表致编者信及刊登启事，予以否认。

〔3〕飞机抛掷炸弹 1926年4月，冯玉祥的国民军和奉系军阀张作霖、李景林所部作战期间，国民军驻守北京，奉军飞机曾多次飞临轰炸。联军总攻击，1926年4月7日，奉系李景林、张宗昌组成直鲁联军，对据守北京的国民军发动总攻击。国直议和，当时直系军阀吴佩孚主张联奉讨冯，但其部分将领田维勤等则倾向联冯讨奉，因此冯曾与他们进行"国直议和"活动，但未成功。

〔4〕九六足串大钱 以九十六文钱当作足串（百文）计算。旧时以制钱一百文为一串。

260501 致韦素园〔1〕

素园兄：

日前得来函，在匆忙中，未即复。关于我的小说〔2〕，如能如来信所说，作一文，我甚愿意而且希望。此可先行发表，然后收入本子中。但倘如霁野所定律令，必须长至若干页，则是一〖一〗大苦事，我以为长短可以不拘也。

昨看见张凤举，他说Dostojewski的《穷人》〔3〕，不如译作"可怜人"之确切。未知原文中是否也含"穷"与"可怜"二义。倘也如英文一样，则似乎可改，请与霁野一商，改定为荷。

迅 五，一

※ ※ ※

〔1〕 韦素园(1902—1932)　又名漱园,安徽霍丘人,翻译家,未名社成员。译有果戈理的《外套》和北欧诗歌小品《黄花集》等。参看《且介亭杂文·忆韦素园君》。

〔2〕 指小说集《呐喊》。当时台静农正在选编《关于鲁迅及其著作》一书,韦素园拟作文评论《呐喊》,后未成。

〔3〕 Dostojewski　陀思妥耶夫斯基(Ф. М. Достоевский,1821—1881),俄国作家。著有小说《穷人》、《被侮辱与被损害的》、《罪与罚》等。《穷人》,韦丛芜译,鲁迅作序,1926年6月未名社出版。

260511　致陶元庆

璇卿兄:

给我画的像[1],这几天才寄到,去取来了。我觉得画得很好。我很感谢。

那洋铁筒已经断作三段,因为外面有布,所以总算还相连,但都挤得很扁。现在在箱下压了几天,平直了,不过画面上略有磨损的地方,微微发白,如果用照相缩小,或者看不出来。

画面上有胶,嵌在玻璃框上,不知道泛潮时要粘住否?应该如何悬挂才好,便中请
示知。

鲁迅　五月十一日

〔1〕 指鲁迅的炭笔素描像,鲁迅于5月3日收到,后一直悬挂在西三条寓所客厅。

260527　致翟永坤

永坤兄:

女师大今年听说要招考,但日期及招考那几班,我却不知,大概不远便可以在报上看见了。

旁听生也有的,但仍须有试验(大概只考几样),且须在开学两月以内才行。

迅 五月廿七日

260617　致李秉中

秉中兄:

收到你的来信后,的确使我"出于意表之外"〔1〕地喜欢。这一年来,不闻消息,我可是历来没有忘记,但常有两种推测,一是在东江〔2〕负伤或战死了,一是你已经变了一个武人,不再写字,因为去年你从梅县给我的信,内中已很有几个空白及没有写全的字了。现在才知道你已经跑得如此之远,这事我确没有预先想到,但我希望你早早从休养室走出,"偷着到啤酒店去坐一坐",我以为倒不妨,但多喝酒究竟不好。去年夏间,我因为各处碰钉子,也很大喝了一通酒,结果是生病了,现在已愈,也不再喝酒,这是医生禁止的。他又禁止我吸烟,但这一节我却没有听。

从去年以来,我因为喜欢在报上毫无顾忌地发议论,就树敌很多,章士钊之来咬[3],乃是报应之一端,出面的虽是章士钊,其实黑幕中大有人在。不过他们的计划,仍然于我无损,我还是这样,因为我目下可以用印书所得之版税钱,维持生活。今年春间,又有一般人大用阴谋,想加谋害,但也没有什么效验。只是使我很觉得无聊,我虽然对于上等人向来并不十分尊敬,但尚不料其卑鄙阴险至于如此也。

多谢你的梦。新房子尚不十分旧,但至今未加修葺,却是真的。我大约总该老了一点,这是自然的定律,无法可想,只好"就这样罢"。直到现在,文章还是做,与其说"文章",倒不如说是"骂"罢。但是我实在困倦极了,很想休息休息,今年秋天,也许要到别的地方去,地方还未定,大约是南边。目的是:一,专门讲书,少问别事(但这也难说,恐怕仍然要说话),二,弄几文钱,以助家用,因为靠版税究竟还不够。家眷不动,自己一人去,期间是少则一年,多则两年,此后我还想仍到热闹地方,照例捣乱。

"指导青年"的话,那是报馆替我登的广告,其实呢,我自己尚且寻不着头路,怎么指导别人。这些哲学式的事情,我现在不很想它了,近来想做的事,非常之小,仍然是发点议论,印点关于文学的书。酒也想喝的,可是不能。因为我近来忽然还想活下去了。为什么呢?说起来或者有些可笑,一,是世上还有几个人希望我活下去,二,是自己还要发点议论,印点关于文学的书。

我现在仍在印《莽原》,以及印些自己和别人的翻译及创作。可惜没有钱,印不多。我今天另封寄给你三本书,一是翻译,两本是我的杂感集,但也无甚可观。

我的住址是"西四,宫门口,西三条胡同,二十一号",你信面上写的并不大错,只是门牌多了五号罢了。即使我已出京,信寄这里也可以,因为家眷在此,可以转寄的。

你什么时候可以毕业回国?我自憾我没有什么话可以寄赠你,但以为使精神堕落下去,是不好的,因为这能使自己受苦。第一着须大吃牛肉,将自己养胖,这才能做一切事。我近来的思想,倒比先前乐观些,并不怎样颓唐。你如有工夫,望常给我消息。

         迅 六月十七日

*   *   *

〔1〕 "出于意表之外" 这是套用林纾文章中的不通的文言用语。

〔2〕 东江 珠江的东支,这里指广东东江梅县一带。1925年10月中旬,国民革命军在这里击败广东军阀陈炯明的部队。李秉中为黄埔军校学生,曾参加这个战役。但这时李已到苏联留学,因此下文中有"已经跑得如此之远"的话。

〔3〕 指章士钊违法罢免鲁迅的佥事职务一事。下文的"今年春间,……想加谋害",指段祺瑞政府列名通缉鲁迅事。参看260409信注〔1〕。

一九二六年六月

260621　致 韦素园、韦丛芜[1]

沙滩新开路五号

韦素园丛芜先生：

《穷人》如已出，请给我十二本。

这几天生小病，但今日已渐愈，《莽原》稿[2]就要做了。

《关于鲁迅》已校了一点，至多，不过一百二十面罢。

二十一日　后面还有

来信顷已收到。《外套》[3]校后，即付印罢，社中有款，我以为印费亦不必自出。像不如在京华印，比较的好些。

巴特勒特[4]的谈话，不要等他了，我想，丛芜亦不必再去问他。

序文我当修改一点，和目录一同交给北京书局，书面怎样，后来再商。

迅　又言　廿一日午后

*　　*　　*

〔1〕 此信写于"周树人"名片的正反两面。

韦丛芜（1905—1978），安徽霍丘人，燕京大学毕业，未名社成员。译有陀思妥耶夫斯基的小说《穷人》、《罪与罚》，著有诗集《君山》。

〔2〕 指《无常》，后收入《朝花夕拾》。《关于鲁迅》，即台静农选编的《关于鲁迅及其著作》，内收有关《呐喊》评论和鲁迅访问记等文章十四篇，1926年7月未名社出版。

〔3〕《外套》 中篇小说,俄国果戈理著,韦素园译,1926年9月未名社出版,为《未名丛刊》之一。下文的"像",指果戈理像;"京华",指商务印书馆在北京的印刷厂京华印书局。

〔4〕 巴特勒特(R. M. Bartlett) 美国人,曾在燕京大学任教。1926年6月11日,由韦丛芜陪同访问鲁迅,拟写《与鲁迅先生的谈话》一文,后未成。下文的"序文",指台静农为《关于鲁迅及其著作》写的序;"目录"也指该书目录。

260704 致魏建功[1]

建功兄:

品青[2]兄来信,说 兄允给我校《太平广记》[3]中的几篇文章,现在将要校的几篇寄上。其中抄出的和剪贴的几篇,卷数及原题都写在边上。其中的一篇《枕中记》,是从《文苑英华》[4]抄出的,不在校对之内。

我的底子是小版本,怕多错字,现在想用北大所藏的明刻大字本[5]来校正它。我想可以径用明刻本来改正,不必细标某字明本作某。

那一种大字本是何人所刻,并乞查 示。

迅 上 七月四日

＊　　＊　　＊

〔1〕 魏建功(1901—1980) 字天行,江苏海安人,语言文字学家。北京大学毕业后留校任职。

〔2〕 品青 王品青(？—1927),名贵鋆,字品青,河南济源人,

《语丝》投稿者。北京大学毕业,曾任北京孔德学校教员。

〔3〕 《太平广记》 类书,宋代李昉等奉敕纂辑,共五百卷。鲁迅曾将其中的《古镜记》、《离魂记》等篇辑入《唐宋传奇集》。

〔4〕 《枕中记》 传奇小说,唐沈既济作。《文苑英华》,诗文总集,宋代李昉等奉敕编纂,共一千卷。

〔5〕 这里的"小版本"和"明刻大字本",指《太平广记》的清代黄晟刊本和明代长洲许自昌刻本。

260709　致章廷谦

矛尘兄:

来信收到。但我近来午后几乎都不在家,非上午,或晚八时左右,便看不见也,如枉驾,请勿在十二至八时之间。

《游仙窟》上作一《痴华鬘》[1]似的短序,并不需时,当然可以急就。但要两部参考书,前些日向京师图书馆去借,竟没有,不知北大有否,名列下,请一查,并代借。如亦无,则颇难动手,须得后才行,前途颇为渺茫矣。

该《游仙窟》如已另抄,则敝抄当已无用,请便中带来为荷。

迅　七,九

计开

一、杨守敬《日本访书志》

二、森立之《经籍访古志》[2]

案以上二部当在史部目录类中。

* * * *

〔1〕《痴华鬘》 即《百句譬喻经》,简称《百喻经》,古印度僧伽斯那撰,南朝齐僧求那毗地译,二卷。王品青曾删除其中有关佛教教诫的文字,留下寓言,于1926年6月由北京北新书局出版,鲁迅曾为作《题记》,收入《集外集》。

〔2〕森立之 日本人。《经籍访古志》由他与澁江完善合著而成,正文六卷,补遗一卷,内容系介绍他们所见日本保存的中国古籍,其中卷五子部小说类著录《游仙窟》钞本三种。全书约成于日本安政三年(1856),清光绪十一年(1885)徐承祖曾用聚珍版印行。

260713 致韦素园[1]

李稿已无用,陈稿当寄还,或从中选一篇短而较为妥当的登载亦可。

布宁小说[2]已取回,我以为可以登《莽原》。

《外套》已看过,其中有数处疑问,用？号标在上面。

我因无暇作文,只译了六页[3]。

《关于鲁迅……》已出版否？

迅 七,一三

* * * *

〔1〕 此信第一页已遗失。

〔2〕 布宁(И. А. Бунин,1870—1953) 通译蒲宁,俄国作家。十月革命后流亡国外。这里说的小说,指《轻微的欷歔》,韦丛芜译。译稿曾投寄商务印书馆,未印,后由鲁迅索回。

〔3〕 指翻译童话《小约翰》。

一九二六年七月

260714　致章廷谦

矛尘兄：

　　来信已到。《唐人说荟》如可退还，我想大可以不必买，编者"山阴莲塘居士"虽是同乡，然而实在有点"仰东硕杀"，所收的东西，大半是乱改和删节的，拿来玩玩，固无不可，如信以为真，则上当不浅也。近来商务馆所印的《顾氏文房小说》[1]，大概比他好得多。

　　《唐人说荟》里的《义山杂纂》[2]，也很不好。我有从明抄本《说郛》[3]刻本《说郛》，也是假的。抄出的一卷，好得多，内有唐人俗语，明人不解，将他改正，可是改错了。如要印，不如用我的一本。后面有宋人续的两种，可惜我没有抄，如也印入，我以为可以从刻本《说郛》抄来，因为宋人的话，易懂，明人或者不至于大改。

　　　　　　　　　　　　　　　迅 七，十四

　　龚颐正《续释常谈》[4]：

　　"李商隐《杂纂·七不称意》内云'少（去声）阿妳'。"

＊　　＊　　＊

　　〔1〕《顾氏文房小说》　明代顾元庆辑，内收汉至宋代小说、笔记等共四十种。1925年上海商务印书馆据夷白斋宋版重雕本影印发行。

　　〔2〕《义山杂纂》　唐代李商隐（字义山）撰，鲁迅认为也可能是唐代李就今（字衮求，号义山）作，一卷。内容杂集俚俗常谈鄙事，每题自为一类。以后又有宋代王君玉《杂纂续》、苏轼《二续》和明代黄允交

203

的《三续》各一卷。章廷谦根据鲁迅从明抄本《说郛》抄出的《义山杂纂》和刻本《说郛》所收续书三种编为一册,题为《杂纂四种》,1926年9月北京北新书局出版。

〔3〕《说郛》 笔记丛书,明代陶宗仪编,是辑录汉魏至宋元笔记小说而成,共一百卷。通行本为清代陶珽重编刊印,一二〇卷。鲁迅这里所说的"明抄本"指前者;"刻本"指后者。

〔4〕 龚颐正 字养正,南宋遂昌(今属浙江)人。宁宗时任实录院检讨,迁秘书丞。所著《续释常谈》共二十卷。《说郛》卷三十五收入该书文字八十条。这里所举李商隐《杂纂·七不称意》"少阿妳"条,是现存《杂纂》的佚文。

260719　致魏建功

建功兄:

给我校对过的《太平广记》,都收到齐了,这样的热天做这样的麻烦事,实在不胜感谢。

到厦门,我总想拖延到八月中旬才动身,其实很有些琐事须小收束,也非拖到那时不可。不过如那边来催,非早去不可,便只好早走。

　　　　　　　　　　　　　迅 上 七月十九日

260727[①]　致章廷谦

矛尘兄:

书目〔1〕中可用之处,已经抄出,今奉还,可以还给图书馆了。

　　　　　　　　　　　　　　　　迅 七,二七

＊　　＊　　＊

〔1〕 书目 指鲁迅为《游仙窟》作序而托章廷谦借来的《日本访书志》和《经籍访古志》。

260727② 致陶元庆

璇卿兄：

《沈钟》[1]的大小，是和附上的这一张纸一样。他们想于八月十日出版，不知道可以先给一画否？

迅 上 七月二十七日

＊　　＊　　＊

〔1〕《沉钟》 文艺刊物，沉钟社编辑。1925年10月在北京创刊，初为周刊，共出十期。次年8月起改为半月刊，中经休刊、复刊，1934年2月出至三十四期停刊。陶元庆曾为它绘制封面。

260730 致章廷谦

矛尘兄：

得廿八日信，知道你又摔坏了脚，这真是出于我的"意表之外"，赶紧医，而且小心不再摔坏罢。

我的薪水送来了，钱以外是一张收条，自己签名。这样看来，似乎并非代领，而是会计科送来的。但无论如何，总之已经收到了,是谁送来的,都不成其为问题。

至于你写给北新小板[1]的收书条,我至今没有见。

迅 七,卅

* * * *

〔1〕 小板 老板的戏称,指李小峰。

260731　致　陶冶公[1]

冶公兄:

兄拟去之地,近觅得两人可作介绍,较为切实。但此等书信,邮寄能否达到,殊不可必,除自往投递外,殊无善法也。未知　兄之计画是否如此,待示进行。此布,即颂

时绥

弟树人 上 七月卅一日

* * * *

〔1〕 陶冶公(1886—1962)　名铸,字冶公,号望潮,浙江绍兴人,光复会会员。留学日本时曾与鲁迅同习俄文。1926年10月他去汉口任市政府委员兼卫生局局长,信中所说"拟去之地"或指武汉。后曾任国民革命军第四集团军前敌总指挥部政治部主任,国民政府军事委员会政治训练部代理主任等。

260808　致韦素园

素园兄：

《关于鲁迅……》须送冯文炳[1]君二本(内有他的文字)，希即令人送去。但他的住址，我不大记得清楚，大概是北大东斋，否则，是西斋也。

下一事乞转告丛芜兄：

《博徒别传》是《Rodney Stone》的译名，但是 C. Doyle 做的。《阿Q正传》中说是迭更司作，乃是我误记，英译[2]中可改正；或者照原误译出，加注说明亦可。

迅　八月八日

*　　*　　*

〔1〕 冯文炳(1901—1967)　笔名废名，湖北黄梅人，作家。当时是北京大学学生。后曾任北京大学讲师、教授。《关于鲁迅及其著作》中曾收有他的论文《〈呐喊〉》。

〔2〕 指《阿Q正传》的英译本，梁社乾译。题名为《The True Story of Ah Q》，1926 年商务印书馆出版。

260810　致陶元庆

璇卿兄：

《彷徨》书面的锌版已制成，今寄上草底，请将写"书名"

"人名"的位置指出,仍寄敝寓,以便写入,令排成整版。

鲁迅 八月十日

260815　致许广平[1]

景宋"女士"学席：程门

　　飞雪[2],贻误多时。愧循循之无方,幸

　　骏才之易教。而乃年届结束,南北东西;虽尺素之能通,

　　或

　　下问之不易。言念及此,不禁泪下四条。吾

生倘能赦兹愚劣,使师得备薄馔,于月十六日午十二时,假宫

　　门口西三条胡同二十一号周宅一叙,俾罄愚诚,不胜厚

　　幸！顺颂

时绥。

师鲁迅　谨订 八月十五日早

*　　　*　　　*

〔1〕 此信原无标点。在《鲁迅书简》(1946年10月鲁迅全集出版社出版)发表时,收信人曾附有说明如下：

"这封信没有收入《两地书》内,大约编辑时此信散存他处,一时未及检出。现出《书简》,正可乘便加入。这信的文笔颇与《书简》体例不同,原因是北平女子师范大学校自从被章士钊杨荫榆之流毁灭了之后,又经师长们以及社会正义人士之助而把它恢复过来了。我们这一班国

文系的同学,又得举行毕业,而被开除了之后的我,也能够恢复学籍滥竽其间。到了快要学业结束的时候,我国文系师长们如马幼渔先生,沈士远、尹默、兼士先生,许寿裳先生,鲁迅先生等,俱使人于学业将了,请益不易之际兴无穷感慨!良以学校久经波折,使师长们历尽艰辛,为我们学子仗义执言,在情在理,都不忍使人恝置,因此略表微意,由陆晶清、吕云章和我三人具名肃帖,请各师长,在某饭店略备酒馔,聊表敬意。其后复承许寿裳先生及鲁迅先生分别回请我们,而鲁迅先生的短简,却是模拟我写的原信,大意如下:

××先生函丈程门

　　立雪承训多时幸

　　循循之有方愧驽才之难教而乃年届结束南北东西虽尺素之能通或

　　请益而不易言念及此不禁神伤吾

师倘能赦兹愚鲁使生等得备薄馔于月×日午十二时假西长安街

　　××饭店一叙俾罄愚诚不胜厚幸肃请

钧安

学生　陆晶清
　　　许广平　谨启
　　　吕云章

又'四条'一词乃鲁迅先生爱用以奚落女人的哭泣,两条眼泪,两条鼻涕,故云。有时简直呼之曰:四条胡同,使我们常常因之大窘。"

〔2〕　程门飞雪　语出《宋史·杨时传》:杨时"又见程颐于洛,时盖年四十矣。一日见颐,颐偶瞑坐,时与游酢侍立不去。颐既觉,则门外雪深一尺矣。"旧时常用为尊师重道的故实。

260904　致许广平[1]

广平兄：

　　我于九月一日夜半上船，二日晨七时开，四日午后一时到厦门，一路无风，船很平稳。这里的话，我一字都不懂，只得暂到客寓，打电话给林玉堂，他便来接，当晚即移入学校居住了。

　　我在船上时，看见后面有一只轮船，总是不远不近地走着，我疑心是广大。不知你在船中，可看见前面有一只船否？倘看见，那我所悬拟的便不错了。

　　此地背山面海，风景佳绝，白天虽暖——约八十七八度——夜却凉。四面几无人家，离市面约有十里，要静养倒好的。普通的东西，亦不易买。听差懒极，不会做事也不肯做事，邮政也懒极，星期六下午及星期日都不办事。

　　因为教员住室尚未造好——据说一月后可完工，但未必确——所以我暂住在一间很大的三层楼上，上下虽不便，眺望却佳。学校开课是二十日，还有许多天可闲。

　　我写此信时，你还在船上，但我当于明天发出，则你一到校，此信也就到了。你到校后望即见告，那时再写较详细的情形罢，因为现在我初到，还不知道什么。

　　　　　　　　　　　　　　　　　迅　九月四日夜

* * * *

〔1〕　此信经作者整理编辑收入《两地书》，序号三六。

一九二六年九月

260907　致许寿裳

季市兄：

四日下午到厦门，即迁入校中，因未悉大略，故未发信，今稍观察，知与我辈所推测者甚为悬殊。玉堂[1]极被掣肘，校长有秘书姓孙，无锡人，可憎之至，鬼祟似皆此人所为，我与兼士[2]等三人，虽已有聘书，而孙伏园等四人已到两星期，则校长尚未签字，与以切实之定议，是作态抑有中变，未可知也。

在国文系尚且如此，则于他系有所活动，自然更难。兄事[3]曾商量数次，皆不得要领，据我看去，是没有结果的。兼士于合同尚未签字，或者亦不久居，我之行止，临时再定。

此地风景极佳，但食物极劣，语言一字不懂，学生止四百人，寄宿舍中有京调及胡琴声，令人聆之气闷。离市约十余里，消息极不灵通，上海报章，到此常须一礼拜。

迅　上　八〔九〕月七日之夜

*　　*　　*

〔1〕　玉堂　即林语堂。参看330620[①]信注〔1〕。当时任厦门大学文科主任兼国学研究院总秘书。下文的"校长"，指林文庆，参看270115信注〔1〕。"秘书"，指孙贵定，字蔚深，江苏无锡人，当时任厦门大学教育系主任兼校长办公室秘书。

〔2〕　兼士　即沈兼士。参看261219信注〔1〕。当时任厦门大学

国文系主任兼国学院主任。

〔3〕 这里的"兄事",指为许寿裳谋职一事。

260913　致许广平[1]

(明信片背面)

从后面(南普陀)所照的厦门大学全景。

前面是海,对面是鼓浪屿。

最右边的是生物学院与国学院,第三层楼上有＊记的便是我所住的地方。

昨夜发飓风,拔木发屋,但我没有受损害。

迅 九,十一。

(明信片正面)

想已到校;已开课否? 此地二十日上课。

十三日

＊　　＊　　＊

〔1〕 此信写在明信片上,经作者整理编辑收入《两地书》,序号四〇。

260914　致许广平[1]

广平兄:

依我想,早该得到你的来信了,然而还没有。大约闽粤间的通邮,不大便当,因为并非每日都有船。此地只有一个邮局代办所,星期六下午及星期日不办事,所以今天什么信件也没有——因为是星期——且看明天怎样罢。

我到厦门后便发一信(五日),想早到。现在住了已经近十天,渐渐习惯起来了,不过言语仍旧不懂,买东西仍旧不便。开学在二十日,我有六点钟功课,就要忙起来,但未开学之前,却又觉得太闲,有些无聊,倒望从速开学,而且合同的年限早满。学校的房子尚未造齐,所以我暂住在国学院的陈列所里,是三层楼上,眺望风景,极其合宜,我已写好一张有这房子照相的明信片,或者将与此信一同发出。季黻的事没有结果,我心中很不安,然而也无法可想。

十日之夜发飓风,十分利害,林玉堂的住宅的房顶也吹破了,门也吹破了。粗如笔干的铜闩也都挤弯,毁东西不少。我所住的屋子只破了一扇外层的百叶窗,此外没有损失。今天学校近旁的海边漂来不少东西,有卓子,有枕头,还有死尸,可见别处还翻了船或漂没了房屋。

此地四无人烟,图书馆中书籍不多,常在一处的人,又都是"面笑心不笑",无话可谈,真是无聊之至。海水浴倒是很近便,但我多年没有浮水了;又想,倘使害马在这里,恐怕一定不赞成我这种举动,所以没有去洗;以后也不去洗罢,学校有洗浴处的。夜间,电灯一开,飞虫聚集甚多,几乎不能做事,此后事情一多,大约非早睡而一早起来做不可。

九月十二日夜 迅。

今天(十四日)上午到邮政代办所去看看,得到你六日八日的两封来信,高兴极了。此地的代办所太懒,信件往往放在柜台上,不送来,此后来信可于厦门大学下加"国学院"三字,使他易于投递,且看如何。这几天,我是每日去看的,昨天还未见你的信,因想起报载英国鬼子在广州胡闹,入口船或者要受影响,所以心中很不安,现在放心了。看上海报,北京已解严,不知何故;女师大已被合并为女子学院,师范部的主任是林素园(小研究系),而且于四日武装接收了,真令人气愤,但此时无暇管也无法管,只得暂且不去理会它,还有将来呢。

　　回上去讲我途中的事,同房的是一个五十多岁的广东人,姓魏或韦,我没有问清楚,似乎也是民党中人,所以还可谈,也许是老同盟会员罢。但我们不大谈政事,因为彼此都不知道底细;也曾问他从厦门到广州的走法,据说最好是从厦门到汕头,再到广州,和你所闻的客栈中人的话一样,我将来就这么走罢。船中的饭菜顿数,和"广大"一样,也有鸡粥,船也平稳,但无耶稣教徒,比你所遭遇的好得多了。小船的倾侧,真太危险,幸而终于"马"已登陆,使我得以放心。我到厦时亦以小船搬入学校,浪也不小,但我是从小惯于坐小船的,所以一点也没有什么。

　　我前信似乎说过这里的听差很不好,现在熟识些了,觉得殊不尽然。大约看惯了北京的听差的唯唯从命的,即易觉得南方人的倔强,其实是南方的阶级观念,没有北方之深,所以便是听差,也常有平等言动,现在我和他们的感情已经好起来了,觉得并不可恶。但茶水很不便,所以我现在少喝茶了,或者这倒是好的。烟卷似乎也比先前少吸。

一九二六年九月

我上船时,是建人送我去的,并有客栈里的茶房。当未上船之前,我们谈了许多话。谈到我的事情[2]时,据说伏园已经宣传过了。(怎么这样地善于推测,连我也以为奇)所以上海的许多人,见我的一行组织,便多已了然,且深信伏园之说。建人说:这也很好,省得将来自己发表。

建人与我有同一之景况,在北京所闻的流言,大抵是真的。但其人在绍兴,据云有时到上海来。他自己说并不负债,然而我看他所住的情形,实在太苦了,前天收到八月分的薪水,已汇给他二百元,或者可以略作补助。听说他又常喝白干,我以为很不好,此后想勒令喝蒲桃酒,每月给与酒钱十元,这样,则三天可以喝一瓶了,而且是每瓶一元的。

我已不喝酒了;饭是每餐一大碗(方底的碗,等于尖底碗的两碗),但因为此地的菜总是淡而无味(校内的饭菜是不能吃的,我们合雇了一个厨子,每月工钱十元,每人饭菜钱十元,但仍然淡而无味),所以还不免吃点辣椒末,但我还想改良,逐渐停止。

我的功课,大约每周当有六小时,因为玉堂希望我多讲,情不可却。其中两点是小说史,无须豫备;两点是专书研究,须豫备;两点是中国文学史,须编讲义。看看这里旧存的讲义,则我随便讲讲就很够了,但我还想认真一点,编成一本较好的文学史。你已在大大地用功,豫备讲义了罢,但每班一小时,八时相同,或者不至于很费力罢。此地北伐顺利的消息也甚多,极快人意。报上又常有闽粤风云紧张之说,在此却看不出;不过听说鼓浪屿上已有很多寓客,极少空屋了,这屿就在

215

学校对面,坐舢板一二十分钟可到。

迅。九月十四日午。

﹡　﹡　﹡　﹡

〔1〕 此信经作者整理编辑收入《两地书》,序号四一。

〔2〕 我的事情　指作者与许广平恋爱之事。下文的"建人与我有同一之景况",指周建人与王蕴如的恋爱。

260916　致韦素园

素园兄:

到厦后寄一明信片,想已到。昨得四日来信,此地邮递甚迟,因为从上海到厦门的邮件,每星期只有两三回,此地又是一离市极远之地,邮局只有代办所(并非分局),所以京,沪的信,往往要十来天。

收到寄野的信,说廿七动身,现在想已到了。

《莽原》请寄给我一本(厦门大学国学院),另外十本,仍寄西三条二十一号许羡苏先生收。

此地秋冬并不潮湿,所以还好,但五六天前遇到飓风,却很可怕(学校在海边),玉堂先生的家,连门和屋顶都吹破了,我却无损失。它吹破窗门时,能将粗如筷子的螺丝钉拔出,幸而听说这样的风,一年也不过一两回。

林先生太忙,我看不能做文章了。我自然想做,但二十开学,要忙起来,伏处孤岛,又无刺激,竟什么意思也没有,但或译或做,我总当寄稿。

迅 九月十六日

260920① 致韦素园

素园兄:

寄上稿子[1]四张,请察收。

《关于鲁迅……》及《出了象牙之塔》,请各寄三本来,用挂号为妥。

到此地也并不较闲,再谈罢。

迅 九,二十

* * *

〔1〕 指《从百草园到三味书屋》,后收入《朝花夕拾》。

260920② 致许广平[1]

广平兄:

十三日发的给我的信,已经收到了。我从五日发了一信之后,直到十三四日才发信;十三以前,我只是等着等着,并没有写信,这一封才是第三封。前天,我寄了《彷徨》和《十二个》各一本。

看你所开的职务,似乎很繁重,住处亦不见佳。这种四面

"碰壁"的住所,北京没有,上海是有的,在厦门客店里也看见过,实在使人气闷。职务有定,除自己心知其意,善为处理外,更无他法;住室总该有一间较好才是,否则,恐怕要瘦下。

本校今天行开学礼,学生在三四百人之间,就算作四百人罢,分为豫科及本科七系,每系分三年级,则每级人数之寥寥,亦可想而知。此地不但交通不便,招考极严,寄宿舍也只容四百人,四面是荒地,无屋可租,即使有人要来,也无处可住,而学校当局还想本校发达,真是梦想。大约早先就是没有计画的,现在也很散漫,我们来后,便都搁在须作陈列室的大洋楼上,至今尚无一定住所。听说现正赶造着教员的住所,但何时造成,殊不可知。我现在如去上课,须走石阶九十六级,来回就是一百九十二级,喝开水也不容易,幸而近来倒已习惯,不大喝茶了。我和兼士及顾颉刚,是早就收到聘书的,此外还有几个人,已经到此,而忽然不送聘书,玉堂费了许多力,才于前天送来;玉堂在此似乎也不大顺手,所以季黻的事,竟无法开口。

我的薪水不可谓不多,教科是五或六小时,也可以算很少,但所谓别的"相当职务",却太繁,有本校季刊的作文,有本院季刊的作文,有指导研究员的事(将来还有审查),合计起来,很够做做了。学校当局又急于事功,问履历,问著作,问计画,问年底有什么成绩发表,令人看得心烦。其实我只要将《古小说钩沈》拿出去,就可以做为研究教授三四年的成绩了,其余都可以置之不理,但为了玉堂好意请我,所以我除教文学史外,还拟指导一种编辑书目的事,范围颇大,两三年未必能完,但这也只能做到那里算那里了。

在国学院里的,顾颉刚是胡适之的信徒,另外还有两三个,似乎是顾荐的,和他大同小异,而更浅薄,一到这里,孙伏园便要算可以谈谈的了。我真想不到天下何其浅薄者之多。他们语言无味,夜间还唱留声机,什么梅兰芳之类。我现在唯一的方法是少说话;他们的家眷到来之后,大约要搬往别处去了罢。从前在女师大的黄坚是一个职员兼林玉堂的秘书,一样浮而不实,将来也许会生风作浪,我现在也竭力地少和他往来。此外,教员内有一个熟人,是往陕西去时认识的,并不坏;集美中学内有师大旧学生五人,都是先前的国文系,昨天他们请我们吃饭,算作欢迎,他们是主张白话的,在此似乎有点孤立,吃苦。

这一星期以来,我对于本地更加习惯了,饭量照旧,这几天而且更能睡觉,每晚总可以睡九十小时;但还有点懒,未曾理发,只在前晚用安全剃刀刮了一回髭须而已。我想从此整理为较有条理的生活;大约只要少应酬,关起门来,是做得到的。此地的点心很好;鲜龙眼已吃过了,并不见佳,还是香蕉好。但我不能自己去买东西,因为离市有十里,校旁只有一个小店,东西非常之少,店中人能说几句"普通话",但我懂不到一半。这里的人似乎很有点欺生,因为是闽南了,所以称我们为北人,我被称为北人,这回是第一次。

现在的天气正像北京的夏末,虫类多极了,最利害的是蚂蚁,有大有小,无处不至,点心是放不过夜的。蚊子倒不多,大概是我在三层楼上之故;生疟疾的很多,所以校医常给我们吃金鸡那霜。霍乱已经减少了；但那街道，却真是坏，其实是在绕着人家的墙下，檐下走，无所谓路的。

兼士似乎还要回京去，他叫我代他的职务，我不答应他。最初的布置，我未与闻，中途接手，一班极不相干的人，指挥不灵，如何措手，还不如关起门来，"自扫门前雪"罢，况且我的工也已够多了。

章锡箴托建人写信给我，说想托你给《新女性》做一点文章，嘱我转达。不知可有这兴致？如有，可以先寄我，我看后转寄去。《新女性》的编辑，近来似乎是建人了，不知何故。那第九（？）期，我已寄上，想早到了。

我从昨日起，已停止吃青椒，而改为胡椒了，特此奉闻。再谈

　　　　　　　　　　　迅。九月二十日下午

＊　　＊　　＊　　＊

〔1〕 此信经作者整理编辑收入《两地书》，序号四二。

260922　致　许　广　平[1]

广平兄：

十七日的来信，今天收到了。我从五日发信后，只在十三日发一信片，十四日发一信，中间间隔，的确太多，致使你猜我感冒，我真不知怎样说才好。回想那时，也有些傻气，我到此以后，因为正听见英人在广州肇事，因疑你所坐的船，亦将为

彼等所阻,所以只盼望来信,连寄信的事也拖延了。这结果,却使你久不得我的信。

现在十四的信,总该早到了罢。此后,我又于同日寄《新女性》一本,于十八日寄《彷徨》及《十二个》各一本,于二十日寄信一封(信面却写了二十一),想来都该到在此信之前。

我在这里,不便则有之,身体却好。此地无人力车,只好坐船或步行,现在已经练得走扶梯百余级,毫不费力了。眠食也都好,每晚吃金鸡那霜一粒,别的药一概未吃。昨日到市去,买了一瓶麦精鱼肝油,拟日内吃它。因为此地得开水颇难,所以不能吃散拿吐瑾。但十天内外,我要移住教员寄宿舍去了,那时情形又当与在此不同,或者易得开水罢。(教员寄宿舍有两所,一所住单身人者曰博学楼,一所住有夫人者曰兼爱楼,不知何人所名,颇可笑。)

教科也不算忙,我只六时,开学之结果,专书研究二小时无人选,只剩了文学史,小说史各二小时了。其中只有文学史须编讲义,大约每星期四五千字即可。看这里旧有的讲义和别人的办法,我本只要随便讲讲便够,但感林玉堂的好意,我还想好好的编一编,功罪在所不计。

这学校化钱不可谓不多,而并无基金,也无计画,办事散漫之至,我看是办不好的。

昨天中秋,有月,玉堂送来一筐月饼,大家分吃了,我吃了便睡,我近来睡得早了。

迅 九月二十二日下午

〔1〕 此信经作者整理编辑收入《两地书》,序号四四。

260926　致　许广平[1]

广平兄:

十八日之晚的信,昨天收到了。我十三日所发的明信片既然已经收到,我惟有希望十四日所发的信也接着收到。我惟有以你现在一定已经收到了我的几封信的事,聊自慰解而已。至于你所寄的七,九,十二,十七的信,我却都收到了,大抵是我或孙伏园从邮务代办处去寻来的,他们很乱,堆成一团,或送或不送,只要人去说要拿那几封,便给拿去,但冒领的事倒似乎还没有。我或伏园是每日自去看一回。

看厦大的国学院,越看越不行了。顾颉刚是自称只佩服胡适陈源两个人的,而潘家洵陈万里黄坚三人,皆似他所荐引。黄坚(江西人)尤善兴风作浪,他曾在女师大,你知道的罢,现在是玉堂的襄理,还兼别的事,对于较小的职员,气焰不可当,嘴里都是油滑话。我因为亲闻他密语玉堂:"谁怎样不好"等等,就看不起他了。前天就很给他碰了一个钉子,他昨天借题报复,我便又给他碰了一个大钉子,而自己则辞去国学院兼职,我是不与此辈共事的;否则,何必到厦门。

我原住的房屋,须陈列物品了,我就须搬。而学校之办法甚奇,一面催我们,却并不指出搬到那里,此地又无客栈,真是无法可想。后来指给我一间了,又无器具,向他们要,而黄坚又故意刁难起来(不知何意,此人大概是有喜欢给别人为难的脾气的),要我开账签名,所以就给他碰了钉子而又大发其怒。大发其怒之后,器具就有了,又添了一个躺椅;总务长亲自监督搬运。因为玉堂邀请我一场,我本想做点事,现在看来,恐怕不行的,能否到一年,也很难说,所以我已决计将工作范围缩小,希图在短时日中,可以有点小成绩,不算来骗别人的钱。

此校用钱并不少,也很不得法,而有许多悭吝举动,却令人难耐。即如今天我搬房时,就又有一件。房中有两个电灯,我当然只用一个的,而有电机匠来必要取去其一个玻璃泡,止之不可。其实对于一个教员,薪水已经化了这许多了,多点一个电灯或少点一个,又何必如此计较呢?取下之后,我就即刻发见了一件危险事,就是他只是宝贝似的将电灯泡拿走,并不关闭电门。如果凑巧,我就也许竟会触电。将他叫回来,他才关上了,真是麻木万分。

至于我今天所搬的房,却比先前的静多了,房子颇大,是在楼上。前回的明信片上,不是有照相么?中间一共五座,其一是图书馆,我就住在那楼上,间壁是孙伏园与张颐(今天才到,也是北大教员),那一面本是钉书作场,现在还没有人。我的房有两个窗门,可以看见山。今天晚上,心就安静得多了,第一是离开了那些无聊人,也不必一同吃饭,听些无聊话了,这就很舒服。今天晚饭是在一个小铺里买了面包和罐头牛肉吃的,明天大概仍要叫厨子包做。又自雇了一个当差的,每月连饭钱十二元,懂得两三句普通话。但恐怕很有点懒。

如果再没有什么麻烦事,我想开手编《中国文学史略》了。来听我的讲义的学生,一共有二十三人(内女生二人),这不但是国文系全部,而且还含有英文,教育系的。这里的动物学系,全班只有一人,天天和教员对坐而听讲。

但是我也许还要搬。因为现在是图书馆主任请假着,玉堂代理,所以他有权。一旦本人回来,或者又有变化也难说。在荒地中开学校,无器具,无房屋给教员住,实在可笑。至于搬到那里去,现在是无从捉摸的。

这是我住过的地方　寄宿舍　图书馆　礼堂　讲堂　寄宿舍

孙张

这两个是我的住房的窗　这边是杂志阅览所

现在的住房还有一样好处,就是到平地只须走扶梯二十四级,比原先要少七十二级了,然而"有利必有弊",那"弊"是看不见海,只能见轮船的烟通。

今夜的月色还很好,在楼下徜徉了片时,因有风,遂回,已是十一点半了。我想,我的十四的信,到二十,二十一或二十二总该寄到了罢,后天(二十七)也许有信来,先来写了这两张,待二十八日寄出。

二十二日曾寄一信,想已到了。

迅。二十五日之夜

今天是礼拜,大风,但比起那一回来,却差得远了。明天未必一定有从粤来的船,所以昨天写好的两张信,我决计于明天一早寄出。

昨天雇了一个人,叫作流水,然而是替工;今天本人来了,叫作春来,也能说几句普通话,大约可以用罢。今天又买了许多器具,大抵是铝做的,又买了一只小水缸,所以现在是不但茶水饶足,连吃散拿吐瑾也不为难了。(我从这次旅行,才觉到散拿吐瑾是补品中之最麻烦者,因为它须兼用冷水热水两种,别的补品不如此。)

有人看见我这许多器具,以为我在此要作长治久安之计了,殊不知其实不然。我仍然觉得无聊。我想,一个人要生活必需有生活费,人生劳劳,大抵为此。但是,有生活而无"费",固然痛苦;在此地则似乎有"费"而没有了生活,更使人没有趣味了。我也许敷衍不到一年。

今天忽然有瓦匠来给我刷墙壁了,懒懒地乱了一天。夜间大约也未必能静心编讲义,玩一整天再说罢。

　　　　　　　　迅 九月二十六日晚七点钟

* 　　* 　　*

〔1〕 此信经作者整理编辑收入《两地书》,序号四六。

260930　致许广平[1]

广平兄：

廿七日寄上一信,到了没有？今天是我在等你的信了,据我想,你于廿一二大约该有一封信发出,昨天或今天要到的,然而竟还没有到。所以我等着。

我所辞的兼职,(研究教授)终于辞不掉,昨晚又将聘书送来了,据说林玉堂因此一晚睡不着。使玉堂睡不着,我想,这是对他不起的,所以只得收下,将辞意取消。玉堂对于国学院,虽然很热心,但由我看来,希望不多,第一是没有人才,第二是校长有些掣肘(我觉得这样)。但我仍然做我该做的事,从昨天起,已开手编中国文学史讲义,今天编好了第一章；眠食都好,饭两浅碗,睡觉是可以有八或九小时。

从前天起,开始吃散拿吐瑾,只是白糖无法办理。这里的蚂蚁可怕极了,小而红的,无处不到。我现在将糖放在碗里,将碗放在贮水的盘中,然而倘若偶然忘记,则顷刻之间,满碗都是小蚂蚁,点心也这样；这里的点心很好,而我近来却怕敢买了,买来之后,吃过几个,其余的竟无处安放,我住在四层楼上的时候,常将一包点心和蚂蚁一同抛到草地里去。

风也很厉害,几乎天天发,较大的时候,使人疑心窗玻璃就要吹破,若在屋外,则走路倘不小心,也可以被吹倒的。现在就呼呼地吹着。我初到时,夜夜听到波声,现在不听见了,因为习惯了,再过几时,风声也会习惯的罢。

现在的天气,同我初来时差不多,须穿夏衣,用凉席,在太阳下行走,即遍身是汗。听说这样的天气,要继续到十月(阳历?)底。

九月二十八日夜 H. M.

今天下午收到廿四发的来信了,我所料的并不错,粤中学生情形如此,却真出于我的"意表之外",北京似乎还不至此。你自然只能照你来信所说的做,但看那些职务,不是忙得连一点闲空都没么?我想做事自然是应该做的,但不要拚命地做才好。此地对于外面情形,也不大了然。北伐军是顺手的,看今天的报章,登有上海电(但这些电甚什来路,却不明),总结起来:武昌还未降,大约要攻击;南昌猛扑数次,未取得。孙传芳已出兵。吴佩孚似乎在郑州,现正与奉天方面暗争保定大名。

我之愿"合同早满"者,就是愿意年月过得快,快到民国十七年,可惜到此未及一月,却如过了一年了。其实此地对于我的身体,仿佛倒好,能吃能睡,便是证据,也许肥胖一点了罢。不过总有些无聊,有些不满足,仿佛缺了什么似的,但我也以转瞬便是半年,一年,……聊自排遣,或者开手编讲义,来排遣排遣,所以眠食是好的。我在这里的心绪,还不能算不安,还可以毋须帮助,你可以给学校做点事再说。

中秋的情形,前信说过了,在黑龙江的谢君的事,我早向玉堂提过,没有消息。看这里的情形,似乎喜欢用外江佬,据说是倘有不合,外江佬卷铺盖就走了,从此完事;本地人却永在近旁,容易结仇云。这也是一种特别的哲学。谢君令兄的事，我趁机还当一提；相见不如且慢，因为我在此不大有事情，倘他来招呼我，我也须回看他，反而多一番应酬也。

伏园今天接孟余一电，招他往粤办报。他去否似尚未定。这电报是廿三发的，走了七天，同信一样慢，真奇。至于他所宣传的，是说：L家不但常有男学生，也常有女学生，有二人最熟，但L是爱长的那个的。他是爱才的，而她最有才气，所以他爱她。但在上海，听了这些话并不为奇。

此地所请的教授，我和兼士之外，还有顾颉刚。这人是陈源，我是早知道的，现在一调查，则他所荐引之人，在此竟有七人之多，玉堂与兼士，真可谓胡涂之至。此人颇阴险，先前所谓不管外事，专看书云云的舆论，乃是全都为其所欺。他颇注意我，说我是名士派，可笑。好在我并不想在此挣子孙帝王万世之业，不管他了。只是玉堂们真是呆得可怜。

齐寿山所要的书，我记得是小板《说文解字注》[2]（段玉裁的？）但我却未闻广东有这样的板。我想是不必给他买的，他说了大约已忘记了。他现在不在家，大概是上天津了，问何时回来，他家里的人答道不一定。（季黻来信说如此）

我到邮政代办处的路，大约有八十步，再加八十步，才到便所，所以我一天总要走过三四回，因为我须去小解，而它就在中途，只要伸首一窥，毫不费事。天一黑，我就不到那里去了，就在楼下的草地上了事。此地的生活法，就是如此散漫，真是闻所未闻。我因为多来了几天，渐渐习惯，而且骂来了一些用具，又自买了一些用具，又自雇了一个用人，好得多了；近几天有几个初来的教员，被迎进在一间冷房里，口干则无水，要小便则需远行,还在"茫茫若丧家之狗"哩。

听讲的学生倒多起来了,大概有许多是别科的。女生共五人。我决定目不邪视,而且将来永远如此,直到离开厦门,和 HM 相见。东西不大乱吃,只吃了几回香蕉,自然比北京的好。但价亦不廉,此地有一所小店,我去买时,倘五个,那里的一个老婆子就要"吉格浑"(一角钱),倘是十个,便要"能(二)格浑"了。究竟是确要这许多呢,还是欺我是外江佬之故,我至今还不得而知。好在我的钱原是从厦门骗来的,拿出"吉格浑""能格浑"去给厦门人,也不打紧。

我的功课现在有五小时了,只有两小时须编讲义,然而颇费事,因为文学史的范围太大了。我到此之后,从上海又买了约一百元书。建已有信来,讶我寄他之钱太多,他已迁居,而与一个无锡人同住,我想这是不好的,但他也不笨,想不至于上当。

要睡觉了,已是十二时,再谈罢。

九月三十日之夜 迅

*　　*　　*

〔1〕 此信经作者整理编辑收入《两地书》,序号四八。

〔2〕 《说文解字注》　清代段玉裁著,嘉庆二十年(1815年)刻成。该书考究汉代许慎《说文解字》体例,校勘刻本文字,引据经传,对全书详加注释,并定其古韵部属。

261003　致章廷谦

矛尘兄：

　　来信早到,本应早复,但因未知究竟在南在北,所以迟迟。昨接乔峰信,今天又见罗常培[1]君,知道已由上海向杭,然则确往道墟[2]而去矣,故作答。

　　且夫厦大之事,很迟迟,虽云办妥,而往往又需数日,总而言之,有些散漫也。但今川资既以需时一周之电汇而到,则此事已无问题；而且聘请一端,亦已经校长签字,则一到即可取薪水矣,此总而言之,所望令夫人可以荣行之时,即行荣行者也。

　　若夫房子,确是问题,我初来时,即被陈列于生物院四层楼上者三星期,欲至平地,一上一下,扶梯就有一百九十二级,要练脚力,甚合式也。然此乃收拾光棍者耳。倘有夫人,则当住于一座特别的洋楼曰"兼爱楼",而可无高升生物院之虑矣。惟该兼爱楼现在是否有空,则殊不可知。总之既聘教员,当有住所,他们总该设法。即不配上兼爱楼如不佞,现亦已在图书馆楼上霸得一间房子,一上一下,只须走扶梯五十二级矣。

　　但饭菜可真有点难吃,厦门人似乎不大能做菜也。饭中有沙,其色白,视之莫辨,必吃而后知之。我们近来以十元包饭,加工钱一元,于是而饭中之沙免矣,然而菜则依然难吃也,吃它半年,庶几能惯欤。又开水亦可疑,必须自有火酒灯之类,沸之,然后可以安心者也。否则,不安心者也。

一九二六年十月

夜深了,将来面谈罢。

　　　　　　迅 上 十,三,夜

＊　　＊　　＊

〔1〕 罗常培(1899—1958) 字莘田,号恬庵,北京人,语言学家。当时任厦门大学文科国文系讲师。

〔2〕 道墟　绍兴的一个集镇,章廷谦的故乡。

261004① 　致 韦丛芜、韦素园、李霁野

丛芜
素园兄:
霁野

前回寄上文稿一篇(《旧事重提》之六),想已早到。十九日的来信,今已收到了。别人的稿子,一篇也没有寄来。

我竟什么也做不出。一者这学校孤立海滨,和社会隔离,一点刺激也没有;二者我因为编讲义,天天看中国旧书,弄得什么思想都没有了,而且仍然没有整段的时间。

此地初见虽然像有趣,而其实却很单调,永是这样的山,这样的海。便是天气,也永是这样暖和;树和花草,也永是这样开着,绿着。我初到时穿夏布衫,现在也还穿夏布衫,听说想脱下它,还得两礼拜。

在上海时看见章雪村,他说想专卖《未名丛刊》(大约只是上海方面),我没有答应他,说须得大家商量,以后就不提了。近来不知道他可曾又来信?他的书店,大概是比较的可靠的。

但应否答应他,应仍由北京方面定夺。

迅 十,四

261004② 致 许 寿 裳

季巿兄:

十九日来函,于月底已到。思一别遂已匝月,为之怅然。此地虽是海滨,背山面水,而少住几日,即觉单调;天气则大抵夜即有风。

学校颇散漫,盖开创至今,无一贯计画也。学生止三百余人,因寄宿舍满,无可添招。此三百余人分为豫科及本科,本科有七门[1],门又有系,每系又有年级,则一级之中,寥落可知。弟课堂中约有十余人,据说已为盛况云。

语堂亦不甚得法,自云与校长甚密,而据我看去,殊不尽然,被疑之迹昭著。国学院中,佩服陈源[2]之顾颉刚[3]所汲引者,至有五六人之多,前途可想。女师大旧职员之黄坚[4],亦在此大跋扈,不知招之来此何为者也。

兄何日送家眷南行?闻中日学院[5]已成立,幼渔颇可说话,但未知有无教员位置,前数日已作函询之矣。兄可以自己便中面询之否?

此间功课并不多,只六小时,二小时须编讲义,但无人可谈,寂寞极矣。为求生活之费,仆仆奔波,在北京固无费,尚有生活,今乃有费而失了生活,亦殊无聊。或者在此至多不过一年可敷衍欤?上月因嫌黄坚,曾辞国学院兼职,后因玉堂为难,遂作罢论。

北京想已凉,此地尚可著夏衣,但较之一月前确已稍凉矣。专此顺颂

曼福。

树 上 十月四日

* * *

〔1〕 七门　指文、理、教育、商、法、工、医七科。

〔2〕 陈源(1896—1970)　字通伯,笔名西滢,江苏无锡人。曾留学英国,当时任北京大学教授。现代评论派和新月派的主要成员之一。

〔3〕 顾颉刚(1893—1980)　江苏吴县人,历史学家。当时任厦门大学国学院教授,兼文科国文系名誉讲师。

〔4〕 黄坚　字振玉,江西清江人,曾任北京女子师范大学教务处和总务处秘书。当时经顾颉刚推荐,任厦门大学国学院陈列部干事兼文科主任办公室襄理。

〔5〕 中日学院　中国人与日本人合办的学校,1925年在天津成立,1931年解散。马幼渔曾在该院任教。

261004③　致许广平[1]

广平兄:

一日寄出一信并《莽原》两本,早到了罢。今天收到九月廿九的来信了,忽然于十分的邮票大发感慨,真是孩子气。花了十分,比寄失不是好得多么？我先前闻粤中学生情形,颇出于"意表之外",今闻教员情形,又出于"意表之外",我先前总以

为广东学界状况，总该比别处好的多，现在看来，似乎也只是一种幻想。你初作事，要努力工作，我当然不能说什么，但也须兼顾自己，不要"鞠躬尽瘁"才好。至于作文，我怎样鼓舞，引导呢？我说：大胆做来，先寄给我！不够么？好否我先看，即使不好，现在太远，不能打手心，只得记账了，这就已可以放胆写来，无须畏缩了。称人"嫩弟"之罪，亦一并记在账上。

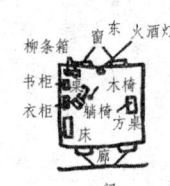

看起放大的住室来，似乎比我的阔些。我的房如上图，器具寥寥，皆以奋斗得来者也，所以只有半屋。但自从买了火酒灯之后，我也忙了一点，因为凡有饮用之水，我必煮沸一回才用，因为忙，无聊也仿佛减少了。酱油已买，也常吃罐头牛肉，何尝省钱！火腿我却不想吃，在西三条时吃厌了。在上海时，我和建人因为吃不多，只叫了一碗虾仁炒饭，不料又惹出影响，至于不在先施公司多买东西，孩子之神经过敏，真令人无法可想。相距又远，鞭长不及马腹，也还是姑且记在账上罢。

我在此常吃香蕉，柚子，都很好；至于杨桃，却没有见过，又不知道是甚么名字，所以也无从买，鼓浪屿也许有罢，但我还未去过，那地方无非像租界，我也无甚趣味，终于懒下来了。此地雨倒不多，只有风，现在还热，可是荷叶却干了，一切花我大概不认识；羊是黑的。防止蚂蚁，我现也用四面围水之法，总算白糖已经安全；而在桌上，则昼夜总有十余匹爬着，拂去又来，没有法子。

我现在专取闭关主义，一切教职员，少与往来，也少说话。此地之学生似尚佳，清早便运动，晚亦常有；阅报室中也常有人，对我之感情似亦好，多说文科今年有生气了，我自省自己之懒惰，殊为内愧。小说史有成本；所以我对于编文学史讲义，不愿草率，现已有两章付印了，可惜此地藏书不多，编起来很不便。

西三条有信来，都平安的，煤已买，每吨至二十元。学校还未开课，北大学生去缴学费，而当局不收，可谓客气，然则开学之毫无把握可知。女师大的事，没有听到什么，单知道教员大抵换了男师大的，历史兼国文主任是白月恒（字眉初），黎锦熙也去教书了，[2]大概暂时当是研究系势力，总之，环境如此，女师大是不会单独弄好的。

季黻要送家眷回南，自己行踪未定，我曾为之写信向中日学院（在天津）设法，但恐亦无效。他也想赴广东，而无介绍，去看寿山，则他已经不在家了。此地总无法想，玉堂也不能指挥如意，许多人的聘书，校长压了多日才发下来。他是尊孔的，对于我和兼士，倒还没有什么，但因为化了这许多钱，汲汲乎要有成效，如以好草喂牛，要挤好牛乳一般。玉堂也略有此意，所以不日要开展览会，除学校自买之泥人而外，还要将我的石刻拓片挂出。其实这些古董，此地人那里会懂，无非胡里胡涂，忙碌一番而已。

在此地似乎刺戟少些，所以我颇能睡，但也做不出文章来，北京来催，只好不理；这几天觉得心绪也平稳些，大约有些习惯了。开明书店想我有书给他印，我还没有。对于北新，则我还未将《华盖集续篇[编]》整理给他，因为没有工夫。长虹和这两店，闹起来了，因为要钱的事。沉钟社和创造社，也闹起来了,现已以文章口角。创造社伙计内部,也闹起来了,已将柯仲平逐走,原因我不知道。

迅 十,四,夜。

※　　※　　※

〔1〕 此信经作者整理编辑收入《两地书》,序号五〇。

〔2〕 白月恒(1875—?) 河北卢龙人。曾任国立东南大学教授、北京师范大学史地系主任、女师大史地学科主任。

261007　致韦素园

素园兄:

寄来的书籍一包,收到了。承给我《外套》三本,谢谢。

今寄上《莽原》稿一篇[1],请收入。到此仍无闲暇,做不出东西。

从《莽原》十九期起,每期请给我两本。我前回曾经通信声明,这信大约没有到。但以前的不必补寄,只要从十九期起就好了。

《旧事重提》我还想做四篇,尽今年登完,但能否如愿,也殊难说,因为在此琐事仍然多。

迅 上 十月七日夜

* * * *

〔1〕 指《父亲的病》，后收入《朝花夕拾》。

261010① 致 章 廷 谦

矛尘兄：

侧闻 大驾过沪之后，便奉一书于行素堂[1]，今得四日来信，略答于下——

你同斐君太太将要担任什么一节，今天去打听，据云玉堂已自有详函去了，所以不好再问。记得前曾窃闻：太太教官话，老爷是一种干事。至于何事之干，则不得而知。

厦大方面和我的"缘分"，有好的，有坏的，不可一概论也。但这些都无大关系，一听他们之便而已。至于住处，却已搬出生物之楼而入图书之馆，楼只两层，扶梯亦减为二十六级矣。饭菜仍不好。你们两位来此，倘不自做菜吃，怕有"食不下咽"之虞。

北京大捕之事[2]，此间无消息。不知何日之事乎？今天接到钦文九月卅日从北京来之信，绝未提起也。

迅 上 十月十日

* * * *

〔1〕 行素堂 章廷谦老家住所的名称。

〔2〕 北京大捕之事 10月初,京畿卫戍总司令于珍派侦缉队到

北京各书店搜查,凡有"俄"、"社会"等字样的书籍尽行抄没,并在各学校搜捕男女学生八十一人。

261010② 致许广平[1]

广平兄:

十月四日得九月廿九日来信后,即于五日寄一信,想已收到了。人间的纠葛真多,兼士直到现在,未在应聘书上签名,前几天便拟于国学研究院成立会开毕之后,便回北京去,因为那边也有许多事待他料理。玉堂就大不谓然,甚至于说了许多气话(对我)。然而兼士却非去不可。我便从中调和:先令兼士在应聘书上签名,然后请假到北京去一趟,年内再来厦门一次,算是在此半年。兼士有些可以了,玉堂却又坚执不允,非他在此整半年不可。我只好退开。过了两天,玉堂也可以了,大约也觉得除此更无别路了罢。现在此事只要经校长允许后,便要告一结束了。兼士大约十五左右动身,闻先将赴粤一看,再向上海。伏园恐怕也同行,是否便即在粤,抑接洽之后,仍再回厦门一次,则不得而知,孟余请他是办副刊,他已经答应了,但何时办起,则似未定。

从我想,兼士当初是未尝不豫备常在这里的,待到厦门一看,觉交通之不便,生活之无聊,就不免"归心如箭"了。这实在是无可奈何的事,叫我如何劝得他。

这里的学校当局,虽出重资聘请教员,而未免视教员如变把戏者,要他空拳赤手,显出本领来。即如这回开展览会,我就吃苦不少。当开会之先,兼士要我的碑碣拓片去陈列,我答应了。但我只有一张小书桌和小方桌,不够用,只是摊在地上,一一选出。待到拿到会场去时,则除孙伏园自告奋勇,同去陈列之外,没有第二人帮忙,寻校役也寻不到。于是只得二人陈列,高处则须桌上放一椅子,由我站上去。弄至中途,黄坚硬将孙伏园叫去了,因为他是"襄理"(玉堂的),有叫孙伏园去之权力。兼士看不过去,便自来帮我,他喝了一点酒,跳上跳下,晚上便大吐了一通。襄理的位置,正如明朝的太监,可以倚靠权势,胡作非为,而受害的却不是他,是学校。昨天因为黄坚对书记下条子(上谕式的),下午同盟罢工了,后事不知如何。玉堂信用此人,可谓昏极。我前回辞国学院研究教授而又中止者,因恐怕兼士玉堂为难也,现在看来,总非坚决辞去兼职不可,人亦何苦因为太为别人计,而自轻自辱至此哉。

　　此地的生活也实在无聊,外省的教员,几乎无一人作长久之计。兼士之去,固无足怪。但我比兼士随便些,又因为见玉堂的兄弟(他有二兄一弟都在厦大)及太太,都很为我们的生活操心;学生对我尤好,只恐怕我在此住不惯,有几个本地人,甚至于星期六不回家,豫备星期日我要往市上去玩,他们好同去作翻译,所以只要没有什么大下不去的事,我总想至少在此讲一年,否则,我也许早跑到广州或上海去了。(但还有几个很欢迎我的人,是想我开口攻击此地的社会等等,他们来跟着开枪。)

　　今天是双十节,却使我欢喜非常,本校先行升旗礼,三呼万岁,于是有演说,运动,放鞭炮。北京的人,似乎厌恶双十似的,沉沉如死,此地这才像双十节。我因为听北京过年的鞭炮听厌了,对鞭炮有了恶感,这回才觉得却也好听。中午同学生上饭厅,吃了一碗不大可口的面(大半碗是豆芽菜),晚上是恳亲会,有音乐和电影,电影因为电力不足,不甚了然,但在此已视同宝贝了。教员太太将最新的衣服都穿上了,大约在这里,一年中另外也没有什么别的聚会了罢。

听说厦门市上今天也很热闹,商民都自动的地挂旗结彩庆贺,不像北京那样,听警察吩咐之后,才挂出一张污秽的五色旗来。此地人民的思想,我看其实是"国民党的"的,并不老旧。

自从我到此之后,各种寄给我的期刊很杂乱,忽有忽无。我有时想分寄给你,但不见得期期有,勿疑为邮局失落,好在这类东西,看过便罢,未必保存,完全与否亦无什么关系。

我来此已一月余,只做了两篇讲义,两篇稿子给《莽原》;但能睡,身体似乎好些。今天听到一种传说,说孙传芳的主力兵已败,没有什么可用的了,不知确否。我想一二天内该可以得到来信,但这信我明天要寄出了。

迅 十月十日

* * * *

〔1〕 此信经作者整理编辑收入《两地书》,序号五三。

一九二六年十月

261015① 致韦素园

素园兄：

九月卅日的信早收到了，看见《莽原》，早知道你改了号，而且推知是因为林素园[1]。但写惯了，一写就又写了素园，下回改正罢。

《莽原》我也总想维持下去。但不知近来销路何如？这几天做了两篇[2]，今寄上，可以用到十一月了，续稿缓几时再寄。这里虽然不欠薪，然而如在深山中，竟没有什么作文之意。因为太单调，而小琐事却仍有的，加以编讲义，弄得人如机器一般了。

《坟》的上面，我还想做一篇序并加目录，但序一时做不出来，想来一时未必印成，将来再说罢。

听说北新要迁移[3]了，不知迁了没有？寄小峰一笺，请即加封寄去为荷。

批评《彷徨》的两篇文章，已见过了，没有什么意思。

此后寄挂号信，用社名便当呢？还是用你的号便当？你的新号（漱园）的印章，已刻了么？

迅 十，一五，夜

* * *

〔1〕 林素园　福建人。曾于1926年9月5日随教育总长任可澄率军警武装接收北京女师大，并于该校被改为北京女子学院师范部时

出任学长。

〔2〕 指《琐记》和《藤野先生》,后收入《朝花夕拾》。

〔3〕 北新要迁移　北新书局于1925年3月成立于北京,1926年6月在上海设分局,1927年春总部迁往上海。

261015② 致 许 广 平[1]

广平兄:

昨天刚寄出一封信,今天就收到你五日的来信了。你这封信,在船上足足躺了七天多,因为有一个北大学生来此做编辑员的,就于五日从广州动身,船因避风或行或止,直到今天才到,你的信大概就与他同船的。一封信的往返,来回就须二十天,真是可叹。

我看你的职务太烦剧了,薪水又这么不可靠,衣服又须如此变化,你够用么?我想一个人也许应该做点事,但也无须乎劳而无功。天天看学生的脸色办事,于人我都无益,就是敝精神于无用之地,你说寻别的事并不难,然则何必一定要等到学期之末呢?忙自然不妨,但倘若连自己休息的时间都没有,那可是不值得的。

我的能睡,是出于自然的,此地虽然不乏琐事,但究竟没有北京的忙,即如校对等事,在此就没有。酒是自己不想喝,我在北京,太高兴和太愤懑时就喝酒,这里虽仍不免有小刺戟,然而不至于"太",所以可以无须喝了,况且我本来没有瘾。少吸烟卷,可不知道是怎么一回事,大约因为编讲义,只要调查,不须思索之故罢。但近几天可又多吸了一点,因为我连做了四篇《旧事重提》。这东西还有两篇便完,拟下月再做;从明天起,又要编讲义了。

钟少梅的事,我先前也知道一点,似乎是在《世界日报》上看见的,赵世德的事却没有载。人心真是难测。兼士尚未动身,他连替他的人也还未弄妥,本来我最相宜,但我早拒绝了,不再自投于这样口舌是非之地。他因为急于回北京,听说不往广州了;伏园似乎还要去一趟。今天又得李遇安从大连来信,知道他往广州,但不知道他去作何事。

广东多雨,天气和厦门竟这么不同么?这里不下雨,不过天天有风,而风中很少灰尘,所以并不讨厌。我从自〔自从〕买了火酒灯以后,开水不生问题了,但饭菜总不见佳。从后天起要换厨子了,然而大概总还是差不多的罢。

迅 十月十二日夜

八日的信,今天收到了;以前九月廿四,廿九,十月五日的信,也都收到。看你收入和做事的比例,实在太不值得了,与其如此,岂不是还是拿几十元的地方好些么?你不知能即另作他图否?那里可能即别有机会否?我以为如此情形,努力也都是白费的。

"经过一次解散而去的",自然要算有福,倘我们在那里,当然要气愤得多。至于我在这里的情形,我信中都已陆续说出,辞去研究教授之后(我现在还想辞),还有国文系教授,所以于去留并不发生问题。我在此地其实也是卖身,除为了薪水之外,再没有别的什么,但我现在或者还可以暂时敷衍,再看情形。当初我也未尝不想起广州,后来一听情形,就暂时不作此想了,你看陈惺农尚且站不住,何况我呢。

　　其实我在这里不大高兴的原因,首先是在周围多是语言无味的人,不足与语,令我觉得无聊。他们倘让我独自躲在房里看书,倒也罢了,偏又常常给我小刺戟。我也未尝不自己在设法消遣,例如大家集资看影戏,我也加入的,在这里要看影戏,也非请来做不可,一晚六十元。

　　你收入这样少,够用么?我希望你通知我。

　　伏园不远要到广州去看一看,但我的事绝不想他留心,所以我也不要他在顾先生面前说。我的离开厦门,现在似乎时机未到,看后来罢。其实我在此地,很有一班人当作大名士看,和在北京的提心吊胆时候一比,平安得多,只要自己的心静一静,也未尝不可暂时安住。但因为无人可谈,所以将牢骚都在信里对你发了,你不要以为我在这里苦得很。其实也不然的。身体大概比在北京还要好点。

　　今天本地报上的消息很好,但自然不知道可确的。一,武昌已攻下;二,九江已取得;三,陈仪(孙之师长)等通电主张和平;四,樊钟秀已取得开封,吴逃保定(一云郑州)。但总而言之,即使要打折扣,情形很好总是真的。

迅 十月十五夜

＊　　＊　　＊

〔1〕 此信经作者整理编辑收入《两地书》,序号五四。

一九二六年十月

261016　致许广平[1]

广平兄：

今天(十六日)刚寄一信,下午就收到双十节的来信了。寄我的信,是都收到的。我一日所寄的信,既然未到,那就恐怕已和《莽原》一同遗失。我也记不清那信里说的是什么了,由它去罢。

我的情形,并未因为怕害马神经过敏而隐瞒,大约一受刺激,便心烦,事情过后,即平安些。可是本校情形实在太不见佳,顾颉刚之流已在国学院大占势力,周览(鲠生)又要到这里来做法律系主任了,从此现代评论色彩,将弥漫厦大。在北京是国文系对抗着的,而这里的国学院却弄了一大批胡适之陈源之流,我觉得毫无希望。你想：坚士至于如此胡涂,他请了一个顾颉刚,顾就荐三人,陈乃乾,潘家洵,陈万里,他收了；陈万里又荐两人,罗某,黄某,他又收了。这样,我们个体,自然被排斥。所以我现在很想至多在本学期之末,离开厦大。他们实在有永久在此之意,情形比北大还坏。

另外又有一班教员,在作两种运动：一是要求永久聘书,没有年限的；一是要求十年二十年后,由学校付给养老金终身。他们似乎要想在这里建立他们理想中的天国,用橡皮做成的。谚云"养儿防老",不料厦大也可以"防老"。

我在这里又有一事不自由,学生个个认得我了,记者之类亦有来访,或者希望我提倡白话,和旧社会大闹一通,或者希望我编周刊,鼓吹本地新文艺,而玉堂之流又要我在《国学季刊》上做些"之乎者也",还有学生周会去演说,我其[真]没有这三头六臂。今天在本地报上载着一篇访我的记事,记者对于我的态度,以为"没有一点架子,也没有一点派头,也没有一点客气,衣服也随便,铺盖也随便,说话也不装腔作势……"觉得很出意料之外。这里的教员是外国博士很多,他们看惯了那俨然的模样的。

今天又得了朱家骅君的电报,是给兼士玉堂和我的,说中山大学已改职(当是"委"字之误)员制,叫我们去指示一切。大概是议定学制罢。兼士急于回京,玉堂是不见得去的。我本来大可以借此走一遭,然而上课不到一月,便请假两三星期,又未免难于启口,所以十之九总是不能去了,这实是可惜,倘在年底,就好了。

无论怎么打击,我也不至于"秘而不宣",而且也被打击而无怨。现在柚子是不吃已有四五天了,因为我觉得不大消化。香蕉却还吃,先前是一吃便要肚痛的,在这里却不,而对于便秘,反似有好处,所以想暂不停止它,而且每天至多也不过四五个。

一点泥人和一点拓片便开展览会,你以为可笑么?还有可笑的呢。陈万里并将他所照的照片陈列起来,几张古壁画的照片,还可以说是与"考古"相关,然而还有什么牡丹花,夜的北京,北京的刮风,苇子……。倘使我是主任,就非令撤去不可;但这里却没有一个人觉得可笑,可见在此也惟有陈万里们相宜。又国学院从商科借了一套历代古钱来,我一看,大半是假的,主张不陈列,没有通过;我说"那么,应该写作'古钱标本'。"后来也不实行,听说是恐怕商科生气。后来的结果如何呢?结果是看这假古钱的人们最多。

这里的校长是尊孔的,上星期日他们请我到周会演说,我仍说我的"少读中国书"主义,并且说学生应该做"好事之徒"。他忽儿大以为然,说陈嘉庚也正是"好事之徒",所以肯兴学,而不悟和他的尊孔冲突。这里就是如此胡里胡涂。

H．M． 十月十六日之夜。

* * * *

〔1〕 此信经作者整理编辑收入《两地书》,序号五六。

261019　致韦素园

漱园兄：

今天接十月十日信片,知已迁居[1]。

我于本月八日寄出稿子一篇,十六日又寄两篇(皆挂号),而皆系寄新开路,未知可不至于失落否?甚念,如收到,望即示知。

否则即很为难,因我无草稿也。

迅　十,十九

* * * *

〔1〕 指未名社自新开路五号迁至西老胡同一号。

261020　致许广平[1]

广平兄：

伏园今天动身了。我于十八日寄你一信,恐怕就在邮局里一直躺到今天,将与伏园同船到粤罢。我前几天几乎也要同行,后来中止了。要同行的理由,小半自然也有些私心,但大部分却是为公,我以为中山大学既然需我们商议,应该帮点忙,而且厦大也太过于闭关自守,此后还应与他大学往还。玉堂正病着,医生说三四天可好,我便去将此意说明,他亦深以为然,约定我先去,倘尚非他不可,我便打电报叫他,这时他病已好,可以坐船了。不料昨天又有了变化,他不但自己不说去,而且对于我的自去也借口阻挠,说最好是向校长请假。教员请假,向来应归主任管理的,现在这样说,明明是拿难题给我做。我想了一通,就中止了。此外还有一个原因,大概因为与南洋相距太近之故罢,此地实在太斤斤于银钱,"某人多少钱一月"等等的话,谈话中常听见；我们在此,当局者也日日希望我们做许多工作,发表许多成绩,像养牛之每日挤牛奶一般。某人每日薪水几元,大约是大家念念不忘的。我一行,至少需两星期,有许多人一定以为我白白骗去了他们半月薪水,或者玉堂之不愿我旷课,也是此意。我已收了三月的薪水,而上课才一月,自然不应该又请假,但倘计画远大,就不必斤斤于此,因为将来可以尽力之日正长。然而他们是眼光不远的,我也不作久远之想,所以我便不走,拟于本年中为他们作一篇季刊上的文章,给他们到学术讲演会去讲演一次,又将我所辑

一九二六年十月

的《古小说钩沈》献出，则学校可以觉得钱不白化，而我也可以来去自由了。至于研究教授，则自然不再去辞，因为即使辞掉，他们也仍要想法使你做别的工作，使利息与国文系教授之薪水相当，不会给我便宜的，倒是任它拖着的好。

关于银钱的推测，你也许以为我神经过敏，然而这是的确的。当兼士要走的时候，玉堂托我挽留，不得结果。玉堂便愤愤地对我道：他来了这几天就走，薪水怎么报销。兼士从到至去，那时诚然不满二月，但计画规程，立了国学院基础，费力最多，以厦大而论，给他三个月薪水，也不算多。今乃大有索还薪水之意，我听了实在倒抽了一口冷气。现在是说妥当了，兼士算应聘一年，前薪不提，此后是再来一两回；不在此的时候不支薪，他月底要走了。

此地研究系的势力，我看要膨涨起来，当局者的性质，也与此辈相合。理科也很忌文科，正与北大一样。闽南与闽北人之感情如水火，有几个学生很希望我走，但并非对我有恶意，乃是要学校倒楣。

这几天此地正在欢迎两个名人。一个是太虚和尚到南普陀来讲经，于是佛化青年会提议，拟令童子军捧花，随太虚行踪而散之，以示"步步生莲花"之意。但此议似未实行，否则和尚化为潘妃，倒也有趣。一个是马寅初博士到厦门来演说，所谓"北大同人"，正在发昏章第十一，排班欢迎。我固然是"北大同人"之一，也非不知银行可以发财，然而于"铜子换毛钱，毛钱换大洋"学说，实在没有什么趣味，所以都不加入，一切由它去罢。

（二十日下午）

写了以上的信之后,躺下看书,听得打四点的下课钟了,便到邮政代办所去看,收得了十五日的来信。我那一日的信既已收到,那很好。邪视尚不敢,而况"瞪"乎?至于张先生的伟论,我也很佩服,我若作文,也许这样说的;但事实怕很难,我若有公之于众的东西,那是自己所不要的,否则不愿意。以己之心,度人之心,知道私有之念之消除,大约当在二十五纪,所以决计从此不瞪了。

这里近三天凉起来了,可穿夹衫,据说到冬天,比现在冷得不多,但草却已颇有黄了的,蚂蚁已用水防止,纱厨太费事了,我用的是一盘贮水,上加一杯,杯上放一箱,内贮食物,蚂蚁倒也无法飞渡。至于学生方面,对我还是好的,他们想出一种文艺刊物,我已为之看稿,大抵尚幼稚,然而初学的人,也只能如此,或者下月要印出来。至于工作,我不至于拼命,我实在懒得多了,时常闲着玩,不做事。

你不会起草章程,并不足为能力薄弱之证据。草章程是别一种本领,一须多看章程之类,二须有法律趣味,三须能顾到各种事件。我就最厌恶这东西,或者也非你所长罢。然而人又何必定须会做章程呢?即使会做,也不过一个"做章程者"而已。

研究系比狐狸还坏,而国民党则太老实,你看将来实力一大,他们转过来来拉拢,民国便会觉得他们也并不坏。今年科学会在广州开会,即是一证,该会还不是多是灰色的学者么?科学在那里?而广州则欢迎之矣。现在我最恨什么"学者只讲学问,不问派别"这些话,假如研究造炮的学者,将不问是蒋介石,是吴佩孚,[2]都为之造么?国民党有力时,对于异党宽容大量,而他们一有力,则对于民党之压迫陷害,无所不至,但民党复起时,却又忘却了,这时他们自然也将故态隐藏起来。上午和兼士谈天,他也很以为然,希望我以此提醒众人,但我现在没有机会,待与什么言论机关有关系时再说罢。我想伏园未必做政论,是办副刊,孟余们的意思,大约以为副刊的效力很大,所以想大大的干一下。

北伐军得武昌,得南昌,都是确的;浙江确也独立了,上海近旁也许又要小战,建人又要逃难,此人也是命运注定,不大能够安逸的。但走几步便是租界,不成问题。

重九日这里放一天假,我本无功课,毫无好处,登高之事,则厦门似乎不举行。肉松我不要吃,不去查考了。我现在买来吃的,只是点心和香蕉;偶然也买罐头。

明天要寄你一包书,都是另另碎碎的期刊之类,历来积下,现在一总寄出了。内中的一本《域外小说集》,是北新新近寄来的,夏季你要,我托他们去买,回说北京没有,这回大约是碰见了,所以寄来的罢,但不大干净,也许是久不印,没有新书之故。现在你不教国文了,已没有用,但他们既然寄来,也就一并寄上,自己不要,可以给人的。

我已将《华盖集续编》编好,昨天寄去付印了。

(季黻终于找不到事做,真是可怜。我不得已,已托伏园面托孟余)

迅。二十日灯下。

〔1〕 此信经作者整理编辑收入《两地书》,序号五八。

〔2〕 蒋介石(1887—1975) 名中正,字介石,浙江奉化人,时任国民政府军事委员会主席、国民革命军总司令。吴佩孚(1874—1939)字子玉,山东蓬莱人,北洋直系军阀首领。

261023[①] 致章廷谦

矛尘兄:

十五日信收到了,知道斐君太太出版[1]延期,为之怃然。其实出版与否,与我无干,用"怃然"殊属不合,不过此外一时也想不出恰当的字。总而言之,是又少拿多少薪水,颇亦可惜之意也。至于瞿英乃[2]之说,那当然是靠不住的,她的名字我就讨厌,至于何以讨厌,却说不出来。

伏园"叫苦连天",我不知其何故也。"叫苦"还是情有可原,"连天"则大可不必。我看此处最不便的是饭食,然而凡有太太者却未闻叫苦之声。斐君太太虽学生出身,然而煎荷包蛋,燉牛肉,"做鸡蛋糕"[3],当必在六十分以上,然则买牛肉而燉之,买鸡蛋而糕之,又何惧食不甘味也哉。

至于学校,则难言之矣。北京如大沟,厦门则小沟也,大沟污浊,小沟独干净乎哉?既有鲁迅,亦有陈源。但你既然"便是黄连也决计吞下去",则便没有问题。要做事是难的,攻击排挤,正不下于北京,从北京来的人们,陈源之徒就有。你将来最好是随时预备走路,在此一日,则只要为"薪水",念兹在兹,得一文算一文,庶几无咎也。

我实在熬不住了,你给我的第一信,不是说某君[4]首先报告你事已弄妥了么?这实在使我很吃惊于某君之手段,据我所知,他是竭力反对玉堂邀你到这里来的,你瞧!陈源之徒!

玉堂还太老实,我看他将来是要失败的。

兼士星期三要往北京去了。有几个人也在排斥我。但他们很愚,不知道我一走,他们是站不住的。

这里的情形,我近来想到了很适当的形容了,是:"硬将一排洋房,摆在荒岛的海边"。学校的精神似乎很像南开[5],但压迫学生却没有那么利害。

我现在寄居在图书馆的楼上,本有三人,一个[6]搬走了,伏园又去旅行,所以很大的洋楼上,只剩了我一个了,喝了一瓶啤酒,遂不免说酒话,幸祈恕之。

　　　　　　迅 上 十月二十三日灯下

斐君太太尊前即此请安不另,如已出版,则请在少爷前问候。

※　　※　　※

〔1〕 出版　这里戏指分娩。

〔2〕 瞿英乃　当时北京妇产科大夫。

〔3〕 "做鸡蛋糕"　《新女性》第一卷第六号(1926年5月10日)载有孙伏园的《蛋糕制造方法的灌输与妇女根本问题的讨论》。同刊第八号又载有岂明的《论做鸡蛋糕》。这里是随手引用。

〔4〕 某君 指顾颉刚。

〔5〕 南开 指当时私立的天津南开大学。

〔6〕 指张颐(1887—1969),字真如,四川叙永人。曾任北京大学教授,时任厦门大学文科哲学系教授兼文科主任、副校长。

261023② 致许广平[1]

广平兄:

我今天(二十一)上午刚发一信,内中说到厦门佛化青年会欢迎太虚的笑话,不料下午便接到请柬,是南普陀寺和闽南佛学院公宴太虚,并请我作陪,自然也还有别的人。我决计不去,而本校的职员硬邀我去,说否则他们以为本校看不起他们。个人的行动,会涉及全校,真是窘极了,我只得去,只穿一件蓝洋布大衫而不戴帽,乃敝人近日之服饰也。罗庸说太虚"如初日芙蓉",我实在看不出这样,只是平平常常。入席,他们要我与太虚并排上坐,我终于推掉,将一个哲学教员供上完事。太虚倒并不专讲佛事,常论世俗事情,而作陪之教员们,偏好问他佛法,真是其愚不可及,此所以只配作陪也欤。其时又有乡下女人来看,结果是跪下大磕其头,得意之状可掬而去。

这样,总算白吃了一餐素斋。这里的酒席,是先上甜菜,中间咸菜,末后又上一碗甜菜,这就完了,并无饭及稀饭,我吃了几回,都是如此,听说这是厦门特别习惯,福州即不然。

散后,一个教员和我谈起,知道那些北京同来的小鬼之排斥我，渐渐显著了，因为从他们的口气里，他已经听得出来，而且他们似乎还同他去联络（他也是江苏人，去年到此，我是前年在陕西认识的）。他于是叹息，说：玉堂敌人颇多，对于国学院不敢下手者，只因为兼士和我两人在此；兼士去而我在，尚可支持，倘我亦走，则敌人即无所顾忌，玉堂的国学院就要开始动摇了。玉堂一失败，他们也站不住了。而他们一面排斥我，一面又个个接家眷，准备作长久之计，真是胡涂云云。我看这是确的，这学校，就如一坐梁山泊，你枪我剑，好看煞人。北京的学界在都市中挤轧，这里是在小岛上挤轧，地点虽异，挤轧则同。但国学院中的排挤现象，反对者还未知道（他们以为小鬼们是兼士和我的小卒，我们是给他们来打地盘的），将来一知道，就要乐不可支。我于这里毫无留恋，吃苦的还是玉堂，玉堂一失势，他们也就完，现在还欣欣然自以为得计，真是愚得可怜。我和玉堂交情，还不到可以向他说明这些事情的程度，即使说了，他是否相信，也难说的。我所以只好一声不响，做我的事，他们想攻倒我，一时也很难，我在这里到年底或明年，看我自己的高兴。至于玉堂，大概是爱莫能助的了。

二十一日灯下

十九的信和文稿，都收到了。文是可以用的，据我看来。但其中的句法有不妥处，这是小姐的老毛病，其病根在于粗心，写完之后，大约自己也未必再看一遍。过一两天，改正了寄去罢。

兼士拟于廿七日动身向沪，不赴粤；伏园却已走了，问陈惺农一定可以知道他住在那里。但我以为你殊不必为他出力，他总善于给别人一点长远的小麻烦。我不是雇了一个工人么？他却给这工人的朋友绍介，去包"陈原[源]之徒"的饭，我叫他不要多事，也不听。现在是陈源之徒对我骂饭菜坏，工人是因为帮他朋友，我的事不大来做了。我总算出了十二块钱给他们雇了一个厨子的帮工，还要听费话。今天听说他们要不包了，真是感激之至。

季黻的事，除嘱那该死的伏园面达外，昨天又和兼士合写了一封信给孟余他们，可做的事已做，且听下回分解罢。孟余的"后转"，大约颇确而实不然，兼士告诉我，孟余的肺病，近来颇重，人一有这种病，便容易灰心，颓唐，那状态也近于后转；但倘若重起来，则党中损失也不少，[2] 我们实在担心，最要的是要休息保养，但大概未必做得到罢。至于我的别处的位置，可从缓议，因为我在此虽无久留之心，但现在也还没有决去之必要，所以倒非常从容。既无"患得患失"的念头，心情也自然安闲，决非欲"骗人安心，所以这样说"的，切祈明鉴为幸。

理科诸公之攻击国学院，这几天已经开始了，因国学院屋未造，借用生物学院屋，所以他们第一着是讨还房屋。此事和我辈毫不相关，就含笑而旁观之，看一堆泥人儿搬在露天之下，风吹雨打，倒也有趣。此校大概很和南开相像，而有些教授，则惟校长之喜怒是伺，妒别科之出风头，中伤挑眼，无所不至，妾妇之道也。我以北京为污浊，乃至厦门，现在想来，可谓妄想，大沟不干净，小沟就干净？此胜于彼者，惟不欠薪水而已。然而"校主"一怒,亦立刻可以关门也。

我所住的这么一坐大洋楼上,到夜,就只住着三个人,一张颐教授(上半年在北大,似亦民党,人很好),一伏园,一即我。张因不便,住到他朋友那里去了,伏园又已走,所以现在就只有我一人。但我却可以静坐着默念HM,所以精神上并不感到寂寞。年假之期又已近来,于是就比先前沉静了。我自己计算,到此刚五十天,而恰如过了半年。但这不只我,兼士们也这样说,则生活之单调可知。

我新近想到了一句话,可以形容这学校的,是"硬将一排洋房,摆在荒岛的海边上"。然而虽然是这样的地方,人物却各式俱有,正如一点水,用显微镜看,也是一个大世界。其中有一班"妾妇"们,上面已说过了,还有希望得爱,以九元一盒的糖果送人的老外国教授;有和著名的美人结婚,三月复离的青年教授;有以异性为玩艺儿,每年一定和一个人往来,先引之而终拒之的密斯先生;有打听糖果所在,群往吃之的好事之徒……世事大概差不多,地的繁华和荒僻,人的多少,都没有多大关系。

浙江独立,是确的了,今天听说陈仪的兵力已与卢香亭开仗,那么,陈在徐州也独立了,但究竟确否,却不能知。闽边的消息倒少听见,似乎周荫人是必倒的,而民军已到漳州。

长虹和韦素园又闹起来了,在上海出版的《狂飙》上大骂,又登了一封给我的信,要我说几句话。他们真是吃得闲空,然而我却不愿意陪着玩了,先前也陪得够苦了,所以拟置之不理。(闹的原因是因为《莽原》上不登培良的一篇剧本。)

我的生命，实在为少爷们耗去了好几年，现在躲在岛上了，他们还不放。但此地的几个学生，已组织了一种出版物，叫做《波艇》[3]，要我看稿，已经看了一期，自然是幼稚，但为鼓动空气计，所以仍然怂恿他们出版。逃来逃去，还是这样。

此地天气凉起来了，可穿夹衣。明天是星期，夜间大约要看影戏，是林肯一生的故事。大家集资招来的，共六十元，我出了一元，可坐特别座。林肯之类的事，我是不大要看的，但在这里，能有好的影片看么？大家所知道而以为好看的，至多也不过是林肯的一生之类罢了。

这信将于明天寄出，开学以后，邮政代办所也办公半天了。

H. M. 十月二十三日灯下

* * *

〔1〕 此信经作者整理编辑收入《两地书》，序号六〇。

〔2〕 顾孟余当时任国民党第二届中央执行委员、中央政治会议委员、代理宣传部长，并同时任中山大学委员会副主任。

〔3〕 《波艇》 厦门大学学生文艺团体泱泱社出版的文艺月刊，1926年12月至次年1月出版两期。鲁迅在该刊创刊号上发表过《厦门通讯》。

261028　致许广平[1]

广平兄：

廿三日得十九日信及文稿后，廿四日即发一信，想已到。

廿二日寄来的信,昨天收到了。闽粤间往来的船,当有许多艘,而邮递信件的船,似乎专为一个公司所包办,惟它的船才带信,所以一星期只有两回,上海也如此,我疑心这公司是太古。

我不得许可,不见得用对付三先生之法[2],请放心。但据我想,自己是恐怕未必开口,真是无法可想。这样食少事繁的生活,怎么持久?但既然决心做一学期,又有人来帮忙,做做也好,不过万不要拚命。人自然要办"公",然而总须大家都办,倘人们偷懒,而只有几个人拚命,未免太不"公"了,就该适可而止,可以省下的路少走几趟,可以不管的事少做几件,这并非昧了良心,自己也是国民之一,应该爱惜的,谁也没有要求独独几个人应该做得劳苦而死的权利。

我这几年来,常想给别人出一点力,所以在北京时,拚命地做,不吃饭,不睡觉,吃了药校对,作文。谁料结出来的,都是苦果子。一群人将我做广告自利,不必说了;便是小小的《莽原》,我一走也就闹架。长虹因为他们压下(压下而已)了投稿,和我理论,而他们则时时来信,说没有稿子,催我作文。我才知道牺牲一部分给人,是不够的,总非将你磨消完结,不肯放手。我实在有些愤怒了,我想至二十四期止,便将《莽原》停刊,没有了刊物,看他们再争夺什么。

我早已有点想到,亲戚本家,这回要认识你了,不但认识,还要要求帮忙,帮忙之后,还要大不满足,而且怨愤,因为他们以为你收入甚多,即使竭力地帮了,也等于不帮。将来如果偶需他们帮助时,便都退开,因为他们没有得过你的帮助,或者还要下石,这是对于先前吝啬的罚。这种情形,我都曾一一尝过了,现在你似乎也正在开始尝着这况味。这很使人苦恼,不平,但尝尝也好,因为更可以知道所谓亲戚本家是怎么一回事,知道世事就更真切了。倘永是在同一境遇,不忽儿穷忽儿有点收入,看世事就不能有这么多变化。但这状态是永续不得的,经验若干时之后,便须斩钉截铁地将他们撇开,否则,即使将自己全部牺牲了,他们也仍不满足,而且仍不能得救。

　　以上是午饭前写的,现在是四点钟,已经上了两堂课,今天没有事了。兼士昨天已走,早上来别,乃云玉堂可怜,如果可以敷衍,就维持维持他。至于他自己呢,大概是不再来,至多,不过再来转一转而已。伏园已有信来,云船上大吐,(他上船之前吃了酒,活该!)现寓长堤广泰来客店,大概我信到时,他也许已走了。浙江独立已失败,前回所闻陈仪反孙的话,可见也是假的。外面报上,说得甚热闹,但我看见浙江本地报,却很吞吐其词,似乎独立之初,本就灰色似的,并不如外间所传的轰轰烈烈。福建事也难明真相,有一种报上说周荫人已为乡团所杀,我想也未必真。

　　这里可穿夹衣,晚上或者可加棉坎肩,但近几天又无需了,今天下雨,也并不凉。我自从雇了一个工人之后,比较的便当得多。至于工作,其实也并不多,闲工夫尽有,但我总不做什么事,拿本无聊的书,玩玩的时候多,倘连编三四点钟讲义,便觉影响于睡眠,不易睡着,所以我讲义也编得很慢,而且少爷们来催我做文章时,大抵置之不理,做事没有上半年那么急进了,这似乎是退步,但从别一面看,倒是进步也难说。

楼下的后面有一片花圃,用有刺的铁丝拦着,我因为要看它有怎样的拦阻力,前几天跳了一回试试。跳出了,但那刺果然有效,刺了我两个小伤,一股上,一膝旁,不过并不深,至多不过一分。这是下午的事,晚上就全愈了,一点没有什么。恐怕这事将受训斥;然而这是因为知道没有危险,所以试试的。倘觉可虑,就很谨慎。这里颇多小蛇,常见打死着,腮部大抵不膨大,大概是没有什么毒的。但到天暗,我已不到草地上走,连晚上小解也不下楼去了,就用磁的唾壶装着,看没有人时,即从窗口泼下去。这虽然近于无赖,然而他们的设备如此不完全,我也只得如此。

玉堂病已好了。黄坚已往北京去接家眷,他大概决计要这里安身立命。我身体是好的,不吸酒,胃口亦佳,心绪比先前较安帖。

迅 十月二十八日

＊　　＊　　＊

〔1〕 此信经作者整理编辑收入《两地书》,序号六二。

〔2〕 对付三先生之法　指主动资助,不等对方开口求助。三先生,即鲁迅三弟周建人。

261029① 　致　陶　元　庆

璇卿兄:

今天收到二十四日来信,知道又给我画了书面,感谢之至。惟我临走时,曾将一个武者小路作品的别的书面交给小峰,嘱他制板印刷,作为《青年的梦》[1]的封面。现在不知可已印成,如已印成,则你给我画的那一个能否用于别的书上,请告诉我。小峰那边,我也写信问去了。

《彷徨》的书面实在非常有力,看了使人感动。但听说第二板的颜色有些不对了,这使我很不舒服。上海北新的办事人,于此等事太不注意,真是无法可想。但第二版我还未见过,这是从通信里知道的。

很有些人希望你给他画一个书面,托我转达,我因为不好意思贪得无厌的要求,所以都压下了。但一面想,兄如可以画,我自然也很希望。现在就都开列于下:

一 《卷葹》 这是王品青所希望的。乃是淦女士[2]的小说集,《乌合丛书》之一。内容是四篇讲爱的小说。卷葹是一种小草,拔了心也不死,然而什么形状,我却不知道。品青希望将书名"卷葹"两字,作者名用一"淦"字,都即由你组织在图画之内,不另用铅字排印。此稿大约日内即付印,如给他画,请直寄钦文转交小峰。

二 《黑假面人》 李霁野译的安特来夫戏剧,内容大概是一个公爵举行假面跳舞会,连爱人也认不出了,因为都戴着面具,后来便发狂,疑心一切人永远都戴着假面,以至于死。这并不忙,现在尚未付印。

三 《坟》 这是我的杂文集,从最初的文言到今年的,现已付印。可否给我作一个书面?我的意思是只要和"坟"

的意义绝无关系的装饰就好。字是这样写：鲁迅 坟 1907—25（因为里面的都是这几年中所作）请你组织进去或另用铅字排印均可。

以上两种是未名社[3]的,《黑假面人》不妨从缓,因为还未付印。《坟》如画成,请寄厦门,或寄钦文托其转交未名社均可。

还有一点,董秋芳[4]译了一本俄国小说革命以前的,叫作《争自由的波浪》,稿在我这里,将收入《未名丛刊》中了,可否也给他一点装饰。

一开就是这许多,实在连自己也觉得太多了。

鲁迅 十月二十九日

*　　*　　*

〔1〕《青年的梦》 即《一个青年的梦》,剧本,日本武者小路实笃作,鲁迅译并作序,1922年7月商务印书馆出版。为《文学研究会丛书》之一;1927年7月北新书局再版,为《未名丛刊》之一。再版本封面改用武者小路实笃自己作的一幅画。

〔2〕 淦女士 即冯沅君(1900—1974),名淑兰,笔名淦女士、沅君,河南唐河人,作家。她的短篇小说集《卷葹》,1927年由北新书局出版,《乌合丛书》之一。

〔3〕 未名社 文学团体,1925年秋成立于北京,成员有鲁迅、韦素园、曹靖华、李霁野、台静农、韦丛芜。该社注重介绍外国文学,特别是俄国和东欧文学,曾出版《莽原》半月刊,《未名》半月刊和《未名丛刊》、《未名新集》等。1931年秋结束。

〔4〕 董秋芳(1897—1977) 笔名冬芬,浙江绍兴人,翻译家。

《争自由的波浪》,由英译本转译的俄国小说和散文集,高尔基等作,鲁迅校订并作《小引》,1927年1月北新书局出版,《未名丛刊》之一。

261029[2]　　致 李霁野

霁野兄:

　　十四日的来信,昨天收到了,走了十五天。《坟》的封面画,自己想不出,今天写信托陶元庆君去了,《黑假面人》的也一同托了他。近来我对于他有些难于开口,因为他所作的画,有时竟印得不成样子,这回《彷徨》在上海再版,颜色都不对了,这在他看来,就如别人将我们的文章改得不通一样。

　　为《莽原》,我本月中又寄了三篇稿子,想已收到。我在这里所担的事情太繁,而且编讲义和作文是不能并立的,所以作文时和作了以后,都觉无聊与苦痛。稿子既然这样少,长虹又在捣乱[1]见上海出版的《狂飙》[2],我想:不如至廿四期止,就停刊,未名社就专印书籍。一点广告,大约《语丝》还不至于拒绝罢。据长虹说,似乎《莽原》便是《狂飙》的化身,这事我却到他说后才知道。我并不希罕"莽原"这两个字,此后就废弃它。《坟》也不要称《莽原丛刊》[3]之一了。至于期刊,则我以为有两法,一,从明年一月起,多约些做的人,改名另出,以免什么历史关系的牵扯,倘做的人少,就改为月刊,但稿须精选,至于名目,我想,"未名"就可以。二,索性暂时不出,待大家有兴致做的时候再说。《君山》[4]单行本也可以印了。

　　这里就是不愁薪水不发。别的呢,交通不便,消息不灵,上海信的往来也需两星期，书是无论新旧，无处可买。我到此未及两月，似乎住了一年了，文字是一点也写不出。这样下去是不行的，所以我在这里能多久，也不一定。

《小约翰》还未动手整理，今年总没工夫了，但陶元庆来信，却云已准备给我画封面。

总之，薪水与创作，是势不两立的。要创作，还是要薪水呢？我现在一时还决不定。

此信不要发表。

迅 上 十，二九，夜

《坟》的序言，将来当做一点寄上。

（此信的下面，自己拆过了重封的。）

* * *

〔1〕 长虹捣乱 指高长虹攻击韦素园等事。1926年10月17日，高长虹在《狂飙》周刊第二期上发表了《给鲁迅先生》一文，就《莽原》半月刊未载向培良的剧本《冬天》和高歌的小说《剃刀》，对韦素园横加指摘，并对鲁迅进行攻击。文中还说："它（指《莽原》）的发生，与《狂飙》周刊的停刊，显有关连，或者还可以说是主要原因，……我曾以生命赴《莽原》"等。鲁迅在下文中说"似乎《莽原》就是《狂飙》的化身"，即据此。

〔2〕《狂飙》 文艺周刊，高长虹主编，1924年11月在北京创刊，附于《国风日报》发行，至十七期停刊。1926年10月在上海复刊，光华书局出版。1927年1月出至第十七期停刊。

〔3〕《莽原丛刊》 莽原社计划出版的一种丛书，后改名《未名新集》。

〔4〕《君山》 诗集,韦丛芜作,1927年3月北京未名社出版,《未名新集》之一。

261029③　致许广平[1]

广平兄:

前日(廿七)得廿二日的来信后,写一回信,今天上午自己拿到邮局去,刚投入邮箱,局员便将二十二日发的快信交给我了。这两封信是同船来的,论理本应该先收到快信,但说起来实在可笑,这里的情形是异乎寻常的。平常信件,一到就放在玻璃箱内,我们倒早看见;至于挂号的呢,却秘而不宣,一个局员躲在房里,一封一封上账,又写通知单,叫人带印章去取。这通知单也并不送来,仍旧供在玻璃箱内,等你自己走过看见快信也同样办理,所以凡挂号信和"快"信,一定比普通信收到得迟。

我暂不赴粤的情形,记得又在二十一日的信里说过了;现在伏园已有信来,并未有非我即去不可之意,既然开学在明年三月,则年底去也还不迟。我自然也有非即去不可之心,虽然并不全为公事。但事实的牵扯实在也太利害,就是,走开三礼拜后,所任的事搁下太多,倘此后一一补做,则工作太重,倘不补,就有沾了便宜的嫌疑。假如长在这里,自然可以慢慢地补做,不成问题,但我又并不作长久之计,而况还有玉堂的苦处呢。

至于我下半年那里去,那是不成问题的。上海,北京,我都不去,倘无别处可去,就仍在这里混半年。现在的去留,专在我自己,外界的鬼祟,一时还攻我不倒。我很想吃杨桃,其所以熬着者,为己,只有一个经济问题,为人,就只怕我一走,玉堂要立刻被攻击,所以有些彷徨。人就能为这样的小问题所牵制,实在可叹。

才发信,没有什么事了,再谈罢。

迅 十,二九,夜

*　　*　　*

〔1〕 此信经作者整理编辑收入《两地书》,序号六四。

261101　致许广平[1]

"林"兄:[2]

十月廿七日的信,今天收到了;十九,二十二,二十三的信,也都收到。我于廿四,廿九,卅日均发信,想已到。至于刊物,则查载在日记上的,是廿一,廿四各一回,什么东西,已经忘记,只记得有一回内中有《域外小说集》。至于十,六的刊物,则日记上不载,不知道是否失载,还是其实是廿一所发,而我将月日写错了。只要看你是否收到廿一寄的一包,就知道,倘没有,那是我写错的了;但我仿佛又记得六日的是别一包,似乎并不是包,而是三本书对叠,像普通寄期刊那样的。

伏园已有信来,据说季黻的事很有希望,学校的别的事情却没有提。他大约不久当可回校,我可以知道一点情形,如果中大很想我去，我到后于学校有益，那我便于开学之前到那边去。此处别的都不成问题，只在对不对得住玉堂，但玉堂也太胡涂——不知道还是老实——无药可救。昨天谈天，有几句话很可笑。我之讨厌黄坚，有二事，一，因为他在食饭时给我不舒服；二，因为他令我一个人挂拓本，不许人帮忙。而昨天玉堂给他辨解，却道他"人很爽直"，那么，我本应该吃饭受气，独自陈列，他做的并不错，给我帮忙和对我客气的，倒都是"邪曲"的了。黄坚是玉堂的"襄理"，他的言动，是玉堂应该负责的，而玉堂似乎尚不悟。现黄坚已同兼士赴京，去接家眷去了，已大有永久之计，大约当与国学院同其始终罢。

顾颉刚在此专门荐人，图书馆有一缺，又在计画荐人了，是胡适之的书记。但昨听玉堂口气，对于这一层却似乎有些觉悟，恐怕他不能达目的了。至于学校方面，则这几天正在大敷衍马寅初；昨天浙江学生欢迎他，硬要拖我同去照相，我严辞拒绝，他们颇以为怪。呜呼，我非不知银行之可以发财，其如"道不同不相为谋"何。明天是校长赐宴，陪客又有我，他们处心积虑，一定要我去和银行家扳谈，苦哉苦哉！但我在知单上只〔写〕了一个"知"字，不去可知矣。

据伏园信说，副刊十二月开手，那么他到厦之后，两三礼拜便又须去了，也很好。

十一月一日午后

但我对于此后的方针，实在很有些徘徊不决，就是：做文章呢，还是教书？因为这两件事，是势不两立的。作文要热情，教书要冷静。兼做两样时，倘不认真，便两面都油滑浅薄，倘都认真,则一时使热血沸腾,一时使心平气和,精神便不胜困惫,结果也还是两面不讨好。看外国,做教授的文学家,是从来很少有的,我自己想,我如写点东西,大概于中国怕不无小好处,不写也可惜;但如果使我研究一种关于中国文学的事,一定也可以说出别人没有见到的话来,所以放下也似乎可惜。但我想,或者还不如做些有益于目前的文章,至于研究,则于余暇时做,不过如应酬一多,可又不行了。

研究系应该痛击,但我想,我大约只能乱骂一通,因为我太不冷静,他们的东西一看就生气,所以看不完,结果就只好乱打一通了。季黻是很细密的,可惜他文章不辣。办了副刊鼓吹起来,或者会有新手出现。

你的一篇文章,删改了一点寄出去了。建人近来似乎很忙,写给我的信都只草草的一点,我疑心他的朋友又到上海了,所以他至于无心写信。

此地这几天很冷,可穿夹袍,晚上还可以加棉背心。我是好的,胃口照常,但菜还是不能吃,这在这里是无法可想的。讲义已经一共做了五篇,从明天起想做季刊的文章了,我想在离开此地之前,给做一篇季刊的文章,给在学术讲演会讲演一次,其实是没有什么人听的。

　　　　　　　　　　迅 十一月一日灯下。

＊　　　＊　　　＊

〔1〕　此信经作者整理编辑收入《两地书》,序号六六。

〔2〕　"林"兄　许广平曾以"平林"为笔名发表《同行者》一文,表

达她对鲁迅的感情。(载1925年12月12日《国民新报副刊·乙刊》第八号。)

261104① 致许广平[1]

广平兄:

　　昨天刚发一信,现在也没有什么话要说,不过有一些小闲事,可以随便谈谈。我又在玩。——我这几天不大用功,玩着的时候多——所以就随便写它下来。

　　今天接到一篇来稿,是上海大学的曹轶欧(女生)寄的,其中讲起我在北京穿着洋布大衫在街上走,看不出是有名的文学家的事。下面注道:"这是我的朋友P京的HM女校生亲口对我说的。"P自然是北京,但那校名却奇怪,我总想不出是那一个学校来,莫非就是女师大,和我们所用的是同一意义么?

　　今天又知道一件事,一个留学生在东京自称我的代表去见盐谷温氏,向他要他所印的书,自然说是我要的,但书尚未钉成,没有拿去。他怕事情弄穿,事后才写信到我这里来认错。你看他们的行为是多么荒唐,无论什么都要利用,可怕极了。

　　今天又知道一件事。先前顾颉刚要荐一个人到国学院,(是给胡适抄写的,冒充清华校研究生,)但没有成。现在这人终于来了,住在南普陀寺。为什么住到那里去的呢?因为伏园在那寺里的佛学院有几点钟功课(每月五十元),现在请人代着,他们就想挖取这地方。从昨天起,顾颉刚已在大施宣传手段,说伏园假期已满(实则未满)而不来,乃是在那边已经就职,不来的了。今天又另派探子,到我这里来探听伏园消息,我不禁好笑,答得极其神出鬼没,似乎不来,似乎并非不来,而且立刻要来,于是乎终于莫名其妙而去。你看研究系下的小卒就这么阴险,无孔不入,真是可怕可恨。不过我想这实在难对付,譬如要我对付,就必须将别的事情放下,另用一番心机,本业抛荒,所做的事就浮浅了。研究系学者之浅薄,就因为分心于此等下流事情之故也。

十一月三日大风之夜,迅。

十月卅日的信,今天收到了。马又要发脾气,我也无可奈何。事情也只得这样办,索性解决一下,较之天天对付,劳而无功自然好得多。叫我看戏目,我就看戏目;在这里也只能看戏目;不过总希望不要太做得力尽筋疲,一时养不转。

今天有从中大寄给伏园的信到来,那么,他早动身了,但尚未到,也许到汕头,福州游观去了罢。他走后给我两封信,关于我的事,一字不提。今天看见中大的考试委员(?)名单,文科中人多得很,他也在内,郭,郁也在,大约正不必再需别人,我似乎也不必太放在心上了。

关于我所用的听差的事,说起来话长了。初来时确是好的,现在也许还不坏。但自从伏园要他的朋友给大家包饭之后,他就忙得很,不大见面。后来他的朋友因为有几个人不大肯付钱(这是据听差说的),一怒而去,几个人就算了,而还有几个人要他续办,此事由伏园开端,我也无法禁止,也无从一一去接洽,劝他们另寻别人。现在这听差是忙,钱不够,我的饭钱和他的工钱都已预支一月以上,又伏园临走宣言:他不在时仍付饭钱。然而是一句话,现在这一笔账也在向我索取。我本来不善于管这些琐事,所以常常弄得头昏眼花。这些代付和预支的款,将来如能取回,则无须说,否则,在十月一日之内,我就是每日早上得一盆脸水,吃两顿饭,共需大洋约五十元。这样贵的听差,那里用得下去呢。解铃还仗系铃人,所以这回伏园回来,我仍要他将事情弄清楚,否则,我大概只能不再雇人了。

明天是季刊交稿的日期,所以昨夜我写信一张后,即动手做文章,别的东西不想动手研究了,便将先前弄过的东西东抄西撮,到半夜,今天一上半天,做好了,有四千字,并不吃力,从此就豫备玩几天;默念着一个某君,尤其是独坐在电灯下,窗外大风呼呼的时候。这里已可穿棉坎肩,似乎比广州冷。我先前同兼士往市上,见他买鱼肝油,便趁热闹也买了一瓶。近来散拿吐瑾吃完了,就试用鱼肝油,这几天胃口仿佛渐渐好起来似的,我想再试几天看,将来或者就吃鱼肝油(麦精的,即"帕勒塔")也说不定。

迅。十月〔十一月〕四日灯下。

* * * *

〔1〕 此信经作者整理编辑收入《两地书》,序号六八。

一九二六年十一月

261104② 致韦素园

漱园兄：

杨先生的文[1]，我想可以给他登载，文章是絮烦点，但这也无法，自然由作者负责，现在要十分合意的稿，也很难。

寄上《坟》的序和目录，又第一页上的一点小画[2]，请做锌板，至于那封面，就只好专等陶元庆寄来。序已另抄拟送登《语丝》，请不必在《莽原》发表。这种广告性的东西，登《莽原》不大好。

附上寄小峰的一函，是要紧的，请即叫一个可靠的人送去。

迅 十一，四

* * *

〔1〕 指杨丙辰所译德国席勒的《〈强盗〉初版原序》，载《莽原》半月刊第二卷第三期(1927 年 2 月 10 日)。

〔2〕 指鲁迅为《坟》内封所绘的图案画。

261107 致韦素园

漱园兄：

十月廿八及卅日信，今日俱收到。长虹的事，我想这个广告[1]也无聊，索性完全置之不理。

关于《莽原》封面，我想最好是请司徒君[2]再画一个，或

273

就近另设法,因为我刚寄陶元庆一信,托他画许多书面,实在难于再开口了。

丛书[3]及《莽原》事,最好是在京的几位全权办理。书籍销售似不坏,当然无须悲观。但大小事务,似不必等我决定,因为我太远。

此地现只能穿夹衣。薪水不愁,而衣食均不便,一一须自经理,又极不便,话也一句不懂,连买东西都难。又无刺戟,思想都停滞了,毫无做文章之意。这样下去,是不行的,所以我现在心思颇活动,想走到别处去。

迅 十一,七

* * *

〔1〕 广告　指《新女性》月刊第一卷第八期(1926年8月)所载的《狂飙社广告》。高长虹等人在《广告》中冒称与鲁迅合办《莽原》,共编《乌合丛书》,暗示读者,似乎鲁迅也参与了他们的所谓"狂飙运动"。

〔2〕 司徒君　即司徒乔(1902—1958),广东开平人,画家。

〔3〕 丛书　指《乌合丛书》。

261108　致许广平[1]

广平兄:

昨上午寄出一信,想已到。下午伏园就回来了,关于学校的事,他不说什么,问了的结果,所知道的是(1)学校想我去教书,但并无聘书;(2)季黻的事尚无结果,最后的答复是"总有法子想";(3)他自己除编副刊外,也是教授,已有聘书;(4)学校又另电请几个人,内有顾颉刚。顾之反对民党,早已显然,而广州则电邀之,对于热心办事如季黻者,说了许多回,则懒懒地不大注意,似乎当局者于看人一端,很不了然,实属无法。所以我的行止,当看以后的情形再定,但总当于阴历年假去走一回,这里阳历只放几天,阴历却有三礼拜。

李遇安前有信来,说访友不遇,要我给他设法介绍,我即给了一封绍介于陈惺农的信,从此无消息。这回伏园说遇诸途,他早在中大做职员了,也并不去见惺农,这些事真不知是怎么的,我如在做梦。他带一封信来,并不提起何以不去见陈,但说我如往广州,创造社的人们很喜欢,似乎又与那社的人在一处,真是莫名其妙。

伏园带了杨桃回来,昨晚吃过了。我以为味并不十分好,而汁多可取,最好是那香气,出于各种水果之上。又有"桂花蝉"和"龙虱",样子实在好看,但没有一个人敢吃;厦门有这两种东西,但不吃。你吃过么?什么味道?

以上是午前写的,写到那地方,须往外面的小饭店去吃饭。因为我的听差不包饭了,说是本校的厨房要打他,(这是他的话,确否殊不可知)我们这里虽吃一点饭也就如此麻烦。在店里遇见容肇祖[2](东莞人,本校讲师)和他的满口广东话的太太。对于桂花蝉之类,他们俩的主张就不同,容说好吃的,他的太太说不好吃的。

六日灯下

从昨天起,吃饭又发生问题了,须上小馆子或买面包来,这种问题都得自己时时操心，所以也不大静得下。我本可以于年底将此地决然舍去，但所迟疑的怕广州比这里还烦劳，认识我的少爷们也多，不几天就忙得如在北京一样。

中大的薪水比厦大少，这我倒并不在意。所虑的是功课多，听说每周最多可至十二小时，而作文章一定也万不能免，即如伏园所办的副刊，我一定也就是被用的器具之一，倘再加别的事情，我就又须吃药做文章了。前回因莽原社来信说无人投稿，我写信叫停刊，现在回信说不停，因为投稿又有了好几篇。我为了别人，牺牲已不可谓不少，现在从许多事情观察起来，只觉得他们对于我凡可以使役时便竭力使役，可以诘责时便竭力诘责，将来可以攻击时便自然竭力攻击，因此我于进退去就，颇有戒心，这或者也是颓唐之一端，但我觉得也是环境造成的。

其实我也还有一点野心，也想到广州后，对于研究系加以打击，至多无非我不能到北京去，并不在意；第二是同创造社连络，造一条战线，更向旧社会进攻，我再勉力做一点文章，也不在意。但不知怎的，看见伏园回来吞吞吐吐之后，就很心灰意懒了。但这也不过是这一两天如此，究竟如何，还当看后来的情形。

今天大风，为一点吃饭的小事情而奔忙；又是礼拜，陪了半天客，无聊得头昏眼花了，所以心绪不大好，发了一通牢骚。望勿以为虑，静一静又会好的。

迅。十一月七日灯下

明天想寄给你一包书，没有什么好的，自己如不要，可以分给别人。

昨天信上发了一通牢骚后,又给《语丝》做了一点《厦门通信》,牢骚已经发完,舒服得多了。今天已经说好一个厨子包饭,每月十元,饭菜还可以吃,大概又可以敷衍半月一月罢。

昨夜玉堂来打听广东情形,我们因劝其将此处放弃,明春同赴广州,他想了一会说,我来时提出的条件,学校一一允许,怎能忽而不干呢?他大约决不离开这里的了,所以我看他对于国学院现状,似乎颇满足,既无决然舍去之心,亦无彻底改造之意,不过小小补苴,混下去而已。他之不能活动,而必须在此,似与太太很有关系,太太之父在鼓浪屿,其兄在此为校医,玉堂之来,闻系彼力荐,今玉堂之二兄一弟,亦俱在校,大有生根之概,自然不能动弹了。

浙江独立早已灰色,夏超确已死了,是为自己的兵所杀的,浙江的警备队,全不中用。今天看报,知九江已克,周凤岐(浙兵师长)降,也已见于路透电,定是确的,则孙传芳仍当声势日蹙耳,我想浙江或当还有点变化。

H. M. 十一月八日午后

* * *

〔1〕 此信经作者整理编辑收入《两地书》,序号六九。

〔2〕 容肇祖(1897—1994) 字元胎,广东东莞人,曾任厦门大学哲学系助教、国文系讲师。

261109① 致许广平[1]

广平兄:

昨天上午寄出一包书并一封信,下午即得五日的来信,我想如果再等信来而后写,恐怕要隔许多天了,所以索性再写几句,明天付邮,任它和前信相接,或一同寄到罢。

校事也只能这么办。但不知近来如何?但如忙则无须详叙,因为我对于此事并不怎样放在心里,因为这一回的战斗,情形已和对杨荫榆不同也。

伏园已到厦,大约十二月中再去。遇安只托他带给我函函胡胡的一封信,但我已研究出,他前信说无人认识是假的。《语丝》第百一期上徐祖正做的《送南行的爱而君》的 L 就是他,给他好几封信,绍介给熟人(＝创造社中人),所以他和创造社人在一处了,突然遇见伏园,乃是意外之事,因此对我便只好吞吞吐吐。"老实"与否,可研究之。我又已探明他现在的地位,是中大委员会的速记员,和委员们很接近的,并闻,以备参考。

忽而写信来骂,忽而自行取消的黎锦明也和他在一处,我这几天忽儿对于到广州教书的事,很有些踌躇了,觉得情形将和在北京时相同,厦门当然难以久留,此外也无处可去,实在有些焦躁。我其实还敢于站在前线上,但发见称为"同道"的暗中将我作傀儡或背后枪击我,却比被敌人所伤更其悲哀。长虹和素园的闹架还没有完,长虹迁怒于《未名丛刊》,连厨川白村的书也忽然不过是"灰色的勇气"了[2]。听说小峰也并不能将约定的钱照数给家里，但家用却并没有不足。我的生命，被他们乘机另碎取去的，我觉得已经很不少，此后颇想不蹈这覆辙了。

突又发起牢骚来，这回的牢骚似乎日子发得长一点，已经有两三天，但我想明后天就要平复了，不要紧的。

这里还是照先前一样，并没有什么；只听说漳州是民军就要入城了。克复九江，则甚[其]事当甚确。昨天又听到一消息，说陈仪入浙后，也独立了，这使我很高兴，但今天无续得之消息，必须再过几天，才能知道真假。

中国学生学什么意大利，以趋奉北政府，还说什么"树的党"，可笑可恨。别的人就不能用更粗的棍子对打么？伏园回来说广州学生情形，似乎和北京的大差其远，这很出我意外。

迅 十一月九日灯下

* * *

〔1〕 此信经作者整理编辑收入《两地书》，序号七一。

〔2〕 "灰色的勇气" 高长虹在写于1926年9月23日的《未名社的翻译，广告及其他》一文中，说鲁迅所译的厨川白村著作表现"灰色的勇敢"。

261109② 致韦素园

漱园兄：

昨才寄一信，下午即得廿九之信片。我想《莽原》只要稿，款两样不缺，便管自己办下去。对于长虹，印一张夹在里面也好，索性置之不理也好，不成什么问题。他的种种话，也不足与辩，《莽原》收不到，也不能算一种罪状的。

要鸣不平，我比长虹可鸣的要多得多多；他说以"生命赴《莽原》"了，我也并没有从《莽原》延年益寿，现在之还在生存，乃是自己寿命未尽之故也。他们不知在玩什么圈套。今年夏天就有一件事，是尚钺[1]的小说稿，原说要印入《乌合丛书》的。一天高歌忽而来取，说尚钺来信，要拿回去整理一番。我便交给他了。后来长虹从上海来信，说"高歌来信说你将尚钺的稿交还了他，不知何故？"我不复。一天，高歌来，抽出这信来看，见了这话，问道，"那么，拿一半来，如何？"我答："不必了。"你想，这奇怪不奇怪？然而我不但不写公开信，并且没有向人说过。

《狂飙》已经看到四期，逐渐单调起来了。较可注意的倒是《幻洲》[2]《莽原》在上海减少百份，也许是受它的影响，因为学生的购买力只有这些，但第二期已不及第一期，未卜后来如何。《莽原》如作者多几个，大概是不足虑的，最后的决定究竟是在实质上。

迅 十一，九，夜

* * *

〔1〕 尚钺(1902—1982) 字宗武,或作钟吾,河南罗山人,历史学家。曾参加莽原社,后又为狂飙社成员。他的小说稿,指《斧背》,共十九篇,后于1928年5月由上海泰东图书局出版,列为《狂飙丛书》之一。

〔2〕《幻洲》 文艺性半月刊,叶灵凤、潘汉年编辑。1926年10月在上海创刊,1928年1月出至第二卷第八期停刊。

261111 致韦素园

漱园兄:

饶超华的《致母》[1],我以为并不坏,可以给他登上,今寄回;其余的已直接寄还他了。

小酩[2]的一篇太断片似的,描写也有不足,以不揭载为是,今亦寄回。

《莽原》背上可以无须写何人所编,我想,只要写"莽原合本（空一格）1"就够了。

我本想旅行一回,[3]后来中止了,因为一请假,则荒废的事情太多。

迅 十一月十一日

* * *

〔1〕 饶超华 广东梅县人。当时广州中山大学学生,《莽原》投

稿者。所作小品文《致母》,载《莽原》半月刊第一卷第二十三期(1926年12月10日)。

〔2〕 小酩　即李小酩,当时北京大学学生,《莽原》的投稿者。

〔3〕 旅行一回　鲁迅曾拟应中山大学之约前往"议定学制",后未成行。参看《两地书·五六》。

261113① 致韦素园

漱园兄:

前天写了一点东西,拟放在《坟》之后面,还想在《语丝》上先发表一回(本来《莽原》亦可,但怕太迟,离本书的发行已近,而纸面亦可惜),今附上致小峰一笺,请并稿送去,印后仍收回,交与排《坟》之印局。倘《坟》之出版期已近,则不登《语丝》亦可,请酌定。

首尾的式样,写一另纸,附上。

目录上也须将题目添上,但应与以上之本文的题目离开一行。

　　　　　　　　　　　　　　迅　十一,十三

另页起

　　　　　　空半格　　空一行
　　　　　　↓↓↓　　↓↓↓
上空四格3〔1〕写在坟后面

　　　　　　空一行

5 在听到我的杂文已经印成一半的消息的时候,我曾经……

结尾的样子。

作结——

空　一　行

不知印本每行多少字,如 30 字则此四行上空 6 格;如 36 字,则空 8 格

空　格

既睎古以遗累,信简礼而薄葬。
彼裘绂于何有,贻尘谤于后王。
嗟大恋之所存,故虽哲而不忘。
览遗籍以慷慨,献兹文而凄伤!

空　一　行

5 一九二六,十一,十一,夜。下空四格

5 鲁　迅下空八格

*　　　*　　　*

〔1〕 此处及下面排在铅字左上角的阿拉伯数字,系指铅字的大小号数。

261113② 致李小峰〔1〕

小峰兄:

有一篇《坟》的跋,不知《语丝》要一印否?如要,请即发表。排后并请将原稿交还漱园兄,并嘱手民〔2〕,勿将原稿弄脏。

迅 十一,十三

*　　　*　　　*

〔1〕 李小峰(1897—1971) 江苏江阴人。北京大学哲学系毕

业,新潮社和语丝社成员,北新书局主持人。

〔2〕 手民 排字工人。

261115 致许广平[1]

广平兄:

十日寄出一信后,次日即得七日来信,略略一懒,便迟到今天才写回信了。

对于侄子的帮助,你的话是对的。我愤激的话多,有时几乎说:"宁我负人,毋人负我。"然而自己也觉得太过,做起事来或者且正与所说的相反。人也不能将别人都作坏人看,能帮也还是帮,不过最好是"量力",不要拚命就是了。

"急进"问题,我已经不大记得清楚了,这意思,大概是指"管事"而言,上半年还不能不管事者,并非因为有人和我淘气,乃是身在北京,不得不尔,譬如挤在戏台面前,想不看而退出,是不甚容易的。至于不以别人为中心,也很难说,因为一个人的中心并不一定在自己,有时别人倒是他的中心,所以虽说为人,其实也是为己,所以不能"以自己为定夺"的事,往往有之。

我先前为北京的少爷们当差,耗去生命不少,自己是知道的。但到这里,又有一些人办了一种月刊,叫作《波艇》,每月要做些文章。也还是上文所说,不能将别人都作坏人看,能帮还是帮的意思。不过先前利用过我的人,知道现已不能再利用,开始攻击了。长虹在《狂飙》第五期已尽力攻击,自称见过我不下百回,知道得很清楚,并捏造了许多会话(如说我骂郭沫若之类)。其意盖在推倒《莽原》,一方面则推广《狂飙》消路,其实还是利用,不过方法不同。他们专想利用我,我是知道的,但不料他看出活着他不能吸血了,就要杀了煮吃,有如此恶毒。我现在拟置之不理,看看他技俩发挥到如何。现在看来,山西人究竟是山西人,还是吸血的。

校事不知如何,如少暇,简略地告知几句便好。我已收到中大聘书,月薪二百八,无年限的,大约那计画是将以教授治校,所以认为非研究系的,不至于开倒车的,不立年限。但我的行止如何,一时也还不易决定。此地空气恶劣,当然不愿久居,然而到广州也有不合的几点。(一)我对于行政方面,素不留心,治校恐非所长。(二)听说政府将移武昌,则熟人必多离粤,我独以"外江佬"留在校内,大约未必有味;而况(三)我的一个朋友,或者将往汕头,则我虽至广州,与在厦门何异。所以究竟如何,当看情形再定了,好在开学当在明年三月初,很有考量的余地。

我又有种感触,觉得现在的社会,可利用时则竭力利用,可打击时则竭力打击,只要于他有利。我在北京是这么忙,来客不绝,但倘一失脚,这些人便是投井下石的,反面不识还是好人;为我悲哀的大约只有两个,我的母亲和一个朋友。所以我常迟疑于此后所走的路:(1)积几文钱,将来什么都不做,苦苦过活;(2)再不顾自己,为人们做一点事,将来饿肚也不妨,也一任别人唾骂;(3)再做一点事,(被利用当然有时仍不免),倘同人排斥我了,为生存起见,我便不问什么事都敢做,但不愿失了我的朋友。第三[二]条我已实行过两年多了,终于觉得太傻。前一条当托庇于资本家,须熬;末一条则颇险,也无把握(于生活),所以实在难于下一决心,我也就想写信和我的朋友商量,给我一条光。

昨天今天此地都下雨,天气稍凉。我仍然好的,也不怎么忙。

迅 十一月十五日灯下。

＊　　＊　　＊

〔1〕 此信经作者整理编辑收入《两地书》,序号七三。

261116　致章廷谦

矛尘兄:十一日的信,今天收到了。令夫人尚未将成绩发表,殊令局外人如不佞者亦有"企予望之"[1]之意矣。所愿此信到时,早已诞育麟儿,为颂为祝也。敝厦一切如常,鼓浪屿亦毫不鼓浪,兄之所闻,无一的确;家眷分居,亦无其事,岂陈源已到绍兴,遂至"流言"如此之多乎哉?伏园已回,下月初或将复往。小峰已寄来《杂纂》[2]一册,但非精装本耳。此地天气渐凉,可穿两件夹衣。今日又收到小峰七日所发信,皆闲谈也,并闻。

迅 上 十一月十六日之夜

* * *

〔1〕 "企予望之" 语出《诗经·卫风·河广》:"谁谓宋远,跂予望之"。

〔2〕 《杂纂》 参看260714信及其注〔2〕。

261118　致许广平[1]

广平兄:

十六日寄出一信,想已到。十二日发的信,今天收到了。校事已见头绪,很好,总算结束了一件事。至于你此后所去的地方,却叫我很难下批评。你脾气喜欢动动,又初出来办事,向各处看看,办几年事;历练历练,本来也很好的,但于自己,却恐怕没有好处,结果变成政客之流。你大概早知道我有两种矛盾思想,一是要给社会上做点事,一是要自己玩玩。所以议论即如此灰色。折衷起来,是为社会上做点事而于自己也无害,但我自己就不能实行,这四五年来,毁损身心不少。我不知道你自己是要在政界呢还是学界。伏园下月中旬当到粤,我想如中大女生指导员之类有无缺额,或者(由我)也可以托他问一问,他一定肯出力的。季巿的事,我也要托他办。

曹某大约不是少爷们冒充的,因为回信的住址是女生宿舍。中山生日的情形,我以为于他本身是无关的,我的意思是"身后名,不如即时一杯酒"。但于别人有益。即如这里,竟没有这样有生气的盛会,只有和尚自做水陆道场,男男女女上庙拜佛,真令人看得索然气尽。默坐电灯下,还要算我的生趣,何得"打"之,莫非并"默念"也不准吗?近来只做了几篇付印的书的序跋,虽多牢骚,却有不少真话。还想做一篇记事,将五年来少爷们利用我,给我吃苦的事,讲一个大略,不过究竟做否,现在还未决定。至于其[真]正的用功,却难,这里无须用功,也不是用功的地方。国学院也无非装面子,不要实际。对于指导教员的成绩,常要查问,上星期我气起来,对校长说,我的成绩是辑古小说十本,早已成功,只须整理,学校如如此急急,便可付印,我一面整理就是。于是他们便没有后文了。他们只是空急,并不准备付印。

我先前虽已决定不在此校,但时期是本学期末抑明年夏天,却没有定。现在是至迟至本学期末非走不可了。昨天出了一件可笑可叹的事。下午有恳亲会,我向来不赴这宗会的,而玉堂的哥哥硬拉我去。(玉堂有二兄一弟在校内。这是第二个哥哥,教授兼学生指导员,每开会,他必有极讨人厌的演说)我不得已,去了。不料会中他又演说,先感谢校长给我们吃点心,次说教员吃得多么好,住得多么舒服,薪水又这么多,应该大发良心,拚命做事。而校长之如此体贴我们,真如父母一样……。我真就要跳起来,但立刻想到他是玉堂的哥哥,我一翻脸,玉堂必大为敌人所笑,我真是"哑子吃苦瓜",说不出的苦,火焰烧得我满脸发热。照这里的人看起来,出来反抗的该是我了,但我竟不动,而别一个教员起来驳斥他,闹得不欢而散。

还有希奇的事情。教员里面,竟有对于驳斥他的教员,不以为然的。莫非真以儿子自居,我真莫名其妙。至于玉堂的哥哥,今天开学生周会,他又在演说了,依然如故。他还教"西汉哲学"哩,冤哉西汉哲学,苦哉玉堂。

昨天的教职员恳亲会,是第三次,我却初次到,见是男女分房的,不但分坐。

我才知道在金钱下的人们是这样的,我决定要走了,但为玉堂面子计,决不以这一事作口实,且须于学期之类作一结束。至于到何处,一时难定,总之无论如何,年假中我总要到广州走一遭,即使无噉饭处,厦门也决不居住的了。又我近来忽然对于做教员发生厌恶,于学生也不愿意亲近起来,接见这里的学生时,自己觉得很不热心,不诚恳。

我还要忠告玉堂一回,劝他离开这里,到武昌或广州做事。但看来大大半是无效的,他近来看事情似乎颇胡涂,又牵连的人物太多,非大失败,大概是决不走的。我的计画,也不过聊尽同事一场的交情而已。结果一定是他怪我舍他而去,使他为难。

迅。十八,夜。

* * *

〔1〕 此信经作者整理编辑收入《两地书》,序号七五。

261120① 致许广平[1]

广平兄：

十九日寄出一信；今天收到十五,六,七日来信了,一同来的。看来广州有事做,所以你这么忙,这里是死气沉沉,也不能改革,学生也太沉静,数年前闹过一次,激烈的都走出,在上海另立大夏大学了。我决计至迟于本学期末(阳底[历]正月底)离开这里,到中山大学去。

中大的薪水是二百八十元,可以不搭库券。据朱骝仙对伏园说,另觅兼差,照我现在的收入数也可以想法的,但我却并不计较这一层,实收百余元,大概也已够用,只要不在不死不活的空气里就够了。我想我还不至于完在这样的空气里,到中大后大概也不难择一不很繁杂吃力,而较有益于学校或社会的事。至于厦大,其实是不必请我的,因为我虽颓唐,而他们还比我颓唐得多。

玉堂今天辞职了,因为减缩豫算的事。但只辞国学院秘书,未辞文科主任。我已乘间令伏园达我的意见,劝他不必烂在这里,他无回话。我还要亲自对他说一回。但我有[看]他的辞职是不会准的,不过有此一事,则我有辞可借,比较容易脱身。

从昨天起,我的心又平静了。一是因为决定赴粤,二是因为决定对长虹们给一打击。你的话并不错的；但我之所以愤慨,却并非因为他们以平常待我,而在他日日吮血,一觉到我不肯给他们吮了,便想一棒打杀,还将肉作罐头卖以获利。这回长虹笑我对章士钊的失败道"于是遂戴其纸糊的'思想界的权威者'之假冠,而入于身心交病之状态矣"。但他八月间在《新女性》登广告,却云"与思想先驱者鲁迅合办《莽原》",自己加我"假冠",又因别人所加之"假冠"而骂我,真是不像人样。我之所以苦恼,是因我平生言动,即使青年来杀我,我总不愿意还手,而况是常常见面的人。因为太可恶,昨天竟决定了,虽是什么青年,我也不再留情面,于是作一启事,将他利用我的名字,而对于别人用我名字的事,则加笑骂等情状,揭露出来,比他的长文要刻毒些。且毫不客气,刀锋正对着他们的所谓"狂飙社",即送登《语丝》,《莽原》,《新女性》,《北新》四种刊物。我已决定不再彷徨,拳来拳对,所以心里也舒服了。

其实我大约也终于不见得因为小障碍而不走路,不过因为神经不好,所以容易说愤话。小障碍能绊倒我,我不至于要离开厦门了。但我也极愿意知道还在开垦的路,可惜现在不能知道,非不愿,势不可也。本校附近是不能暂时停留的,市上,则离校有五六里,客栈坏极,有一窗门之屋,便称洋房,中间只有一床一桌一凳,别的什么也没有,倘有人访我,不但安身,连讲话的便利也没有。好在我还不至于怎样天鹅绒,所以无须有"劳民伤财"之举,学期结束也快到了。况且我的心也并不"空虚",有充实我的心者在。

你说我受学生的欢迎,足以自慰吗?我对于他们不大敢有希望,我觉得特出者很少,或者竟没有。但我做事是还要做的,希望是在未见面的人们,或者如你所说:"不要认真"。所以我的态度其实毫不倒退,一面发牢骚,一面编好《华盖续编》,做完《旧事重提》,编好《争自由的波浪》(董秋芳译小说),《卷葹》,都寄出去了。至于有一个人,我自然足以自慰的,且因此增加我许多勇气,但我有时总还虑他为我而牺牲。并且也不能"推及一二以至无穷",有这样多的么?我倒不要这样多,有一个就好了。

说起《卷葹》,又想到一件事了。这是淦女士做的,共四篇,皆在《创造》上发表过。这回送来印入《乌合丛书》,是因为创造社印成丛书,自行发卖,所以这边也出版,借我来抵制他们的,凡未在那边发表过者,一篇也不在内。我明知这也是被人利用,但给她编定了。你看,这种皮[脾?]气,怎么好呢?

我过了明天礼拜,便要静下来,编编讲义,大约至汉末止,作一结束。余闲便玩玩。待明年换了空气,再好好做事。今天来客太多,无工夫可写信,写了这两张,已经夜十二点半了,心也不静。

和这信同时,我还想寄一束杂志,计《新女性》十一月号,《北新》十一,二,《语丝》一百三,四。又九,七,八两本,则因为上回所寄是切边的,所以补寄毛边者两本,但你大概是不管这些的,不过我的皮[脾]气如此,所以仍寄。

迅。十一月廿日。

* * * *

〔1〕 此信经作者整理编辑收入《两地书》,序号七九。

261120② 致韦素园

漱园兄：

《旧事重提》又做了一篇[1]，今寄上。这书是完结了。明年如何？如撰者尚多，仍可出版，我当另寻题目作文，或登《小约翰》，因另行整理《小约翰》的工夫，看来是没有的了。

我到上海看见狂飙社广告后，便对人说：我编《莽原》，《未名》，《乌合》三种，俱与所谓什么狂飙运动无干，投稿者多互不相识，长虹作如此广告，未免过于利用别人了。此语他似乎今已知道，在《狂飙》上骂我[2]。我作了一个启事[3]，给开一个小玩笑。今附上，请登入《莽原》。又登《语丝》者一封，请即叫人送去为托。

迅 十一月二十日

* * *

〔1〕 指《范爱农》。

〔2〕 在《狂飙》上骂我 高长虹在《狂飙》周刊第五期（1926年11月）发表的《1925北京出版界形势指掌图》一文中，攻击鲁迅是"世故老人"，"戴其纸糊的权威者的假冠入于身心交病之状况"，"在新的时代是最大的阻碍物"等等。

〔3〕 启事 即《所谓"思想界先驱者"鲁迅启事》。发表于《莽原》半月刊第二十三期（1926年12月），同时发表于《语丝》、《北新》、《新女性》等期刊，后收入《华盖集续编》。

261121① 致韦素园

漱园兄:

十三日来信收到了。《坟》的序,跋;《旧事重提》第十(已完),俱已寄出,想必先此信而到了。

《野草》向登《语丝》,北新又印《乌合丛书》,不能忽然另出。《野草丛刊》亦不妥。我想不如用《未名新集》[1],即以《君山》为第一本。《坟》独立,如《小说史略》一样。

未名社的事,我以为有两途:(1)专印译,著书;(2)兼出期刊。《莽原》则停刊。

如出期刊,当名《未名》[2],系另出,而非《莽原》改名。但稿子是一问题,当有在京之新进作者作中坚,否则靠不住。刘[3],张[4]未必有稿,沉君一人亦难支持,我此后未必能静下,每月恐怕至多只能做一回。与其临时困难,不如索性不出,专印书,一点广告,大约《语丝》上还肯登的。

我在此也静不下,琐事太多,心绪很乱,即写回信,每星期须费去两天。周围是像死海一样,实在住不下去,也不能用功,至迟到阴历年底,我决计要走了。

迅 十一,廿一日

* * *

〔1〕《未名新集》 丛书,专收未名社成员的创作,1927年3月起由未名社陆续出书。

〔2〕《未名》 文学半月刊,未名社编辑,1928年1月《莽原》半月刊停刊后于北京创刊,1930年4月停刊。

〔3〕 指刘复(1891—1934),字半农,江苏江阴人。曾参加《新青年》的编辑工作,是新文学运动初期的重要作家之一。当时任北京大学教授、《世界日报》副刊编辑。参看《且介亭杂文·忆刘半农君》。

〔4〕 指张凤举(定璜)。

261121② 致章廷谦

矛尘兄:

前得十日信后,即于十七日奉上一函,想已到。今日收到十二日来信了,路上走了十天,真奇。你所闻北京传来的话[1],都是真的,伏将于下月初动身,我则至多敷衍到本学期末,广大[2]的聘书,我已接收了。玉堂对你,毫无恶意,他且对伏园说过几次,深以不能为你的薪水争至二百为歉。某公之阴险,他亦已知,这一层不成问题,所虑者只在玉堂自己可以敷衍至何时之问题耳,盖因他亦常受掣肘,不能如志也。所以你愈早到即愈便宜,因为无论如何,川资总可挣到手,一因谣言[3],一因京信,又迟迟不行,真可惜也。

某公之阴谋,我想现在已可以暂不对你了。盖彼辈谋略,无非欲多拉彼辈一流人,而无位置,则攻击别人。今则在厦者且欲相率而去,大小饭碗,当空出三四个,他们只要有本领,拿去就是。无奈校长并不听玉堂之指挥,玉堂也并不听顾公之指挥,所以陈乃乾[4]不来之后,顾公私运了郑某[5]来厦,欲

以代替,而终于无法,现住和尚庙里,又欲挖取伏园之兼差[6]
(伏曾为和尚之先生,每星期五点钟),因伏园将赴广,但又被
我们抵制了。郑某现仍在,据说是在研究"唯物史观之中国
哲学史"云。试思于自己不吃之饭碗,顾公尚不能移赠别人,
而况并不声明不吃之川岛之饭碗乎? 他们自己近来似乎也不
大得意,大约未必再有什么积极的进攻。他们的战将也太不
出色,陈万里[7]已经专在学生会上唱昆腔,被大家"优伶蓄
之"[8]了。

　　我的意见是:事已至此,你们还是来。倘令夫人已生产,
你们一同来,倘尚无消息,你就赶紧先来,夫人满月后,可托人
送至沪,又送上船,发一电,你去接就是了。但两人须少带笨
重器具,准备随时可走。总而言之,勿作久长之计,只要目前
有钱可拿,便快快来拿,拿一月算一月,能拿至明年六月,固
好,即不然,从速拿,盘川即决不会折本,若回翔审慎,则现在
的情形时时变化,要一动也不能动了。

　　其实呢,这里也并非一日不可居,只要装聋作哑。校中的
教员,谋为"永久教员"者且大有其人。我的脾气太不好,吃
了三天饱饭,就要头痛,加以一卷行李一个人,容易作怪,毫无
顾忌。你们两位就不同,自有一个小团体,只要还他们应尽的
责任,此外则以薪水为目的,以"爱人呀"为宗旨,关起门来,
不问他事,即偶有不平,则于回房之后,夫曰:某公是畜生! 妇
曰:对呀,他是虫豸! 闷气既出,事情就完了。我看凡有夫人
的人,在这里都比别人和气些。顾公太太已到,我觉他比较先
前,瘟得多了,但也许是我的神经过敏。

若夫不佞者,情状不同,一有感触,就坐在电灯下默默地想,越想越火冒,而无人浇一杯冷水,于是终于决定曰:仰东硕杀!我鎪来带者![9]其实这种"活得弗靠活",亦不足为训,所以因我要走而以为厦大不可一日居,也并非很好的例证。至于"糟不可言",则诚然不能为讳,然他们所送聘书上,何尝声明要我们来改良厦大乎?薪水不糟,亦可谓责任已尽也矣。

　　　　　迅　上　十一月二十一日

※　　※　　※

〔1〕 北京传来的话　据收信人回忆,当时他曾收到北京周作人信,言及鲁迅、孙伏园将离开厦门大学,劝他不必再去就职。

〔2〕 广大　即广东大学。1926年10月为纪念孙中山先生,改称中山大学。

〔3〕 谣言　据收信人回忆,当时听说如到厦门大学,因住房紧张,可能要夫妇分居。

〔4〕 陈乃乾(1896—1971)　浙江海宁人。1926年秋受聘为厦门大学图书馆中文部和国学院图书部干事、文科国文系讲师,后未到职。

〔5〕 郑某　指程憬,字仰之,安徽绩溪人。原为胡适的书记员,曾托顾颉刚代谋教职。1926年11月到厦门,住南普陀寺候职。

〔6〕 伏园兼差　当时孙伏园曾在南普陀寺附设的闽南佛学院兼课。

〔7〕 陈万里(1891—1969)　江苏吴县人。当时任厦门大学国学院考古学导师、造型部干事、国文系名誉讲师,讲授曲选及曲史课程。

〔8〕 "优伶蓄之"　语出《汉书·严助传》:东方朔、枚皋"不根持论,上颇俳优蓄之。"

〔9〕 鎪来带者　绍兴方言,不要呆在这里的意思。

261122　致　陶元庆

璇卿兄：

给我的信昨天收到了。画尚未到，大概因为挂号的，照例比信迟。收到后当寄给钦文去。

《争自由的波浪》我才将原稿看好付邮，或者这几天才到北京，即使即刻付印，也不必这么急。秋芳着急，是因为他性急的缘故。

未名社以社的名义托画，又须于几日内画成，我觉得实在不应该，他们是研究文艺的，应当知道这道理，而做出来的事还是这样，真可叹。《卷葹》的封面，他们先前托我转托，我没有十分答应，后来终于写上了。近闻他们托司徒乔画了一张。

兄如未动手，可以作罢，如已画，则可寄与，因为其一可以用在里面的第一张上，使那书更其美观。

我只是一批一批的索画，实在抱歉而且感激。

这里有一个德国人，叫 Ecke[1]，是研究美学的，一个学生给他看《故乡》和《彷徨》的封面，他说好的。《故乡》是剑的地方很好。《彷徨》只是椅背和坐上的图线，和全部的直线有些不调和。太阳画得极好。

　　　　　　　　　　　　迅　上　十一月二十二日

*　　　*　　　*

〔1〕　Ecke　即 Gustav Ecke，德国人，曾用中国名艾谔风。当时任

厦门大学文科哲学系教授,讲授德文、希腊文及希腊哲学等。

261123　致李霁野

霁野兄:

十四日发出的快信,今天收到了,比普通的信要迟一天。因为这里只有一个邮政代办处,不分送,要我们自己去留心。一批信到,他就将刊物和平常信塞在玻璃柜内,给各人自己拿去。这才慢慢地将宝贵的——包裹,挂号信,快信——一批在房里打开,一张一张写通知票,将票又塞在玻璃柜内,我们见票,取了印章去取信,所以凡是快信,一定更慢,外边不知道这情形,时常上当的。

《莽原丛刊》,我想改作《未名新集》;《坟》不在内,独立,如《中国小说史略》一般。该集以《君山》为第一部。至于半月刊,我想,应以你们为中坚,如大家都有兴趣,或译或作,就办下去,半侬,沅君们的帮忙,都不能作为基本的。至于我,却很难说,因为仍不能用功,我确拟于年底离开这里。这里是死海一样,不愁没饭吃,而令人头痛之事常有,往往反而不想吃饭,宁可走开。此后之生活状态如何,此时实难豫测,大约总是仍不能关起门来用功的。我现在想,一月一回,该可以作,因为倘没有文思,做出来也是无聊的东西,如近来这几月,就是如此。

你们青年且上一年阵试试看,卖不去也不要紧,就印千五百,倘再卖不去,就印一千,五百,再卖不去,关门未迟。如果以为如此不妥,那就停刊罢。

倘不停,我想名目也不必改了,还是《莽原》。《莽原》究竟不是长虹家的。我看他《狂飙》第五期上的文章,已经堕入黑幕派了,已无须客气。我已作了一个启事,寄《北新》[1],《新女性》[2],《语丝》,《莽原》,和他开一个小玩笑。

《莽原》的合本,我以为最好至廿四期出全了,一齐发卖。

"圣经"两字,使人见了易生反感,我想就分作两份,称"旧约"及"新约"的故事[3],何如?

六斤家只有这一个钉过的碗,钉是十六或十八,我也记不清了。总之两数之一是错的,请改成一律。记得七斤曾说用了若干钱,将钱数一算,就知道是多少钉。倘其中没有七斤口述的钱数(手头无书,记不清了),则都改十六或十八均可。

关于《创世纪》的作者,随他错去罢,因为是旧稿[4]。人猿间确没有深知道连锁,这位 Haeckel[5] 博士一向是常不免"以意为之"的。

陶元庆君来信言《坟》的封面已寄出但未到,嘱我看后寄给钦文。用三色版印,钦文于校三色板多有经验,我想就托他帮忙罢。只要知道这书大约多少厚,便可以付京华印书面。

迅 十一月二十三日

*　　*　　*

〔1〕《北新》 综合性期刊,1926年8月在上海创刊,初为周刊,孙福熙编辑。1927年11月第二卷第一期起改为半月刊,潘梓年等编辑,1930年12月出至第四卷第二十四期停刊。

〔2〕 《新女性》 月刊,1926年1月创刊,章锡琛主编。1929年12月停刊,共出四卷。上海新女性社发行。

〔3〕 据收信人回忆,当时他曾拟将美国房龙(H. Van Loon)的儿童读物插图本《〈圣经〉的故事》译成中文,为此征求鲁迅意见,后未译成。

〔4〕 旧稿 指鲁迅作于1907年的《人之历史》。该文有摩西为《旧约全书》中《创世记》的作者的说法。

〔5〕 Haeckel 海克尔(1834—1919),德国生物学家,达尔文主义的捍卫者和传播者。主要著作有《宇宙之谜》、《人类发展史》、《人类种族的起源和系统论》等。

261126 致许广平[1]

广平兄:

二十一日寄一信,想已到。十七日所发之又一简信,二十二日收到了;包裹尚未来,大约包裹及书籍之类,照例比普通信件迟,我想明天大概要到,或者还有信,我等着。我还想从上海买一合较好的印色来,印在我到厦后所得的书上。

近日因为校长要减少国学院豫算,玉堂颇愤慨,要辞主任,我因进言,劝其离开此地,他极以为然。我亦觉此是脱身之机会。今天和校长开谈话会,乃提出强硬之抗议,且露辞职之意,不料校长竟取消前议了,别人自然大满足,玉堂亦软化,反一转而留我,谓至少维持一年,因为教员中途难请云云。又我将赴中大消息,此地报上亦揭载,大约是从广州报上来的,学生因亦有劝我教满他们一年者。这样看来,年底要脱身恐怕麻烦得很，我的豫计，因此似乎也无从说起了。

我自然要从速走开此地，但结果如何，殊难预料。我想这大半年中，HM不如不以我之方针为方针，而到于自己相宜的地方去，否则也许做了很牵就，非意所愿的事务，而结果还是不能常见。我的心绪往往起落如波涛，这几天却很平静。我想了半天，得不到结论，但以为，这一学期居然已经去了五分之三，年底已不远，可以到广州看一回，此时即使仍不能脱离厦大，再熬五个月，似乎也还做得到，此后玉堂便不能以聘书为口实，可以自由了。自然，以后如何，我自然也茫无把握。

今天本地报上的消息很好，泉州已得，浙陈仪又独立，商震反戈攻张家口，国民一军将至潼关，此地报纸大概是民党色采，消息或倾于宣传，但我想，至少泉州攻下总是确的。本校学生民党不过三十左右，其中不少是新加入者，昨夜开会，我觉他们都不经训练，不深沉，甚至于连暗暗取得学生会以供我用的事情都不知道，真是奈何奈何。开一回会，徒令当局者注意，那夜反民党的职员却在门外窃听。

二十五日之夜，大风时。

写了一张之（刚写了这五个字，就来了一个学生，一直坐到十二点）后，另写了一张应酬信，还不想睡，再写一点罢。伏园下月准走，十二月十五左右，一定可到广州了。他是大学教授兼编辑，位置很高，但大家正要用他，也无怪其然。季黻的事，则至今尚无消息，不知何故，我同兼士曾合发一信，又托伏园面说，又写一信，都无回音，其实季黻的办事能力，比我高得多多。

我想HM正要为社会做事，为了我的牢骚而不安。实在不好，想到这里，忽然静下来了，没有什么牢骚。其实我在这里的不方便，仔细想起来，大半在于言语不通，例如前天厨房又不包饭了，我竟无法查问是厨房自己不愿包，还是听差和他冲突，叫我不要他办了。不包则不包亦可。乃同伏园去到一个福州馆，要他包饭，而馆中只有面，问以饭，曰无有，废然而返。今天我托一个福州学生去打听，才知道无饭者，乃适值那时无饭，并非永远无饭也，为之大笑。大约明天起，当在该福州馆包饭了。

> 仍是二十五日之夜，十二点半。

此刻是上午十一时，到邮务代办处去看了一回，没有信；而我这信要寄出了，因为明天大约有从厦赴粤之船，倘不寄，便须待下星期三这一只了。但我疑心此信一寄，明天便要收到来信，那时再写罢。

记得约十天以前，见报载新宁轮由沪赴粤，在汕头被盗劫，纵火。不知道我的信可有被烧在内。我的信是十日之后，有十六，十九，二十一等三封。

此外没有什么事了，下回再谈罢。

> 迅。十一月二十六日。

午后一时经过邮局门口，见有别人的东莞来信，而我无有，那么，今天是没有信的了，就将此发出。

* * *

〔1〕 此信经作者整理编辑收入《两地书》，序号八一。

261128① 致许广平[1]

广平兄：

　　二十六日寄出一信，想当已到。次日即得二十三日来信，包裹的通知书，也一并送到了，即刻向邮政代办处取得收据，星期六下午已来不及，星期日不办事，下星期一（廿九日）可以取来，这里的邮政，就是如此费事。星期六这一天（廿七），我同玉堂往集美学校演说，以小汽船来往，还耗去一整天；夜间会客，又耗去了许多工夫，客去正想写信，间壁的礼堂走了电，校役吵嚷，校警吹哨，闹得石破天惊，究竟还是物理学教员有本领，进去关住了总电门，才得无事，只烧焦了几块木头。我虽住在并排的楼上，但因为墙是石造的，知道不会延烧，所以并不搬动，也没有损失，不过因为电灯俱熄，洋烛的光摇摇而昏暗，于是也不能写信了。

　　我一生的失计，即在历来并不为自己生活打算，一切听人安排，因为那时豫计是生活不久的。后来豫计并不确中，仍须生活下去，于是遂弊病百出，十分无聊。后来思想改变了，而仍是多所顾忌，这些顾忌，大部分自然是为生活，几分也为地位，所谓地位者，就是指我历来的一点小小工作而言，怕因我的行为的剧变而失去力量。但这些瞻前顾后，其实也是很可笑的，这样下去，更将不能动弹。第三法最为直截了当，其次如在北京所说则较为安全，但非经面谈，一时也决不下，总之我以前的办法，已是不妥，在厦大就行不通，所以我也决计不再敷衍了,第一步我一定于年底离开此地,就中大教授职。但我极希望那一个人也在同地,至少也可以时常谈谈,鼓励我再做有益于人的工作。

昨天我向玉堂提出以本学期为止,即须他去的正式要求,并劝他同走。对于我走这一层,略有商量的话,终于他无话可说了,所以前信所说恐怕难于脱身云云,已经不成问题,届时他只能听我自便。他自己呢,大约未必走,他很佩服陈友仁[2],自云极愿意在他旁边学学。但我看他仍然于厦门颇留恋,再碰几个钉子,则来年夏天可以离开。

此地无甚可为,近来组织了一种期刊,而作者不过寥寥数人,或则受创造社影响,过于颓唐(比我颓唐得多),或则太大言无实;又在日报上添了一种文艺周刊,恐怕不见得有什么好结果。大学生都很沉静,本地人文章,则"之乎者也"居多,他们一面请马寅初写字,一面请我做序,真是殊属胡涂。有几个因为我和兼士在此而来的,我们一走,大约也要转学到中大去。

离开此地之后,我必须改变我的农奴生活;为社会方面,则我想除教书外,或者仍然继续作文艺运动,或更好的工作,待面谈后再定。我觉得现在 HM 比我有决断得多,我自到此地以后,仿佛全感空虚,不再有什么意见,而且时有莫名其妙的悲哀,曾经作了一篇我的杂文集的跋,就写着那时的心情。十二月末的《语丝》上可以发表,一看就知道。自己也知道这是须改变的,我现在已决计离开,好在已只有五十天,为学生编编文学史讲义,作一结束(大约讲至汉末止),时光也容易度过的了,明年从新来过罢。

遇安既知通信的地方,何以又须详询住址,举动颇为离奇,或者是在研究 HM 是否真在羊城,亦未可知。因他们一群中流言甚多,或者会有 HM 在厦门之说也。

校长给三主任的信,我在报上早见过了,现未知如何?能别有较好之地,自以离开为宜,但不知可有这样相宜的处所?

迅 十一月廿八日十二时。

* * * *

〔1〕 此信经作者整理编辑收入《两地书》,序号八三。

〔2〕 陈友仁(1878—1944) 广东香山(今中山)人。长期追随孙中山从事革命活动,曾任律师、记者、编辑,时任国民党中央执行委员、国民政府外交部长。

261128[2] 致 韦 素 园

漱园兄:

十六日来信,今天收到了。我后又续寄《坟》跋一,《旧事重提》一,想已到。《狂飙》第五期已见过,但未细看,其中说谎挑拨之处似颇多,单是记我的谈话之处,就是改头换面的记述,当此文未出之前,我还想不到长虹至于如此下劣。这真是不足道了。关于我在京从五六年前起所遇的事,我或者也要做一篇记述发表,但未一定,因为实在没有工夫。

明年的半月刊,我恐怕一月只能有一篇,深望你们努力。

我曾有信给季野,你大约也当看见罢。我觉得你,丛芜,霁野,均可于文艺界有所贡献,缺点只是疏懒一点,将此点改掉,一定可以有为。但我以为丛芜现在应该静养。

《莽原》改名,我本为息事宁人起见。现在既然破脸,也不必一定改掉了,《莽原》究竟不是长虹的。这一点请与霁野商定。

迅 十一月廿八日

《坟》的封面画,陶元庆君已寄来,嘱我看后转寄钦文,托他印时校对颜色,我已寄出,并附一名片,绍介他见你,接洽。这画是三色的,他于印颜色版较有经验,我想此画即可托他与京华接洽,并校对。因为是石印,大约价钱也不贵的。

261130　致章廷谦

矛尘兄:

廿六信今天到。斐君太太已发表其蕴蓄[1],甚善甚善。绍兴东西,并不想吃,请无须"带奉",但欲得木版有图之《玉历钞传》[2]一本,未知有法访求否?此系善书[3],书坊店不出售,或好善之家尚有存者。我因欲看其中之"无常"画像[4],故欲得之。如无此像者,则不要也。

伏园复往,确系上任;[5]我暂不走,拟敷衍至本学期之末,而后滚耳,其实此地最讨厌者,却是饭菜不好。

小峰在北京,何以能"直接闻之于厦大",殊不可解。兄行期当转告玉堂。

　　　　　　　　　　迅 上 十一月卅日

＊　　＊　　＊

　　〔1〕 指川岛夫人孙斐君产子。
　　〔2〕《玉历钞传》 即《玉历至宝钞传》，共八章，是一部宣传封建迷信的书，题称宋代"淡痴道人梦中得授，弟子勿迷道人钞录传世"。内容系讲述"地狱十殿"的情况，宣扬因果报应。
　　〔3〕 善书　宣传因果报应的书。旧时常由善男信女捐资刻印，免费赠送。
　　〔4〕 "无常"画像　无常，佛家语，迷信传说中的勾魂使者。关于无常画像，可参看《朝花夕拾·后记》。
　　〔5〕 伏园上任　当时孙伏园到广州任《民国日报》副刊编辑。

261202　致 许 广 平[1]

广平兄：

　　上月二十九日寄一信，想已收到了。廿七日发来的信，今天已到。同时伏园也接陈醒[惺]农信，知道政府将移武昌，他和孟余都将出发，报也移去，改名《中央日报》。叫伏园直接往那边去，因为十二月下旬须出版，所以伏园大概不再往广州。广州情状，恐怕比较地要不及先前热闹了。

　　至于我呢，仍然决计于本学期末离开这里而往广州中大，教半年书看看再说。一则换换空气，二则看看风景，三则……。要活动，明年夏天又可以活动的，倘住得便，多教几时也可以。不过"指导员"一节,无人先为设法了。

你既然不宜于"五光十色"之事,教几点钟书如何呢?要豫备足,则钟点可以少一些。办事与教书,在目下都是淘气之事,但我们舍此亦无事可为。我觉得教书与办别事实在不能并行,即使没有风潮,也往往顾此失彼。你不知此后可别有教书之处(国文之类),有则可以教几点钟,不必多,每日匀出三四点钟来看书,也算豫备,也算自己玩玩,就好了;暂时也算是一种职业。你大约世故没有我深之故,似乎思想比我明晰些,也较有决断,研究一种东西,不会困难的,不过那粗心要纠正。还有一种吃亏之处是不能看别国书,我想较为便利是来学日本文,从明年起我想勒令学习,反抗就打手心。

至于中央政府迁移而我到广州,于我倒并没有什么。我并非追踪政府,却是别有追踪。中央政府一移,许多人一同移去,我或者反而可以闲暇些,不至于又大欠文章债,所以无论如何,我还是到中大去的。

包裹已经取来了,背心已穿在小衫外,很暖,我看这样就可以过冬,无需棉袍了。印章很好,没有打破,我想这大概就是称为"金星石"的,并不是玻璃。我已经写信到上海去买印泥,因为盒内的一点油太多,印在书上是不合式的。

计算起来,我在此至多也只有两个月了,其间编编讲义,烧烧开水,也容易混过去。何况还有默念,但这默念之度常有加增的倾向,不知其故何也,似乎终于也还是那一个人胜利了。厨子的菜又不能吃,现在是单买饭,伏园自己做一点汤,且吃罐头。伏园十五左右当去,我是什么菜都不会做的,那时只好仍包菜,但好在其时离放学已只四十多天了。

阅报,知女师大失火,焚烧不多,原因是学生自己做菜,烧坏了两个人:杨立侃,廖敏。姓名很生,大约是新生,你知道吗?她们后来都死了。

以上是午后四点钟写的,因琐事放下,后来是吃饭,陪客,现已是夜九点钟了。在钱下呼吸,实在太苦,苦还不妨,受气却难耐。大约中国在最近几十年内,怕未必能够做若干事,即得若干相当的报酬,干干净净。(写到这里,又放下了,因为有人来,我这里是毫无躲避处,有人进来就进来,你看如此住处,岂能用功)往往须费额外的力,受无谓的气,无论做什么事,都是如此。我想此后只要以工作赚得生活费,不受意外的气,又有点自己玩玩的余暇,就可以算是幸福了。

我现在对于做文章的青年,实在有些失望,我想有希望的青年似乎大抵打仗去了,至于弄弄笔墨的,却还未看见一个真有几分为社会的,他们多是挂新招牌的利己主义者。而他们却以为他们比我新一二十年,我真觉得他们无自知之明,这也就是他们之所以"小"的地方。

上午寄出一束刊物,是《语丝》《北新》各两本,《莽原》一本。《语丝》上有我的一篇文章,不是我前信所说发牢骚的那一篇;那一篇还未登出,大概当在一○八期。

迅 十二月二日之夜半。

* * *

〔1〕 此信经作者整理编辑收入《两地书》,序号八五。

261203　致许广平[1]

广平兄：

今天刚发一信，也许这信要一同寄到罢。你或者初看以为又有什么要事了，其实并不，不过是闲谈。前回的信，我半夜放在邮筒中；这里邮筒有两个，一在所内，五点后就进不去了，夜间便只能投入所外的一个。而近日邮政代办所里的伙计是新换的，满脸呆气，我觉得他连所外的一个邮筒也未必记得开，我的信不知送往总局否，所以再写几句，俟明天上午投到所内的一个邮筒里去。

我昨夜的信里是说：伏园也得醒[惺]农信，说国民政府要搬了，叫他直接上武昌去，所以他不再往广州。至于我则无论如何，仍于学期末离开厦门而往中大，因为我倒并不一定要跟随政府，熟人如伏园辈不在一处，或者反而可以清闲些。但你如离开师范，不知在原地可有做事之处，我想还不如教一点国文，钟点以少为妙，可以多豫备。大略不过如此。

政府一搬，广东的"外江佬"要减少了，广东被"外江佬"刮了许多未[天]，此后也许要向"遗佬"报仇，连累我未曾搜刮的外江佬吃苦，但有害马保镖，所以不妨胆大。《幻洲》上有一篇东西，很称赞广东人，所以我愿意去看看，至少也住到夏季。大约说话是一点不懂，和在此相同，但总不至于连买饭的处所也没有。我还想吃一回蛇，尝一点龙虱。

到我这里来空谈的人太多，即此一端也就不宜久居于此。

我到中大后,拟静一静,暂时少与别人往来,或用点功,或玩玩。我现在身体是好的,能吃能睡,但今天我发现我的手指有点抖,这是吸烟太多了之故,近来我吸到每天三十支了,我从此要减少。我回忆在北京因节制吸烟之故而令一个人碰钉子的事,心里很难受,觉得脾气实在坏得可以。但不知怎的,我于这一点不知何以自制力竟这么薄弱,总是戒不掉。但愿明年有人管束,得渐渐矫正,并且也甘心被管,不至于再闹脾气的了。

我明年的事,自然是教一点书;但我觉得教书和创作,是不能并立的,郭沫若郁达夫之不大有文章发表,其故盖亦由于此。所以我此后的路还当选择,研究而教书呢,还是仍作游民而创作?倘须兼顾,即两皆没有好成绩。或者研究一两年,将文学史编好,此后教书无须豫备,则有余暇,再从事于创作之类也可以。但这也并非紧要问题,不过随便说说。

《阿Q正传》的英译本已经出版了,译得似乎并不坏,但也有一点小错处,你要否?如要,当寄上,因为商务馆有送给我的。

写到这里,还不到五点钟,也没有什么别的事了,就此封入信封,赶今天寄出罢。

迅 十二月三日下午。

* * * *

〔1〕 此信经作者整理编辑收入《两地书》,序号八六。

一九二六年十二月

261205　致韦素园

漱园兄：

十一月二十八日信已到。《写在〈坟〉后面》登《莽原》，也可以的。《坟》能多校一回，自然较好；封面画我已寄给许钦文了，想必已经接洽过。

《君山》多加插画，很好。我想：凡在《莽原》上登过而印成单行本的书，对于定《莽原》全年的人，似应给以特别权利。倘预定者不满百人，则简直各送一本，倘是几百，就附送折价（对折？）券（或不送而只送券亦可），请由你们在京的几位酌定。我的《旧事重提》（还要改一个名字）出版时，也一样办理。

《黑假面人》费了如许工夫，我想卖掉也不合算，倘自己出版，则以《往星中》为例，半年中想亦可售出六七百本。未名社之立脚点，一在出版多，二在出版的书可靠。倘出版物少，亦觉无聊。所以此书仍不如自己印。霁野寒假后不知需款若干，可通知我，我当于一月十日以前将此款寄出，二十左右便可到北京，作为借给他的，俟《黑假面人》印成，卖去，除掉付印之本钱后，然后再以收来的钱还我就好了。这样，则未名社多了一本书，且亦不至于为别的书店去作苦工，因为我想剧本卖钱是不会多的。

对于《莽原》的意见，已经回答霁野，但我想，如果大家有兴致，就办下去罢。当初我说改名，原为避免纠纷，现长虹既挑战，无须改了，陶君的画，或者可作别用。明年还是叫《莽原》,用旧画。退步须两面退,倘我退一步而他进一步,就只好拔出拳头来。但这仍请你与霁野酌定,我并不固执。至于内容,照来信所说就好。我的译作,现在还说不定什么题目,因为正编讲义,须十日后才有暇,那时再想。我不料这里竟新书旧书都无处买,所以得材料就很难,或者头几期只好随便或做或译一点,待离开此地后,倘环境尚可,再来好好地选译。我到此以后,琐事太多,客也多,工夫都耗去了,一无成绩,真是困苦。将来我想躲起来,每星期只定出日期见一两回客,以便有自己用功的时间,倘这样下去,将要毫无长进。

留学自然很好,但既然对于出版事业有兴趣,何妨再办若干时。我以为长虹是泼辣有余,可惜空虚。他除掉我译的《绥惠略夫》[1]和郭译的尼采小半部[2]而外,一无所有。所以偶然作一点格言式的小文,似乎还可观,一到长篇,便不行了,如那一篇《论杂交》[3],直是笑话。他说那利益,是可以没有家庭之累,竟不想到男人杂交后虽然毫无后患,而女人是要受孕的。

在未名社的你们几位,是小心有余,泼辣不足。所以作文,办事,都太小心,遇见一点事,精神上即很受影响,其实是小小是非,成什么问题,不足介意的。但我也并非说小心不好,中国人的眼睛倘此后渐渐亮起来,无论创作翻译,自然只有坚实者站得住,《狂飙》式的恫吓,只能欺骗一时。

长虹的骂我,据上海来信,说是除投稿的纠葛之外,还因为他与开明书店商量,要出期刊,遭开明拒绝,疑我说了坏话之故。我以为这是不对的,由我看来,是别有两种原因。一,我曾在上海对人说,长虹不该擅登广告,将《乌合》《未名》都拉入什么"狂飙运动"去,我不能将这些作者都暗暗卖给他。大约后来传到他耳朵里去了。二,我推测得极奇怪,但未能决定,已在调查,将来当面再谈罢,我想,大约暑假时总要回一躺〔趟〕北京。

前得静农信,说起《莽葭》,我为之叹息,他所听来的事,和我所经历的是全不对的。这稿子,是品青来说,说愿出在《乌合》中,已由小峰允印,将来托我编定,只四篇。我说四篇太少;他说这是一时期的,正是一段落,够了。我即心知其意,这四篇是都登在《创造》上的,现创造社[4]不与作者商量,即翻印出售,所以要用《乌合》去抵制他们,至于未落创造社之手的以后的几篇,却不欲轻轻送入《乌合》之内。但我虽这样想,却答应了。不料不到半年,却变了此事全由我作主,真是万想不到。我想他们那里会这样信托我呢?你不记得公园里饯行那一回的事吗?静农太老实了,所以我无话可答。不过此事也无须对人说,只要几个人(丛,霁,静)心里知道就好了。

迅 十二月五日

* * * *

〔1〕 《绥惠略夫》 即《工人绥惠略夫》,中篇小说。俄国阿尔志跋绥夫著,1922年5月商务印书馆出版。

〔2〕 郭译的尼采小半部 指郭沫若所译尼采著的《查拉图司屈拉钞》第一部,曾连载于《创造周报》,1928年6月创造社出版部出版。

〔3〕《论杂交》 高长虹作,载《狂飙》周刊第二期(1926年10月17日)。文中有"家庭和婚姻的束缚尤其是女子的致命伤","杂交对于女子解放是有可惊的帮助","是解放的唯一途径"等语。

〔4〕 创造社 文学社团,1921年6月成立,主要成员有郭沫若、郁达夫、成仿吾等,1927年增加了冯乃超、彭康、李初梨等从国外回来的新成员。1929年2月,该社被国民党当局封闭。它曾先后编辑出版《创造》(季刊)、《创造周报》、《创造日》、《洪水》、《创造月刊》、《文化批判》等刊物,以及《创造丛书》。

261206　致　许　广　平[1]

广平兄：

三日寄出一信,并刊物一束,系《语丝》等五本,想已到。今天得二日来信,可谓快矣。对于廿六日函中的一段议论,我于廿九日即发一函,想当我接到此函时,那边亦已寄到,知道我已决计离开此地,所以我也无须多说了。其实我这半年来并不发生什么"奇异感想",不过"我不太将人当作牺牲么"这一种思想——这是我一向常常想到的思想——却还有时起来,一起来,便沉闷下去,就是所谓"静下去",而间或形于词色。但也就悟出并不尽然,故往往立即恢复,二日得中央政府迁移消息后,即连夜发一信(次日又发一信),说明我的意思与廿九日信中所说并无变更,实未曾有愿意害马"终生被播弄于其中而不自拔"之意,当初仅以为在社会上阅历几时,可以得较多之经验而已,并非我将永远静着,以至于冷眼旁观,将害马卖掉,而自以为在孤岛中度寂寞生活,咀嚼着寂寞,即足以自慰自赎也。

但廿六日信中的事,已成过去,也不必多说了,到年底或可当作闲谈的材料。广大的钟点虽然较多,但我想总可以设法教一点担子较轻的功课,以求有休息的余暇,况且抄录材料等等,又可以有忙[帮]我的人,所以钟点倒不成问题,每周二十时左右者,大概是纸面文章,未必实做。

你们的学校,真是好像"湿手捏了干面粉",粘缠极了。虽说"天下兴亡,匹夫有责",但当局不讲信用,专责"匹夫",使几个人挑着重担,未免太任意将人做牺牲。我想事到如此,别的都可不管了,以自己为主,觉得耐不住,便即离开;倘因生计关系及别的关系,须敷衍若干时,便如我之在厦大一样,姑且敷衍敷衍,"以德感""以情维系"等等,只好置之度外,一有他处可去,也便即离开,什么都不管它。

伏园须直往武昌去了,不再转广州,前信似已说过。昨(五日)有人〖到〗从汕头到此地(据云系民党),说陈启修因为泄漏机密,被党部捕治了。我和伏园正惊疑,拟电询,今日得你信,知二日看见他,则以日期算来,此人是造谣言的,但何以要造如此谣言,殊不可解。

前一束刊物不知到否?记得前回也有一次,久不到,而在学校的刊物中找来。三日又寄一束,到否也是问题。此后寄书,殆非挂号不可。《桃色之云》再版已出了,拟寄上一册,但想写上几个字,并用新印,而印泥才向上海去带,大约须十日后才来,那时再寄罢。

迅 十二月六日之夜。

＊　＊　＊　＊

〔1〕 此信经作者整理编辑收入《两地书》，序号八八。

261208　致韦素园

漱园兄：

十二月一日的快信，今天收到了。关于《莽原》的事，我于廿九，本月五日所发两信，均经说及，现在不必重说。总之：能办下去，就很好了。我前信主张不必改名，也就因为长虹之骂，商之霁野，以为何如？

《范爱农》一篇，自然还是登在24期上，作一结束。来年第一期，创作大约没有了，拟译一篇《说"幽默"》[1]，是日本鹤见祐辅作的，虽浅，却颇清楚明白，约有十面，十五以前可寄出。此后，则或作译，殊难定，因为此间百事须自己经营，繁琐极了，无暇思索；译呢，买不到一本新书，没有材料。这样下去，是要淹死在死海里了，薪水虽不欠，又有何用？我决计于学期末离开，或者可以较有活气。那时再看。倘万不得已，就用《小约翰》充数。

我对于你们几位，毫无什么意见；只有对于目寒[2]是不满的，因为他有时确是"无中生有"的造谣，但他不在京了，不成问题。至于长虹，则我看了他近出的《狂飙》，才深知道他很卑劣，不但挑拨，而且于我的话也都改头换面，不像一个男子所为。他近来又在称赞周建人[3]了，大约又是在京时来访我那时的故技。

《莽原》印处改换也好。既然销到二千,我想何妨增点页数,每期五十面,纸张可以略坏一点(如《穷人》那样),而不加价。因为我觉得今年似乎薄一点。

迅 十二月八日

* * * *

〔1〕《说"幽默"》 日本鹤见祐辅作,译文载《莽原》半月刊第二卷第一期(1927年1月)。鹤见祐辅(1885—1972),日本文艺评论家。著有《思想·山水·人物》、《欧美名士之印象》等。

〔2〕 目寒 即张目寒(1903—1983),安徽霍丘人。鲁迅在北京世界语专门学校时的学生。

〔3〕 称赞周建人 高长虹在《狂飙周刊》第二期(1926年10月17日)发表的《关于性》中说:"最近科学的还是周建人的文字,他可以给人一些关于性的科学的常识,这在目前是很难得到的。"又在同刊第八期(1926年11月28日)发表的《张竞生可以休矣》一文中说:"我更希望周建人先生更勇敢地为科学作战!"

261211 致许广平[1]

广平兄:

本月六日接到三日来信后,次日(七日)即发一信,想已到。我推想昨今两日当有信来,但没有;昨天是星期,没有信件到校的了。我想或者是你校事太忙没有发,或者是轮船误了期。

从粤,从沪,到此的信,一星期两回;从此向沪向粤的船,似乎也是一星期两回。但究竟是星期几呢，我终于推算不出，又仿佛并不一定似的。

计算从今天到一月底，只有五十天了，已不满两月，我到此，是已经三个月又一星期了。现在倒没有什么事。我每天能睡八九小时，但是仍然懒；有人说我胖了一点了，也不知确否？恐怕也未必。对于学生，我已经说明了学期末要离开。有几个因我在此而来的，大约也要走。至于厦门学生，无药可医，他们整天读《古文观止》。

伏园就要动身，仍然十五左右；但也许仍从广州，取陆路往武昌。

我想一两日内，当有信来，我的廿九日的信的回信也应该就到了。那时再写罢。

迅 十二月十一日夜

* * * *

〔1〕 此信经作者整理编辑收入《两地书》，序号八九。

261212 致 许 广 平[1]

广平兄：

今天早上寄了一封信。现在是虽是星期日，邮政代办所也开半天了。我今天也起得早，因为平民学校成立大会要我演说，我说了五分钟，又恭听校长辈之胡说至十一时，溜出会场，再到代办所去一看，果然已有三封信在：两封是七日发的，一封是八日发的。

金星石虽然中国也有，但看印盒的样子，还是日本做的，不过这也没有什么关系。"随便叫它曰玻璃"，则可谓胡涂，玻璃何至于这样脆？若夫"落地必碎"，则凡有印石，大抵如斯，岂独玻璃为然。可惜的是包印章者，当时竟未细心研究，因为注意移到包裹之白包上去了，现在还保存着。对于这，我倒立刻感觉到是用过的。特买印泥，亦非多事，因为非如此，则不舒服也。

此地冷了几天，但夹袍亦已够，大约穿背心而无棉袍，足可过冬了。背心我现穿在小衫外，较之穿在夹袄之外暖得多，或者也许还有别种原因。我之失败，我现在细想，是只能承认的。不过何至于"没出色"[2]？天下英雄，不失败者有几人？恐怕人们以为"没出色"者，在他自己正以为大有"出色"，失败即胜利，胜利即失败，总而言之，就是这样，莫名其妙。置首于一人之足下，甘心什倍于戴王冠，久矣夫，已非一日矣[3]……。

近来对于厦大一切，已不过问了，但他们还常要来找我演说，一演说，则与当局者的意见，一定是相反的，此校竟如教会学校或英国人所开的学校；玉堂现在亦深知其不可为，有相当机会，什九是可以走的。我手已不抖，前信竟未说明。至于寄给《语丝》的那篇文章，因由未名社转寄，被他们截留了，登在《莽原》第廿三期上。其中倒没有什么未尽之处。当时著作的动机，一是愤慨于自己为生计起见，不能不戴假面；二是感得少爷们于我，见可利用则尽情利用，倘觉不能利用则便想一棒打杀,所以很有些哀怨之言。寄来时当寄上;不过这种心情,现在也已经过去了。我时时觉得自己很渺小;但看少爷们著作,竟没有一个如我,敢自说是戴着假面和承认"党同伐异"的,他们说到底总必以"公平"自居。因此,我又觉得我或者并不渺小;现在故意要轻视我和骂倒我的人们的眼前,终于黑的妖魔似的站着 L.S. 两个字,大概就是为此。

我离厦门后,恐怕有几个学生要随我转学,还有一个助教也想同我走,因为我的金石的研究于他有帮助。我在这里常有学生来谈天,弄得自己的事无暇做;倘这样下去,是不行的。我将来拟在校中取得一间屋,算是住室,作为豫备功课及会客之用,而实不住。另在外面觅一相当地方,作为创作及休息之用,庶几不至于起居无节,饮食不时,再蹈在北京时之覆辙。但这可待到粤时再说,无须"未雨绸缪"。总之:我的意见,是想少陪无聊之访问之客而已。倘在学校,大家可以直冲而入,殊不便也。

现在我们的饭是可笑极了,外面仍无好的包饭处,所以还是从本校厨房买饭,每人每月三元半,伏园做菜,辅以罐头。而厨房屡次宣言:不买菜,他要连饭也不卖了。那么,我们为买饭计,必须月出十元,一并买他不能吃之菜。现在还敷衍着,伏园走后,我想索性一并买菜,以免麻烦,好在他们也只能讹去我十余元了。听差则欠我二十元,其中二元,是他兄弟急病时借去的,我以为他可怜,说这二元不要他还了,算是欠我十八元;他便第二日又来借二元,仍是二十元。伏园订洋装书,每本要他一元。厦门人对于"外江佬",似乎颇欺侮。

以中国人的脾气而论,倒后的著作,是没有人看的,他们见可利用则尽量利用,遇可骂则尽量地骂,虽一向怎样常常往来,也即刻翻脸不识,看和我往还的少爷们的举动,便可推知。只要作品好,大概十年或数十年后,便又有人看了,但这大抵只是书坊老板得益,至于作者,也许早被逼死了,不再有什么相干。遇到这样的时候,我以为走外国也行;为争存计,无所不为也行,倒行逆施也行;但我还没有细想过,好在并不急迫,可以慢慢从长讨论。

"能食能睡",是的确的,现在还如此,每天可以睡至八九小时,然而人还是懒,这大约是气候之故。我想厦门的气候,水土,似乎于居人都不宜,我所见的人们,胖子很少,十之九都黄瘦,女性也很少美丽活泼的,加以街道污秽,空地上就都是坟,所以人寿保险的价格,居厦门者比别处贵。我想国学院倒大可以缓办,不如作卫生运动,一面将水,土壤,都分析分析,讲个改善之方。

此刻已经夜一时了,本来还可以投到所外的箱子里去,但既有命令,就待至明晨罢,真是可惧。

迅 十二月十二日

＊　　＊　　＊

〔1〕 此信经作者整理编辑收入《两地书》,序号九三。

〔2〕 "没出色" 许广平在1926年12月7日致鲁迅信中说:"你失败在别一个人手里了么?你真太没出色了。"

〔3〕 久矣夫,已非一日矣　仿清代梁章钜《制义丛话》所举八股

文例句,原作"久矣夫千百年来已非一日矣"。

261216　致许广平[1]

广平兄:

昨(十三日)寄一信;今天则寄出期刊一束,怕失少,所以挂号,非因特别宝贵也。内计《莽原》一本;《新女性》一本,有大作在内;《北新》两本,其十四号或前已寄过,亦未可知,记不清楚了,如重出,则可不要其一;又《语丝》两期,我之发牢骚文,即登在内,盖先被未名社截留,到底又被小峰夺过去了,所以终于还在《语丝》上。

慨自二十三日之信发出之后,几乎大不得了,伟大之钉子,迎面碰来,幸而上帝保佑,早有廿九日之信发出,声明前此一函,实属大逆不道,合该取消,于是始蒙褒为"傻子",赐以"命令",作善者降之百祥,幸何如之。现在对于校事,一切不问,但编讲义,拟至汉末为止,作一结束,授课已只有五星期,此后便是考试了。但离开此地,恐当在二月初,因为一月薪水,是要等着拿走的。

朱家骅又有信来,催我速去,且云教员薪水,当设法加增。但我还是只能于二月初出发。至于伏园,却于二十左右要走了,大约先至粤,再从陆路入武汉。今晚语堂饯行,亦颇有活动之意,而其太太则不大谓然,以为带着两个孩子,常常搬家,如何是好。其实站在她的地位上来观察,的确也困苦的,旅行式的家庭,大抵的女性确乎也大都过不惯。但语堂则颇激烈,后事如何,只得"且听下回分解"了。

狂飙社中人,一面骂我,一面又要用我了。培良要我寻地方,尚钺要将小说印入《乌合丛书》。我想,我先前种种不客气,大抵施之于同辈及地位相同者,至于对少爷们,则照例退让,或者自甘牺牲一点。不料他们竟以为可欺,或纠缠,或责骂,反弄得不可开交。现在是方针要改变了,都置之不理。我常叹中国无"好事之徒",所以什么也没有人管,现在看来,做好事之徒实在不容易,我略管闲事,便弄得这么麻烦。现在我将门关上,且看他们另向何处寻这类的牺牲。

《妇女之友》第五期上,有沄沁给你的一封公开信,见了没有?内中也没有什么,不过是对于女师大再被毁坏的牢骚。我看《世界日报》,似乎程干云还在那里;罗静轩却只得滚出了,报上有一封她的公开信,说卖文也可以过活。我想:怕很难罢。

今天白天有雾,器具都有点潮湿;蚊子很多,过于夏天,真是奇怪。叮得可以,要躲进帐子里去了。下次再写。

十四日灯下。

天气今气[天]仍热,但大风,蚊子却忽而很少了,真不知是怎么一回事。于是编了一篇讲义。印泥已从上海寄来,所以此刻就在《桃色的云》上写了几个字,将那"玻璃"印和印泥都第一次用在这上面;预备《莽原》第二十三期到来时,一同寄出。但因为天气热,印泥软,所以印得不大好,不过那也不要紧。必须如此办理,才觉舒服,虽被斥为"多事",都不再辩,横竖已经失败,受点申斥算得什么。

本校并无新事发生。惟顾颉刚是日日夜夜布置安插私人；黄坚从北京到了，一个太太，四个小孩，两个用人，四十件行李，大有"山河永固"之意。我的要走已经宣传开去，大半是我自己故意说的。下午一个广大的学生来，他是本地人，问我广大来聘，我已应聘的话，可是真的。我说都真。他才高兴，说，我来厦门，他们都以为奇，但大概系不知内容之故，想总是住不久的，今果然，云云。可见能久在厦大者，必须不死不活的人才合宜，大家都以为我还不至于此。此人本是厦大学生，因去年的风潮而转广大，所以深知情形。

十五夜。

十二日的来信，今天（十六）上午就收到了，也算快的。我想广厦间的邮信船大约每周有二次，假如星期二五开的罢，那么，星期一四发的信便快，三六发的就慢了，但我终于研究不出那船期是星期几。

贵校的情形，实在不大高妙，也如别处的学校一样，恐怕不过是不死不活，不上不下。一接手，一定为难。倘使直截痛快，或改革，或被攻倒，爽快，或苦痛，那倒好了，然而大抵不如此。就是办也办不好，放也放不下，不爽快，也并不大苦痛，只是终日浑身不舒服，那种感觉，我们那里有一句俗话，叫作"穿'湿布衫'"，就是有如将没有晒干的小衫，穿在身体上。我所经过的事，无不如此，近来的作文印书，即是其一。我想接手之后，随俗敷衍，你一定不能；改革呢，能够固然好，即使因此失职，然而未必有改革之望罢。那就最好是不接手，倘难却，就仿"前校长"的方法：躲起来。待有结束后另觅事做。

一九二六年十二月

政治经济，我觉得你是没有研究的，幸而只有三星期。我也有这类苦恼，常不免被逼去做"非所长""非所好"的事。然而往往只得做，如在戏台下一般，被挤在中间，退不开去了，不但于己有损，事情也做不好；而别人看见推辞，却以为客气，仍坚执要你做。这样地玩"杂耍"一两年，就都只剩下油滑学问，失了专长，而也逐渐被社会所弃，变了"药渣"了，虽然也曾煎熬了请人喝过汁。一变药渣，便什么人都来践踏，连先前吃过汁的人也来践踏；不但践踏，还要冷笑。

牺牲论究竟是谁的"不通"而该打手心，还是一个疑问。人们有自志取舍，和牛羊不同，仆虽不敏，是知道的。然而这"自志"又岂出于天然，还不是很受一时代的学说和别人的情形的影响的么？那么，那学说是否真实，那人是否好人，配受赠与，也就成为问题。我先前何尝不出于自愿，在生活的路上，将血一滴一滴地滴过去，以饲别人，虽自觉渐渐瘦弱，也以为快活。而现在呢，人们笑我瘦了，除掉那一个人之外。连饮过我的血的人，也都在嘲笑我的瘦了，这实在使我愤怒。我并没有略存求得好报之心，不过觉得他们加以嘲笑，是太过的。我的渐渐倾向个人主义，就是为此；常常想到像我先前那样以为"自所甘愿即非牺牲"的人，也就是为此；常欲人要顾及自己，也是为此。但这是我的思想上如此，至于行为，和这矛盾的却很多，所以终于是言行不一致，好在不远就有面承训谕的机会，那时再争斗罢。

我离厦门的日子，还有四十多天，说三十多，少算了十天了，然则性急而傻，似乎也和"傻气的傻子"差不多，"半斤八两相等也"。伏园大约一两日内启行,此信或者也和他同船出发。从今天起,我们兼包饭菜了;先前单包饭的时候,饭很少,每人只得一碗半(中小碗),饭量大的,兼吃两人的也不够,今天是多一点了,你看厨房多么可怕。这里的仆役,似乎都和当权者有些关系,换不掉的,所以无论如何,只能教员吃苦。即如这厨子,是国学院听差中之最懒而最可恶的,兼士费了许多力,才将他弄走,而他的地位却更好了。他那时的主张,是:他是国学院的听差,所以别人不能使他做事。你想,国学院是一所房子,能叫他做事的么?

  我上海买书很便当,那两本当即去寄,但到后还是即寄呢,还是年底面呈?

迅 十六日下午

* * * *

〔1〕 此信经作者整理编辑收入《两地书》,序号九五。

261219　致沈兼士[1]

兼士兄:

  十四日奉一函,系寄至天津,想已达。顷得十四日手书,具悉种种。厦校本系削减经费,经语堂以辞职力争后,已复原,但仍难信,可减可复,既复亦仍可减耳。语堂恐终不能久居,近亦颇思他往,然一时亦难定,因有家室之累。亮公[2]则甚适,悠悠然。弟仍定于学期末离去;此校国文科第一年级生,因见沪报而来者,恐亦多将相率转学,留者至多一人而已。季黻多日无信,弟亦不知其何往,殊奇。孙公于今日上船;程某[3](前函误作郑)渴欲补缺,顾公语语堂,谓得 兄信,如此主张,而不出信相示,弟颇疑之。黄坚到厦,向语堂言兄当于阴历新年复来,而告孙公则云不来,其说颇不可究诘。语堂究竟忠厚,似乎不甚有所知,然亦无法救之,但冀其一旦大悟,速离此间,乃幸耳。文学史稿[4]编制太草率,至正月末约可至汉末,挂漏滋多,可否免其献丑,稍积岁月,倘得修正,当奉览也。丁公[5]亦大有去志;而矛尘大约将到矣;陈石遗[6]忽来,居于镇南关[7],国学院中人纷纷往拜之。专此,敬颂

提福

       弟迅 十二月十九日上午

*   *   *

〔1〕 沈兼士(1887—1947) 又作"坚士"、"臤士",浙江吴兴人,文字学家。早年留学日本,曾任北京大学教授。1926年,任厦门大学国文系主任兼国学院主任。10月底离职。

〔2〕 亮公 即张星烺(1888—1951),字亮尘,江苏泗阳人,历史学家。留学美国和德国。曾任北京大学教授,当时继沈兼士之后,任厦门大学国学院主任。

〔3〕 程某 即程憬。参看261121②信及其注〔5〕。

〔4〕 文学史稿 鲁迅在厦门大学讲授文学史课程的讲义,即后来出版的《汉文学史纲要》。

〔5〕 丁公 即丁丁山(1901—1952),安徽和县人。北京大学研究所国学门毕业,当时任厦门大学国学院助教。

〔6〕 陈石遗(1856—1937) 名衍,字叔伊,号石遗老人,福建侯官(今福州)人,曾任清末学部主事。1923年9月任厦门大学教授。1926年3月辞职。

〔7〕 镇南关 在厦门大学校内,明末郑成功抗清时所建。

261220 致许广平[1]

广平兄:

十六日得十二日信后,即复一函,想已到。我猜想一两日内当有信到,但此刻还没有,就先写几句,豫备明天发出。

伏园前天晚上走了,昨晨开船。你也许已见过。有否可做的事,我已托他问朱家骅,但不知如何。季黻南归,杳无消息,真是奇怪,所以他的事也无从计画。

我这里是什么事也没有发生,不过前几天很阔了一通。将伏园的火腿用江瑶柱煮了一大锅,吃了。我又从杭州带来两斤茶叶,每斤二元,喝着。伏园走后,庶务科便派人来和我商量,要我搬到他所住过的小房子里去。我便很和气的回答他:一定可以,不过可否再迟一个月的样子,那时我一定搬。他们满意而去了。

其实教员的薪水,少一点倒不妨的,只是必须顾到他的居住饮食,并给以相当的尊敬。可怜他们全不知道,看人如一把椅子或一个箱子,搬来搬去,弄不完。于是凡有能忍受而留下的便只有坏种,别有所图,或者是奄奄无生气之辈。

我走后,这里的国文一年级,明年学生至多怕只剩一个人了,其余的是转学到武昌或广州。但学校当局是不以为意的,这里的目的是与其出事,不如无人。顾颉刚的学问似乎已经讲完,听说渐渐讲不出。陈万里只能在会场上唱昆腔,真是受了所谓"俳优蓄之"的遭遇。但这些人正和此地相宜。

我很好,手指早已不抖,前信已声明。厨房的饭又克减了,每餐只有一碗半,幸我还够吃,又幸而只有四十天了。北京上海的信虽有来的,而印刷物多日不到,不知其故何也。再谈。

迅 十二月二十日午后

现已夜十一时,终不得信,此信明天寄出罢。

二十日夜

*　　*　　*

〔1〕 此信经作者整理编辑收入《两地书》,序号九六。

261223① 致许广平[1]

广平兄:

十九日信今天到;十六的信没有收到,怕是遗失了,所以终于不知寄信的地方,此信也不知能收到否？我于十二上午寄一信,此外尚有十六,二十一两信,均寄学校。

前日得郁达夫和遇安信,十四日发的,似于中大颇不满,都走了。次日又得中大委员会十五来信,言所定"正教授"只我一人,催我速往,那么,恐怕是主任了。但我只能结束了学期才走,拟即复信说明,但伏园大概已经替我说过。至于主任,我想不做,只要教教书就够了。

这里一月十五考起,看卷完毕,当在廿五左右,等薪水,所以至早恐怕要在一月廿八九才可以动身罢。我想先住客栈,此后如何,看情形再定,此时不必先酌定。

电灯坏了,洋烛所余无几,只得睡了。如此信收到,告我更详细的地名,可写信面。

迅 十二月廿三夜

怕此信失落,另写一信寄学校。

* * *

〔1〕 此信经作者整理编辑收入《两地书》,序号九八。

261223②　致许广平[1]

广平兄:

今日得十九来信,十六日信终于未到,所以我不知你住址,但照信面所写的发了一信,不知能到否?因此另写一信,挂号寄学校,冀两信有一信可到。

前日得郁达夫及遇安信,说当于十五离粤,似于中大颇不满。又得中大委员会信,十五发,催我速往,言正教授只我一人。然则当是主任。拟即作复,说一月底才可以离厦,或者伏园已替我说明了。

我想不做主任,只教书。

厦校一月十五考试,阅卷及等薪水等等,恐至早须二十八九才能动身。我拟先住客栈,此后则看形情再定。

我除十二,十三,各寄一信外,十六,二十一,又俱发信,不知收到否?

电灯坏了,洋烛已短,又无处买添,只得睡觉,这学校真可恨极了。

此地现颇冷,我白天穿夹袍,夜穿皮袍,其实棉被已够,而我懒于取出。

迅。十二月廿三夜

告我通信地址。

＊　　＊　　＊

〔1〕 此信经作者整理编辑收入《两地书》,序号九九。

261224　致许广平[1]

广平兄:

昨日(廿三)得十九日信,而十六信待到今晨未至,以为遗失的了,因写两信,一寄高第街,照信封上所写;一挂号寄学校,内容是一样的,上午寄出,想该有一封可以收到。但到下午,十六日发的一封信竟收到了,一共走了九天,真是奇特的邮政。

学校现状,可见学生之愚,和教职员之巧,独做傻子,实在不值得,实不如暂逃回家,不闻不问。这种事我遇过好几次,所以世故日深,而有量力为之,不拚死命之说。因为别人太巧,看得生气也。伏园想早到粤,已见过否?他曾说要为你向中大一问。

郁达夫已走了,有信来。又听说成仿吾也要走。创造社中人,似乎与中大有什么不协似的,但这不过是我的推测。达夫遇安则信上确有怨言。我则不管,旧历年底仍往粤,倘薪水能早取,就仅一个月略余几天了,容易敷衍过去。

中大委员会来信言正教授止我一个,不知何故。如是,则有做主任的危险,那种烦重的职务,我是不干的,大约当俟到后再看。现在在此倒还没有什么不舒服,因为横竖不远就走,什么都心平气和了。今晚去看了一回电影。川岛夫妇已到;我处常有学生来,也不大能看书,有几个还要转学广州,他们总是迷信我,真无法可想。长虹则专一攻击我,面红耳赤,可笑也,他以为将我打倒,中国便要算他。

陈仪[2]独立是不确的,廿二日被孙缴械了,此人真无用。而国民一军则似乎确已过陕州而至观音堂,北京报上亦载。

北京报又记傅铜等十教授与林素园大闹,[3]辞职了,继任教务长(?)是高一涵[4]。群犬终于相争,而得利的还是现代评论派,正人君子之本领如此。罗静轩已走出,[5]报上有一篇文章,可笑。

玉堂大约总弄不下去,然而国学院是不会倒的,不过是不死不活。一班江苏人正与此校相宜,黄坚与校长尤洽,他们就会弄下去。后天校长请客,我在知单上写了一个"敬谢",这是在此很少先例的,他由此知道我无留意,听说后天要来访我,我当避开。再谈。

迅。十二月二十四日灯下。

(电灯)修好了。

*　　*　　*

〔1〕 此信经作者整理编辑收入《两地书》,序号一○一。

〔2〕 陈仪(1883—1950) 字公侠,浙江绍兴人。日本陆军士官学校毕业。曾任孙传芳下属浙江军第一师师长、徐州镇守使兼津浦南段警备总司令。1926年10月20日被孙任为浙江省省长,即率第一师返浙,12月19日通电宣布浙江"自治",出任"自治"政府民政长。12月22日陈师一部分被孙传芳下属孟昭月部缴械,余部退至绍兴,同月30日改编为国民革命军第十九军,陈任军长。

〔3〕 傅铜等十教授与林素园大闹 1926年8月底,北洋政府教育部将北京女子师范大学与北京女子大学合并为北京女子学院,女师大成为该学院师范部,林素园任学长。此事遭到女师大师生的强烈反对。傅铜、徐祖正、钟少梅等教授曾代表女师大师生与教育部交涉,无效。9月5日林素园随教育总长任可澄率军警到女师大强行接收。傅铜(1886—1970),字佩青,河南兰封人,曾任西安西北大学校长,后任北京女子师范大学教授等职。

〔4〕 高一涵(1885—1968) 安徽六安人,曾任北京大学政治系教授。现代评论派主要成员之一。

〔5〕 罗静轩(1896—1979) 湖北红安人。北京女子高等师范学校毕业,当时任北京女子学院舍务主任。因学校失火,烧死学生事引咎辞职。1926年12月6日,她在《世界日报》上发表致北京女子学院教职员及全体同学公开信,其中有"静轩虽不才,鬻文为生,尚足养母"等语。

261228　致许寿裳[1]

季巿兄：

　　今日得廿一日来信,谨悉一一,前得北京信,言兄南旋,未携眷属,故信亦未寄嘉兴,曾以一笺托诗荃转寄,今味来书,似未到也。

　　此间多谣言,日前盛传公侠下野,亦未知其确否,故此函仍由禾[2]转,希即与一确示。

　　厦大虽不欠薪,而甚无味,兼士早走,弟亦决于本学期结束后赴广大,大约居此不过尚有一月耳,盼复,余容续陈。

　　　　　　　　　　　　树人　上　十二月二十八日

＊　　＊　　＊

〔1〕　此信据许寿裳亲属录寄副本编入。
〔2〕　禾　指浙江嘉兴。

261229①　致韦素园

漱园兄：

　　二十日的来信,昨天收到了。《莽原》第二十三期,至今没有到,似已遗失,望补寄两本。

　　霁野学费的事[1],就这样办罢。这是我先说的,何必客气。我并非"从井救人"[2]的仁人,决不会吃了苦来帮他,正不必不安于心。此款大约至迟于明年（阳历）一月十日以前必可寄出，惟邮寄抑汇寄则未定。

《阶级与鲁迅》[3]那一篇，你误解了。此稿是我到厦门不久，从上海先寄给我的；作者姓张，住中国大学，似是一个女生（倘给长虹知道，又要生气），问我可否发表。我答以评论一个人，无须征求本人同意，如登《语丝》，也可以。因给写了一张信给小峰作绍介。其时还在《莽原》投稿发生纠葛之前，但寄来寄去，登出时却在这事之后了。况且你也未曾和我"捣乱"，原文所指，我想也许是《明珠》[4]上的人们罢。但文中所谓H.M.女校，我至今终于想不出是什么学校。

至于关于《给——》[5]的传说，我先前倒没有料想到。《狂飙》也没有细看，今天才将那诗看了一回。我想原因不外三种：一，是别人神经过敏的推测，因为长虹的痛哭流涕的做《给——》的诗，似乎已很久了[6]；二，是《狂飙》社中人故意附会宣传，作为攻击我的别一法；三，是他真疑心我破坏了他的梦，——其实我并没有注意到他做什么梦，何况破坏——因为景宋在京时，确是常来我寓，并替我校对，抄写过不少稿子《坟》的一部分，即她抄的，这回又同车离京，到沪后她回故乡，我来厦门，而长虹遂以为我带她到了厦门了。倘这推测是真的，则长虹大约在京时，对她有过各种计划，而不成功，因疑我从中作梗。其实是我虽然也许是"黑夜"，但并没有吞没这"月儿"。

如果真属于末一说，则太可恶，使我愤怒。我竟一向在闷胡卢中，以为骂我只因为《莽原》的事。我从此倒要细心研究他究竟是怎样的梦,或者简直动手撕碎它,给他更其痛哭流涕。只要我敢于捣乱,什么"太阳"之类都不行的。

我还听到一种传说,说《伤逝》是我自己的事,因为没有经验,是写不出这样的小说的。哈哈,做人真愈做愈难了。

厦门有北新之书出售,而无未名的。校内有一人朴社的书,是他代卖的很可靠,我想大可以每种各寄五本不够,则由他函索,托他代售,折扣之例等等,可直接函知他,寄书时只要说系我绍介就是了。明年的《莽原》,亦可按期寄五本。人名地址是——

福建厦门大学

毛简先生(他号瑞章,但寄书籍等,以写名为宜。他是图书馆的办事员,和我很熟识)。

迅 十二,二九。

* * *

〔1〕霁野学费的事 参看261205信。

〔2〕"从井救人" 语出明代马中锡《中山狼传》:"从井以救人"。

〔3〕《阶级与鲁迅》 载《语丝》周刊第一〇八期(1926年12月4日),署名"一萼"(即曹轶欧)。

〔4〕《明珠》 北京《世界日报》的文艺专栏,张恨水主编。当时该刊曾发表过一些讥刺鲁迅的作品,如1926年8月4日所载署名蟫的作者说:"对于周先生,我也常挖苦过。"

〔5〕《给——》 短诗,高长虹作,载《狂飙》周刊第七期(1926年11月26日)。诗中他自比为太阳,以月亮喻许广平,以黑夜影射鲁迅。

〔6〕《给——》是高长虹作的一组短诗的总题,1924年11月16日已在《狂飙》、《语丝》、《莽原》等刊物发表。

261229② 致许寿裳[1]

季茀兄：

昨寄一函,已达否？此间甚无聊,所谓国学院者,虚有其名,不求实际。而景宋故乡之大学,催我去甚亟。聘书且是正教授,似属望甚切,因此不能不勉力一行,现拟至迟于一月底前往,速则月初。伏园已去,但在彼不久住,仍须他往,昨得其来信,言兄教书事早说妥,所以未发聘书者,乃在专等我去之后,接洽一次也。现在因审慎,聘定之教员似尚甚少云。信到后请告我最便之通信处,来信寄此不妨,即我他去,亦有友人收转也。此布,即颂
曼福。

树人 上 十二月廿九日

＊　　＊　　＊

〔1〕 此信据许寿裳亲属录寄副本编入。

261229③ 致许广平[1]

广平兄：

廿五日寄一函,想已到。今天以为当得来信,而竟没有,

别的粤信,都到了。伏园已寄来一函,今附上,[2]可借知中大情形。季黻与你的地方,大概都极易设法。我一面已写信通知季黻,他本在杭州,目下不知怎样。

看来中大似乎等我很急,所以我想就与玉堂商量,能早走则早走,自然另外也还有原因。此外,则厦大与我,太格格不入,所以我也不必拘拘于约束,为之收束学期也。但你信只管发,即我已走,也有人代收寄回。

厦大是废物,不足道了。中大如有可为,我也想为之出一点力,但自然以不损自己之身心为限。我来厦门,本意是休息几时,及有些豫备,而有些人以为我放下兵刃了,不再有发表言论的便利,即翻脸攻击,自逞英雄;北京似乎也有流言,和在上海所闻者相似,且说长虹之攻击我,乃为此。用这样的手段,想来征服我,是不行的。我先前的不甚竞争,乃是退让,何尝是无力战斗。现在就偏出来做点事,而且索性在广州,住得更近点,看他们卑劣诸公其奈我何?然而这也是将计就计,其实是即使并无他们的闲话,也还是到广州的。

再谈。

迅 十二月廿九日灯下

* * * *

〔1〕 此信经作者整理编辑收入《两地书》,序号一〇二。

〔2〕 孙伏园12月22日致鲁迅信摘录如下:"留先极力希望您能快来,他说他因为接到我的信,知道我要去武汉了,所以已单独写信给您,但没有提起薪水数目,其实您的薪水已决定五百毫洋,且定名为正

教授,现在全校只有您一人。学生知道先生要来,希望得极恳切。而真吾诸兄(厦大学生,要转学的)要来的事,我也与他谈及,他也非常欢迎,而且这事已在广报上披露,将来编级必无问题的,尽请他们大胆同来好了……现在聘人,十分慎重,故除极熟者外,均暂从缓,据云季黻聘书之所以迟发者,也不外此,'只要待鲁迅一到,再有一度商量,必无问题者也。'许广平君处我先去,彼已辞职出校,故未遇见,三主任同时辞去矣。我至朱处,乃为之述说前事,彼云必可设法,但须去了兼差,如辞职竟成事实,则可以成功。"(按括号中的文字为鲁迅批注)留先,即朱家骅(字骝先)。

一九二七年

270102　致许广平[1]

广平兄：

自从十二月廿三四日得十九，六信后，久不得信，真是好等，今天上午(一月二日)总算接到十二月廿四的来信了。伏园想或已见过，他到粤所说的事情，我已于三十日所寄函中将他的信附上，收到了罢。至于刊物，十一月廿一日之后，我又寄过两次，一是十二月三日，大约已遗失；一是十二月十四日，挂号的，也许还会到。学校门房行为如此，真可叹，所以工人地位升高，总还须有教育才行。幸而那些刊物不过是些期刊之流，没有什签名盖印的，失掉了倒也还没有什么。

毛咸这人听说倒很好的，他有本家在这里；信中的话，似乎也恳切，伏园至多大约不过作了一个小怪，随他去；但连人家的名字都写错，可谓粗心。云章似乎好名，他被《狂飙》批评后，还写信去辩，真是上当。至于长虹，则现在竭力攻击我，似乎非我死他便活不成，想起来真好笑。近来也很回敬了他几杯辣酒。我从前竭力帮忙，退让，现在躲在孤岛上，他们以为我精力都被他们用尽，不行了，翻脸就攻击。其实还太早了一些，以他们的一点破碎的思想的力量，还不能将我打死。不过使我此后见人更有戒心。

前天，十二月卅一日，我已将正式的辞职书提出，截至当日止,辞去一切职务。这事很给厦大一点震动,因为我在此,与学校的名气有些相关,他们怕以后难于聘人,学生也要减少,所以颇为难。为虚名计,想留我,为干净,省得捣乱计,愿放走我。但无论如何,总取得后者的结果的。因为我所不满意的是校长,所以无可调和。今天学生会也举代表来留,自然是具文而已,接着大概是送别会,那时是听,我的攻击厦大的演说。他们对于学校并不满足,但风潮是不会有的,因为四年前曾经失败过一次。

我这一走,搅动了空气不少,总有一二十个也要走的学生,他们或往广州,或向武昌,倘有二十余人,就是十分之一,因为这里一总只有二百余人。这么一来,我到广州后,便又粘带了十来个学生,大约又将不胜其烦,即在这里,也已经应接不暇。但此后我想定一会客时间,否则,是不得了的,将有在北京那时的一样忙碌。将来攻击我的人,也许其中也有。

上月的薪水,听说后天可发;我现在是在看试卷,两三天可完。此后我便收拾行李;想于十日前,至迟十四五日以前,离开厦门,坐船向广州。但其时恐怕已有学生跟着的了,须为之转学安顿。所以此信到后,不必再寄信来,其已经寄出的,也无妨,因为有人代收。至于器具,我除几种铝制的东西之外,没有什么,当带着,恭呈钧览。

不到半年,总算又将厦门大学捣乱了一通,跑掉了。我的旧性似乎并不很改。听说这回我的搅乱,给学生的影响颇不小;但我知道,校长是决不会改悔的。他对我虽然很恭敬,但我讨厌他,总觉得他不像中国人,像英国人。

鲁 迅 书 信(一)

玉堂想到武昌,他总带[待]不久的。至于现代系人,却可以在,他们早和别人连络了。

我近来很沉静而大胆,颓唐的气息全没有了,大约得力于有一个人的训示。我想二十日以前,一定可以见面了。你的作工的地方,那是当不成问题,我想同在一校无妨,偏要同在一校,管他妈的。

今天照了一个照相,是在草木丛中,坐在一个洋灰的坟的祭桌上,像一个皇帝,不知照得好否,要后天才知道。

迅 一月二日下午。

※ ※ ※

〔1〕 此信经作者整理编辑收入《两地书》,序号一○四。

270105 致许广平[1]

广平兄:

伏园想已见过了,他于十二月廿九日给我一封信,今裁出一部分附上[2],未知以为何如。我想助教是不难做的,并不必授功课,而给我做助教,尤其容易,我可以少摆教授架子。

这几天"名人"做得太苦了,赶了几处送别会,都有我那照例的古怪演说。这真奇怪,我的辞职消息一传出,竟惹起了不小的波动,许多学生颇愤慨,有些人很慨叹,有些人很恼怒。有的是借此攻击学校,而被攻击的是竭力要将我的人说得坏些,因以减轻罪孽。所以谣言颇多,我但袖手旁观着,煞是好

一九二七年一月

看。这里是死海,经这一搅,居然也有小乱子,总算还不愧为"挑剔风潮"的学匪[3]。然而于学校,是仍然无益的,这学校除彻底扫荡之外,没有良法。

不过于物质上,也许受点损失。伏园走后,十二月上半月的薪水,不给他了。我的十二月份薪水,也未给,因为他们恨极,或许从中捣鬼。我须看他几天,所以十日以前,大约一定走不成,当在十五日前后。不过拿不到也不要紧,这一个对于他们狐鬼的打击,足以偿我的损失而有余了,他们听到鲁迅两字,从此要头痛。

学生至少有二十个被我带走。我确也不能不走了,否则害人不浅。因为我在这里,竟有从河南中州大学转学而来的,而学校是这样,我若再给他们做招牌,岂非害人,所以我一面又做了一则通信,登《语丝》,说明我已离厦。我不知何以忽然成为偶象,这里的几个学生力劝我回骂长虹,说道,你不是你自己的了,许多青年等着听你的话。我为之吃惊,我成了他们的公物,那是不得了的,我不愿意。我想,不得已,再硬做"名人"若干时之后,还不如倒下去,舒服得多。

此信以后,我在厦门大约不再发信了,好在不远就到广州。中大的职务,我似乎并不轻,我倒想再暂时肩着"名人"的招牌,好好的做一做试试看。如果文科办得还像样,我的目的就达了。我近来变了一点态度,于诸事都随手应付,不计利害,然而也不很认真,倒觉得办事很容易,也不疲劳。

再谈。

迅。一月五日午后

＊　　＊　　＊

〔1〕 此信经作者整理编辑收入《两地书》,序号一〇五。

〔2〕 鲁迅裁附的孙伏园信如下:"许广平君已搬出学校,表示辞职决心,我乃催问骝先,据他说校中职员大概几十块钱,是不适宜的。我便问他:'你从前说李遇安君可作鲁迅之助教,现在遇安不在,鲁迅助教可请广平了。'他说助教也不过百元,平常只有八十。那末我说百元就百元罢。(好在从下月起,因为财政略微充裕,可以不搭公债。)骝先说,'鲁迅一到,即送聘书可也。'许君处尚未同她说过,一二天内我当写信给她,以免她再去弄别的事。先生能早来最好。"

〔3〕 "挑剔风潮"的学匪　陈西滢在《现代评论》第一卷第二十五期(1925年5月30日)的《闲话》中,曾指责鲁迅、马裕藻等同情和支持北京女师大学生反对校长杨荫榆的教员是"暗中挑剔风潮"。国家主义派杂志《国魂》第九期(1925年12月30日)发表姜华的《学匪和学阀》一文,攻击鲁迅、马裕藻等为"学匪"。

270106　致许广平[1]

广平兄:

五日寄一信,想当先到了。今天得十二月卅日信,所以再写几句。

伏园为你谋作助教,我想并非捉弄你的,观我前回附上之两信便知,因为这是李遇安的遗缺,较好。北大和厦大的助教,平时并不授课;厦大是教授请假半年或几月时,间或由助教代课,但这样是极少的事,我想中大当不至于特别罢,况且教授编而助教讲,也太不近情理,足下所闻,殆谣言也。即非谣言,亦有法想,似乎无须神经过敏。未发聘书,想也不至于中变,其于季黻亦然,中大似乎有许多事等我到才做似的。我的意思,附中聘书可无须受,即有中变,我当勒令朱找出地方来。

至于引为同事,恐牵连到自己,那我可不怕。我被各人用各色名号相加,由来久了,所以无论被怎么说都可以。这回我的去厦,这里也有各种谣言,我都不管,专用徐世昌哲学:听其自然。

害马[2]又想跑往武昌去了,谋事逼之欤? 十二月卅日写的信,而云"打算下半年在广州",殊不可解,该打手心。

我十日以前走不成了,因为十二月分薪水,要明后天才能取得。但无论如何,十五日以前是必动身的。他们不早给我薪水,使我不能早走,失策了。校内似乎要有风潮,现在正在酝酿,两三日内怕要爆发,但已由挽留运动转为改革厦大运动,与我不相干。不过我早走,则学生们少一刺激,或者不再举动,现在是不行了。但我却又成为放火者,然而也只得听其自然,放火者就放火者罢。

这一两天内苦极,赴会和饯行,说话和喝酒,大约这样的还有两三天。自从被勒做"名人"以来,真是苦恼。这封信是夜三点写的,因为赴会后回来是十点钟,睡了一觉起来,已是三点了。

这些请吃饭的人,有的是佩服我的,在这里,能不顾每月四百元的钱而捣乱的人,已经算英雄。有的是憎而且怕我的,想以酒食封我的嘴,所以席上的情形,煞是好看,简直像敷衍一个恶鬼一样。前天学生送别会上,为厦大未有之盛举,有唱歌,有颂词,忽然将我造成一个连自己也想不到的大人物,于是黄坚也称我为"吾师",而宣言曰"我乃他之学生也,感情自然很好的"。令人绝倒。今天又办酒给我饯行。

  这里的恶势力,是积四五年之久而弥漫的,现在学生们要借我的四个月的魔力来打破它,不知结果如何。

迅。一月六日灯下

*   *   *

〔1〕 此信经作者整理编辑收入《两地书》,序号一○九。

〔2〕 害马 许广平等六位学生自治会职员在女师大风潮中曾被杨荫榆称为"害群之马",故鲁迅以此戏称许广平。

270108 致韦素园

漱园兄:

  上午寄出译稿两篇[1],未知能与此信同到否?又由中国银行汇出洋一百元,则照例当较此信迟到许多天,到时请代收,转交霁野。

  我于这三四日内即动身,来信可寄广州文明路中山大学。我本拟学期结束后再走,而种种可恶,令人不耐,所以突然辞职了。不料因此引起一点小风潮,学生忽起改良运动,现正在扩大,但未必能改良,也未必能改坏。

  总之这是一个不死不活的学校,大部分是许多坏人,在骗取陈嘉庚[2]之钱而分之,学课如何,全所不顾。且盛行妾妇之道,"学者"屈膝于银子面前之丑态,真是好看,然而难受。

迅 一月八日

※　　※　　※

〔1〕 译稿两篇　指鲁迅译的《文学者的一生》和《运用口语的填词》;前者为日本武者小路实笃作,后者为日本铃木虎雄作,分别发表于《莽原》半月刊第二卷第三、四期(1927年2月10日、25日)。

〔2〕 陈嘉庚(1874—1961)　福建厦门人,爱国华侨领袖,长期侨居新加坡。1912年创办集美学校,1921年创办厦门大学。

270110　致韦素园

漱园兄:

八日汇出钱百元,九日寄一函,想已到。今日收到十二月卅日来信。　兄咯血,应速治,除服药打针之外,最好是吃鱼肝油。

章矛尘已到了,退回之《莽原》,请仍寄给他。《坟》想已出,应送之处,开出一单附上。

这里的风潮似乎要扩大。我大约于十四五才能走,因为一时没有船。

《莽原》稿已又寄出两篇,二月份可无虑了;三月者当续寄。

迅 一月十日灯下

张凤举

徐耀辰(祖正)[1]

刘半农

  以上三人,未名社想必知道他的住址

常维钧[2]

马　珏[3](后门内东板桥五十号,或:孔德学校)

冯文炳(大约在北大,问北新局,当知)

陈炜谟[4]

冯　至[5]

  上两人是沈钟社[6]里的,不知尚在京否?如知地址,希邮寄。此外也记不起什么了,此外如素园[7],丛芜,静农,你……,自然应各送一本,不待说明。

*　　*　　*

 〔1〕 徐耀辰(1895—1978)　名祖正,字耀辰,江苏昆山人,语丝社成员。留学日本。曾任北京大学等校教授。

 〔2〕 常维钧(1894—1985)　名惠,字维钧,河北宛平(今属北京)人。北京大学法文系毕业,曾任北大《歌谣》周刊编辑。

 〔3〕 马珏(1910—1994)　马幼渔之女,当时北京孔德学校学生。

 〔4〕 陈炜谟(1903—1955)　四川泸县人,北京大学学生,沉钟社成员。

 〔5〕 冯至(1905—1993)　冯承植,字君培,笔名冯至,河北涿县人,诗人。北京大学学生,曾留学德国。沉钟社成员。

 〔6〕 沉钟社　文学团体,1925年秋成立于北京,主要成员有林如稷、陈炜谟、陈翔鹤、冯至、杨晦等,曾出版《沉钟》周刊(后改为半月刊)

和《沉钟社丛书》。

〔7〕 素园　当误,疑指李霁野。

270111　致许广平[1]

广平兄:

五日与七日的两函,今天(十一)上午一同收到了。这封挂号信,却并无要事,不过我因为想发议论,倘被遗失,未免可惜,所以宁可做得稳当些。

这里的风潮似乎还在蔓延,不过结果是不会好的。有几个人还想利用这机会高升,或则向学生方面讨好,或则向校长方面讨好,真令人看得可叹。我的事情大略已了,本可以动身了,而今天有一只船,来不及坐,其次,只有星期六有船,所以于十五日才能走。这封信大约要和我同船到粤,但姑且先行发出。我大概十五上船,也许十六才开,则到广州当在十九或二十日。我拟先住广泰来栈,和骝先接洽之后,便姑且搬入学校,房子是大钟楼,据伏园来信说,他所住的一间就留给我。

助教是伏园去谋来的,俺何敢自以为"恩典",容易"爆发"也好,容易"发暴"也好,我就是这样,横竖种种谨慎,还是被人逼得不能做人。我就来自画招供,自说消息,看他们其奈我何。我对于"来者",先是抱给与的普惠,而惟独其一,是独自求得的心情。(这一段也许我误解了原意,但已经写下,不再改了。)这其一即使是对头,是敌手,是枭蛇鬼怪,要推我下来,我即甘心跌下来,我何尝愿意站在台上。我就爱枭蛇鬼怪,我要给他践踏我的特权。我对于名誉,地位,什么都不要,我只要枭蛇鬼怪够了。但现在之所以只透一点消息于人间者,(一)为己,是还念及生计问题;(二)为人,是可以暂以我为偶象,而作改革运动。但要我兢兢业业,专为这两事牺牲,是不行了。我牺牲得够了,我从前的生活,都已牺牲,而受者还不够,必要我奉献全部的生命。我现在不肯了,我爱"对头",我反抗他们。

这是你知道的,我这三四年来,怎样地为学生,为青年拚命,并无一点坏心思,只要可给与的便给与。然而男的呢,他们互相嫉妒,争起来了,一方面不满足,就想打杀我,给那方面也无所得。看见我有女生在坐,他们便造流言。这些流言,无论事之有无,他们是在所必造的,除非我和女人不见面。他们貌作新思想,其实都是暴君酷吏,侦探,小人。倘使顾忌他们,他们更要得步进步。我蔑视他们了。我有时自己惭愧,怕不配爱那一个人;但看看他们的言行思想,便觉得我也并不算坏人,我可以爱。

那流言,最初是韦漱园通知我的,说是沉钟社中人所说,《狂飙》上有一首诗,太阳是自比,我是夜,月是她。今天打听川岛,才知此种流言早已有之,传播的是品青,伏园,衣萍,小峰,二太太……。他们又说我将她带在厦门了,这大约伏园不在内,而送我上车的人们所流布的。黄坚从北京接家眷来此,又将这流言带到厦门,为攻击我起见,广布于人,说我之不肯留,乃为月亮不在之故。在送别会上,陈万里且故意说出,意图中伤。不料完全无效,风潮并不稍减。我则十分坦然,因为此次风潮,根株甚深,并非由我一人而起。况且如果是"夜",当然要有月亮,倘以此为错,是逆天而行也。

现在是夜二时,校中暗暗熄了电灯,帖出放假条告,当被学生发见,撕掉了。从此将从驱逐秘书运动,转为毁坏学校运动。

《生财有大道》[2]那一篇,看笔法似乎是刘半农做的。老三不回去了,听说今年总当回京一次,至迟以暑假为度。但他不至于散布流言。我现在真自笑我说话往往刻薄,而对人则太厚道,我竟从不疑及衣萍之流到我这里来是在侦探我;并且今天才知道我有时请他们在客厅里坐,他们也不高兴,说我在房里藏了月亮,不容他们进去了。我托羡苏买了几株柳,种在后园,拔去了几株玉蜀黍,母亲也大不以为然,向八道湾鸣不平,听说二太太也大放谣言,说我纵容学生虐待她。现在是往来很亲密了,老年人容易受骗。所以我早说,我一出西三条,能否复返,是一问题,实非神经过敏之谈。

但这些都由它去,我自走我的路。不过这回厦大风潮,我又成了中心,正如去年之女师大一样。许多学生,或则跟到广州,或往武昌,为他们计,是否还应该留几片铁甲在身上,再过一年半载,此刻却还未能决定。这只好于见到时商量。不过不必连助教都怕做,对语都避忌,倘如此,那真成了流言的囚人了。

　　　　　　　　　　　　　迅。一月十一日。

*　　　*　　　*

〔1〕 此信经作者整理编辑收入《两地书》,序号一一二。

〔2〕《生财有大道》 即《生财有大道论》，署名"心心"，载《语丝》第 105 期"闲话集成"专栏。

270112　致翟永坤

永坤兄：

去年底的来信，今天收到。此地很无聊，肚子不饿而头痛。我本想在此关门读书一两年，现知道已属空想。适逢中山大学邀我去，我就要去了，大约十五日启行。

至于在那里可以住多少时，现在无从悬断，倘觉得不合适，那么至多也不过一学期。此后或当漂流，或回北京，也很难说，须到夏间再看了。但无论如何，目下总忙于编讲义，不能很做别的。

　　　　　　　　　　　　迅 一，十二

来信问我在此的生活，我可以回答：没有生活。学校是一个秘密世界，外面谁也不明白内情。据我所觉得的，中枢是"钱"，绕着这东西的是争夺，骗取，斗宠，献媚，叩头。没有希望的。近来因我的辞职，学生们发生了一个改良运动，但必无望，因为这样的运动，三年前已经失败过一次了[1]。这学校是不能改良，也不能改坏。

此地没有霜雪，现在虽然稍冷，但穿棉袍尽够。梅花已开了，然而菊花也开着，山里还开着石榴花，从久居冷地的人看来，似乎"自然"是在和我们开玩笑。

　　　　　　　　　　　　迅 又及

※　　※　　※

〔1〕 1924年4月,厦门大学学生对校长林文庆不满,开会拟作出要求校长辞职的决议,因部分学生反对而作罢。林文庆为此开除为首学生,解聘教育科主任等九人,从而引起学潮。林并拒绝学生的任何合理要求,于同年6月1日诱使部分建筑工人凶殴学生,继又下令提前放暑假,限令学生五日离校,届时即停膳、停电、停水。当时厦门的保守势力也都支持林文庆,学生被迫宣布集体离校。

270115　致　林文庆[1]

文庆先生足下:

前蒙惠书,并嘱刘楚青[2]先生辱临挽留,闻命惭荷,如何可言。而屡叨盛饯,尤感雅意,然自知薄劣,无君子风,本分不安,速去为是。幸今者征轮在望,顷即成行。肃此告辞,临颖悚息。聘书两通并还。

周树人 启 一月十五日

※　　※　　※

〔1〕 此信据1927年2月17日香港《华侨日报》所载署名"探秘"的《鲁迅君的作风》一文编入。

林文庆(1869—1957),字梦琴,福建海澄人。早年留学英国。1921年起任厦门大学校长兼国学研究院院长。

〔2〕 刘楚青(1893—?)　名树杞,字楚青,湖北新埔人。当时任厦门大学教务长,秘书,兼理科主任。鲁迅1927年1月3日日记:"晚刘楚青来挽留并致聘书。"

270117　致许广平[1]

广平兄：

现在是十七夜十时，我在"苏州"船中，泊在香港海上。此船大约明晨九时开，午后四时可到黄浦，再坐小船到长堤，怕要八九点钟了。

这回一点没有风浪，平稳如在长江船上，明天是内海，更不成问题。想起来真奇怪，我在海上，竟历来不大遇到风波，但昨天也有人躺下不能起来的，或者我比较的不晕船也难说。

我坐的是"唐餐间"，两人一房，一个人到香港上去了，所以此刻是独霸一间。至于到广州后先住那一个客栈，此刻不能决定。因为有一个侦探性的学生跟住我。这人大概是厦大校长所派，侦探消息的，因为那边的风潮未平，他怕我帮助学生，在广州活动。我在船上用各种方法斥拒，至于疾声厉色，令他不堪。但是不成功，他终于嬉皮笑脸，谬托知己，并不远离。大约此后的手段是和我住同一客栈，时时在我房中，探听中大情形。所以明天我当相机行事，能将他撇下便撇下，否则再设法。

此外还有三个学生，是广东人，要进中大的，我已通知他们一律戒严，所以此人在船上，是不能探得消息。

迅（一月十七日）

* * * *

〔1〕　此信经作者整理编辑收入《两地书》，序号一一三。

270126　致韦素园

漱园兄：

我十八日到校了，现即住在校内，距开学尚有一个月，所以没有职务上的事。但日日忙于会客及赴会演说，也很苦恼，这样下去，还是不行，须另设法避免才好。

本地出版物，是类乎宣传品者居多；别处出版者，《现代评论》[1]倒是寄卖处很多。北新刊物也常见，惟未名社者不甚容易见面。闻创造社中人说，《莽原》每期约可销四十本。最风行的是《幻洲》，每期可销六百余。

旧历年一过，北新拟在学校附近设一售书处[2]，我想：未名社书亦可在此出售，所以望即寄《坟》五十本，别的书各二十本，《莽原》合本五六部，二卷一号以下各十本来，挂号，"中山大学大钟楼，周……"收。待他们房子租定后，然后直接交涉。

这里很繁盛，饮食倒极便当；在他处，听得人说如何如何，迨来一看，还是旧的，不过有许多工会而已，并不怎样特别。但民情，却比别处活泼得多。

买外国书还是不便当，这于我有损，现正在寻找，可有这样的书店。

迅　一，廿六

＊　　＊　　＊

〔1〕《现代评论》 综合性周刊,胡适、陈源、王世杰、高一涵、徐志摩、唐有壬等留学英美的知识分子主办的同人杂志。1924年12月创刊于北京,1927年7月移至上海出版,1928年12月停刊。

〔2〕 设售书处　当时鲁迅曾租用广州芳草街四十四号二楼设"北新书屋",代售北新书局和未名社书刊。1927年3月15日开业,同年8月结束。

270129　致许寿裳[1]

季茀兄:

十九日信已到,现校中只缺豫科教授,大家俱愿以此微职相屈,望兄不弃,束装即来。所教何事,今尚未定,总之都甚容易,又须兼教本科二三小时,月薪为二百四十,合大洋约二百上下,以到校之月起算,甚望于二月(阳历)间到校。可以玩数天,开学则三月二日也。

此间生活费颇贵,然一人月用小洋百元足够,食物虽较贵而质料殊佳;惟房租贵,三小间约月需二十元上下。弟现住校中,来访者太多,殊不便,将来或须赁屋,亦未可知。

信到后乞即示行期。又如坐太古[2]船,则"四川""新宁""苏州"等凡以S起头者皆较佳。"唐餐楼"[3]每人约二十五六元。

来信仍寄校中。

迅　上　一月二十九夜

* * *

〔1〕 此信据许寿裳亲属录寄副本编入。

〔2〕 太古 指太古兴记轮船公司,旧中国由英国资本操纵的航运组织。下文的"四川"、"新宁"等是船名。

〔3〕 唐餐楼 也作唐餐间。指供应中餐的船舱,相当于二等舱。

270131 致许寿裳[1]

季茀兄:

昨刚发〔寄〕信绍,沪,今晨得二十三日来信,俱悉。兄之聘书,已在我处,为豫科教授,月薪二百四十元,合大洋不过二百上下。此间生活费,有百元足矣,不至于苦。

至于所教功课,现尚无从说起,因为一切尚无头绪。总之,此校的程度是并不高深的,似乎无须怎样大豫备。

开学是三月二日,但望兄见信即来。可以较为从容,谈谈。所教功课,也许在本科也有几点钟。

校中要我做文科主任,我尚未答应。

从沪开来的轮船,太古公司者,"苏州","新宁","四川"等凡以 S 起首者最好。听说"苏州"尤佳。我坐的是"唐餐楼"(胜于官舱),价二十五元左右。

余面谈。

迅 上 正月三十一日

〔1〕 此信据许寿裳亲属录寄副本编入。

270207　致李霁野

季野兄：

一月十五日来信已到。漱园病已愈否？

《每日评论》[1]附赠《莽原》，很像附送"美女月份牌"之类，我以为不合适。有麟[2]曾函问我，我亦如此答复他。

兄所需学费，已在厦门汇出，想已到了？

迅 二，七

＊　　＊　　＊

〔1〕《每日评论》 当时在北京出版的报纸，荆有麟编辑。

〔2〕 有麟 即荆有麟。参看310205信注〔1〕。

270221　致李霁野

霁野兄：

二月一日信前天才收到。学费已到否，念念。

柏烈威[1]先生要译《阿Q正传》及其他，我是当然可以的。但王希礼[2]君已经译过，不知于他（王）何如？倘在外国习惯上不妨有两种译本，那只管译印就是了。（我也没有与王希礼君声明，不允第二人译。）L夫人[3]画如允我们转载，自然很好。

我现在真太忙了,连吃饭工夫也没有。前几天到香港讲演[4]了两天,弄得头昏。连第廿九期《莽原》稿也还未作,望这(29)一期暂缺我的。

迅 二月廿一日

＊　　＊　　＊

〔1〕 柏烈威(С.А.Полевой) 苏联人。曾任北京俄文专修馆教授、北京大学俄文系讲师。按他要译的《阿Q正传》未见出版。

〔2〕 王希礼 本名瓦西里耶夫(Б.А.Васильев,？—1937),苏联人。1925年在河南国民军第二军俄国顾问团任翻译时将《阿Q正传》译成俄文,连同别人译的《幸福的家庭》、《高老夫子》、《头发的故事》、《孔乙己》、《风波》、《故乡》、《社戏》等合为一册,于1929年由苏联列宁格勒激浪出版社出版。

〔3〕 L夫人 即罗尔斯卡娅(Лорская),苏联画家、雕刻家。1925年来我国。柏烈威翻译《阿Q正传》时,曾请她作插图。

〔4〕 到香港讲演 鲁迅于1927年2月18、19日在香港青年会讲演。讲题分别为《无声的中国》(后收入《三闲集》)和《老调子已经唱完》(后编入《集外集拾遗》)。

270225　致章廷谦

矛尘兄:

廿日及以前的信,都收到了。伏园已于十日动身[1],从湖南走,大约月底可到武昌。

中大定于三月二日开学,里面的情形,非常曲折,真是一言难尽,不说也罢。我是来教书的,不意套上了文学系(非科)主任兼教务主任,不但睡觉,连吃饭的工夫也没有了。这样下去,是不行的,我想设法脱卸这些,专门做教员,不知道将来(开学后)可能够。但即使做教员,也不过是五日京兆[2],坐在革命的摇篮之上,随时可以滚出的。不过我以为教书可比办事务经久些,近来实也跑得吃力了。

绍原[3]有电来索旅费,今天电汇了。红鼻[4],先前有许多人都说他好,可笑。这样的人,会看不出来。大约顾孟余[5]辈,尚以他为好货也。孟余目光不大佳。

兄事,我曾商之骝先[6],校中只有教务助理员位置了,月薪小洋百,半现半库券[7](买[卖]起来,大概八折),兄及夫人如来此,只足苦苦地维持生活。我曾向骝先说,请兄先就此席;骝先且允当为别觅地方。兄如可以,望即函知。且于三月间来此。但于"按月发给"办法,不有妨乎?厦大薪水,总以尽量取得为宜。

本校考试,二十八日是最末一次,而朱斐[8]们还不来,我虽已为报名,不知二十七可能到。倘不到,则上半年不能入校,真做了牺牲了,可叹。

我在这里,被抬得太高,苦极。作文演说的债,欠了许多。阴历正月三日从毓秀山跳下,跌伤了,躺了几天。十七日到香港去演说,被英国人禁止在报上揭载了。真是钉子之多,不胜枚举。

我想不做"名人"了,玩玩。一变"名人","自己"就没有了。

季黻已来此地。

兄究竟行止何如(对于广州),乞示复。寄玉堂一笺,希便中转交。

迅 二,二五

斐君兄均此不另。

* * *

〔1〕 伏园动身　指孙伏园于1927年2月10日离广州去武汉任《中央日报》副刊编辑。

〔2〕 五日京兆　《汉书·张敞传》记载西汉张敞为京兆尹,行将被免,某下属得知后,就不再为他办事,并说:"吾为是公尽力多矣,今五日京兆耳。安能复案事!"

〔3〕 绍原　江绍原,参看270404信注〔1〕。

〔4〕 红鼻　指顾颉刚。

〔5〕 顾孟余(1888—1972)　名兆熊,字梦余,又作孟余,河北宛平(今属北京)人。曾任北京大学教授、教务长。当时任国民党中央常委、代理宣传部长,并任中山大学委员会副委员长。

〔6〕 骝先　朱家骅(1893—1963),字骝先,浙江吴兴人。留学德国,曾任北京大学教授。当时任中山大学委员会委员,主持校务。后任国民党政府教育部长、国民党中央组织部长等职。

〔7〕 库券　当时广东国民政府以国库名义发行的一种债券,一定时间后方能兑换现金。

〔8〕 朱斐(1897—1990)　字玉鲁,安徽舒城人。厦门大学教育系学生。

270303　致刘　随[1]

前度先生:

惠函敬悉。讲演稿自然可以答应　先生在日报发表,今

寄还。其中僭改了几处,乞鉴原为幸。顺祝

康健

鲁迅 三月三日

＊　　＊　　＊　　＊

〔1〕 刘随　又名前度,鲁迅讲演《老调子已经唱完》记录者。记录稿后来未能在香港报纸发表。

270315　致韦丛芜

丛芜兄:

来信收到。贺你的重了六磅。

《格利佛游记》[1]可以照来信办,无须看一遍了,我也没有话要说,否则邮寄往返,怕我没有工夫,压起来。

《莽原》只要能支持就好,无须社[2]之流,我以为不妥当,我一向对于投稿《晨副》的人的稿子,是不登的。

密斯朱[3]来访过一次,我还无暇去回看他。岭南大学想我去讲点东西,只听到私人对我表示过,我还没有答应他。但因近几天拉了一个他们的教员兼到中大来,所以我也许去讲一点,作为交换。

我这一个多月,竟如活在旋涡中,忙乱不堪,不但看书,连想想的工夫也没有。

迅 三月十五日

*　　*　　*

〔1〕《格利佛游记》　长篇小说,英国斯威夫特著,韦丛芜译,1928年9月、1929年1月由北京未名社分两卷相继出版,为《未名丛刊》之一。

〔2〕无须社　文学团体,1926年在北京创立,成员有蹇先艾、张采真、沈从文等。同年10月在《世界日报》附出《文学周刊》,于赓虞主编。并出版《无须社丛书》。

〔3〕密斯朱　指朱寿恒,原为岭南大学学生。1925年转学燕京大学,由韦丛芜介绍认识鲁迅。当时在岭南大学任教。

270317　致李霁野

霁野兄:

昨天收到受过检查的二月廿四日来信。漱园已渐愈,甚喜。我太忙,每天胡里胡涂的过去,文章久不作了,连《莽原》的稿子也没有寄,想到就很焦急。但住在校内,是不行的,从早十点至夜十点,都有人来找。我想搬出去,晚上不见客,或者可以看点书及作文。明天我想去寻房子。

北京的出版物久没有收到。《莽原》只收到第二卷第一三期各一本。前天看见创造社中人,说第三期一到,就卖完了,我问他到了多少本,他不说。他们忽云不销,忽云行,莫名其妙。我所做的东西,买者甚多,前几天至涨到照定价加五成,近已卖断。而无书,遂有真笔板[1]之《呐喊》出现,千本以一星期卖完《坟》如出版,可寄百本来。

迅 三,一五

《坟》六十本,《象牙之塔》十五本,今日已到,纸包无一不破,书多破损。而北新之包,则一无破者。望此后寄书,可往北新参考其包装之法,以免损失。

十七。

* * *

〔1〕 真笔板 日语:油印品。

270404　致江绍原[1]

绍原先生:

惠函收到,来校后适值外出,不能面谈为怅。英文功课一节,弟意仍以为只能请勉为其难,必不至于"闹笑话"。中大教员,非其专门而在校讲授者不少,不要紧的;起初因为预备功课之类,自然要忙,但后来就没有什么了。总之要请打消惠函中所说之意,余容明日面谈。

迅 四月四日

* * *

〔1〕 江绍原(1898—1983) 安徽旌德人,民俗学研究者。曾留学美国,回国后任北京大学、中山大学教授。《语丝》周刊撰稿人之一。

270409[①] 致李霁野

霁野兄：

三月十一日所发信,到四月八日收到了,或者因为经过检查等周折,所以这么迟延。我于四日寄出文稿[1]一封,挂号的,未知已收到否？

《阿Q正传》单行本[2],如由未名社出,会引出一点问题,所以如何办法,我还得想一想。又,书后面的《未名丛书》广告,我想,凡北新所印的,也须列入,因为他们广告上,也列入未名社所印的书。

前回寄来的书籍,《象牙之塔》,《坟》,《关于鲁迅》三种,俱已卖完,望即续寄。《莽原》合本也即卖完,要者尚多,可即寄二十本来,此事似前信也说过。这里的学生对于期刊,多喜欢卖［买］合本,因为零本忽到忽不到,不容易卖［买］全。合本第二册,似可即订,成后寄卅本来。

《穷人》卖去十本,可再寄十本来。《往星中》及《外套》各卖去三本。

《白茶》[3]及《君山》如印出,望即各寄二十本来。《黑假面人》也如此。

托罗兹基的文学批评[4]如印成,我想可以销路较好。

《旧事重提》我稿已集齐,还得看一遍,名未定,但这是容易的。至于《小约翰》稿,则至今未曾动手,实在可叹。

上星期我到岭南大学去讲演[5],看见密斯朱。她也不大能收到《莽原》。

我似乎比先前不忙一点,但这非因事情减少,乃是我习惯了一点之故。《狂飙》停刊了,他们说被我阴谋害死的,[6]可笑。现在又要出一种不知什么。尚钺有信来,对于我的《奔月》,大不舒服,其实我那篇不过有时开一点小玩笑,而他们这么头痛,真是禁不起一点风波。

漱园丛芜处希代致意,不另写信了。静农现在何处?

迅 四,九

信如直寄燕大,信面应如何写法?

* * *

〔1〕 指小说《眉间尺》(后改题为《铸剑》)。

〔2〕 《阿Q正传》单行本 据收信人回忆,当时未名社曾拟自《呐喊》中抽出《阿Q正传》印单行本,收入《未名新集》,后因鲁迅恐使北新书局不满而未果。

〔3〕 《白茶》 苏联戏剧集,收班珂的《白茶》及他人独幕剧共五篇,曹靖华译,1927年4月未名社出版。

〔4〕 托罗兹基(Л. Д. Троцкий,1879—1940) 通译托洛茨基,苏俄政治家,参与领导十月革命,曾任革命军事委员会主席等职。列宁逝世后,成为联共(布)党内反对派领袖,1927年被开除出党,1929年被逐出境,后死于墨西哥。文中所说的文学批评,指《文学和革命》,李霁野、韦漱园译,1928年北京未名社出版。

〔5〕 岭南大学讲演 指3月29日上午在岭南大学纪念黄花岗七十二烈士大会上的讲演。讲稿佚。据报导,讲演"内容略谓先烈的牺牲,是为革命奋斗,为中国全体人民谋幸福。但最怕先烈苦心,后继无

人。现在革命还未成功,所以我们要继续他们的志向,努力奋斗。"(1927年4月3日广州《南大青年》第十五卷第二十一期《纪念黄花节的经过情形》)

〔6〕 1927年1月《狂飙》停刊后,常燕生(狂飙社成员,后为国家主义派)发表了《挽狂飙》一文,说《狂飙》的停刊是"思想界的权威者""反攻战略"的结果,参看《三闲集·吊与贺》。

270409② 致台静农

静农兄:

三月廿三日来信,今天收到了。至于"前信",我忘却了收到与否,因为我在开学之初,太忙,遗忘了许多别的事情。

《莽原》稿子,已于四日寄出一篇,可分两期登;此后只要有暇,当或译或作。第五六期,我都没有收到,第一期收到四本,第二期两本,第三四期没有,但我从发卖的二十本中见过了。

《白茶》,《君山》,《黑假面人》一出版,望即寄各二十本来。此外还有需要的书,详今晨所发的寄霁野信由未名社转中,望参照付邮。《莽原》合本,来问的人还不少。其实这期刊在此地是行销的,只是没有处买。第二卷另本,也都售罄,可以将从第一期至最近出版的一期再各寄十本来,但以挂号为稳,因此地邮政,似颇腐败也。(以后每期可寄卅本)

《象牙之塔》出再版不妨迟,我是说过的,意思是在可以移本钱去印新稿。但如有印资,则不必迟。其中似有错字,须改正,望寄破旧者一本来,看过寄还,即可付印。

《旧事重提》我想插画数张,自己搜集。但现在无暇,当略迟。

我的最近照相,只有去年冬天在厦门所照的一张,坐在一个坟的祭桌上,后面都是坟(厦门的山,几乎都如此)。日内当寄上,请转交柏君[1]。或用陶君所画者未名社似有亦可,请他自由决定。

迅 四,九,夜

* * *

[1] 柏君 即柏烈威。参看270221信注[1]。

270420 致 李霁野

霁野兄:

四日寄小说稿一篇,想已到。此地的邮局颇特别,文稿不能援印刷品例,须当作信的。此后又寄一信,忘记了日子。

今日看见几张《中央副刊》[1],托罗茨基的书,已经译傅东华[2]译载了不少了,似乎已译完。我想,这种书籍,中国有两种译本就怕很难销售。你的译文如果进行未多,似乎还不如中止。但这也不过是我一个人的意见。

我在厦门时,很受几个"现代"派的人排挤,我离开的原因,一半也在此。但我为从北京请去的教员留面子,秘而不说。不料其中之一[3],终于在那里也站不住,已经钻到此地来做教授。此辈的阴险性质是不会改变的,自然不久还是排挤,营私。我在此的教务,功课,已经够多的了,那可以再加上防暗箭,淘闲气。所以我决计于二三日内辞去一切职务,离开中大。

此后何往,还未定;或者仍暂留此地,改定《小约翰》,俟暑假后再说。因为此刻开学已久已无处可以教书,我也想暂时不教书,休息一时再说,这一年来,实在忙得太苦了。来信可寄"广州芳草街四十四号二楼北新书屋"(非局字)收转。书籍亦径寄"北新书屋"收。这是一间小楼,卖未名社和北新局出板品的地方。

《莽原》第五六期各十本及给我之各二本,今天收到了。广东没有文艺书出版,所以外来之品,消场还好。《象牙之塔》卖完了,连样本都买了去。

这里现亦大讨其赤[4],中大学生被捕者有四十余人,别处我不知道,报上亦不大纪载。其实这里本来一点不赤,商人之势力颇大,或者远在北京之上。被捕者盖大抵想赤之人而已。也有冤枉的,这几天放了几个。

再谈。

迅 四,二十,夜

静农
漱园兄均此不另。
丛芜

* * * *

〔1〕《中央副刊》 指武汉出版的《中央日报》的副刊,当时由孙

伏园编辑。该刊曾连载托洛茨基《文学和革命》的译文。

〔2〕 傅东华(1893—1971) 浙江金华人,翻译家。当时是上海复旦大学、暨南大学国文系教授。

〔3〕 指顾颉刚。他于1927年4月18日到达中山大学。

〔4〕 大讨其赤 指1927年国民党"四一二"反共政变后,在广州相继发生的"四一五"搜捕、屠杀共产党人和革命人士的事件。计逮捕二千余人,其中杀害二百多人。

270426　致 孙伏园[1]

寄给我的报[2],收到了五六张,零落不全。我的《无声的中国》,已看见了,这是只可在香港说说的,浅薄的很。我似乎还没有告诉你我到香港的情形。讲演原定是两天,第二天是你。你没有到,便由我代替了,题目是《老调子已经唱完》。这一篇在香港不准登出来,我只得在《新时代》上发表,今附上。梁式[3]先生的按语有点小错,经过删改的是第一篇,不是这一篇。

我真想不到,在厦门那么反对民党,使兼士愤愤的顾颉刚,竟到这里来做教授了,那么,这里的情形,难免要变成厦大,硬直者逐,改革者开除。而且据我看来,或者会比不上厦大,这是我新得的感觉。我已于上星期四辞去一切职务,脱离中大了。我住在上月租定的屋里,想整理一点译稿,大约暂时不能离开这里。前几天也颇有流言,正如去年夏天我在北京一样。哈哈,真是天下老鸦一般黑哉!

＊　　＊　　＊

〔1〕 此信据1927年5月11日武汉《中央日报·中央副刊》载收信人《鲁迅先生脱离广州中大》一文所引编入。信的首尾均被略去。

〔2〕 指武汉《中央日报》。1927年3月22日创刊,9月15日停刊。

〔3〕 梁式(1894—1972) 笔名尸一,广东台山人。当时是广州《国民新闻》副刊《新时代》的编辑,曾约鲁迅撰稿。后曾为汪伪报纸《中华副刊》的撰稿者。

270515　致章廷谦

矛尘兄:

前天(十三),接到四月廿七日信;同时也接到五月三日信,即日转寄绍原了。

你要我的稿子,实在是一个问题,因为我现在无话可说。我现在正在整理《小约翰》的译稿,至快须下月初头才完,倘一间断,就难免因此放下,再开手就杳杳无期了。但也许可以译一点别的寄上,不过不能就有。

转载《莽原》的文章,自然可以的,但以我的文字为限。至于别人的,我想应该也可以,但如我说可以,则他们将来或至于和我翻脸时,就成了我的一条罪状。罪状就罪状,本来也无所不可,不过近于无聊。我想,你转载就转载,不必问的,如厦门的《民钟报》〔1〕,即其例也。

我到此只三月,竟做了一个大傀儡。傅斯年我初见,先前竟想不到是这样人。当红鼻到此时,我便走了;而傅大写其信,给我,说他已有补救法,即使鼻赴京买书,不在校;且宣传于别人。我仍不理,即出校。现已知买书是他们的豫定计划,实是鼻们的一批大生意,因为数至五万元。但鼻系新来人,忽托以这么大事,颇不妥,所以托词于我之反对,而这是调和办法,则别人便无话可说了。他们的这办法,是我即不辞职,而略有微词,便可以提出的。

现在他们还在挽留我,当然无效,我是不走回头路的。季巿也已辞职,因为我一走,傅即探他的态度,所以也不干了。

据伏园上月廿七日来信云:玉堂已经就职[2]了。所"就"何"职",却未详。大约是外交上事务罢。驷先已做了这里的民政厅长,当然不会[回]浙。我也不想回浙,但未定到那里去,教界这东西,我实在有点怕了,并不比政界干净。

广东也没有什么事,先前戒严,常听到捕人等事。现在似乎戒[解]严了,我不大出门,所以不知其详。

你前信所问的两件事,关于《小说旧闻钞》的,已忘了书名。总之:倘列名于引用书目中的,皆见过。如在别人的文内引用,那我就没有见过。

我想托你办一件要公。即:倘有暇,请为我在旧书坊留心两种书,即《玉历钞传》和《二十四孝图》[3],要木板的,中国纸印的更好。如有板本不同的,不妨多买几种。

迅 上 五月十五日灯下

斐君兄均此致候不另。

＊　　＊　　＊

〔1〕《民钟报》　即《民钟日报》,1916年10月1日创刊于厦门。1918年5月28日被福建军阀李厚基查封,1921年7月1日复刊,至1930年9月8日停刊。鲁迅在厦门大学时指导学生创办的《鼓浪》周刊,即附于该报刊出。

〔2〕玉堂已经就职　指林语堂当时由厦门抵汉口,任武汉国民政府外交部秘书。

〔3〕《二十四孝图》　《二十四孝》,元代郭居敬编。内容是辑录古代所传二十四个孝子的故事。后来的印本都配有图画,通称《二十四孝图》,是旧时宣扬封建孝道的通俗读物。

270530　致章廷谦

矛尘兄:

我滚出中大以后,似乎曾寄两信,一往道坯,一往杭,由郑介石[1]转。但是否真是如此,记不清楚了,也懒得查日记,好在这些也无关紧要,由它去罢。

十来天以前见绍原,知道你因闻季和我已"他亡",急欲知其底细,当时因为他已写信,我又忙于整理译稿,所以无暇写信。其实是我固在此地,住白云楼上吃荔支也。不过事太凑巧,当红鼻到粤之时,正清党发生之际,所以也许有人疑我之滚,和政治有关,实则我之"鼻来我走"与鼻不两立,大似梅毒菌,真是倒楣之至之宣言,远在四月初上也。然而顾傅[2]为攻击我起见,当有说我关于政治而走之宣传,闻香港《工商报》[3],即曾说我因"亲共"而逃避云云,兄所闻之流言,或亦此类也欤。然而"管他妈的"可也。

中大当初开学,实在不易,因内情纠纷,我费去气力不少。时既太平,红鼻莅至,学者之福气可谓好极。日前中大图书馆征求家谱及各县志,厦大的老文章,又在此地应用了,则前途可想。骝先其将如玉堂也欤。绍原似乎也很寂寞,该校情形,和北大很不同,大约他也看不惯。

前天听说中大内部又发生暗潮[4]了,似是邹(鲁)[5]派和朱派之争,也即顾傅辈和别人之争,也即本地人和非本地人之争,学生正在大帖标语,拥朱驱邹。后事如何,未知分解。鼻以此地已入平静时代而来,才来而平静时代即有"他亡"之概,人心不古,诚堪浩叹。幸我已走出,否则又将被人推出去冲锋,如抱犊山之洋鬼子[6],岂不冤乎冤哉而且苦乎。

敝人身体甚好,可惜,此地热了,但我想别处必也热,所以姑且在此逗留若干天再说。荔支已上市,吃过两三回了,确比运到上海者好,以其新鲜也。

纸完了,信也完了罢。

迅 五,卅

斐君兄及小燕[7]兄均此请安不另。

* * *

〔1〕 郑介石(1896—1968) 名奠,字介石,号石君,浙江诸暨人,语言学家。北京大学毕业后留校任教,曾任北京女子师范大学教授。当时任浙江省教育厅厅长。

〔2〕 顾傅　指顾颉刚、傅斯年。

〔3〕 《工商报》　即《工商日报》，香港出版的报纸，1925年7月创刊。

〔4〕 中大内部又发生暗潮　1927年5月下旬，广州中山大学传说"广大复辟，校务易员"。学生会宣言反对"西山会议派首领邹鲁"任校长，请政府下令通缉邹鲁和要求校方驱逐邹派教授郜重魁、黎国昌等。6月10日，戴传贤、朱家骅分任中山大学正、副校长。

〔5〕 邹鲁（1885—1954）　原名澄生，字海滨，广东大埔人。早年参加同盟会。1924年曾任广东大学校长。1925年秋，因参加国民党右派组织西山会议派被学生赶走，不久复任中山大学（广东大学改称）校长。后任国民党中央执行委员会常委等职。

〔6〕 抱犊山之洋鬼子　1923年5月5日，盘踞山东峄县抱犊崮的土匪头子孙美瑶，在津浦铁路临城站附近劫车，虏走中外旅客二百多人。北洋政府派军队前往剿捕时，他把外籍旅客押至前沿抵御。

〔7〕 小燕　章廷谦的女儿，后名章淹。

270612　致章廷谦

矛尘兄：

　　五月卅日的信，昨天收到了。《玉历钞传》还未到。我早搬出中大，住在一间洋房里，所以信寄芳草街者，因为我那时豫计该街卖书处之关门，当在我的寓所［？］之后。季巿先也住在这里，现在他走了，六日上船的，故五月卅日以前有人在杭州街上所见之人，必非季巿也。倘在六月十五以后，则我不能决矣。

鼻之口中之鲁迅,可恶无疑,而且一定还有其他种种。鼻之腹中,有古史,有近史,此其所以为"学者";而我之于鼻,则除乞药揸鼻一事外,不知其他,此其所以非"学者"也。难于伺候哉此鼻也,鲁迅与之共事,亦可恶,不与共事,亦可恶,仆仆杭沪宁燕而宣传其可恶,于是乎鲁迅之可恶彰闻于天下矣,于是乎五万元之买书成为天经地义矣。岂不懿欤!休哉!

我很感谢你和介石向子公[1]去争,以致此公将必请我们入研究院。然而我有何物可研究呢?古史乎,鼻已"辨"了;文学乎,胡适之已"革命"了,所余者,只有"可恶"而已。可恶之研究,必为子公所大不乐闻者也,其实,我和此公,气味不投者也,民元以后,他所赏识者,袁希涛蒋维乔[2]辈,则十六年之顷,其所赏识者,也就可以类推了。

绍原,我想,他是在这里的。钱之不我许,是的确的。他很冤枉,因为系我绍介,有人说他鲁迅派。其实我何尝有什么派,一定介绍同派呢。而广东人和"学者"们,倘非将一人定为某一派,则心里便不舒服,于是说他也要走。还有人疑心我要运动他走。其实我是不赞成他走的,连季黻辞职时(因为走时,傅斯年探听他什么态度),我也反对过。而别人猜测我,都与我的心思背驰,因此我觉得我在中国人中,的确有点特别,非彼辈所能知也。

我之"何时离粤"与"何之"问题,一时殊难说。我现在因为有国库券,还可取几文钱,所以住在这里,反正离开也不过寓沪,多一番应酬。我这十个月中,屡次升沉,看看人情世态,有趣极了。我现已编好两部旧稿,整理出一部译的小说[3]。

此刻正在译一点日本人的论文[4],豫备寄给你的,但日内未必完工,因为太长。每日吃鱼肝油,胖起来了,恐怕还要"可恶"几年哩。至于此后,则如暑假前后,咱们的"介石同志"打进北京,我也许回北京去,但一面也想漂流漂流,可恶一通,试试我这个人究竟受得多少明枪暗箭。总而言之,现在是过一天算一天,没有一定者也。

"出亡"的流言,我想是故意造的,未必一定始于愈之[5],或者倒是鼻一流人物。他们现在也大有此意,而无隙可乘,因为我竟不离粤,否则,无人质证,此地便流言蜂起了,他们只在香港的报上造一点小谣言,一回是说我因亲共而躲避,今天是说我已往汉口[6](此人是现代派,我疑是鼻之同党),我已寄了一封信,开了一点小玩笑,但不知可能登出,因为这里言论界之暗,实在过于北京。

在这月以内,如寄我信,可寄"广九车站,白云楼二十六号二楼许寓收转",下月则且听下回分解可也。

迅 上〔六月十二日〕

斐君兄均此不另　小燕兄亦均此不另。

* * *

〔1〕 介石　即郑奠。孑公,即蔡元培。1927 年 5 月 25 日,浙江省务委员会通过设立浙江大学研究院计划,蔡元培为九人筹备委员之一。

〔2〕 袁希涛(1866—1930)　字观澜,江苏宝山(今属上海)人,1912 年 5 月任北洋政府教育部普通教育司司长,1919 年曾任代教育总

长。蒋维乔(1873—1958),字竹庄,江苏武进人,1912年5月任北洋政府教育部参事。

〔3〕 两部旧稿　指《野草》和《朝花夕拾》。一部译的小说,指《小约翰》。

〔4〕 日本人的论文　指日本鹤见祐辅《思想·山水·人物》一书中的《断想》。鲁迅译文连载于1927年9月至1928年1月的《北新》周刊和《北新》半月刊。

〔5〕 愈　即胡愈之(1896—1986),字子如,浙江上虞人。鲁迅在山会师范学校任教时的学生。当时在上海商务印书馆任职。

〔6〕 已往汉口　1927年6月10日和11日香港《循环日报》载徐丹甫(梁实秋)作《北京文艺界之分门别户》一文,其中说"鲁迅到了汉口"。为此鲁迅于11日寄该报一信,指出"我现在仍在广州,并没有'到了汉口'"。(见《而已集·略谈香港》)

270623　致章廷谦

矛尘兄:

十四日信今日已到。浙江的研究院,一定当在筹备与未筹备之间;"教育厅则确已决定俟下半年并入浙江大学",〔1〕既闻命矣。然而浙江大学安在哉?

乔峰来函谓前得一电,以土步病促其急归,因(一)缺钱,(二)须觅替人接事,不能如电遄赴,发信问状,则从此不得音信。盖已犯罪于八道湾矣。顷观来信,则土步之病已愈,而乔峰盖不知,拚命谋生,仍不见谅,悲夫。

鼻又赴沪,此人盖以"学者"而兼"钻者"矣,吾卜其必将蒙赏识于"孑公"。顷得季巿来信,已至嘉兴,信有云:"浙省亦有办大学之事,……我想傅顾不久都会来浙的。"语虽似奇,而亦有理。我从上帝之默示,觉得鼻之于粤,乃专在买书生意及取得别一种之"干脩"[2],下半年上堂讲授,则殆未必,他之口吃,他是自己知道的。所以也许对于浙也有所图也,如研究教授之类。

中大又聘容肇祖之兄容庚[3]为教授,也是口吃的。广东中大,似乎专爱口吃的人。

傅近来颇骂适之,不知何故。据流言,则胡于他先有不敬之语云。(谓傅所学之名目甚多,而一无所成。)

中大对于绍原,是留他的。但自然不大舒服。傅拜帅[4]而鼻为军师,阵势可想而知。他颇有愿在浙江谋事之口风,但我则主张其先将此间聘书收下,因为浙江大学,先就渺茫,他岂能吸西北风而等候哉?他之被谥为"鲁迅派",我早有所闻,其实他们是知道他并不是的。所以用此流言者,乃激将法,防其入于"鲁迅派"也。所以"谥"之而已,不至于排斥他。

我当于三四天内寄上译稿[5]一束,大约有二三万字罢,如以为可用,可先在副刊[6]上一用,但须留版权,因为这是李老板催我译的,他将来想出版。

我在此,须编须译的事,大抵做完了,明日起,便做《唐宋传奇集考证》。此后何往,毫无主意,或者七月间先到上海再看。回北京似亦无聊,又住在突出在后园的灰棚里给别人校刊小说,细想起来,真是何为也哉!但闽粤行后,经验更丰,他日畅谈,亦一快也。

迅 六,廿三

斐君兄均此。

小燕弟亦均此。

* * *

〔1〕 1927年6月7日,国民党中央执行委员会政治会议决定变更教育行政制度,取消教育厅,设立大学区,区内之教育行政由大学校长处理,并决定在江、浙两省试办。8月,浙江成立第三中山大学,次年2月改名浙江大学。

〔2〕 "干脩" 即干薪,不做实际工作挂名领薪。

〔3〕 容肇祖 参看261108信注〔2〕。容庚(1894—1984),字希白,广东东莞人,曾任燕京大学襄教授,主编《燕京学报》。后任中山大学教授。

〔4〕 傅拜帅 指傅斯年任中山大学文史科主任。

〔5〕 译稿 指《断想》。

〔6〕 副刊 指当时杭州《民国日报》副刊,章廷谦曾任该刊编辑,不久即去职。

270630① 致 李霁野

霁野兄:

六月六十二日信,都收到了。季黻早已辞职回家。凤举我到此后,曾寄他一信,没有回信,所以也不便再写信了。

托罗茨基的书我没有带出,现已写信给密斯许[1],托她在寓中一寻,如寻到,当送上。

从北新书屋寄上钱百元,寄款时所写的寄银人和收银人,和信面上所写者同。

这里的北新书屋,我想关闭了,因为我不久总须走开,所以此信到后,请不必再寄书籍来了。

我看看各处的情形,觉得北京倒不坏,所以下半年也许回京去。

这几天我生病,这一类热病,闽粤很多的,几天可好,没有什么要紧。

迅 六,卅

| 论 坛 | 中国的学者[2] | （达） |

学者在国家的地位。只如湖山花鸟。供人们欣赏的么。那么。学者只是国家的妆饰品。说不到实用上去。人们对于学者的崇拜。也只在他的文学艺术上罢了。然而欧美近代的文明。何一非学者的脑力所构成。人们对于学者。不但是文学艺术上的崇拜。而给予人类以精神和物质。也足令世界人类。永远纪念着。但是中国的学者。又怎样呢。我们以为中国也许没有学者罢。若是我国也有学者。那么在最近的过去时期中。多少也给我们开辟一处思想的新领域。而使人们得了一种新倾向。但是我们中国的所谓学者。大半是开倒车。人们也许承认康有为辜鸿铭

一流人。是学者罢。然而他们的思想是这样的。我们要靠他领导时。只好向后转。最可惜者。现代诗人邓南遮。在一度参加战争之后。便减少了人们的热望么。若说丁文江们。充军阀杀人的刽子手。这简直变了恶魔了。那么中国的学者。还是埋头伏案。做他学者的生活好了。若向政治上混。终会给政治的炉火。变换了气质。这又何苦来呢。

这是一九二七年(注意:二十世纪已经过了1/4以上!)六月九日香港的《循环日报》[3]的社论。

硬拉 D'Annunzio[4] 入籍而骂之,真是无妄之灾。然而硬将外人名字译成中国式的人们,亦与有罪焉。我们在中国谈什么文艺呢?

呜呼邓南遮!

附注:——

但该报发如此之"新"的议论,是少有的。前几天转载严修[5]们反对跳舞的信,还有许多空白字。你想,严先生之文而还以为有违碍字样,则方正可知。

六,九,夜

* * *

〔1〕 密斯许 指许羡苏。

〔2〕 本文原为剪报（连同剪报后的鲁迅按语附于此信）。文中"现代诗人……热望么"句下的密圈为鲁迅所加。

〔3〕 《循环日报》 香港出版的报纸，1874年由王韬创办，约于1947年停刊。

〔4〕 D'Annunzio 邓南遮（1863—1938），意大利作家。他因拥护法西斯主义，深受墨索里尼的宠爱，获得"亲王"称号。

〔5〕 严修（1860—1929） 字范孙，天津市人。清末进士，曾任学部侍郎、北洋政府教育总长。

270630② 致台静农

静农兄：

七日信早到。《白茶》至今未到，大约又不知怎么了罢，可叹。

京中传说，顾吉刚在广大也辞职，是为保持北大的地位的手段。顾吉刚们的言行如果能使我相信，我对于中国的前途还要觉得光明些。

迅 六,卅

270707 致章廷谦

矛尘兄：

我于不记得那一天寄上一信，随后又寄译稿一卷，想已到。至于六月廿一的来信，则前几天早收到了；《玉历钞传》亦到，可惜中无活无常，另外又得几本有的，而鬼头鬼脑，没有

"迎会"里面的那么可爱,也许终于要自己来画罢。

前几天生热病,就是玉堂在厦,生得满脸通红的躺在床上的那一流,我即用 Aspirin[1]及金鸡那霜攻击之,这真比鼻之攻击我还利害,三天就好了,昨天就几乎已经复原,我于是对于廖大夫[2]忽有不敬之意。但有一事则尚佩服,即鼻请其治红,彼云"没有好方子,只要少吃饭就会好的"是也。此事出在你尚未到厦之前,伏园之代为乞药于远在广州之毛大夫[3]者以此,因鼻不愿"少吃饭"也。玉堂无一信来;春台[4]亦谓久不得其兄信,我则日前收到一封,系五十日以前所发,不但已经检查,并且曾用水浸过而又晒干,寄信如此费事,则失落之多可想,而非因"东皮"[5]而不理亦可想矣。

我国文已日见其不通,昨作了一点《游仙窟》序,自觉不好,姑且"手写"寄上,而"手写"亦不佳。不如仍用排印,何如? 其本文,则校正了一些,当与此信同时寄出。前闻坚士[6]说,日本有影印之旧本一卷,[7]寄赠北大,此当是刻本之祖,我想将来可借那一本来照样石印,或并注而印成阔气之本子,那时我倘不至于更加不通,当作一较为顺当之序或跋也。

看我自己的字,真是可笑,我未曾学过,而此地还有人勒令我写中堂,写名片,做"名人"做得苦起来了。我的活无常画好后,也许有人要我画扇面,但我此后拟专画活无常,则庶几不至于有人来领教,我想,这东西是大家不大喜欢的。

绍原前几天已行,你当已见过,再见时乞代致候。我亦无事报告,但闻傅主任赴香港,不知奔波何事;何主任(思源)[8]

赴宁，此地的《国民新闻》[9]编辑即委了别人了。

下半年中大文科教员，闻有丁山，容肇祖，鼻，罗常培，盖即除去你，我，玉堂之厦大国学研究院耳，一笑。

中大送五月的薪水来，其中自然含有一点意思。但鲁迅已经"不好"，则收固不好，不收亦岂能好，我于是不发脾气，松松爽爽收下了。此举盖颇出于他们意料之外；而我则忽而大阔，买四十元一部之书[10]，吃三块钱一合之饼干，还吃糯米糍（荔支），龙牙蕉，此二种甚佳，上海无有，绍原未吃，颇可惜。

春台小峰之争，盖其中还有他们的纠葛，但观《北新周刊》所登广告[11]，则确已多出关于政治之小本子广州近来，亦惟定价两三角之小本子能多销，盖学生已穷矣，而陈翰笙[12]似大有关系，或者现代派已侵入北新，亦未可知，因凡现代派，皆不自开辟，而袭取他人已成之局者也。近日有钟敬文[13]要在此开北新分局，小峰令来和我商量合作，我已以我情愿将"北新书局[屋]"关门，而不与闻答之。钟之背后有鼻。他们鬼祟如此。天下那有以鬼祟而成为学者的。我情愿"不好"，而且关门，虽将愈"不好"，亦"听其自然"也耳。

迅 七，七（洋七夕）

斐君兄均此不另。

（再：顷闻中大情形颇改变，鼻辈计划，恐归水泡矣。骝[14]亦未必稳。洋七夕之夜。）

＊　　＊　　＊

〔1〕 Aspirin　阿司匹林。

〔2〕 廖大夫　即廖超照,字弼臣,厦门人,当时任厦门大学校医。

〔3〕 毛大夫　即毛子震(1890—1970),名成,字子震,浙江江山人。曾在北京行医,当时在中山大学医科部任教。

〔4〕 春台　孙福熙(1898—1962),字春台,浙江绍兴人。孙伏园之弟。

〔5〕 "东皮"　对"西皮"而言。当时共产党简称作 C. P.(英语 Communist Party 二字的缩写),谐音"西皮"。鲁迅在这里用以指非共产党人。

〔6〕 坚士　即沈兼士。

〔7〕 旧本一卷　指日本醍醐寺藏本《游仙窟》,康永三年(1344)抄写,大正十五年(1926)日本古典保存会影印刊行。

〔8〕 何思源(1896—1982)　字仙槎,山东菏泽人。曾留学美国、德国,当时任中山大学政治训育部副主任。

〔9〕 《国民新闻》　1925 年国民党人在广州创办的报纸,初期宣传革命,四一二政变后成为反共宣传的喉舌。

〔10〕 指《太平御览》。

〔11〕 《北新周刊》广告　指《北新周刊》所载北新书局出版《国际新局面》、《英国政治中之劳工问题》等书的广告。

〔12〕 陈翰笙(1897—2004)　江苏无锡人,曾任北京大学教授,当时被北新书局聘为编辑主任。

〔13〕 钟敬文(1903—2002)　广东海丰人,作家,民间文学研究工作者。广东大学毕业,当时广州岭南大学文学系职员。

〔14〕 骝　即朱家骅。当时国民党当局曾拟调他为广东省政府教

育厅厅长,未就职。

270712　致江绍原

绍原先生：

一别遂将十日,真所谓"隙驷不留尺波电逝"者欤？寄给我的讲义,前四天已收到,大约颇在邮局里躺了好几天也。

前几天中大有些人颇惶惶,因为留先[1]曾电阻聘定的地质学者,令其缓来。我以为这些都是地质调查所中人物,今民厅将卸,[2]则止之殊不足怪。

而他们似乎仍惶惶,以为冥冥之中有敌进攻,不特教厅不稳,[3]即校副亦危,将来当厄于第 n 次之清党。傅[4]之赴港,乃觅何,商方略也。而何[5]之某报编辑,则确已归于乌有。然闻校事幸尚有李[6]支持。说者谓此支持,可以延至年底。不知确否？

近一两天平静些了,偶有"拥护正副校长"[7]云云之贴纸出现,但即被撕。

顾购书教授[8]致此地某君信,内有云（大意）,"因鲁迅未离广州,所以或不复去,蔡先生留我在南京做事。"我不过不与同校,他扩大了：不与同省。伟哉！然而此中可参中大消息。季黻之预言,已渐实现了。

我因已允往市教育局之"学术讲演会"讲几点钟,[9]所以须八月间才能走。此举无什么深意,不过小出风头,给几个人不高兴而已。有人不高兴,我即高兴,我近来良心之坏已至如此。

　　冯大帅[10]不知何时可以打进北京,倘八月间能坐津浦快车而到前门,岂不快哉!

　　　　　　　　　　迅　启上　七,十二。

　　见川岛时,希告以近事。但他不深知细情,恐怕亦无甚么趣味也。

*　　　*　　　*

　　〔1〕　留先　即朱家骅。当时任中山大学副校长,主持校务。

　　〔2〕　民厅将卸　1927年朱家骅一度担任广东省民政厅长,不久卸任,由李文范接替。

　　〔3〕　教厅不稳　指由朱家骅接替许崇清出任广东省教育厅长一事尚未定,又传中山大学亦有人事变动。

　　〔4〕　傅　指傅斯年,当时任中山大学哲学系主任。

　　〔5〕　何　指何思源。

　　〔6〕　李　指李济深(1884—1959),字任潮,文西苍梧人。当时任国民革命军第四军军长,以兼任国民革命军总参谋长名义留守广州。

　　〔7〕　正副校长　指戴季陶和朱家骅。

　　〔8〕　顾购书教授　指顾颉刚。当时被傅斯年派往外地采购图书。蔡元培拟聘他到南京中央大学院任职。

　　〔9〕　讲题为《魏晋风度及文章与药及酒之关系》,后收入《而已集》。

　　〔10〕　冯大帅　指冯玉祥(1882—1948),字焕章,安徽巢县人。原为直系将领,1924年发动北京兵变,改所部为国民军。1926年4月被奉系挤出北京,同年9月宣布响应北伐,次年5月任国民革命军第二集团

军总司令。

270717　致章廷谦

矛尘兄：

三日来信，昨收到。副刊，你自然总有一天要不编的，但我尚不料会如此之快，殆所谓革命时代，一切变动不居者也。十来天以前，严既澄[1]先生给我一信，说他在办《三五日报》副刊，要我投稿，现在就想托你带我的译稿去访他一回（报馆在青年路，新六号），问他要否？如要，就交与。将来之稿费（来信言有稿费），并托你代收，寄与乔峰。但倘或不要，或该报又已改组，或严公又已不编，则自然只能作罢，再想第二法。

你近一年来碰钉子已非一次，而观来信之愤慨，则似于"国故"仍未了然，此可慨也。例如，来信因介石之不获头绪，季茀之没有地方，而始以为"令人灰心"，其实浙江是只能如此的，不能有更好之事，我从钱武肃王[2]的时代起，就灰心了。又例如，广大电聘三沈二马陈朱[3]皆不至，来信颇有以广大为失败之口吻。其实是，这里当发电时，就明知他们不来，也希望他们不来的，不过借作聘请罗常培容庚辈之陪衬而已。倘来，倒不妙了。

倘或三沈二马之流，竟有不知趣者，而来广大。那后事如何呢？这也极容易预言的。傅顾辈去和他们商量大计，不与闻，则得不管事之名；与闻，则变成傀儡，一切坏事，归他负担。倘有独立的主张，则被暗地里批评到一钱不值。

绍原似颇嫌广大,但我以为浙更无聊。所谓研究院者,将来当并"自然科学"而无之。他最好是下半年仍在粤,但第一须搬出学校,躲入一屋,对于别人,或全不交际,或普作泛泛之交际,如此,则几个月之薪水,当可以有把握的。至于浙之大学,恕我直言,骗局而已,即当事诸公,请他们问问自己,岂但毫无把握,可曾当作一件事乎?

不过到九月间,此地如何,自然也是一个疑问。我看不透,因为我不熟此地情形,但我想,未必一如现在。

我想赠你一句话:专管自己吃饭,不要对人发感慨。(此所谓"人"者,生人不必说,即可疑之熟人,亦包括在内。)并且积下几个钱来。

我到杭玩玩与否,此刻说不定,因为我已经近于"刹那主义",明天的事,今天就不想。但临时自然要通知你。现在我已答应了这里市教育局的夏期学术讲演[4],须八月才能动身了。此举无非游戏,因为这是鼻辈所不乐闻的。以几点钟之讲话而出风头,使鼻辈又睡不着几夜,这是我的大获利生意。

这里的"北新书屋"我拟于八月中关门,因为钟敬文(鼻之傀儡)要来和我合办,我则关门了,不合办。此后来信,如八月十日前发,可寄"广九车站旁,白云楼二十六号二楼,许寓收转",以后寄乔峰收转。

半农不准《语丝》发行,实在可怕,不知道他何从得到这样的权力的。我前几天见他删节 Hugo 文的案语[5](登《莽原》11 期),就觉得他"狄克推多"得骇人,不料更甚了。《语丝》若停,实在可惜,但有什么法子呢?北新内部已经鱼烂,如徐志摩陈什么[6]（忘其名）之侵入，如小峰春台之争，都是坍台之征。我近来倒已寄了几回译作去了，倘要完结，也另外无法可想，只得听之。人毁之而我补救之，"人"不太便宜，我不太傻么？

迅 上 七，十七

斐君兄均此问好不另。

革命时代，变动不居，这里的报纸又开始在将我排入"名人"之列了，这名目是鼻所求之不得的，所以我倒也还要做几天玩玩。

※　　※　　※

〔1〕 严既澄　名锲，字既澄，广东四会人，文学研究会成员。曾任北京大学讲师，当时任杭州《三五日报》副刊编辑。《三五日报》，1927年7月6日创刊。

〔2〕 钱武肃王　即五代时吴越国王钱镠（852—932）。据史载，他是个横征暴敛、残害人民的暴君。

〔3〕 三沈二马陈朱　三沈，指沈士远、沈尹默、沈兼士；二马，指马裕藻（幼渔）、马衡；陈，指陈大齐；朱，指朱希祖。

〔4〕 夏期学术讲演　1927年夏，广州市教育局主办夏令学术演讲会，鲁迅应邀于7月23、26日往讲《魏晋风度及文章与药及酒之关系》。讲稿后收入《而已集》。

〔5〕 删节Hugo文的案语　Hugo，即雨果（1802—1885），法国作家。著有《悲惨世界》、《巴黎圣母院》等。《莽原》半月刊第二卷第十一期（1927年6月）发表刘半农所译雨果《〈克洛特格欧〉的后序》，原作被删节很多。译者在删节处所作按语中曾一再声言说"这里是提倡宗教

的话……我实在不愿意译","这仍是'神道设教'的愚民政策,不值得译出"等等。因此鲁迅信中说他"狄克推多"(英语 Dictator 的音译,独裁的意思)。

〔6〕 徐志摩陈什么　徐志摩(1897—1931),浙江海宁人,曾留学英、美,诗人,新月社主要成员。著有《志摩的诗》、《猛虎集》等。他所译的《赣第德》,1927年由北新书局出版。陈什么,指陈翰笙。

270727　致江绍原[1]

绍原先生：

今夜偶阅《夷白斋诗话》(明顾元庆[2]著,收在何文焕辑刊之《历代诗话》[3]中),见有一则,颇可为"撒园荽"[4]之旁证,特录奉：——

南方谚语有"长老种芝麻,未见得。"余不解其意。偶阅唐诗,始悟斯言其来远矣。诗云："蓬鬓荆钗世所稀,布裙犹是嫁时衣。胡麻好种无人种,合是归时底不归？"[5]胡麻,即今芝麻也,种时,必夫妇两手同种,其麻倍收。长老,言僧也,必无可得之理,故云。

鲁迅 七,二七

*　　*　　*

〔1〕 此信据《语丝》周刊第一四五期(1927年8月20日)所载收信人的《小品一五〇》一文编入。

〔2〕 顾元庆(1487—1565)　字大有,长洲(今江苏吴县)人,明代藏书家。所刻丛书有《顾氏文房小说》、《明朝四十家小说》等,著有《云

林遗事》、《山房清事》、《夷白斋诗话》等。

〔3〕《历代诗话》 清代何文焕辑刊,收南朝梁代钟嵘《诗品》至明代顾元庆《夷白斋诗话》等共二十八种。并附自作《历代诗话考索》一种。

〔4〕"撒园荽" 当时《语丝》周刊进行一次关于民俗学的讨论。1927年4月16日该刊第一二七期刊登"如病"的《撒种小说村话》,其中提到江绍原曾疑中国的先民有借人的两性关系促进植物繁衍的民俗,但缺乏确凿的证据。5月21日该刊一三二期又发表贺昌群作《撒园荽》一文。该文据《佩文韵府》引《湘山集》称:"园荽即胡荽,世传布种时口言亵语则其生滋盛,故士大夫以秽谈为'撒园荽'。"

〔5〕 按此诗引自《全唐诗》卷八〇一,题《怀良人》,署葛鸦儿作。

270728　致章廷谦

矛尘兄:

十九日来信,廿八日收到了,快极。广州我想未必比杭州热,二百八九十度罢。

季巿尚无信来,但看这名目[1],似乎就无聊。夫浙江之不能容纳人才,由来久矣,现今在外面混混的人,那一个不是曾被本省赶出?我想,便是荬白[2]之流,也不会久的,将一批一批地挤出去,终于止留下旧日的地头蛇。我常叹新官僚不比旧官僚好,旧者如破落户,新者如暴发户,倘若我们去当听差,一定是破落户子弟容易侍候,若遇暴发户子弟,则贱相未脱而遽大摆其架子,其蠢臭何可向迩哉。夫汉人之为奴才,三百多年矣,一旦成为主人,自然有手足无措之概,荬白辈其标本也。

给丁山电[3]中之"才年",盖影射耳,似我非我,可以欺丁山,而我亦不能抗议。此种计画,鼻盖与闻其事的,而对绍原故作恐慌者,以欺绍原,表明于中大内情,他丝毫不知道也。其问我何以不骂他者,亦非真希望我骂,不过示人以不怕耳,外强中干者也。无人骂之,尚且要失眠,而况有人骂之乎?我未曾骂,尚且念念于我之骂,而况我竟骂之乎?骂是我总要骂的,但当与骂吧儿狗之方法不同。至于写入小说,他似乎还不配,因为非大经艺术化,则小说中有此辈一人,即十分可厌也。你要知道乙[4]的小玩艺,是很容易的。只要看明末清初苏州一带地方人的互相标榜和攻讦的著作就好了。

况且以"才"署名,亦大可笑,我给别人的信,从未有自称为"才"者。蠢才乎,天才乎,杀才乎,奴才乎?其实我函电署名,非"树"则"迅",傅与鼻是知道的。

吧儿跑到南京了,消息如别纸,今附上。[5]

《游仙窟》我以为可以如此印:这一次,就照改了付印。至于借得影本[6]后,还可以连注再印一回,或排或影(石印),全是旧式,那时候,则作札记一篇附之。至于书头上附印无聊之校勘如《何典》[7]者,太"小家子"相,万不可学者也。

译稿之处置,前函已奉告,但如他们不要或尚未送去,则交小峰亦可。但,这一篇,于周刊是不相宜的,我选择材料时,有点区别,所以《北新》如可免登,则以不登为宜。而我也可以从别方面捞几个零钱用。

小峰和春台之战,究竟是如何的内情,我至今还不了然;即伏园与北新之关系,我也不了然。我想,小 and[8] 春之间,当尚有一层中间之隔膜兼刺戟品;不然,不至于如此。我以为这很可惜,然而已经无可补救了。至于春台之出而为叭儿辈效力[9],我也觉得不大好,何至于有深仇重怨到这样呢?

北京我本想去,但有一件事,使我迟疑。我的一个旧学生[10],新近逃到南京了,因为替马二[11]在北京办报,其把柄为张鬍[12]所得。他筹办时,对我并不声明给谁办的,但要我一篇文章[13],登第一期,而且必待此文到后才出版。敝文刚到,他便逃了。因此,我很疑心,他对于马二,不会说这报是我主持的么?倘如此,则我往北京,也不免有请进"优待室"之虑,所以须待到沪后,打听清楚才行。而西三条屋中,似乎已经增添了人,如"大太太"的兄弟之类,我回去,亦无处可住也。至于赴杭与否,那时再看。

倘至九月而现状不变,我以为绍原不如仍到此地来,以装傻混饭;在浙与宁,吃饭必更费力也,但我觉得到九月时,情形如何,是一问题。南京也有人来叫我去编什么期刊,我已谢绝了。前天,离敝寓不远,市党部后门炸了一个炸弹,但我却连声音也无所闻,直至今天看香港报才知道的。

迅 上 七,二八,夜

斐君兄均此不另。

陈西滢张奚若[14]也来此地活动,前天我们在丁惟汾[15]先生处看见,丁先生要我将他们领到胡汉民[16]处,我说有事,便跑出来了,出来告诉□□,于是□□在《市民日报》大骂驱逐投机分子陈西滢,倒也有趣,现在不知道他们活动的怎样。

七月七日发

吧儿狗也终于"择主而事"了。

＊　　＊　　＊　　＊

〔1〕 名目　指当时浙江省民政厅聘许寿裳担任"视察"一职。

〔2〕 茭白　指蒋梦麟(1886—1964),浙江余姚人。留学美国,曾任北京大学教授及代理校长,当时为浙江省教育厅首任厅长。按"蒋"字本义为茭白,故这里代指蒋梦麟。

〔3〕 给丁山电　当时傅斯年以"才年"署名致电丁山,促其速来中山大学。丁山,即丁丁山。

〔4〕 ㄥ　鼻的形状,代指顾颉刚。

〔5〕 即附于此信之末的荆有麟来信摘录。其中两处缺字为原件残损。

〔6〕 影本　指日本醍醐寺藏本的影印本。

〔7〕《何典》　一部运用俗谚写成的、带有讽刺而流于油滑的章回体小说,共十回,清光绪四年(1878)上海申报馆出版。编著者"过路人"原名张南庄,清代上海人;评者"缠夹二先生"原名陈得仁,清代长洲(今江苏吴县)人。1926年6月,刘复(半农)将此书标点重印,鲁迅曾为作题记(后收入《集外集拾遗》)。

〔8〕 and　英语:和、与的意思。

〔9〕 春台为叭儿辈效力　指孙福熙为陈学昭的作品《寸草心》画封面及交新月书店出版一事。

〔10〕 指荆有麟。

〔11〕 马二　指冯玉祥。

〔12〕 张髯　指张作霖（1875—1928），字雨亭，辽宁海城人，奉系军阀首领。1924年起把持北洋政府，当时他的势力已经完全控制北京。

〔13〕 我一篇文章　疑指《略论中国人的脸》。

〔14〕 张奚若（1889—1973）　陕西朝邑（今大荔）人。曾留学美国，归国后任清华大学教授等职，现代评论派成员之一。

〔15〕 丁惟汾（1874—1954）　山东日照人。早年参加同盟会，曾任国民党中央执行委员兼青年部长、中山大学委员会委员等职，后任国民党中央政治会议委员。

〔16〕 胡汉民（1879—1936）　字展堂，广东番禺人。早年参加同盟会，曾任革命政府广东省长、代理大元帅，为国民党粤派领导人。后任国民党中央政治会议主席等职。

270731　致章廷谦

矛尘兄：

廿九日寄一函，已达否？鼻在杭盖已探得我八月中当离粤，今日得其来信，阅之不禁失笑，即作一复，给他小开玩笑。今俱录奉〔1〕，以作笑资。季黻尚无信来，兄如知其住址，乞转送一阅为荷。

迅　七，卅一

* * *

〔1〕 顾颉刚来信及鲁迅的复信，参看《三闲集·辞顾颉刚教授令"候审"》。

270802　致 江 绍 原

绍原先生：

　　日前录奉诗话一条，乃与"撒园荽"有关者，想已达览。七月二十二日来函，顷已奉到。支持家者，谓济深[1]也。昨日之香港《循环报》两则，剪下附上[2]，然则前之所闻[3]，似非无因了，而留先之教授不妨兼做官之说，殆已自动的取消乎？

　　梦麟之叹，鼻之宣传之力也，其劳劳于攻我之状可想。但仅博得梦麟之感慨，不亦微乎其微哉。致丁山电用"材年"者，鼻盖与闻其事，今之故作张皇，则所以表明他非幕中人。不过是小玩意，旧例不少，观明末野史，则现状之可藉以了然者颇多。何思源名氏，我未曾在意中，何得与之为难，其实鼻亦明知之，其云云者，是搆陷之一法，不足与辩也。

　　鼻盖在杭闻我八月中当离粤，昨得其一函，廿四写，廿六发，云：九月中当到粤给我打官司，令我勿走，"听候开审"。命令未来之被告，使他恭候月余，以俟打渺渺茫茫之官司，可谓天开奇想。实则他知我必不恭候，于是可指我为畏罪而逃耳。因复一函，言我九月已在沪，可就近在杭州起诉云，两信稿都已录寄川岛矣。鼻专在这些小玩意上用工夫，可笑可怜，血奔鼻尖而至于赤，夫岂"天实为之"哉。

　　中国士大夫之好行小巧，真应"大发感慨"，明即以此亡。而江浙尤为此种小巧渊薮。我意现状如无大异，先生何妨仍来此地,孟德[4]固有齐鲁方士夸诞遗风,然并不比鼻更可怕,在江浙,恐鼻族尤多,不会更好的。在此与孟德辈不即不离,似当尚可居若干月;但第一著则须搬出钟楼也。

有人言见黎国昌[5]坐在注册科办事;又有人言闻孟德将改为图书馆主任。总而言之,中大举棋无定,终必一榻胡涂。

季茀之职衔颇新颖[6],大约是清闲之官乎。

广州倒并不热。日前有飓风,海上死人不少,而香港一带因有备,却无大损,科学之力如此。我正在慢慢准备启行,但太古船员正罢工,不知本月中能解决否,若坐邮船,则行李太多,很不便也。

青梅酒长久不喝了。荔支已过,杨桃上市,此物初吃似不佳,惯则甚好,食后如〔已〕用肥皂水洗口,极爽。秋时尚有,如来此,不可不吃,特先为介绍。

迅 启上 八月二日

⊙许崇清有留任教育厅长消息

广东省政府决于今(八月一日)日改组、新委各厅长亦自当同时就职、但闻新任教育厅长朱家骅、再向中央力辞不干、以便专心办理中大、今日当不随同就职、届时教育厅政务、依旧由许崇清留任、至将来教育厅长一职、有无变更仍须静候中央明令发表云。

⊙李文范接任民政厅之红示

昨三十日民政厅前贴出纸示云、为布告事、现奉中华民国国民政府令开、任命李文范兼广东民政厅厅长等因、兹定于八月一日下午二时接印视事、除分别呈报令行外、合行布告所属一体知照、厅长李文范、七月三十日。

* * *

〔1〕 济深 即李济深。下文的留先，即朱家骅。

〔2〕 剪报两则，见此信之末。

〔3〕 前之所闻 指朱家骅在中山大学位置不稳的传闻。参看270707信末之附言。

〔4〕 孟德 当指傅斯年，当时任中山大学哲学系主任兼文科主任。

〔5〕 黎国昌（1894—?） 字慎图，广东东莞人。留学德国，曾在广州中山大学任教。1927年鲁迅辞去中山大学教务主任时，他以副职代理教务主任。

〔6〕 指许寿裳当时任浙江省民政厅视察员。

270808 致章廷谦

矛尘兄：

七月卅日信，今天到了。我不知道《五三日报》[1]内情，现既如此，请你不要给他了罢，交与小峰。但我以为登《北新》实不宜，书小而文长，登《语丝》较好，希转告。合于《北新》的，我当另寄。

鼻信已由前函奉告，是要我在粤恭候，何尝由我定。我想该鼻未尝发癫，乃是放刁，如泼妇装作上吊之类；倘有些癫，则

一九二七年八月

必是中大的事有些不顺手也。谢[2]早不在此,孙林处信不能通,好在被告有我在,够了。大约即使得罪于鼻,尚当不至于成为弥天重犯,所以我也不豫备对付他,静静地看其发疯,较为有趣。他用这样的方法吓我是枉然的;他不知道我当做《阿Q正传》到Q被捉时,做不下去了,曾想装作酒醉去打巡警,得一点牢监里的经验。

我本决于月底走了,房子已回复,而招商[3]无船,太古公司又罢工,从香港转,则行李太多,很不便,所以至此刻止,还未决定怎么办。倘不能走,则当函告赤鼻,叫他到这里来告,或到别处去,也要通知他。《中央副刊》我未见,不知登的是那一封[4];但打起官司来,我在法庭上还有话,也许比玉堂的"启事"[5]有趣。

据报上说,骝先要专心办中大了[6],有人见他和人游东山,有一种"优游态度"云。而旧教厅长[7],今又被派为委员了,则骝先之并教厅而做不成可知。中大内部不知如何,殊难测。然上月被力逐之教务副主任,现在有人见其日日坐在注册部办事,并无"优游态度",则殊不可解。大约一切事情,都胡里胡涂,没有一定办法,所谓"东倒吃羊头,西倒吃猪头",苟延而已。

令尊大人的事真险[8],好在现在没有事了。其实"今故"是发源于"国故"的,我曾想提出古事若干条,要可以代表古今一切玩艺儿的,作为教本,给如川岛一流的小孩子们看,但这事太难,我读书又太少,恐怕不会成功了。例如,江浙是不能容人才的,三国时孙氏即如此,我们只要将吴魏人才一比,即可知曹操也杀人,但那是因为和他开玩笑。孙氏却不这样的也杀,全由嫉妒。我之不主张绍原在浙,即根据《三国志演义》也。广东还有点蛮气,较好。

这里倒并不很热,常有大风,盖海上正多飓风也。我现想编定《唐宋传奇集》,还不大动手,而大吃其水果,物美而价廉。周围的事情是真多,竟会沿路开枪而茶店里掷炸弹,一时也写不完。我希望不远可以面谈,因为我须"听候开审",总得到杭州的。

迅 上 八月八日夜

斐君兄均此致候。

* * *

〔1〕《五三日报》 应为《三五日报》。

〔2〕 谢 指谢玉生,湖南耒阳人,鲁迅在厦门大学、中山大学任教时的学生。按谢玉生曾致函孙伏园,说顾颉刚"造作谣言,诬蔑迅师",还说"顾又背叛林语堂先生,甘为林文庆之谋臣",因此招致顾颉刚提出诉讼。下文提到的孙、林,指孙伏园和林语堂。

〔3〕 招商 即轮船招商局,我国最早设立的轮船航运企业。清同治十一年(1872)由李鸿章创办。宣统元年(1909)改为商办,1930年改为"国营",成为四大家族垄断航运事业的机构。

〔4〕 即270426信。

〔5〕 玉堂的"启事" 据收信人回忆,林语堂离开厦门大学时曾散发揭露厦大校长林文庆的启事。

〔6〕 骝先要专心办中大 参看270802信所附剪报抄件(第一则)。

〔7〕 旧教厅长 指许崇清(1888—1969),字志澄,广东番禺人。

原任广东省教育厅厅长,这时被任命为广东省政府委员兼财政厅长。

〔8〕 令尊大人的事　据收信人回忆,当时绍兴曾谣传章廷谦为共产党,因而其父一度被拘捕。

270817[①]　致章廷谦

矛尘兄:

日前寄一函,意专在阻止将敝稿送于姨副[1],故颇匆匆。这几天我是专办了收束伏翁所办的书店[2]一案,昨天弄完了,除自己出汗生痱子外,还请帮忙人吃了一回饭,计花去小洋六元,别人做生意而我折本,岂不怪哉!

遥想一月以前,一个獐头鼠目而赤鼻之"学者",奔波于"西子湖"边而发挥咱们之"不好",一面又想出起诉之"无聊之极思"来,湖光山色,辜负已尽,念及辄为失笑。禹是虫[3],故无其人;据我最近之研究:迅盖禽也,亦无其人,鼻当可聊以自慰欤。案迅即卂,卂实即隼之简笔,与禹与禺,也与它无异,如此解释,则"準"字迎刃而解,即从水,隼声,不必附会从"淮"之类矣。我于文字亦颇有发明,惜无人与我通信,否则亦可集以成"今史辨"也。

近偶见该《古史辨》,惊悉上面乃有自序一百多版。查汉朝钦犯司马蚓[4],因割掉卵脬而发牢骚,附于偌大之《史记》之后,文尚甚短,今该学者不过鼻子红而已矣,而乃已浩浩洋洋至此,殆真所谓文豪也哉。禹而尚在,也只能忍气吞声,自认为并无其人而已。

此地下半年之中大文科,实即去年之厦大而攫走了鼻所不喜之徒,而傅乃大贴广告,谓足为全国模范。不过这是半月以前的事,后来如何,须听下回分解矣。我诸事大略已了,本即可走,而太古公司洋鬼子,偏偏罢工,令我无船可坐;此地又渐热,在西屋中九蒸九晒,炼得遍身痱子。继而思之,到上海恐亦须挤在小屋中,不会更好,所以也就心平气和,"听其自然",生痱子就生痱子,长疙瘩就长疙瘩,无可无不可也。总之:一有较便之船,我即要走;但要我苦心孤诣,先搬往番鬼所管之香港以上邮船,则委实懒于奋发耳。好在近来鼻之起诉计划,当亦有所更改或修正,我亦无须急急如律令[5]矣。

《语丝》中所讲的话,有好些是别的刊物所不肯说,不敢说,不能说的。倘其停刊,亦殊可惜,我已寄稿数次,但文无生气耳。见新月社[6]书目,春台及学昭姑娘俱列名,我以为太不值得。其书目内容及形式,一副徐志摩式也。吧儿辈方携眷南下,而情状又变,近当又皇皇然若丧家[7],可怜也夫。

迅 八,十七。

斐君兄及小燕弟均此致候。

* * *

〔1〕 姨副 戏指杭州《三五日报》副刊。《诗经·召南·小星》:"嘒彼小星,三五在东。"旧注认为"小星"指"妾"(姨太太)。

〔2〕 伏翁所办的书店 指孙伏园倡议开办的北新书屋。

〔3〕 禹是虫 顾颉刚在《努力》增刊《读书杂志》第九期(1923年5月)发表《与钱玄同先生论古史书》一文(后收入《古史辨》第一册),认为夏禹是"蜥蜴之类"的虫。

〔4〕 司马蚆　指司马迁（约前145—约前86），字子长，夏阳（今陕西韩城南）人，汉代史学家和文学家。曾任太史令。所著《史记》为我国著名的纪传体史书。他曾因为李陵辩护而获罪下狱，受宫刑。鲁迅在迁旁加虫字，是对顾颉刚认为禹是"蜥蜴之类"的讽刺。

〔5〕 如律令　原为汉代公文常用语，意思是如法律命令，必须迅速进行。道士仿效，用于符咒的末尾。

〔6〕 新月社　文学和政治性团体。约成立于1923年，主要成员有胡适、徐志摩、梁实秋、罗隆基等，取名于泰戈尔的诗集《新月集》。1927年该社成员多数南下，在上海创办新月书店，1928年3月发刊综合性的《新月》月刊。

〔7〕 皇皇然若丧家　《孔子家语》："纍纍若丧家之狗。"

270817[2]　　致 江 绍 原

绍原先生：

先前寄过几封信，想已到。细目记不清了，只记得有一封是钞一段关于种胡麻的古书的[1]。

很久以前，得汪馥泉先生来信，要我作一篇文章和写一个书面，且云成后可请先生转寄[2]。文章之做，尚未有期，但将书面寄上，乞转寄为荷。如此之字而可写书面，真是可笑可叹，我新近还写了一幅小中堂，此种事非到广东盖不易遇也。

报载骝先到香港，不知何也，大约是漫游欤？

近来因结束书店，忙了几天。本可走了，而太古公司无船，坐邮船嫌行李多，坐货船太苦，所以还在观望；总之：一有相宜之船,便当走耳。但日期还说不定。

天气似乎比先前热了,我因常晒在西窗下,所以已经弄得满身小疙瘩,虽无性命之忧,而亦颇以为窘也。变化繁多,中大下半年不知如何,我疑未必能维持现状。

支持家[3]评留先云,政治非其所长,教育幼稚。其终于"专心办学"而取"优游状态"者,大约即因此之故。

迅 上 八,十七。

* * * *

〔1〕 关于种胡麻的话,参看270727信。

〔2〕 当时汪馥泉在印尼苏门答腊棉兰编辑《南洋日报》,函请鲁迅为其新著《椰子集》题签并作序。

〔3〕 支持家 指李济深。下文关于朱家骅"专心办学",参看270808信。

270919①　致翟永坤

永坤兄:

八月廿二,廿八日两信,今天(九月十九)一同收到了,一个学生给我送来的。你似乎还没有知道,中山大学的一切职务,我于三月[1]间早已辞去了,在此已经闲住了六个月,现在是肚子饿而头昏。我本来早想走,但先前是因为别的原因,后来是太古船员罢工,没有船,总是走不成。现在听说有船了,所以我想于本月之内动身。

我先到上海,无非想寻一点饭,但政,教两界,我想不涉足,因为实在外行,莫名其妙。也许翻译一点东西卖卖罢。北大改组[2]的事已在报上看见了。此地自从捉去了若干学生不知道数目,几十或百余罢以后,听说很乐观,已成为中国第一个大学。

这里新闻是一定应该有的,可惜我不大知道,也知不清楚。

《鲁迅在广东》[3]我没有见过,不知道是怎样的东西,大约是集些报上的议论罢。但这些议论是一时的,彼一时,此一时,现在很两样。

时光的确快,记得我们在马路上见了之后,已经一年多了,我漂流了两省,幻梦醒了不少,现在是胡胡涂涂。想起北京来,觉得也并不坏,而且去年想捉我的"正人君子"们,现已大抵南下革命了,大约回去也不妨。不过有几个学生,因为是我的学生,所以学校还未进妥近来有些这样的情形,连和我熟识的学生,也会有人疑心他脾气和我相似,喜欢揭穿假面具,所以看得讨厌。我想陪着他们暂时漂流,到他们有书读了,我再静下来。

看看二十来篇作品的工夫,总可以有的。但近一年来,我全没给人选文章。有一个高长虹,先前叫我给他选了一本文章[4],后来他在报上说,我将他最好的几篇都选掉了,因为我妒贤嫉能,怕他出名,所以将好的故意压下。从此以后,我便不做选文的事,有暇便自己玩玩。你如不相信高长虹的话,可以寄来,我有暇时再看,但诗不必寄,因为我不懂这一门。稿寄"上海,新闸路,仁济里北新书局李小峰"收转。

这里还是夏天,穿单衣,一做事便流汗。去年我在厦门时,十一月上山去,看见石榴花,用惯于北方的眼睛看来,好像造物在和我开玩笑。

鲁迅 九月十九夜

* * * *

〔1〕 鲁迅于1927年4月21日辞去中山大学一切职务,这里说的"三月"当指夏历。

〔2〕 北大改组 1927年8月间,北洋政府教育总长刘哲拟将北京大学、北京师范大学等九所高等学校合并,成立"国立京师大学校",下设六科五部。这方案因遭到普遍反对而终未实现。

〔3〕《鲁迅在广东》 钟敬文编,内收鲁迅到广州后报刊所载有关鲁迅的文章十二篇,附鲁迅杂文一篇和讲演记录四篇。1927年7月由上海北新书局出版。

〔4〕 指高长虹的《心的探险》,诗文合集,1926年6月北京北新书局出版。

270919② 致 章 廷 谦

矛尘兄:

久不得来信,大约你以为我早动身了,而岂知我至今尚九蒸九晒于二楼之上也哉!听说太古船员诸公已复工,则我真将走成,现已理行李两天,拟于廿七八搬入客栈,遇有船则上之也。

自然先到上海,其次,则拟往南京,不久留的,大约至多两三天,因为要去看看有麟,有一点事,但不是谋饭碗,孑公复膺大学院长[1],饭仍是蒋维乔袁希涛口中物也。复次当到杭州,看看西湖北湖之类,而且可以畅谈。但这种计画,后来也许会变更,此刻实在等于白说。

此地已较凉。梁漱溟[2]已为委员,我看他是要阔的。市民正拟欢迎张发奎[3]将军,牌楼搭得空前之好。各种厅长多已换。黄浦[埔]学校[4]已停办。截至今日止,如此而已。

中大今日(或明日,记不清了)开学,行授旗式,旗乃校旗也,青天白日外加红边,新定的。何日开课,未闻。绍原先生已行了罢。该校的安否,大概很与政局相关的,所以本学期如何,实在说不清。但他若取中立之状态,则无妨。

《语丝》的一四一,二两期,终于没有收到,大概没收了。这里的一部分青年已将郁达夫[5]看作危险人物,大奇。广西禁《洪水》[6]与《独秀文存》[7]。汕头之创造社被封。北新出了一本《鲁迅在广东》,好些人向我来要,而我一向不知道。关于出版界之所闻,大略如此。

新月书店的目录,你看过了没有?每种广告都飘飘然,是诗哲[8]手笔。春台列名其间,我觉得太犯不上也。最可恶者《闲话》广告[9]将我升为"语丝派首领",而云曾与"现代派主将"陈西滢交战,故凡看《华盖集》者,也当看《闲话》云云。我已作杂感[10]寄《语丝》以骂之,此后又做了四五篇。

凤举说燕大要我去教书,已经回复他了,我大约还须漂流几天。我一去,一定又有几个学生要同去,这是我力所不及的,别人容易误会为我专是呼朋引类。我也许此后不能教书了。但可玩玩时,姑且玩玩罢。

在二楼上,近来又编好了一部《唐宋传奇集》。到上海后,当为新作家选小说,共有三部。此后,真该玩玩了,一面寻饭碗。

迅 上 九月十九夜

斐君太太前均此请安。燕兄及在绍兴的某兄均此致候。

* * *

〔1〕 子公复膺大学院长　1927年6月27日,国民党中央政治会议通过蔡元培等提议,决定组织大学院,作为全国最高学术教育行政机关,同年10月蔡就任大学院院长。

〔2〕 梁漱溟(1893—1988)　字寿铭,广西桂林人。曾任北京大学教授。1927年四一二政变后,曾任国民党广东省政府委员、广州政治委员会建设委员会常务委员、代理主席。

〔3〕 张发奎(1895—1980)　字向华,广东始兴人,国民党将领。第一次国内革命战争时期任国民革命军第四军军长,参加北伐。1927年9月下旬,他率所部由江西回到广州。

〔4〕 黄埔学校　即黄埔军官学校。孙中山在国民党改组后创立的军官学校,校址在广州黄埔,1924年6月正式开学。在1927年四一二政变前它是国共合作的学校,周恩来、叶剑英、恽代英、萧楚女等许多共产党人都曾在校内担任过负责工作和教育工作。

〔5〕 郁达夫　参看281212信注〔1〕。他在《洪水》半月刊第三卷第二十九期(1927年3月)发表的《在方向转换途中》一文,指责蒋介石集团的"独裁的高压政策"。孔圣裔随即在反共刊物《这样做》第七、八期合刊(同年6月)上发表《郁达夫先生可以休矣》一文,对郁大肆攻击,说他"做了共产党的工具"。

〔6〕《洪水》 创造社刊物,1924年8月在上海创刊,初为周刊,仅出一期;1925年9月改为半月刊,1927年12月停刊,共出三十六期。

〔7〕《独秀文存》 陈独秀在"五四"前后所作论文、随感、通信的编集。1922年11月上海亚东图书馆出版。

〔8〕 诗哲 指徐志摩。1924年印度诗人泰戈尔来华时,他追随左右,有人称泰戈尔为"诗圣",称徐为"诗哲"。

〔9〕《闲话》广告 《闲话》,指《西滢闲话》,陈西滢作,1928年3月新月书店出版。出版前曾刊登广告说:"……鲁迅先生(语丝派首领)所仗的大义,他的战略,读过《华盖集》的人想必已经认识了。但是现代派的义旗,和它的主将——西滢先生的战略,我们还没有明了。现在我们特地和西滢先生商量,把《闲话》选集起来,印成专书,留心文艺界掌故的人,想必都以先睹为快。"

〔10〕 杂感 指《辞"大义"》,下文的"四五篇"指《革"首领"》、《扣丝杂感》、《"公理"之所在》、《"意表之外"》等。

270922　致 台静农、李霁野

静农兄:
霁野

《朝华夕拾》改定稿,已挂号寄上,想已到。

静农兄九月八日信,前天收到了。小说[1]要出,很好。可寄上海北新李小峰收转。来信同。

这里的生活费太贵,太古船已有,我想于月底动身了,到上海去。那边较便当,或者也可以卖点文章。这里是什么都不知道。可看的刊物也没有。

先前是时时想走,现在是收拾行李(有十来件,讨厌极

413

了),《莽原》久不做了。现在写了一点[2],今寄上。以后想写几回这样的东西。

附上四张照相,是一月前照的,R女士[3]如要,请交去。如已无用,便中希送西三条寓。

前回来信说寄来的《二十四孝》之类之中,有几本是维钧兄的。我即函询那几种,终无回信,大约我的信失落了。今仍希告我,以便先行邮还。因为带着走,不大便当。

我很好,请勿念。我想,上船之期,大约本月廿八九罢。

此地居然也凉起来了,有些秋意。

密斯朱寿恒闻已结婚。今年的岭南大学,听说严极了,学生及职教员好发议论的,就得滚蛋。收回中国自办了。

> 迅 九,二十二夜。

* * *

〔1〕 小说 指短篇小说集《地之子》,台静农作,1928年11月未名社出版。《未名新集》之一。

〔2〕 写了一点 指《怎么写》。后收入《三闲集》。

〔3〕 R女士 当指罗尔斯卡娅,参看270221信注〔3〕。当时她准备雕塑鲁迅半身像。

270925 致 台 静 农

静农兄:

九月十七日来信收到了。请你转致 半农先生,我感谢他的好意，为我，为中国。但我很抱歉，我不愿意如此。

诺贝尔赏金[1]，梁启超[2]自然不配，我也不配，要拿这钱，还欠努力。世界上比我好的作家何限，他们得不到。你看我译的那本《小约翰》，我那里做得出来，然而这作者就没有得到。

或者我所便宜的，是我是中国人，靠着这"中国"两个字罢，那么，与陈焕章[3]在美国做《孔门理财学》而得博士无异了，自己也觉得好笑。

我觉得中国实在还没有可得诺贝尔赏金的人，瑞典最好是不要理我们，谁也不给。倘因为黄色脸皮人，格外优待从宽，反足以长中国人的虚荣心，以为真可与别国大作家比肩了，结果将很坏。

我眼前所见的依然黑暗，有些疲倦，有些颓唐，此后能否创作，尚在不可知之数。倘这事成功而从此不再动笔，对不起人；倘再写，也许变了翰林文字，一无可观了。还是照旧的没有名誉而穷之为好罢。

未名社出版物，在这里有信用，但售处似乎不多。读书的人，多半是看时势的，去年郭沫若书颇行，今年上半年我的书颇行，现在是大卖戴季陶[4]讲演录了蒋介石的也行了一时。这里的书，要作者亲到而阔才好，就如江湖上卖膏药者，必须将老虎骨头挂在旁边似的。

还有一些琐事，详寄季野信中，不赘。

迅 上 九月二十五日

＊　　＊　　＊

〔1〕 诺贝尔赏金　即诺贝尔奖金。以瑞典化学家和发明家诺贝尔(A. Nobel,1833—1896)的遗产设立的奖金,自1901年起,每年在诺贝尔逝世纪念日颁发关于科学、文学及和平事业的奖金。1927年瑞典汉学家高本汉曾通过来华考察的地质学家斯文·赫定委托刘半农在中国推荐诺贝尔文学奖候选人。刘半农拟提名梁启超和鲁迅,并委托台静农征询鲁迅意见。

〔2〕 梁启超(1873—1929)　字卓如,号任公,广东新会人,清末维新运动领导者之一。失败后逃亡日本,鼓吹君主立宪,反对孙中山领导的民主革命运动。晚年曾任清华学校研究院教授。著有《饮冰室文集》。

〔3〕 陈焕章(1881—1933)　字重远,广东高要人。留学美国,曾写《孔门理财学》一书,得博士学位。辛亥革命后组织孔教会,任会长。

〔4〕 戴季陶(1890—1949)　名传贤,号天仇,浙江吴兴人。早年参加同盟会,后任国民党中央宣传部长、中央执行委员会常委,国民党政府考试院院长等职。四一二政变前后,曾为蒋介石公开反共"清党"大造舆论。

270925[②]　致李霁野

霁野兄：

十二日信已到,内无致共和[1]附信。

《白茶》或者只十三,是我弄错的,此事只可如此了结。

北新书屋账等一二天再算详账云云,而至今未有照办者,因为我太忙。能结账的只有我一个人。其实是早已结好,约欠八十元。我到邮局去汇款时,因中央银行挤兑之故,票价骤落,邮局也停止汇兑了,只得中止,一直到现在。这一笔款只能待我到上海时再寄。

廿九日有船,倘买得到船票,就坐这船,十月六七可到上海。

这里的文艺,很销沈,昨天到创造社去一看,知道未名社的书都卖完了,只剩许多《莽原》。投稿于《莽原》之饶超华君,前回寄回的照相中,坐在我和伏园之间的就是他。回家路经汕头,被捕,现在似乎已释出。他是除了做那样的诗之外,全无其他的,而也会遭灾,则情形可想。但那是小地方;广州市比较地好一点。

书面的事,说起来很难,我托了几个人,都无回信。本地,是无法可想的,似乎只能画一个军人骑在马上往前跑。就是所谓"革命!革命!"[2]《朝华夕拾》我托过春台,没有画来,他与北新闹开,不知怎的和新月社去联合了。让我再想一想看。

《象牙之塔》的封面,上一次太印在中间了,下面应该不留空白。这回如来得及,望改正。

《莽原》稿已寄上一篇,我本想多写几篇这一类的东西,但开始走路之后,不知能有工夫否?此地万不愿住,或在上海小住,未知是否可能,待到后再看。此地大学,已成了现代派的大本营了。

关于诺贝尔事,详致静农函中,兹不赘。

创造社和我们,现在感情似乎很好。他们在南方颇受迫压了,可叹。看现在文艺方面用力的,仍只有创造,未名,沈钟三社,别的没有,这三社若沈默,中国全国真成了沙漠了。南方没有希望。

迅 九,二五。

续收到十三日来信了。共和的收单,似乎应未名社收,今仍寄回。

* * *

〔1〕 共和 指广州共和书局。北新书屋结束时,存书均移交该书局。

〔2〕 指当时广州的所谓"革命文学社"出版的反共刊物《这样做》(旬刊)三四期合刊的封面画。以后各期均沿用。

271004　致　台静农、李霁野

静农兄:
霁野

昨天到上海,看见图样五张[1]。蔼覃的照相,我以为做得很不好看。我记得原底子并不如此,还有许多阴影,且周围较为毛糙。望照原本重做一张,此张不要。我前信言削去边者,谓削去重照后之板边,非谓连阴影等皆削去之也。总之希重做一张,悉依原来的样子。

此书封面及《朝华夕拾》书面,已托春台去画,成后即寄上。于书之第一页后面,希添上"孙福熙作书面"一行。

我现住旅馆,两三日内,也许往西湖玩五六天,再定何往。

迅 十,四。

* * * *

〔1〕 图样五张　指《小约翰》作者望·蔼覃的肖像和该书插图的印样。望·蔼覃（F. Van Eeden，1860—1932），荷兰作家。

271014　致　台静农、李霁野

静农
霁野兄：

　　书账早已结好，和寄来的一张差不多。因为那边的邮局一时停止汇兑，所以一直迟至现在。今从商务馆汇上八十元，请往瑠〔琉〕璃厂一取（最好并带社印）。这样，我所经手的书款，算是清结了。

　　《小约翰》及《朝华夕拾》两书面，本拟都托春台画，但他现在生病，所以只好先托其画《小约翰》的一张，而今尚未成（成后即寄上）。《朝华夕拾》第一页的后面，且勿印"孙福熙作书面"字样。

　　到此已将十日，不料熟人很多，应酬忙得很。邀我做事的地方也很有，但我想关起门来，专事译著。

　　狂飙社[1]中人似乎很有许多在此，也想活动，而活动不起来，他们是自己弄得站不住的。

　　这里已很冷了。报上说北京已下雪，想是真的。

　　来信仍由原处转。

迅　十月十四日

＊　＊　＊

〔1〕 狂飙社　高长虹、向培良等组织的文学团体。1924年11月,曾在北京《国风日报》上出过《狂飙》周刊,至十七期停止;1926年10月,该社重在上海光华书局出版《狂飙》周刊,并编印《狂飙丛书》等,1928年解体。

271017　致李霁野

霁野兄:

前两天寄一函并书款八十元,想已到。六日来信,今天收到了,空字已补好,今寄上。书面已托孙春台画好,因须用细网目铜板,恐北京不能做,拟在上海将板做好,邮寄北京。

我到此地,因为熟人太多,比以前更忙于应酬了。忽然十多天,已经过去,什么事也没有做。

光华书店,我看他做法不大规矩,是不可靠的。

《朝华夕拾》后记中之《曹娥》一图,描得不好。如原底子尚在,请将这一图改用铜板,那么,线虽细,也无妨了。

《莽原》第十六七期尚未见。我缺第三期,希即一并寄来。三期一本,十六七期各二本。此后信件,可寄"上海宝山路商务印书馆编译所周建人先生代收"。

《莽原》这名称,先前因为赌气,没有改。据我的意思,从明年一月起,可以改称《未名》了,因为《狂飙》已消声匿迹。而且《莽原》开初,和长虹辈有关系,现在也犯不上再用。长虹辈此地有许多人尚称他们为"莽原小鬼",所以《莽原》之名也不甚有趣。但这是我个人的意思,请大家决定。

静农的小说稿,已收到了,希转告。

前回寄来的书中,那几种是维钧的,亦望告知,以便寄还。

迅 十,十七,夜

271020　致李霁野

霁野兄:

《小约翰》封面铜板已做好,已托北新代寄,大约数日后可到。今将标本寄上,纸用黄色,图用紫色。

孙春台病已愈,《朝华夕拾》封面已将开始绘画。书之第一页后可以印上"孙福熙作书面"字样了。

迅 十,廿。

板费五元请便中交西三条密斯许。

271021[①]　致江绍原

绍原先生:

两日不见,如隔六秋。

季茀[1]有信来,先以奉阅。我想此事[2]于　兄相宜,因为与人斗争之事或较少。但不知薪水可真拿得到否耳。

迅 顿首 十月廿一日

太太前乞叱名请安。

〔1〕 季巿　即许寿裳。时任南京国民政府大学院秘书。

〔2〕 指大学院院长蔡元培意欲聘鲁迅、江绍原等任该院特约撰述员。

271021② 致廖立峨[1]

立峩兄：

十二日的来信，昨天收到了，先寄的另一封信，亦已收到。我于七日曾发一信，后又寄《野草》一本，想亦已到。

我到上海已十多天，因为熟人太多，一直静不下，几乎日日喝酒，看电影。我想，再过一星期，大约总可以闲空一点。倘若这样下去，是不好的，书也不看，文章也不做。

这里的情形，我觉得比广州有趣一点，因为各式的人物较多，刊物也有各种，不像广州那么单调。我初到时，报上便造谣言，说我要开书店了，因为上海人惯于用商人眼光看人。也有来请我去教国文的，但我没有答应。

现在我住在"宝山路，东横浜路，景云里二十九号"，此后有信可以直接寄此。这里是中国界，房租较廉，只要不开战，是不要紧的。

中大校长赴港，[2]我已在报上看见，张之迈[3]辈即刻疑神疑鬼，实在可怜。其实他们是不要紧的，会变化，那里会吃亏。至于我回广东，却连自己还没有想到过。

林语堂先生已见过，现回厦门接他的太太去了，听说十来天后再来上海。许寿裳先生在南京大学院做秘书,他们要请我译书,但我还没有去的意思。

江绍原先生已经见过,他今天回杭州去了,当暂住在他太太的家里。听说大学院要请他做编译,我想,这于他倒颇相宜的。

广州中大今年下半年大约不见得比上半年好。我想,你最好是自己多看看书。靠教员,是不行的,即使将他们的学问全都学了来,也不过是"瞠目呆然"。倘遇有可看的书,我当寄上。

顾孟余回广州之说,上海倒没有听到。《中央日报》不办了。南京另组织了一个中央日报筹备处,其中大抵是"现代派"。

我本很想静下来,专做译著的事,但很不容易。闹惯了,周围不许你静下。所以极容易卷入旋涡中。等许多朋友都见过了,周围清静一些之后,再看情形,倘可以用功,我仍想读书和作文章。

广平姊也住在此,附笔道候。她有好几个旧同学在此,邀她于[去]办关于妇女的刊物[4],还没有去。

迅 十月廿一日

* * *

[1] 廖立峨(1903—1962) 广东兴宁人。原为厦门大学学生,1927年1月随鲁迅转学中山大学。后曾一度寄住鲁迅上海家中。

[2] 中大校长赴港 1927年10月13日,被认为是汪精卫派的

423

张发奎去中山大学讲演,属于蒋系的校长戴季陶、朱家骅即离校赴香港。后来戴去上海,朱回广州。

〔3〕 张之迈　1926年中山大学文科英文系学生。

〔4〕 关于妇女的刊物　指《革命的妇女》,国民党上海市党部妇女部主办,主持人为许广平在北京女师大时的校友吕云章。

271031　致江绍原

绍原先生:

两惠函,其一内有译稿[1]者,均收到。稿当去寻卖[买]主去。

季茀所谈事迄今无后文,但即有后文,我亦不想去喫,我对于该方面的感觉,只觉得气闷之至,不可耐。

既已去矣,又何必再电奥[粤]方。昨有学生见骝先坐黄包车而奔波于途,殆即在追挽校长[2]欤。

近日又常是演讲之类,殊苦。

迅　上　十月卅一日

太太前仍叱名请安。

＊　　＊　　＊

〔1〕 译稿　指《二十五年来之宗教史研究》,美国黑顿(A. E. Haydon)作,江绍原译文后载《北新》半月刊第二卷第四号(1927年12月)和第六号(1928年1月)。

〔2〕 追挽校长　据1927年10月18日《国立中山大学日报》第六十四号载:"朱副校长今日赴沪敦促戴校长返校。"又同年11月16日

同报第八十五号载:"戴校长季陶、朱副校长家骅已联袂返粤。"

271103　致 李霁野

霁野兄:

十月廿六日信,今天收到了。蔼覃像已付印,四五日内可成,成即寄上。

《象牙之塔》,《莽原》,你的稿子[1],尚未到。

《莽原》的确少劲,是因为创作,批评少而译文多的缘故。我想,如果我们各定外国文艺杂志一两份,此后专向纯文艺方面用力,一面绍介图画之类,恐怕还要有趣些。但北京方面,制版之类是不方便的。本来我也可以在此编辑,因为我原想躲起来用用功。但看近来情形,各处来访问,邀演讲,邀做教员的很多,一点也静不下,时常使我想躲到乡下去。所以我或者要离开上海也难说。

《小约翰》书面版已于廿一寄出,想已到。

还说《莽原》,用报纸似乎太难看,用较好一点而比以前便宜一点的,如何? 至于减少页数,那自然无所不可。

狂飙社的人们,似乎都变了曾经最时髦的党了。尚钺坏极,听说在河南,培良在湖南,高歌长虹似乎在上海。这一班人,除培良外,都是极坏的骗子。长虹前几天去访开明书店章君[2],听说没见他。

附上文一篇[3],是旧作而收回的,可用于《莽原》。

迅 十一,三。

＊　＊　＊

〔1〕 你的稿子　指《文学的影响》,法国古尔蒙(R. de Gourmont,1858—1915)作,李霁野译,载《莽原》半月刊第二卷第二十一、二十二期合刊(1927年11月25日)。

〔2〕 章君　指章锡琛。

〔3〕 文一篇　指《略论中国人的脸》,后收入《而已集》。

271107[①]　致章廷谦

矛尘兄：

六日来信已到。我到沪以来,就玩至现在,其间又有演讲之类,颇以为苦。近日又因不得已,担任了劳动大学国文每周一小时,更加颇以为苦矣。杭州芦花,闻极可观,心向往之,然而又懒于行,或者且待看梅花欤。

《游仙窟》既有善本,自然以用善本校后付印为佳。《唐宋传奇集》方在校印,拟先出上册,成后即寄奉。

北新捕去李(小峰之堂兄)王(不知何人)[1]两公及搜查,闻在十月二十二,《语丝》之禁则二十四。作者皆暂避,周启明盖在日本医院欤。查封北新,则在卅日。今天乔峰得启明信,则似已回家,云《语丝》当再出三期,凑足三年之数,此后便归北新去接办云云。卅日发,大约尚未知查封消息也。他之在北,自不如来南之安全,但我对于此事,殊不敢赞一辞,因我觉八道湾之天威莫测,正不下于张作霖,倘一搭嘴,也许罪戾反而极重,好在他自有他之好友,当能互助耳。

季茀本云南京将聘绍原,而迄今无续来消息,岂蔡公此说,所以敷衍季茀者欤,但其实即来聘,亦无聊。语堂先曾回厦门,今日已到沪,来访,而我外出,不知其寓何所;似无事。有学生告我,在上海见傅斯年于路上,不知确否。倘真,则此公又在仆仆道途,发挥其办事手腕矣。

我独据一间楼,比砖塔胡同时好得多,因广东薪水,尚未用完也。但应酬,陪客,被逼作文之事仍甚多,不能静,殊苦。本想从事译书,今竟不知可能如愿。

迅 上 十一月七日

夫人均此问候。

* * *

〔1〕 李 指李丹忱。王,指王寅生。当时均在北京北新书局任职。

271107② 致 江 绍 原

绍原先生:

五日来信并稿已到。译稿小峰愿接受,登《北新》半月刊。俟注之后半到,即送去。

北京之北新局于十月廿二日被搜查,捕去两人,一小峰之堂兄;一姓王,似尚与他案有关。《语丝》于廿四日被禁;北新局忽又于卅日被封。我疑此事仍有章士钊及护旗运动[1]中人在捣鬼。

有学生告诉我,见傅斯年于上海之道上。岂此公亦来追留校长欤?

迅 启上 十一月七日

闻广东中大英语系主任为刘奇峰[2],不知何如人也。

* * *

〔1〕 护旗运动 当时国家主义派拥护北洋军阀,反对革命,曾发起保护五色旗的"护旗运动"。

〔2〕 刘奇峰 山东人。曾留学美国,1927年9月继江绍原之后任中山大学英文系主任。

271114 致 江 绍 原

绍原先生:

先后收到《宗教史研究》[1]两回,小品[2]两回共四则;但小注后半,则至今未收到,恐失落亦未可知。且稍待,抑更补写乎,请酌定。

日本语之 NoRito,是"祝词"。

弟到此已月余,日惟应酬,陪客,演说,无聊之极。瘦矣,而毫无成绩。颇欲杜门译书,但无把握也。

今虽讨赤,而对于宗教学,恐仍无人留心。观读书界大势,将来之有人顾问者,殆仍惟文艺之流亚。不知兄有意一试之否? 如前回在《语丝》上所谈之《达旖丝》[3],实是一部好书,倘译成中文,当有读者,且不至于白读也。半农译法国小说,似有择其短者而译之之趋势。我以为不大好。

　　　　　　　　迅　顿首　十一月十四日

太太前亦顿首

※　　※　　※

〔1〕《宗教史研究》　指《二十五年来之宗教史研究》。

〔2〕 小品　江绍原所作以《小品》为总题的短文。这里提到的四则,其中两则载《语丝》周刊第四卷第一期(1927年12月17日),一则载第四卷第二期。

〔3〕《达祷丝》　又译《泰绮丝》,长篇小说,法国法朗士作。

271116　致 李霁野

霁野兄:

四日来信,收到了。小说稿及《象牙之塔》,早已到。

《莽原》仍用好纸而减页数,甚好。闻开明书店云,十八九合册十本,早售完,而无续来,不知何不多寄些?

《小约翰》作者照像,托春台印〔带〕去印的,而他忽回家,大约不日当回上海,取来寄京。现在向我索取者甚多。我想,较快的办法,是此书之内容及封面印成后,望即将书面及书之散页,寄我五十份(仍由周建人代收);一面我将照相留下五十份。待散页一到,在此装钉,便快得多了。希成后即寄为要。

我冬天不回京,在此亦静不下,毫无成绩,真不知如何是好。

迅 十一,十六

271118　致翟永坤

永坤兄:

你的十月十,二六两信,并两回的稿子,我都收到了,待我略闲,当看一看。惟设法出版,须在来年,因为这里的书铺现在经济状况都不大好。

那一本旧的小说[1],也已收到。构想和行文,都不高明,便是性欲的描写,也拙劣得很,是一部没有什么价值的书。我想,这大约是明朝人做的,本是一篇整篇,后来另一人又将他分开,加上回目,变成章回体的。至于里面用元人名字,这是明人做小说的常有的事,他们不敢讲本朝,所以往往假设为元人。

我近半年来,教书的趣味,全没有了,所以对于一切学校的聘请,全都推却。只因万不得已,在一个学校里担任了一点钟,但还想辞掉他。

文章也做不出来。现在是在校印《唐宋传奇集》,这是古文,我所选编的,今年可出上册,明年出下册。

听说《语丝》在北京被禁止了,北新被封门。正人君子们在此却都很得意,他们除开了新月书店外,还开了一个衣服店,叫"云裳","云想衣裳花想容"[2],自然是专供给小姐太太们的。张竞生[3]则开了一所"美的书店",有两个"美的"女店员站在里面,其门如市也。

我想译点书糊口,但现在还未决定译那一种。

迅 上 十一月十八日

* * * *

〔1〕 一本旧小说　指《奇缘记》,不题撰人,本明人《天缘奇遇》写祁羽狄、廉丽贞事,六卷,十二回。鲁迅收到的是二万七千余字的手抄本。

〔2〕 "云想衣裳花想容"　语见李白《清平调》三首(其一):"云想衣裳花想容,春风拂槛露华浓。"

〔3〕 张竞生(1888—1970)　广东饶平人。早年留学法国,曾任北京大学教授。著有《美的人生观》、《美的社会组织法》等。1927年在上海开设美的书店,印行"婚姻丛书"、"性育小丛书"等,宣传性文化,因编印《性史》第一集引起非议,被当局查封。

271120　致 江 绍 原

绍原先生:

来信,并《廿五年来之早期基督教研究》[1]的注,都收到了。关于要编的两种书的计划,我实在并无意见。《血与天癸……》[2],我想,大抵有些人看看的;至于《二十世纪之宗教学研究》[3],则商务馆即使肯收,恐怕也不过是情面。尚志学会[4]似乎已经消声匿迹了。

其实,偌大的中国,即使一月出几本关于宗教学的书,那里算多呢。但这些理论,此刻不适用。所以我以为 先生所研究的宗教学,恐怕暂时要变成聊以自娱的东西。无论"打倒宗教"或"扶起宗教"时,都没有别人会研究。

然则不得已,只好弄弄文学书。待收得板税时,本也缓不济急,不过除此以外,另外也没有好办法。现在是专要人的性命的时候,倘想平平稳稳地吃一口饭,真是困难极了。我想用用功,而终于不能,忙得很,而这忙,是于自己很没有益处的。

中国此刻还不能看戏曲,他们莫名其妙。以现状而论,还是小说。还有,大约渐要有一种新的要求,是关于文艺或思想的Essye[5]。不过以看去不大费力者为限。我想先生最好弄这些。

英文的随笔小说之流,我是外行,不能知道。但如要译,可将作者及书名开给我,我可以代去搜罗。

我不知道先生先前所爱看的是那一些作品,但即以在《语丝》发表过议论的Thais[6]而论,我以为实在是一部好书。但我的注意并不在飨宴的情形,而在这位修士[7]的内心的苦痛。非法朗士[8],真是作不出来。这书有历史气,少年文豪,是不会译的(也讲得〔好〕听点,是不屑译),先生能译,而太长。我想,倘译起来,可以先在一种月刊上陆续发表,而留住版权以为后日计。

此外,则须选作者稍为中国人所知,而作品略有永久性的。英美的作品我少看,也不大喜欢。但闻有一个 U. Sinclaire[9](不知错否),他的文学论极新,极大胆。先生知之否?又 J. London[10]的作品,恐怕于中国的现在也还相宜。

广东似乎又打起来了[11]。沪报言戴校长已迁居香港,谢绝宾客。中校的一群学者,不知安否,殊以为念也。

　　　　　迅 启上 十一月二十夜
太太前均此请安

＊　　＊　　＊

〔1〕 《廿五年来之早期基督教研究》 美国威灵贝(H. R. Willinghby)著,江绍原译文载《东方杂志》第二十四卷第二十四期(1927年12月)。

〔2〕 《血与天癸……》 全名《血与天癸:关于它们的迷信言行》,江绍原著,《贡献》第二卷第七期(1928年5月)开始连载。

〔3〕 《二十世纪之宗教学研究》 江绍原计划的著作,后未完成。

〔4〕 尚志学会 范源濂、江庸等人在北京组织的学术团体,曾编辑《尚志丛书》,由商务印书馆出版。

〔5〕 Essay 英语:随笔。

〔6〕 Thais 即《泰绮丝》。

〔7〕 修士 指《泰绮丝》中的圣僧巴甫努斯。他为正世道人心,曾感化亚历山大城的名妓泰绮丝出家,但自己却因爱上了她而深陷情网。不知情的信徒们则仍然视他为"圣僧",向他祈求、礼拜,以致使他痛苦万状。

〔8〕 法朗士(A. France,1844—1924) 法国作家。著有长篇小说《波纳尔之罪》、《企鹅岛》等。

〔9〕 U. Sinclair 辛克莱(1878—1968),美国作家。著有长篇小说《屠场》、《石炭王》、《世界末日》等。他的文学论疑指《拜金艺术(艺术之经济学的研究)》一文,文中主张"一切的艺术是宣传"。

〔10〕 J. London 杰克·伦敦(1876—1916),美国作家。著有《深渊中的人们》、《铁蹄》、《马丁·伊登》等。

〔11〕 广东又打起来了 1927年11月17日张发奎以"护党运

动"为名,与李济深、黄绍竑争夺广东的统治权,引发粤桂战争。

271122　致 陶元庆

璇卿兄:

《唐宋传奇集》书面用之赭色样本,今日送来了。今并原样一同寄上。对否?希示复。

　　　　　　　　　　　　鲁迅 十一月廿二。

271206① 　致 李小峰[1]

小峰兄:

我对于一切非美术杂志的陵乱的插画,一向颇以为奇,因为我猜不出是什么意义。近来看看《北新》半月刊的插画,也不免作此想。

昨天偶然看见一本日本板垣鹰穗做的,以"民族底色彩"为主的《近代美术史潮论》[2],从法国革命[3]后直讲到现在,是一种新的试验,简单明了,殊可观。我以为中国正须有这一类的书,应该介绍。但书中的图画,就有一百三四十幅,在现今读者寥寥的出版界,纵使译出,恐怕也没一个书店敢于出版的罢。

我因此想到《北新》。如果每期全用这书中所选的图画两三张,再附译文十叶上下,则不到两年,可以全部完结。论文和插画相联络,没有一点白费的东西。读者也因此得到有统系的知识,不是比随便的装饰和赏玩好得多么?

为一部关于美术的书,要这么年深月久地来干,原是可叹可怜的事,但在我们这文明国里,实在也别无善法。不知道《北新》能够这么办否? 倘可以,我就来译论文。

鲁迅 十二月六日

※　　※　　※

〔1〕 此信据《北新》半月刊第二卷第四期(1927年12月15日)所载编入。

〔2〕《近代美术史潮论》 日本板垣鹰穗著。鲁迅的译文连载于《北新》半月刊第二卷第五期至第三卷第五期(1928年1月至1929年1月),后由北新书局汇印一集出版。

〔3〕 法国革命 指1789年爆发的法国大革命。这次革命推翻封建专制统治,确立了资本主义制度。

271206② 致蔡元培[1]

孑民先生几下,谨启者:久违

雅范,结念弥深,伏知

贤劳,未敢趋谒。兹有荆君有麟,本树人旧日学生,忠于国事,服务已久,近知江北一带,颇有散兵,半是北军[2]旧属,既失渠率,迸散江湖,出没不常,亦为民患。荆君往昔之同学及同乡辈,间亦流落其中,得悉彼辈近态,本非凤心,倘有所依,极甘归命,因思招之使来,略加编练,则内足以纾内顾之劳,外足以击残余之敌。其于党国,诚为两得。已曾历访数处,贡其款诚,尤切希一聆

先生教示,以为轨臬。辄不揣微末,特为介绍,进谒

台端,倘蒙假以颜色,俾毕其词,更赐

指挥,实为万幸。肃此布达,敬请

道安。

后学周树人 启上 十二月六日

* * * *

〔1〕 此信原无标点。

〔2〕 北军 指北洋军阀军队。

271209① 致江绍原

绍原先生：

《百册孝图》〔1〕尚在,其所绘"拖鞍"〔2〕之法如下:——

迅 上 十二月九日

* * * *

〔1〕《百册孝图》 据《朝花夕拾·后记》,当为《二百册孝图》,

清代胡文炳绘制。

〔2〕"拖鞍" 据《明史·列女传》记载:武邑高氏女,其父客死他乡,仅知葬于河南虞城城北,塚内以枣木小车辋为识。后来她去该地寻找其父遗骸,"抵葬所,塚累累不能辨。氏以发系马鞍逆行,自朝及夕,至一小塚,鞍重不能前,即开其塚,所识车辋宛然。"鲁迅所画即此故事,坐于鞍上者为女父之鬼魂。

271209② 致章廷谦

矛尘兄:

四日信早到了。语堂在此似乎是为开明编英文字典[1]。伏园则在办一种周刊,曰:《贡献》[2](实在客气之至)。又听说要印书,但不知其详,因为极少见。

《语丝》移申第一期,[3]听说十二可出。有几篇投稿,我看了一遍则有之,若云"编辑",岂敢也哉!我近来就是做着这样零星的事,真不知如何是好。

新年能来申谈谈,极所盼望。若夫校对,则非一朝一夕可毕,我代校亦可也。

池鱼故事[4],已略有所闻。其实在天下做人,本来大抵就如此。此刻此地,大家正互相斥为城门,真令我辈为鱼者,莫名其妙,只能用绍兴先哲老话:"得过且过"而已。

绍原欲卖文,我劝其译文学,上月来申,说是为买书而来的。月初回去了,闻仍未买,不知何也。大约卖文之处,已稍有头绪欤?

太史[5]之类,不过傀儡,其实是不在话下的。他们的话听了与否,不成问题,我以为该太史在中国无可为。

《莽原》有从头到尾的合订本,但他们不寄我一本,亦久无信来,或已独立欤?《华续》,《野草》他日寄上《野草》初版,面题"鲁迅先生著",我已令其改正,所以须改正本出,才以赠人。《唐宋传奇集》上册今天才校了,出版大约尚须几天。出时奉寄。下册稿已付印局。

迅 上 十二,九,夜。

周启明信三张附还。

* * *

〔1〕 英文字典 按林语堂当时为上海开明书店编的是《开明英语读本》。

〔2〕《贡献》 国民党改组派刊物,孙伏园编辑,嘤嘤书屋发行,1927年12月5日在上海创刊。初为旬刊,1929年1月第五卷第一期起改为月刊,同年3月停刊。

〔3〕《语丝》移申第一期 指1927年12月17日在上海出版的《语丝》周刊第四卷第一期(总一五七期)。

〔4〕 池鱼故事 无端受连累之意。北齐杜弼《为东魏檄梁文》:"但恐楚国亡猨,祸延林木;城门失火,殃及池鱼。"(据《文苑英华》卷六四五)据收信人回忆,这里指当时国民党军队包围浙江农学院,搜捕一章姓共产党员,人们纷纷猜疑是搜捕章廷谦。

〔5〕 太史 指蔡元培。他是清光绪进士,曾任翰林院编修,旧时俗称翰林为太史。

271219　致邵文熔[1]

明之吾兄：

一别遂已如许年，南北奔驰，彼此头白，顷接惠书，慰甚喜甚。

弟从去年出京，由闽而粤，由粤而沪，由沪更无处可往，尚拟暂住，岁腊必仍在此也。时事纷纭，局外人莫名其妙（恐局中人亦莫名其妙），所以近两月来，凡关涉政治者一概不做。昨由大学院函聘为特约撰述员，已应之矣。

约一星期前，在此晤公侠，得略知兄近状，亦并知子英景况，但未询其住址，故未通信。弟初到沪时，曾拟赴杭一游，后以忙而懒，天气亦渐冷，而彼处大人物或有怕我去抢饭碗之惧，遂不果行。离乡一久，并故乡亦不易归矣。

专此布达，顺颂

曼福不尽。

弟　周树人　启上　十六年十二月十九日

＊　　＊　　＊

[1] 邵文熔（1877—1942）　字铭之，又作明之，浙江绍兴人。与鲁迅同时留学日本，后在杭州任土木工程师。

271226　致章廷谦

矛尘兄：

廿五日信收到。《语丝》四卷三期已付印，来稿[1]大约须入第四期了。

伏园和小峰的事,我一向不分明。他们除作者版税外,分用净利,也是今天才知道的。但我就从来没有收清过版税。即如《桃色的云》[2]的第一版卖完后,只给我一部分,说因当时没钱,后来补给,然而从此不提了。我也不提。而现在却以为我"可以做证人",岂不冤哉!叫我证什么呢?

譬如他们俩究竟何时合作,何时闹开,我就毫不知道。所以是局外人,不能开口。但我所不满足的,是合作时,将北新的缺点对我藏得太密,闹开以后,将北新的坏处宣传得太多。

不过我要说一句话,我到上海后,看看各出版店,大抵是营利第一。小峰却还有点傻气。前两三年,别家不肯出版的书,我一绍介,他便付印,这事我至今记得的。虽然我所绍介的作者,现在往往翻脸在骂我,但我仍不能不感激小峰的情面。情面者,面情之谓也[3],我之亦要钱而亦要管情面者以此。

新月书店我怕不大开得好,内容太薄弱了。虽然作者多是教授,但他们发表的论文,我看不过日本的中学生程度。真是如何是好。

明年商务印书馆也要开这样的新书店,这一流的书局,要受打击了。倘不投降,即要竞争,请拭目以俟之。

绍原经济情形,殊可虑。但前两星期,有一个听差(我想,是蔡"公"家的人)送大学院的聘书[4]到我这里来,也有绍原的一份,但写明是由胡适之转的。问他何时送去;他说已送去过了,胡博士说本人不在沪,不收。我本想中途截取转寄,但又以为不好,中止了。后来打听季巿,他说大约已经寄杭了,星期二(十九)付邮的。莫非还不到么?倘到,则其中有一批钱,可以过年。

       迅 上 十二月廿六日

斐君太太小燕密斯均此请安。

*   *   *

  〔1〕 来稿 指章廷谦的《小杂感补遗》,后载《语丝》周刊第四卷第四期(1928年1月14日)。

  〔2〕 《桃色的云》 童话剧,俄国爱罗先珂作,鲁迅译,1923年7月北京新潮社初版,1926年起改由北新书局出版。

  〔3〕 情面者,面情之谓也 据明末文秉《烈皇小识》卷一记载:明崇祯曾问礼部尚书兼东阁大学士周道登"何谓情面",对曰:"情面者,面情之谓也。"

  〔4〕 聘书 指蔡元培聘请鲁迅任大学院特约撰述员的聘书。